中国古典名劇選 II

後藤裕也
多田光子
東條智恵
西川芳樹
林　雅清
——編訳

東方書店

はしがき

東西東西《とざいとーざい》。本日ここにお披露目しますは、中国の古いお芝居「元雑劇《げんざつげき》」の翻訳集、『中国古典名劇選Ⅱ』にございます。わたくしは、元雑劇なるお芝居と各作品を紹介し、場を温めてくるように、役者、もとい訳者から、仰せつかっております。拙い口上ではございますが、ひとくさり、七五に乗せてお聞かせしましょう。しばしおつきあいのほどを。

元雑劇とは、いまを去ること七百年、元の時代の中国で、演ぜられていた歌劇のこと。話し言葉を基調とし、広く知られたお話を、題材として作られた、通俗的なお芝居で、文人墨客《インテリ》だけに止まらず、市井の人も、芝居小屋へと観《み》にゆきました。元雑劇は「元曲《げんきょく》」と呼ばれることもありますが、元曲こそは後の世で、漢文《かんぶん》・唐詩《とうし》・宋詞《そうし》と並び、元《げん》一代の文学の代表として認められ、中国史上初めての本格的な演劇であると、高い評価を得ております。ただ一世《いっせい》を風靡《ふうび》した元雑劇ではありますが、明《みん》の時代に入ってからは、しだいに下火になってゆき、いつの間にやら姿を消してしまいます。一度途絶えてしまっては、ビデオカメラやテープなど存在しない時のこと、映像や音は伝わらず、当時のままのステージを再現するのは難しく、もう観ることはできません。

元雑劇の盛りから、三百年が過ぎたころ、臧懋循《ぞうぼうじゅん》という人が、元雑劇の台本をあの手この手で収集し、自ら集めた芝居から百作品を選び出し、『元曲選《げんきょくせん》』を編みました。『元曲選』は、近代以前に刊行された元雑劇の選集で、もっとも多くの作品を収録しているだけでなく、主要な作家の作品と、代表的な作品を、ほとんど網羅しています。いまはもう、生の舞台を観られない、元雑劇の作品を、文字を通じて読めるのは、『元曲選』のお陰です。

わたくしどもは、元雑劇をこれまで以上に広めんと、『中国古典名劇選』を三年前に出版し、十《とお》の優れた作品を『元曲選』から選び出し、その翻訳を皆さまに、かつてお届けしましたが、『元曲選』には、名作の誉れの高い作品や、元の時代の雰囲気をいまに伝える作品が、まだまだたくさんございます。そこでこのたび皆さまが、お手に取られたこの書籍『中国古典名劇選Ⅱ』で、新たに十の作品を紹介することにしたのです。二千と飛んで二〇年、まもなく迎えるこの年は、臧懋循が亡くなって、四百年目にあたります。この本は、臧氏の没後四百年を記念した、追善興行でもございます。

では次に、元雑劇の、演劇としての特徴を、少し紹介いたしましょう。元雑劇の舞台では、「せりふ」に「しぐさ」、「うた」という、表現手法が用いられ、今日《こんにち》の、芝居と同じく「せりふ」と「しぐさ」で人物や、場面を描いていきますが、見せ場になると俳優が、喜怒哀楽の感情や、各場面での情景を、音楽に乗せてうたいます。このように、「せりふ」と「うた」を互い違いに繰り返し、場面が展開されるのです。この「うた」こそが、「曲」と呼ばれる韻文で、この「曲」を、「聴く」ことこそが、元雑劇の鑑賞の、肝心かなめ。それゆえに、ほとんどすべての作品で、うたうことができるのは、主役にあたる「正末《せいまつ》」か、「正旦《せいたん》」だけに限られます。しかも主役はこの曲を、全幕一人でうたいきり、幕ごとに、主役のつとめる役柄が、変わっていった場合でも、そのつど衣装を替えながら、複数の役を演じ分け、うたっていたといわれます。このほかに、舞台上では簡単な、小道具だけが使われて、背景などの大規模な、舞台装置はなかったようで、「せりふ」と「しぐさ」、「うた」のみにより、あらゆる場面を舞台に描いてみせたのです。各作品は、四つの幕からなっており、この幕のことを「折《せつ》」といいます。作品を、四折だけで描き切れない場合には、「楔子《せっし》」と呼ばれる補助幕を、差し挟むこともありました。「楔子」では、各折の、場面に至る背景や、つなぎの挿話がよく演じられておりました。

くどくどとした説明は、もうこれくらいにしておいて、この本に、収録された作品を紹介したいと思います。歴史劇から「漢宮秋《かんきゅうしゅう》」と「賺蒯通《たんかいつう》」、お白洲《しらす》で、役人たちの不正を暴く、公案《こうあん》劇の「陳州糶米《ちんしゅうちょうべい》」、才子佳人の恋物語「玉鏡台《ぎょくきょうだい》」と「鴛鴦被《えんおうひ》」、行雲流水の仙人を描く「陳摶高臥《ちんたんこうが》」、さらには人気の三国《さんごく》劇から「隔江闘智《かっこうとうち》」、好漢《こうかん》の侠気《きょうき》あふれる水滸《すいこ》劇から「李逵負荊《りきふけい》」、お金の意味を問いかける、仏教劇の「冤家債主《えんかさいしゅ》」と「来生債《らいせいさい》」、各ジャンルから様々な、手に汗にぎるお芝居を、取りそろえておりまする。

さあさあ長らくお待たせしました。それではいよいよ開演です。愛と国との狭間《はざま》に揺れる、漢の元帝と絶世の美女王昭君《おうしょうくん》の運命やいかに。稀代《きだい》の名作「漢宮秋」の、はじまり、はじまり～

『中国古典名劇選Ⅱ』目次

凡例

一、本書は、二〇一六年刊行の『中国古典名劇選』に続き、『元曲選《げんきょくせん》』（明・臧懋循《ぞうぼうじゅん》編）の中から十篇を選んで翻訳したものである。『元曲選』とは、中国の元代に流行した「元雑劇《げんざつげき》」（元曲《げんきょく》）の台本をもとに、読み物（レーゼドラマ）として改編されたアンソロジーである。本書の底本には『元曲選』（商務印書館、一九一八、万暦四十四年序刊本の影印）を用い、挿図も同書のものを利用した。

二、元雑劇は原則四幕構成であり、幕に当たるものを「折《せつ》」という。また、状況説明などのために「楔子《せっし》」（くさびの意）と呼ばれる補助幕が、冒頭や折と折の間に置かれることも多い。

三、劇は「白《はく》（せりふ）」、「曲《きょく》（うた）」、「科《か》（しぐさ）」からなる。本書では、動作主を上段にゴシック体で、「曲」を楷書体で表記し、ト書きは（　）で示した。なお、ト書きは適宜補い、原書にある「云（せりふ）、唱（うた）、科（しぐさ）」は省略した。

四、登場人物紹介の「脚色《きゃくしょく》」とは役柄のことで、「末《まつ》」が男役、「旦《たん》」が女役、「浄《じょう》」が敵役、「丑《ちゅう》」が道化役、「外《がい》」が脇役、「小《しょう》」が若い端役を意味する。たとえば「外旦」は女の脇役である。ほかにも女の老《ふ》け役である「老旦《ろうたん》」などがある。また「末」と「旦」は、主役の「正末《せいまつ》」、「正旦《せいたん》」のほか、脇役の一種である「冲末《ちゅうまつ》」、女の悪役「搽旦《ちゃたん》」などに細分される。

五、曲には特定のメロディーがあり、それぞれのメロディーに「曲牌《きょくはい》」と呼ばれる個別の名称がある。歌詞はメロディーに合わせて付されるため、同じ曲牌を用いても歌詞はそれぞれに異なる。また、折ごとに「仙呂宮《せんりょきゅう》」、「双調《そうちょう》」など、「宮調《きゅうちょう》」（元雑劇では十二ある）といわれる音調が定められている。本書では、宮調を〔　〕、曲牌を【　】で表し、歌詞は可能な限り七五調で訳した。なお、曲は「正末」「正旦」だけが歌い、ほかの役は通常、曲を歌わない。

六、主に役者の登退場などで朗詠される「詩《し》」や「詞《し》」などの韻文は、一段下げて句点を省き、これを示した。

七、劇の末尾にある「題目正名《だいもくせいめい》」とは、劇の大まかな内容を示す対句のことで、芝居小屋の場外に掛けられた（貼り出された）と考えられている。通常は末句の三字か四字を取って、その劇の略称とする。

八、一折のうちで舞台上の人物が全員はけて場面が遷移するときは、一行あけてこれを示した。また、せりふの途中で話す対象が変わったり独白が入ったりする場合は、改行してこれを示した。

九、歌詞には多くの典故が用いられるが、各作品末に付した「注釈」では、読者の理解を助けることに主眼を置き解説した。

中国古典名劇選 Ⅱ

【歴史劇】

漢宮秋《かんきゅうしゅう》

一、幽夢《ゆめ》を破《やぶ》る孤雁《こがん》、漢宮《かんきゅう》の秋《あき》

馬致遠《ばちえん》

登場人物

脚色	役名	役どころ［登場する折］
正末	元帝《げんてい》	漢《かん》王朝の第十代皇帝劉奭《りゅうせき》。王昭君《おうしょうくん》を見初《みそ》め、寵愛《ちょうあい》する。［全］
冲末	呼韓耶《こかんや》	単于《ぜんう》（北方遊牧民族の君主号）。漢と国交を結び、見返りに妃《きさき》とする女性を求める。［楔・二・三］
旦	王昭君《おうしょうくん》	名は嬙《しょう》。昭君は字《あざな》。元帝の妃《きさき》に選ばれた絶世の美女。明妃《めいひ》に封じられるが、後に呼韓耶単于に嫁《とつ》がされる。［一・二・三・四］
浄	毛延寿《もうえんじゅ》	元帝の寵臣《ちょうしん》。元帝に宮女選びを命じられる。［楔・一・二］
丑	石顕《せきけん》	漢王朝の権臣。［二・三］
外	五鹿充宗《ごろくじゅうそう》	漢王朝の権臣。［二・三・四］
	女官	元帝や王昭君に仕える女官。［楔・一・二］
	黄門《こうもん》	元帝の側に仕える宦官《かんがん》。［楔・一・三・四］
	族長	呼韓耶単于に従う部族の長。［楔・二・三］
	胡《えびす》の使者	呼韓耶単于の使者。［二・三］
	文武百官	漢王朝の大臣たち。［三］
	胡《えびす》の兵	呼韓耶単于の兵士。［四］

［楔子《せっし》］

呼韓耶《こかんや》　（族長を率いて登場）

　包《パオ》吹き抜ける秋の風、あてなく草原さまよいて
　胡《えびす》の天幕《てんまく》照らす月、聞く角笛《つのぶえ》の音《ね》は悲し
　百万の、弓兵《きゅうへい》を擁《よう》す王なれど
　属国と、称して漢《かん》と和を結ぶ

わしは呼韓耶単于《こかんやぜんう》。久しく北の荒野に住み、この地に覇《は》を唱《とな》え、狩りを生業《なりわい》とし、戦《いくさ》に明け暮れておる。その昔、文王《ぶんおう》はわれらを避けて東へ遷《うつ》り住み、魏絳《ぎこう》はわれらを恐れて和平を乞《こ》うたものじゃった。われらの呼び名は、獯鬻《くんいく》、玁狁《けんいん》と、時代と共に変わり、王号も単于、可汗《かかん》などと称しておる。秦《しん》から漢へ替わる動乱の時、中原《ちゅうげん》は乱れていたが、わが国力は盛んで、弓兵や戦士を百万人も抱えておった。わしの先祖の冒頓《ぼくとつ》単于は、漢の高祖《こうそ》を七日間、白登山《はくとうざん》において包囲した。すると、漢は婁敬《ろうけい》の策を用い、公主《こうしゅ》をわが国へと嫁《とつ》がせることで、われらと和平を結んだのだ。恵帝《けいてい》、呂后《りょこう》以降も必ずこの例にならい、代ごとに一族の娘をわしらへ嫁がせてきた(一)。宣帝《せんてい》の時代になると、わしの兄弟たちが王として乱立し、わが国力もいくらか弱まった。いま、諸部族に推戴《すいたい》されてわしが単于になっておるが、その実は、漢朝の甥《おい》なのだ。わしには十万の兵がおり、長城《ちょうじょう》付近まで南下して、漢の属国と称しておる。先日、使者を遣《や》り、貢ぎ物を献上して公主を求めたのだが、漢の皇帝は、果たして盟約を守るであろうか。今日は天高く爽やかな秋空だ。頭目《とうもく》たちよ、砂漠で狩りをするには、おあつらえ向きだな。まさにこれ、北の民には家産なく、弓と矢こそがわが方便《たつき》。

（退場）

毛延寿《もうえんじゅ》　（登場）

　人となりは、鷲《わし》の心に鷹《たか》の爪
　やることは、目上を侮《あなど》り目下を圧す
　頼みとするは、おべっか、阿《おもね》り、ずる、あこぎ
　得た楽しみは、一生かけても味わい切れぬ

誰あろう、私が毛延寿です。いまは漢の皇帝陛下のもとで、中大夫《ちゅうたいふ》の職についています。あらゆる

汚い手を使い、ひたすら媚《こ》びへつらったため、陛下の覚えめでたく、私の言うことなら何でも聞いてもらえるほどですよ。朝廷の内外で私を敬わない者はなく、私を恐れない者などいません。しかも私はある秘訣《ひけつ》を身につけましてね。それは、陛下から儒者を遠ざけ、色事《いろごと》に親しんでもらうことなんですよ。こうして私への寵愛《ちょうあい》は揺るぎないものになりました。おや、話はまだ終わっていませんが、陛下のおなりです。

（黄門《こうもん》〔一〕、女官を連れて登場）

元帝《げんてい》　受け継がれ、十代続いた火徳《かとく》の劉家《りゅうけ》〔二〕
天地《あめつち》を、一人で握る四百州
胡《えびす》とは、久しく和平を結ぶゆえ
これからも、枕高くし憂《うれ》いなし

朕《ちん》は漢の元帝。わが高祖皇帝は、民を奮起させて豊沛《ほうはい》にて蜂起《ほうき》し、秦《しん》を滅ぼし項羽《こうう》を倒し、この国の礎《いしずえ》を築かれた。そして、朕でもう十代受け継がれておる。朕が帝位に即いてからというもの、四海は治まり、八方穏やかじゃ。だが、これは別に朕の徳というわけではない。すべては文武百官が支えてくれるおかげじゃ。ときに先帝が崩御《ほうぎょ》され、後宮《こうきゅう》の宮女らをみな出してしまったので、いま、後宮はひっそりとしておる。さて、どうすればよいものか。

毛延寿　陛下、田舎《いなか》の年寄りですら、麦が十石《じっこく》多く取れれば、妻を取り換えようとするものです。まして、陛下は尊き天子さまにあらせられ、天下の富はすべて陛下のものでございます。役人に天下を巡らせ、宮女を選ばせてはいかがでしょう。王侯宰相《おうこうさいしょう》、軍人、庶民の家を問わず、十五以上、二十歳《はたち》以下で、容貌の整った者をことごとく選び出し、後宮に置くこともできるではございませんか。

元帝　そなたの言うことはもっともじゃ。今すぐそなたに宮女選びの役職を加え、詔《みことのり》を授けるゆえ、天下をあまねく巡り宮女を選ぶのだ。そして、選ばれた者の姿絵を一人につき一枚送ってよこせ。朕はその絵を頼りに会いにゆくこととする。そなたが成功を収めて帰ってきた暁《あかつき》には、別に恩賞を取らせよう。

〔仙呂《せんりょ》〕【賞花時《しょうかじ》】

四海平安、兵馬は見えず、五穀豊穣《ごこくほうじょう》、戦火なし。
朕が望むは、乙女《おとめ》捜しに宮女選び。そなたには、
苦労に骨折りかけざるを得ず。さて、どの者が、
わが帝室に相応《ふさわ》しいやら。
(一同退場)

[第一折]

毛延寿《もうえんじゅ》 (登場)
金塊《きんかい》を、思うがままに手に入れて
王法も、苛烈《かれつ》な刑も恐れぬわ
生前に、ただ求めるは金よ、金
死してのち、唾棄《だき》されようと構わぬさ
私は毛延寿、大漢《だいかん》皇帝の聖旨《せいし》を携《たずさ》えて天下を巡り、宮女選びをしています。すでに九十九名を選び終えましたが、どの家も進んで袖《そで》の下《した》を渡してくるので、手に入れた金銀は、かなりのものとなりました。昨日、成都《せいと》は秭帰《しき》県に着いたところで、候補を一人見つけました。その者は、王《おう》長者の娘で名を嬙《しょう》、字《あざな》を昭君《しょうくん》といいます。まばゆいばかりの美しさで、たいそう色気があり、まことに絶世の美女。ところが、残念なことに農家の生まれで、たいした財産も持ってはおりませんでした。百両の黄金を渡せば一番手に選ぶと持ちかけたのですが、あの者めは、一つには家が貧しいからと言い、二つにはその抜群の容姿を恃《たの》みにして、まったく金を払おうとはしません。あの者を外してやろうと思ったのですが……
(考える)
あいつに良い思いなどさせるものですか。そうだ、いい考えがあります。姿絵に手を加えて醜《みにく》くしてやるのです。都につけば必ずや冷宮《れいぐう》(四)に入れられるはず。あいつを一生苦しめてやりましょう。これこそまさに、非情でなければ君子と言えず、毒気がなければ男と言えぬというものよ。
(退場)

王昭君《おうしょうくん》 (女官二人を連れて登場)
勅命《ちょくめい》で、後宮入りしたその日から
わが君に、十年経てども会えぬまま

この良き夜、待ち人の来ぬさみしさよ
琵琶だけは、飽くことはなし、いつまでも

わたくしは王嬙《おうしょう》、字《あざな》は昭君、成都の秭帰《しき》県の者です。父上は王長者で、百姓をして日々を暮らしております。母上がわたくしを宿した時、お月さまがお腹に入り、それから地上に落ちるのを夢に見て、わたくしを生みました。十八の時、かたじけなくも選ばれて後宮に入ったのですが、使者であった毛延寿は金品を要求してきました。わたくしがこれを拒《こば》んだところ、あの者はわたくしの姿絵に手を加えたのです。それがため、わたくしはわが君に目通りがかなわず、いまは永巷《えいこう》(五)へと移されております。ところで、わたくしは親元にいた頃、楽器をよく習い、琵琶をいささかたしなみます。夜も更け、独りでは寂しいので、一曲弾いて寂しさを紛らわすとしましょう。

（琵琶を弾く）

（灯火を持った黄門《こうもん》を連れて登場）

元帝《げんてい》　朕《ちん》は漢《かん》の元帝である。乙女を選んで後宮に入れたものの、多くの者とまだ会っておらず、きっと恨んでおろう。今日は政務が少し暇なゆえ、後宮を見て回るとしよう。さて、どの者が朕と出会う縁を持っておるのじゃろうか。

〔仙呂《せんりょ》〕【点絳唇《てんこうしん》】

車はしおれた花を轢《ひ》き、玉人《ぎょくじん》は、月下に簫《しょう》を吹き終わる。(六)それでもいまだ逢《あ》えぬ宮女は、いくたび白髪《しらが》を添えたことやら。

【混江竜《こんこうりゅう》】

玉の簾《すだれ》をかけぬまま、一歩の距離も天の果てかと昭陽殿《しょうようでん》(七)を眺めていよう。風なきに、揺れる竹見て誰かと思い、月あれど、窓辺に独りの身を怨む。宮女たちが見やるのは、管弦の、音響く中を進む御車。まるでこれ、牽牛星《けんぎゅうせい》のほとりから、天《あま》の川《がわ》行く、筏《いかだ》を眺めるかのように。(八)

王昭君　（琵琶を弾く）

元帝　これはどこで弾いておる琵琶の音じゃ。

黄門　左様《さよう》でございますね。

元帝　はて誰が、人目を忍んで琵琶を弾き、ため息もらしておるのやら。

黄門　陛下をお出迎えするよう、早く伝えよ。

元帝　それには及ばぬ。

その者に、慌てて聖旨《せいし》を伝えるな。にわかに寵《ちょう》を受けるとなれば、きっと驚き心を乱し、御殿の槐《えんじゅ》に棲《す》む鳥や、庭木に休む鴉《からす》まで、目を覚ますやも知れぬゆえ。

黄門よ、そなたはどの宮《みや》の妃が琵琶を弾いておるのか見てまいれ。朕を出迎えるよう詔《みことのり》を伝えるのだ。その者を驚かせてはならぬぞ。

黄門　（知らせる）

もし、琵琶を弾いていたのは、どちらのお妃さまでしょうか。陛下がおいでになりますので、急ぎお出迎えを。

王昭君　（小走りで出迎える）

元帝　【油葫蘆《ゆころ》】

苦しゅうない。朕が自らそなたに問おう、ここはどの妃《ひ》の部屋なるか。咎《とが》めるでない、これまで足を向けずにいたこと。特別に、涙に濡《ぬ》れた鮫綃《こうしょう》の帕《はく》を埋《う》め合わせ、夜露《よつゆ》に冷えた凌波《りょうは》の襪《しとうず》暖めよう（九）。天が生みたる艶姿《あですがた》、朕が寵するに相応《ふさわ》しい。銀台に、今宵《こよい》灯《とも》した灯火《ともしび》が、ぼっと爆《は》ぜるは、きっと吉兆告げるため（一〇）。黄門よ、紗《うすぎぬ》の行灯《あんどん》の火が明るくなったぞ。かきたてよ。

王昭君　【天下楽《てんからく》】

灯火《ともしび》までも気を利かせ、紗《うすぎぬ》の赤い傘から光を放つ。そちも見よ、すらりとしたあの愛しき姿。

わたくしめが陛下のご光臨を知っておりましたら、遠くまで出迎えるべきところを。お迎えが遅くなり万死《ばんし》に値します。

元帝　会うなりわたくしめと称し、二言目には陛下と呼ぶ。きっと庶民の出ではあるまい。見目麗《みめうるわ》しき素晴らしい美人じゃ。

【酔中天《すいちゅうてん》】

ふたすじの宮中ふうに引いた眉、似合いの化粧に結《ゆ》った髪、額《ひたい》には、螺鈿《らでん》の飾りを貼り付けて、笑みをこぼせば国も傾く。もしも越王《えつおう》勾践《こうせん》が、姑蘇台《こそだい》で、この妃《ひ》に会っていたならば、かの西施《せいし》さえ為す術もなく、十年早く、自国を滅ぼしたであろう（一一）。

そなたの人並み外れた美しさ、いったいどこの家の娘じゃ。

王昭君　わたくしは、姓を王、名を嬙《しょう》、字を昭君と申し、成都は秭《し》帰《き》県の者でございます。父は王長者、先祖代々、百姓をしております。平民の出ゆえ、王家の作法を存じませぬ。

元　帝　【金盞兒《きんさんじ》】
朕がそなたを見たところ、引いた黛《まゆずみ》、黒き結髪《ゆいがみ》、柳の腰つき、茜《あかね》差す頬《ほお》、かの昭陽《しょうよう》の宮殿でさえ、どこに置いたらよいものか。誰がそなたに、鋤《すき》と馬鍬《まぐわ》の暮らしをさせよう。やはりそなたは君恩を、枕辺《まくらべ》に受けて留める人、それは天が雨露《あまつゆ》で、桑田潤《そうでんうるお》すようなもの。さもなくば、万里を誇るわが天下、たかが二、三の茅葺《かやぶ》きになど、たどり着こうはずもない。それほどの容姿を持ちながら、何ゆえこれまで伽《とぎ》の相手に選ばれなんだか。

王昭君　わたくしの父の王長者は、宮女選びの際、ご使者の毛延寿さまより金品を要求されたのですが、わたくしの家は貧しいため、工面《くめん》できませんでした。そのため、わたくしの姿絵に手が加えられ、冷宮に入れられたのです。

元　帝　黄門よ、そなた姿絵を取り出して見せよ。

黄　門　(絵図を取り出して見せる)

元　帝　【酔扶帰《すいふき》】
絵描きめに、朕が問うのはほかでもない。何ゆえ顔に化粧を加えず、一寸の、秋波《まなこ》に加えた玉《たま》に瑕《きず》。まことこれ、そなたが眇《すがめ》というならば、やつは両目が見えぬのか。詔《みことのり》して選ばせた、八百人の宮女といえど、姿絵に瑕《きず》添えられた、朕の妃《きさき》に勝《まさ》っているとは言えまいて。
黄門よ、詔を近衛兵《このえへい》に伝え、直ちに毛延寿を捕らえて斬首にし、その上で報告させよ。

王昭君　陛下、わたくしの両親は、成都で平民の籍にあります。どうか陛下の恩典により賦役《ふえき》を免じ、いささかの栄誉を賜《たまわ》りますようお許しください。

元　帝　それは造作《ぞうさ》もないこと。
【金盞兒《きんさんじ》】
そなたらは、朝には野菜を収穫し、夜には瓜《うり》の見張り番、春には穀物を作付けし、夏には麻に水を撒《ま》く。必ずや、棘《いばら》の門に白壁の、役所の賦役、免じさせん。正陽門《せいようもん》(一二)にそなたが嫁げば、むしろ栄華なことではないか。わが地位は、村長《むらおさ》よりもまだ高く、邸宅は、村の役所よりなお広い。ありがたし、貧しき婿《むこ》のこの幸せ、これからは、誰にも岳父《がくふ》を苦しめさせぬ。
近《ちこ》う寄れ。わが詔を聞くのじゃ。そなたを明妃《めいひ》に封じよう。

王昭君　わたくしごときが、陛下の寵愛を受けるとは、もったいのうございます。
(拝礼する)

元　帝　【賺煞《たんさつ》】
まずは尽くさん今宵《こよい》の情を、明日のことなど尋ねるな。

王昭君　陛下、明日はお早めにお越しください。わたくしはここで陛下をお待ちしております。

元　帝　明日はおおかた昭陽殿の寝台で、酔うて寝ているだろうてのう。

王昭君　所詮《しょせん》わたくしは下賤《げせん》の者。聖恩を受けたとはいえ、陛下と枕を並べるなど望みましょうか。

元　帝　戯《たわむ》れを真に受けたのか。朕はそなたをからこうた。ようやく知り得たそなたの部屋、本当は、長門宮《ちょうもんきゅう》(一三)に二度と来ぬなど耐えられぬ。明日の夜、西の宮殿、高殿《たかどの》の下、必ずや、声を殺して出迎えよ。後宮中の宮女らが、顰《ひそ》みに倣《なら》い、琵琶を弾かぬか心配じゃ。
(黄門と共に退場)

王昭君　陛下はお帰りになりました。
そこの者、入り口を閉ざしておくれ。わたくしも眠るとしましょう。
(女官と共に退場)

［第二折］

呼韓耶《こかんや》　(族長を連れて登場)
わしは呼韓耶単于《ぜんう》。先日は、使者を遣《つか》わして漢《かん》と誼《よしみ》を通じ、公主《こうしゅ》をわしに嫁《とつ》がせてくれと求めた。それなのに漢の皇帝め、公主がまだ幼いからと断りおったのだ。まったく面白くない。漢の後宮には数え切れぬほどの宮女がおろう。一人くらいわしにくれても、どうということもあるまいに、わしの使者を追い返してきおった。兵を起こして攻め込んでやりたいが、数年来の友好を失うことになるかもしれん。ここは様子を見て、別の手立てを考えるとするか。

毛延寿《もうえんじゅ》　（登場）

私は毛延寿。宮女選びの際には賄《まいない》を求めました。それゆえ、王昭君《おうしょうくん》の姿絵に手を加え、冷宮《れいぐう》へと送ってやったのです。ところがなんと、陛下が足を運び、子細が明るみに出たので、陛下は私に刑を加えようとしました。私は隙《すき》を見て逃げ出したのですが、身を寄せるあてもなし。もうこうなれば、この姿絵を単于のところへ持って行って献上し、単于に姿絵の者を求めさせましょう。そうすれば、漢朝も単于に渡さぬわけにはゆかぬでしょう。何日か旅をしてここまで来ました。遥か遠くに人や馬がたくさんいます、きっとあれが包《パオ》ですね。

（尋ねる）

頭目《とうもく》どの、単于さまにお取り次ぎください。漢の大臣が会いにまいったと。

族　長　（知らせる）

呼韓耶　通せ。

（会う）

おまえは何者だ。

毛延寿　私は漢の中大夫《ちゅうたいふ》で毛延寿と申します。わが漢朝の西宮《せいきゅう》には王昭君という宮女がおりまして、これが絶世の美しさ。以前、大王が使者をよこされて公主を求められた際、この王昭君が行くことを望んだのですが、陛下が惜しんで、手放そうとしなかったのです。私が、「女色《にょしょく》を重んじれば、両国の友好を失いますぞ」と再三に渡って強く諫《いさ》めましたところ、陛下は反対に私を殺そうとしました。それゆえ、私はその宮女の姿絵を持って大王に献上しにまいったのです。使者を遣わして姿絵の者を求めれば、きっとお望みのままになりますぞ。これがその姿絵にございます。

（献上して見せる）

呼韓耶　世にこれほどの女がいようとは。もしこの者をわが闕氏《えんし》(一四)にできたなら、わが願いも叶うというもの。直ちにわが使者を部下とともに差し向けて、漢の天子に手紙を届けよ。王昭君をわが妻として迎えたい。もし断れば、日を移さずに南へ侵攻するのだ。そうなれば、国を守れると思うなよ。わしらは兵を率いてところ構わず狩りをしながら、そのまま長城を越えて侵入し、動静を探るとしよう。
うむ、それがよい。
(共に退場)

王昭君《おうしょうくん》　(女官を連れて登場)
わたくしは王嬙《おうしょう》。先日の陛下のご光臨から、いつの間にやらひと月ばかり経ちました。陛下は大変ご寵愛くださり、久しく朝議を開かれておりませんでしたが、今日は登殿されたとのこと。わたくしは鏡台で髪をとき、お化粧をして、身なりを整えておくとしましょう。陛下がいらっしゃった時、きちんとお仕えできるように。
(鏡に向かう)

元《げん》帝《てい》　(登場)
西宮の高殿の下で、王昭君に出会ってからというもの、朕はこの者に心を奪われ、朝政にも久しく手が着いておらぬ。今日はようやく登殿したが、朝議が終わるのを待ってなどおれぬ。また西宮へ王昭君に会いに行くとしよう。
〔南呂《なんりょ》〕【一枝花《いっしか》】
四季の雨露《あめつゆ》とととのいて、万里の江山うるわしく、忠臣たちは有能で、枕を高くし憂いなし。白き歯と、きらめく瞳《ひとみ》の昭君と、共に過ごしたこの身には、うつろな昼が耐えられぬ。近ごろ病になったのも、半分は、国と民とを憂うため、もう半分は、恋と酒とに溺《おぼ》れたがため。
【梁州第七《りょうしゅうだいしち》】
朕《ちん》は宰相《さいしょう》に会ったなら、文王《ぶんおう》のごとく礼もて遇《ぐう》すが、ひとたび明妃《めいひ》と離れれば、宋玉《そうぎょく》よろしく秋を悲しむ。(一五)王昭君が香《こう》を帯び、わが袖《そで》に、まつわり付けば、もうたまらん。彼女のすべてが愛《いと》おしく、何につけても意気投合。朕が塞《ふさ》げば気晴らしに、そぞろ歩きの供をする。とりわけ好きは、梨花《なし》と白き照る月のもと高

殿に登り、芙蓉《ふよう》と赤き灯火のもとに籤《くじ》遊び。(一六)
その体、二十年間磨き上げたるしなやかさ。
この縁《えにし》、五百年前に定められたる連れ合い
よ。顔《かんばせ》は、一千言でも表し尽くせぬあだっぽさ。
朕が望むは、彼女が側にいてくれること。昭
君は、柳の枝を手に持たぬ、補陀落伽山《ふだらかせん》の観
音さま。その顔を、一目拝めば寿命も延びる。
いつ収まるか、心を捉えるこの思い、雨が止み、
雲がなくなるその日まで。(一七)
(眺める)
ひとまず昭君を驚かせてはならぬ。こっそり見る
としよう。
【隔尾《かくび》】
かのごとく、長門宮《ちょうもんきゅう》で恨みを抱きしかつての
宮女が、いかで知ろう、西宮《せいきゅう》でひたすら夢に
溺《おぼ》れる朕を。愛おしいのは、化粧を終えたる
夕べの昭君、絵にも描けぬ美しさ、それでなお、
鏡に向かいて恥じらうさまよ。
(王昭君の背後まで来て、見る)
鏡台まで来て背後に立てば、なんとこれ、名
月の中の広寒殿《こうかんでん》の嫦娥《じょうが》さま。(一八)

王昭君　(元帝にまみえ、出迎える)

五鹿充宗《ごろくじゅうそう》　(石顕《せきけん》と共に登場)
　大臣として天下を治め
　官衙《かんが》にありて大権握る
　役所じゃただ飯食らうだけ
　陛下のためなど働きはせぬ
私は尚書令《しょうしょれい》の五鹿充宗である。こちらは内常侍《ないじょうじ》の
石顕どの。今日の朝議が終わってから、胡《えびす》より使
者が遣わされてきて、王嫱《おうしょう》を嫁がせて胡と和を結
ぶよう求めておる。これは陛下に上奏しなくては。
西宮に着いたぞ、入るとしよう。
(まみえる)
陛下にお知らせいたします。ただいま北の胡の呼《こ》
韓耶単于《かんやぜんう》が使者をよこして申すには、毛延寿が王
昭君さまの姿絵を呼韓耶単于に差し出したようで、
王昭君さまを嫁がせて和を結べば戦《いくさ》はせぬが、さ
もなくば、大軍を率いて侵攻し、国は保てぬであ
ろうとのこと。

元帝　千日軍を養うは、一朝事《こと》あるときのためというが、

朕はむだに多くの文武百官を持ったものよ。誰か朕のために胡を退けてくれる者はおらんのか。この臆病者どもめ。おまえたちは力を尽くそうともせず、妃を胡に嫁がせろとでも言うのか。

【牧羊関《ぼくようかん》】

古来より、盛衰ありて、戦役《せんえき》止まず。主君の禄《ろく》を食《は》む者は、命は主君の口しだいとか。太平なれば、宰相の功を誇《ほこ》るくせ、有事となれば、わが佳《よ》き人を流刑《るけい》にす。そなたらは、いたずらに国の扶持《ふち》を受け、何が陛下の憂《うれ》いを分《わ》かつだ。あちらでは、幹《みき》に体を縛りつつ、腕が折れぬか心配し、こちらでは、柵にしがみつきながら、頭が割れぬか気に掛ける。(一九)

五鹿充宗　やつらが申すには、陛下が王嬙を寵愛するがために、朝廷の綱紀《こうき》は乱れに乱れ、国が傾いているので、もし王嬙を渡さなければ、正義の軍を起こすとのこと。私も愚考しますに、紂王《ちゅうおう》は妲己《だっき》を寵愛したため、国と身を滅ぼしました。もって鑑《かがみ》とすべきかと。

元帝　【賀新郎《がしんろう》】

朕はこれまで、蒼天穿《そうてんうが》って高々と、摘星楼《てきせいろう》を建てたことなし。湯王《とうおう》扶《たす》けし伊尹《いいん》に触れず、武王《ぶおう》が伐《う》ちたる紂王だけを例にとる。いつかその身が黄泉《よみ》へ行き、かの留侯《りゅうこう》、留侯どのに会ったなら、そなたは恥じ入る、恥じ入るぞ。(二〇)布団を重ねて眠りこけ、器《うつわ》を並べて飯を食い、肥えたる馬に跨《また》がって、良い皮衣《かわごろも》を着てからに。そなたらも見よ、春風に舞う柳のように細い腰。玉飾り揺れる青塚《せいちょう》の月、琵琶の音《ね》途絶える黒江《こくこう》の秋、そんな目に、遭わすことなどできようか。(二一)

五鹿充宗　陛下、当方は兵は鈍り、やつらと戦う猛将もおりませぬ。もし間違いがあれば、いかがなさるのですか。どうか陛下におかれましては、恩典を胡に賜り、国中の民草《たみくさ》の命をお救いください。

元帝　【闘蝦蟇《とうがま》】

かつては誰が英雄ぶりを発揮して、項羽《こうう》の首討ち、天下を劉家《りゅうけ》のものとした。すべてこれ、韓元帥《かんげんすい》が九里山《きゅうりさん》の戦にて、十の大功を立てたため。(二二)そなたらはみな朝廷で、紫綬金印《しじゅきんいん》をいたずらに受け、そなたらはみな邸宅で、歌《うた》い女《め》踊り子、寵愛す。国境の、侵攻恐れ、一族の避難を望む。矢で口を、貫《つらぬ》かれたる雁《かり》もさながら、誰一人、しわぶき一つ立てもせぬ。恨めしい、あの者は、あの者はまだうら若き、女子《おみなご》なるに、助ける者もおらぬとは。昭君が、そなたらの、親の仇《かたき》とでもいうか。やめだ、やめ、朝廷中がみな毛延寿になったのだ。朕は擁《よう》した甲斐《かい》もなし、文武の家臣三千と、中原《ちゅうげん》の州四百を。鴻溝《こうこう》を、割《さ》くことばかり望みおる。(一三) まことこれ、千軍得やすく、一将得がたし。

石　顕　ただいま胡の使者が朝廷の外にて詔を待っております。

元　帝　ええい、もうままよ。胡の使者を朝廷へ通せ。

胡《えびす》の使者　(登場、入って会う)

呼韓耶単于がそれがしを南へ遣わし、大漢皇帝陛下に奏上いたします。北国と南朝は和平を結んでこのかた、二度、使者を差し向けて公主を求めましたが叶えられませんでした。近ごろ、毛延寿なる者がある宮女の姿絵を持ってまいり、わが単于さまに献上したので、それがしが特に派遣されました。ただ昭君さまを単于の閼氏《えんし》に迎えられれば、戦にはならぬとのこと。もし陛下がお聞き入れにならなければ、当方の精兵百万が日をおかずに侵攻し、勝敗を決する所存。陛下におかれましては、聖断を誤られぬことを伏して望みます。

元　帝　使者どのに、しばし宿場でお休みいただけ。

胡の使者　(退場)

元　帝　そなたら文武百官は検討し、策がある者は献じよ。胡の兵を退け、王昭君を嫁がせないで済むようにするのだ。おおかた妃の人の良さを侮《あなど》っているようだが、もし呂后《りょこう》(一四)が在世の時ならば、命令一下、誰も逆らわなかったであろうに。ならば、これより後は文武の官など用いず、佳人を頼みに天下を平定すればよいわ。

【哭皇天《こくこうてん》】

朕はかの、熱い油をたぎらせた鼎《かなえ》は用意しておらぬゆえ、何か策でもあるのなら、すぐに奏上するがよい。朕は思うておったのだ、文官ならば社稷《しゃしょく》を安んじ、武将は兵戈《へいか》を鎮めるものと。ただそなたらにできるのは、文武の列に居並んで、万歳叫び、拝礼の舞で埃《ほこり》あげ、「謹《つつし》んで」「恐れながら」と言うのみよ。今日は陽関《ようかん》の道のうえ、昭君が、塞《とりで》の外に追い出され、かつては未央《びおう》の宮殿で、女主君が冕旒《べんりゅう》垂らす。(二五)文武の官よ、そなたらも、呂太后《りょたいこう》なら差し出せまい。これからの、竜虎の戦はすべてこれ、朕の愛する妃《きさき》しだい。

王昭君　陛下のご厚恩を賜ったからには、わたくしは命がけで陛下に報いなければなりません。胡に嫁いで戦を止めとうございます。そうすれば、青史《せいし》にこの名を留めることもできましょう。ですが、陛下との契りを忘れることなどわたくしには……

元　帝　むろん、わしとてそなたを手放しとうない。

五鹿充宗　陛下、夫婦の情愛を断ち、社稷のことをお考えください。速やかにお妃さまを送り出されますよう。

元　帝　【烏夜啼《うやてい》】

これより単于に嫁がせる、宰相どもよ、これで心配なかろうて。もはやわが、漢の明妃《めいひ》に国はあれども居場所なし。かの地の黄色く濁《にご》った雲は、青き峰より湧《わ》きはせず。これよりは、遠く隔てた二つの場所にて、瞳を凝《こ》らし、秋空横切る一羽の雁《かり》を待ち望む。さだめにて、朕はこの年、晴れぬ思いをたぐりよせ、昭君は、この運命に痩《や》せ細《ほそ》る。緑の羽根の冠と、香る絹の飾り紐《ひも》とて、錦織りの胡の帽子と、玉で飾った毛皮に替わる。

そなたらは、今日はまず明妃を宿場まで送り、胡の使者に引き渡せ。明日、朕自ら灞陵橋《はりょうきょう》(二六)まで出向き、送別の杯を取らせることにする。

五鹿充宗　それは叶わぬことかと。胡に笑われますぞ。

元　帝　そなたらの申し出はすべて飲んだのだ。朕の言い分はなぜ聞き入れぬ。どうあろうと見送りにゆくぞ。朕はひたすらに毛延寿のやつめが憎らしい。

【三煞《さんさつ》】

朕はただただ恨めしい、恩を忘れて主《あるじ》に嚙《か》みつく獣《けだもの》め。凌煙閣《りょうえんかく》に、その絵を掛けずにおくものか。(二七)朝廷の、朕が率いる諸侯たち、そなたらに、諮《はか》らぬ案件などはなく、そなたらの、意見を用いぬこともなし。別れた夜《よ》から昭君が、夢にさまようなど耐えられぬ。これより朕は、長安《ちょうあん》を見ず北斗を仰《あお》がん。無体《むたい》にも、牽牛織女《けんぎゅうしょくじょ》にさせられる。

五鹿充宗　私どもがお妃さまに胡に嫁ぐよう強《し》いたのではございませぬ。胡の使者が名指しで求めたゆえにございます。ましてや、古《いにしえ》より、女のために国を誤る者も多うございます。

元　帝　【二煞《にさつ》】

昭君のような不幸はよくあるかもしれぬ。だがしかし、天子というこの身分ほど、ままならぬものがほかにあろうか。あの昭君が、よく肥えた、栗毛《くりげ》の駿馬《しゅんめ》をどうして御《ぎょ》せよう。これまでは、翠《みどり》の竹の輿《こし》に乗り、朱《あか》い簾《すだれ》も人が上げ、乗り降りするにも手助け要《よう》すに。空にかかって照る月と、流れる水になろうとは。（二八）

王昭君　思いは募る、いつまでも。

わたくしがこの度嫁ぐのは、国家の大計のためではございますが、断ち切れぬ陛下への思いをどうすればよいのでしょうか。

元　帝　【黄鍾尾《こうしょうび》】

昭君が、腹を空かせばまずい素焼きの肉きれを食べ、喉が渇けば乳汁と、粥を飲むなどできようか。朕は自ら別れの柳をひと枝手折《たお》り、餞《はなむけ》の杯《はい》を一献《いっこん》取らさん。みるみるうちに、旅路は進み、宿場が迫り、心痛めて何度も何度も振り返れども、昭君は、禁裏《きんり》の楼閣《ろうかく》見えぬであろう。今宵は灞陵《はりょう》の橋のほとりに宿を取らん。

（一同退場）

［第三折］

胡《えびす》の使者　（王昭君《おうしょうくん》を取り巻いて登場、胡楽《こがく》を奏でる）

王昭君《おうしょうくん》　わたくしは王昭君。選ばれて宮中に入る際、毛延《もうえん》寿《じゅ》によって姿絵に手が加えられ、冷宮《れいぐう》送りとなりました。やっとご寵愛《ちょうあい》を受けるまでになったのに、またもや毛延寿が、今度は胡の王に姿絵を差し出したのです。そしていま、胡は兵を擁《よう》してわたくしを求めに来ており、行かなければ、国を保てぬかもしれません。やむを得ず、わたくしを長城の外へと遣《や》り、胡と和を結ぶことになりました。この度出立《しゅったつ》すれば、胡の土地の風霜《ふうそう》にどうして耐えられましょうか。古《いにしえ》より、「美人も過ぎれば幸《さち》薄し、春風怨むな、己を嘆け」とは申しますが。

(文武諸官と黄門《こうもん》を連れて登場)

元《げん》帝《てい》

今日は灞陵橋《はりょうきょう》で明妃《めいひ》を見送るのだが……早くも着いてしまった。

〔双調《そうちょう》〕【新水令《しんすいれい》】

あざやかな毛皮の衣は、漢の後宮《こうきゅう》の装いを、見る影もなく改める。朕《ちん》はただ、王昭君の姿絵を、眺めるよりはほかになし。これまでかけた恩愛は、金の轡《くつわ》のように短く、これより後の恨みごと、玉《ぎょく》の鞭《むち》ほど長からん。もとはこれ、金の御殿《ごてん》の鴛鴦《おしどり》なるに、分かれて飛ぶなど誰が思い至ろうか。

そなたら文武百官は、いかにすれば胡の兵を退《しりぞ》け、明妃が胡に嫁がないで済むのかを協議いたせ。

【駐馬聴《ちゅうばちょう》】

宰相《さいしょう》どもが取り沙汰するのは、国に帰った匈《きょう》奴《ど》の使者が、たんまり褒美《ほうび》をもらうこと。はや気も沈む、たとえ貧しい者ですら、遥装《ようそう》し(二九)たうえ旅立つものを。さらにまた、打ち萎《しお》る、渭城《いじょう》の柳が寂しさ募《つの》らせ、流れゆく、灞橋《はきょう》の水も悲しみ添える。(三〇) そなたらは、断腸《だんちょう》の、苦しみ微塵《みじん》もなかろうが、思うに妃《きさき》の天に満ちたる悲しみは、みな琵琶の音《ね》に込められる。

(馬から下りる)

(王昭君と共に悲しむ)

そのほうたちはゆっくりと歌うのだぞ。朕は明妃に送別の杯を取らせる。

【歩歩嬌《ほほきょう》】

そなたらは、この陽関《ようかん》の一曲を、軽やかに歌うことなかれ。われらには、わずかな距離も天ほど遠く思われる。ゆっくりと、またゆっくりと、玉《ぎょく》の杯《さかずき》捧げ持つ。朕が意は、この一献《いっこん》でわずかな時をかせぐこと。調子がずれても咎《とが》めるな。そなたらはただ、ほんのわずかな歌詞であろうと、ゆるりゆるりと歌うのだ。

胡の使者

お妃さま、早く出立いたしましょう。日も暮れてまいりました。

元帝
【落梅風《らくばいふう》】
我ら二人の別れの重みを憐れむべし。そなたらは、何とも慌てて帰ろうとする。朕はまず、かの李陵台《りりょうだい》(三一)へと思い馳《は》せ、その後は、夢の中にて偲《しの》ぶのみ。言うなかれ、「貴人は忘れること多し」と。

王昭君
この度わたくしが旅立てば、次はいつ陛下にお目にかかれることでしょう。わたくしの漢族の服は置いてゆきます。

まさにこれ、今日は漢の宮人が
明日は胡《えびす》の側女《そばめ》ゆき
陛下より、賜《たまわ》る衣装を身につけて
他の者に、媚《こび》を売るなど耐えられぬ(三二)

(衣装を置く)

元帝
【殿前歓《でんぜんかん》】
何ゆえに、残してゆくか舞衣《まいごろも》、西風に、旧時の香りを吹き散らされるためなのか。朕がまことに恐れるは、わが車駕《しゃが》が、青苔巷《せいたいこう》をまた通り、はたと椒房《しょうぼう》へ着かんこと。その時は、鏡に映りし粉黛《ふんたい》の、艶《なま》めく顔《かんばせ》思い出し、どっと心にのしかからん。今日昭君は、長城の外へ旅立つが、いつ蘇武《そぶ》のように故郷に帰る(三三)。

胡の使者
お妃さま、早く出立しましょう。もうずいぶん経ちましたぞ。

元帝
ああ、仕方ない。明妃よ、此度《こたび》の出立、どうか朕を恨まないでおくれ。

(別れる)

朕のどこが大漢皇帝か……
【雁児落《がんじらく》】
朕はこれ、虞姫《ぐき》と別れし楚《そ》の覇王《はおう》。玉関《ぎょくかん》守る征西《せいせい》将軍どこにもおらぬ。いるものか、仲人《なこうど》をする李左車《りさしゃ》やら、嫁を届ける蕭何《しょうか》など(三四)。

五鹿充宗
陛下、もうよろしいじゃありませんか。

元帝
【得勝令《とくしょうれい》】
行く昭君は、大海に架《か》かる金紫《きんし》の橋か(三五)、むだに抱えた、辺境守る鎧甲《よろいかぶと》の兵士たち。そなたらも身の回りには仕える者が要るであろうに、なにゆえ朕のみ、糟糠《そうこう》の妻を捨てねばならぬ。そなたらは、刀や槍と聞くだけで、はやくも胸が早鐘《はやがね》を打ち、此度は妃に頼み込む。そのどこが、「男児は強くあるべし」か。

五鹿充宗　陛下、さあ都へ戻りましょう。

元帝　【川撥棹《せんはっとう》】

手綱《たづな》をゆるめ行こうとも、鞭で鐙《あぶみ》を鳴らしつつ、進むことなど到底できぬ。そなたらは、天下を治め、綱紀《こうき》を握り、国を安んじ、国土を広げることばかり。もしわが高祖《こうそ》がそなたの腰元遣《つか》わせて、故郷を離れ、寒空のもと野宿させ、その者が、春風そよぐそなたの屋敷を恋しがらずにいたならば、朕はそなたを一《いち》字王《じおう》(三六)に封じてやるわ。

五鹿充宗　陛下、そんな必死に引き留めるまでもありますまい。行かせればよいではありませんか。

元帝　【七弟兄《しちていけい》】

大王たるもの、昭君一人に未練を残すなとか言うが、ああ、堪《た》えられぬ、旅立つ妃に振り返られると。堪えられぬ、風雪を散らし遠のく使者の幟旗《のぼりばた》、関山《かんざん》を、響《どよ》もす鼓吹《こすい》の悲しき音色。

【梅花酒《ばいかしゅ》】

ああ朕が、この寂しげな荒野に臨めば、草は疾《と》うに朽葉《くちば》色、兎《うさぎ》は早くも雪の色。(三七)犬は冬毛に生え替わり、人は儀仗《ぎじょう》を突き立てて、馬は行李《こうり》を背に担《にな》い、車は旅の糧《かて》運び、囲いを作って狩りをする。ああ昭君は、昭君は、悲痛のうちに漢の主《あるじ》に暇乞《いとまご》い、ああ朕は、朕はその手を携えて、別れの橋を登り行く。昭君連れた一行は、荒野へ踏み入り、朕の御輿《みこし》は都の咸《かん》陽《よう》(三八)へと帰る。咸陽帰れば御殿の塀を通り過ぎ、塀を過ぎれば回廊《かいろう》巡り、回廊巡れば椒房《しょうぼう》近く、椒房近くは月暗く、月暗ければ夜寒く、夜寒ければ秋虫も鳴き、秋虫鳴くは緑紗《りょくさ》の窓辺、(三九)緑紗の窓辺に思慕せぬか。

【収江南《しゅうこうなん》】

いや、思慕せぬは、人の心を持たぬ者、人の心を持たずとも、愁いの涙はしとどに流れん。姿絵を、今宵《こよい》は昭陽宮《しょうようきゅう》に掛け、そこで祈りを捧げよう。これこそ朕の、「銀燭《ぎんしょく》を高く掲《かか》げて紅粧《こうしょう》照らす」(四〇)というものよ。

五鹿充宗　陛下、御輿を返しましょう。お妃さまは遠くへ行

黒江《かわ》に沈《しず》む明妃《めいひ》、青塚《せいちょう》の恨《うら》み

かれました。

元帝　【鴛鴦煞《えんおうさつ》】
大臣に虚言《きょげん》を弄《ろう》して留まろうにも、ただ気がかりは、筆一本で、史官が記録に残すこと。昭君の、花の姿はもう見えぬのに、何ゆえに、草原の眺め捨て切れぬ。いつまでも、行きつ戻りつ佇《たたず》めば、はたと聞く、南へ渡る冬の雁《かりがね》、響く鳴き声クワクワと。実はこれ、一面の、牛と羊の群れのなか、離別の恨みを載せて行く、胡《えびす》の馬車の軋《きし》む音。
（一同退場）

呼韓耶《こかんや》　（王昭君を取り巻く族長を率いて登場）
今日、漢朝はかつての盟約を違《たが》えず、王昭君をわが胡《こ》族に差し出して和平を結んだ。わしは王昭君を寧胡閼氏《ねいこえんし》に封じ、わが正室に据《す》え、両国は兵を収めた。なんと素晴らしいことか。
将兵どもよ、号令を伝えろ。全軍出発だ、北へ帰るぞ。
（進む）

王昭君　（尋ねる）
ここは何という場所ですか。

胡の使者　ここは黒竜江《こくりゅうこう》、胡と漢の国境にて、南が漢、北がわが胡の国にございます。

王昭君　大王さま、酒を一杯いただければ、南のほうに撒《ま》いてお祀《まつ》りし、漢の地に別れを告げてから旅立ちとうございます。
（酒を撒いて祀る）

漢の陛下、わたくしの今生《こんじょう》はこれまでにございます。また来世でお会いしましょう。

（川に身を投げる）

呼韓耶

（驚き、助けられず、嘆く）

ああ、なんと、なんということを。昭君が、胡の国に入るのを拒み、川に身を投げて死のうとは。ああ、もうこうなっては仕方がない。この川のほとりに葬《ほうむ》って、これを青塚《せいちょう》と名付けよう。思えば、昭君が死に、いたずらに漢朝との間にこのような軋轢《あつれき》が生じたのも、すべては毛延寿めが仕組んだこと。戦士《バートル》よ、毛延寿を引っ立てて、漢朝へ送り処分させろ。わしは以前のように漢朝と和平を結び、末永く伯父《おじ》と甥《おい》の仲となろうぞ。

　かの者は、絵で昭君の人生狂わせ
漢帝に、背《そむ》いて密かに出奔《しゅっぽん》す
姿絵を、携えわしをそそのかす
長城を、越えて妃《きさき》を求めよと
はからずも、妃が川に身を投げて
つかのまに、空しく消えてしまうとは
わが側に、かような奸臣《かんしん》置いたなら
結局は、恨みの種になるばかり
それよりも、漢に返して処刑させ
もとどおり、伯父甥として共に栄えん

（一同退場）

［**第四折**］

元《げん》帝《てい》

（黄門《こうもん》を連れて登場）

朕《ちん》は元帝。明妃《めいひ》が胡《えびす》に嫁いでから、もう百日も朝議を開いておらぬ。今宵の寂しい景色には、なんとも気がふさぐわい。この姿絵を掛けて、いくらか気持ちを紛《まぎ》らわすとしようかのう。

〔中呂《ちゅうりょ》〕【**粉蝶児**《ふんちょうじ》】

王宮冷え冷え、夜は長々、後宮《こうきゅう》ひっそり静まりかえる。銀の燭台灯火《ともしび》ひとつ、夜殿《よどの》、臥所《ふしど》に、わが身の不幸は、浮き彫りに。万里広がる漠《ばく》北《ほく》で、いずこに帰る、明妃の魂。

黄門よ、炉《ろ》の香《こう》が尽きたぞ、香を少し足すのだ。

【**酔春風**《すいしゅんぷう》】

幽夢《ゆめ》を破《やぶ》る孤雁《こがん》、漢宮《かんきゅう》の秋《あき》

香炉《こうろ》の香が燃え尽きて、さらに焚《た》き足す香炭《こうたん》団《どん》。妃《きさき》はあたかも竹林寺《ちくりんじ》(四一)、わずかばかりの影もなく、ただ残るのは、この姿絵よ、姿絵よ。未《いま》だ死せざる在《あ》りし日と、朕は同じく敬わん。急に眠くなってきた。しばし眠るとしよう。

【叫声《きょうせい》】

やすやすと、高唐《こうとう》の夢は見られぬが、どこにおる、愛《いと》しい妃《きさき》や、愛しい妃。何ゆえわずかの霊験《れいげん》もなく、かたくなに、楚《そ》の襄王《じょうおう》が夢に見た、雲雨《うんう》の情《じょう》を許さぬか。(四二)

(眠る)

王昭君《おうしょうくん》　(登場)

わたくしは王嬙《おうしょう》。和平を結ぶため胡に嫁ぎ、北の地に行きましたが、密かに逃げ戻ってまいりました。あれはわが君ではありませぬか。陛下、わたくしは戻ってまいりました。

胡の兵《えびす》　(登場)

ちょっと居眠りをしていたら、王昭君が逃げちまったんで、漢の宮殿まで急ぎ追いかけて来たところ。ややっ、あれこそは王昭君。

(王昭君を捕らえ、退場)

元帝　(目を覚ます)

先ほど、王昭君が帰ってきたのに、わずかの間に、なぜいなくなってしもうたのじゃ。

【剔銀灯《てきぎんとう》】

先ほどどこで単于《ぜんう》の使者が、朕のあの、昭君の名を呼んでいた。それなのに、どれほど朕が呼ぼうとも、灯火《ともしび》の、前にいながら返事せぬ。

さてはこれ、絵《えが》に描かれた王昭君。ふと聞こゆ、仙音院《せんおんいん》の鳳管《ほうかん》鳴るを、簫韶九成《しょうしょうきゅうせい》とはゆくまいが(四三)。

【蔓青菜《まんせいさい》】

日のある内は吹かぬくせ、朕を朝まで眠らせず、再会の夢も見せてはくれぬ。

そで　(雁《かり》の鳴き声)

元帝　さてはこれ、長門宮《ちょうもんきゅう》で雁がクワクワ鳴く声か。知るはずもなし、独り寂しき人あるを。

そで　(雁の鳴き声)

元帝　【白鶴子《はっかくし》】

おそらく年取り、力萎《な》え、きっと餌《えさ》なく、痩《や》せていよう。帰るにも、江南《こうなん》の、大きな網が気に掛かり、進むにも、塞北《さいほく》の、張りつめた弓が恐ろしい。

【幺篇《ようへん》】

痛ましさ、昭君に、代わって主君を思うよう、恨めしさ、田横《でんおう》を、哭《こく》して「薤露《かいろ》」を作るよう。侘《わ》びしさは、夜半に和する楚歌《そか》の声、切なさは、三たび重ねる「陽関《ようかん》」の歌(四四)。

そで　(雁の鳴き声)

元帝　雁のやつめの鳴き声に、切なさもひとしおじゃ。

【上小楼《じょうしょうろう》】

すでにもう、朕の心は乱れておるに、さらにまた、恨めしい雁がつきまとう。その声は、しばしゆっくり、時にせわしく、寒夜《かんや》の鐘と相《あい》和《わ》する。空めぐり、この地で鳴き続けるならば、四季と節気《せっき》を誤らん。

【幺篇《ようへん》】

雁のお前は子卿《しけい》を尋ね、李陵《りりょう》を探しに行くはずが(四五)、燭台の前で朕を夢から目覚めさせ、姿絵に情をかき立てられる。遠く離れた漢の明妃は薄幸《はっこう》なれど、お前の鳴き声聞かずにおれば、耳煩《わずら》わすこともなし。

そで　(雁の鳴き声)

元帝　この雁め、

【満庭芳《まんていほう》】

聞きたくもないその声は、ぴゅうぴゅうと、林を抜ける風に似て、ちろちろと、岩を流れる水に似る。ただ見れば、山と河とは果てしなく、天空はまるで鏡のよう、おまえが旅に遅れまいかと気にかけてやる。今はおまえのためゆえに、瀟湘《しょうしょう》の、暮れゆく景色はもの寂しくて、さらにわが、離別の情が呼び起こされる。飛び去りしのちの遠音《とおね》はむろん、禁裏《きんり》に一人、この永き夜を耐えられようか。明るい月が気にくわぬ。

黄門　陛下、怒りをお静めください。お体に触ります。

元帝　怒りを静めるなどできようか。

【十二月《じゅうにげつ》】

朕のみ怒ると言うなかれ、そなたたち、宰相《さいしょう》どもも、あの雁の声が憎かろう。比べものにはなるまいて、御殿に巣作る燕のさえずり、御苑の木々の鶯《うぐいす》の声。漢の昭君、故郷を離れ、いずこにて、聞いて愁えているのやら。

そで　(雁の鳴き声)

元帝　【尭民歌《ぎょうみんか》】

クワクワと、蓼《たで》咲く岸辺を飛び行くも、孤雁《こがん》は離れず鳳凰城《ほうおうじょう》(四六)。あでやかな、庇《ひさし》に風鐸《ふうたく》カラカラと、宮殿の、閨《ねや》も寂しくひっそりと。寒さもつのり、葉の落ちる音さわさわと、長門《ちょうもん》宮《きゅう》は灯火《ともしび》暗くしんしんと。

【随煞《ずいさつ》】

このひと鳴きは漢宮めぐり、あのひと鳴きは渭城《いじょう》に届く。いつのまにやら白髪《はくはつ》が増え、体衰え心病む。朕がどれほど叱ったところで知らん顔。

五鹿充宗《ごろくじゅうそう》(登場)今日、朝議が終わると、胡が使者をよこして毛延《もうえん》寿《じゅ》を護送してまいりました。言うには、毛延寿が国に背《そむ》いて両国の関係を損《そこ》なったがために、このような禍《わざわい》が起きたとのこと。また、王昭君さまは、いまはすでに薨去《こうきょ》されましたが、どうか両国の和平を結んでいただくよう願い奉《たてまつ》ります、とのことです。

元帝　ならば毛延寿は直ちに斬刑《ざんけい》とし、明妃に捧げて祀《まつ》るのだ。光禄寺《こうろくじ》(四七)に命じて使者を大いにもてなし、恩賞を取らせて帰らせよ。

　葉は落ちて、宮殿深くに雁鳴けば
夢覚めて、独り寝の夜にあい偲《しの》ぶ

青塚《せいちょう》の人はいまいずこ
ただせめて、明妃のために絵師を斬る

題目　黒江《かわ》に沈《しず》む明妃《めいひ》、青塚《せいちょう》の恨《うら》み
正名　幽夢《ゆめ》を破《やぶ》る孤雁《こがん》、漢宮《かんきゅう》の秋《あき》

注釈

（一）「文王《ぶんおう》」は、優れた人物を礼遇して人材を集め、周《しゅう》王朝の基礎を作った人物。司馬遷《しばせん》『史記《しき》』には、文王が異民族を征伐した記事はあるが、避けて東へ移り住んだとはない。「文王」は、その祖父「太王《たいおう》」の誤字という説もある。太王は異民族に侵攻され、東の岐山《きざん》へ難を避けたと『孟子《もうし》』にある。「魏絳《ぎこう》」は、春秋時代の晋《しん》国の大臣。主君の悼公《とうこう》に異民族と和を結ぶよう説いた。

冒頓単于《ぼくとつぜんう》は、諸部族を打ち破ってモンゴル地域を統一し、匈奴の最盛期を築いた。漢の高祖は、名を劉邦《りゅうほう》という。秦《しん》末期に反秦の軍を起こして頭角を現し、秦滅亡後は項羽《こうう》をはじめとする諸勢力を撃破して中国を統一、漢王朝（前漢）を開いた。冒頓単于が中国北方に侵攻すると、劉邦は自ら軍を率いて迎え撃つが、冒頓単于の策略によってわずかの兵と共に白登山《はくとうざん》に包囲される。参謀の陳平《ちんぺい》の献策によってこの危機を脱すると、家臣の婁敬《ろうけい》（劉敬《りゅうけい》とも）の勧めに従い、長女の魯《ろ》元公主《げんこうしゅ》（公主は皇帝の娘のこと）を冒頓単于に嫁がせて和平を結んだ。

恵帝《けいてい》は前漢の二代皇帝で、劉邦と呂后《りょこう》の子。呂后は呂太后《りょたいこう》ともいい、劉邦の死後、恵帝の後見人として大権を握る。劉邦の愛妾《あいしょう》を殺害するなど専横を振るった。恵帝の死後は前少帝《ぜんしょうてい》、少帝弘《しょうていこう》を擁立して権力をほしいままにし、劉氏一族を次々と暗殺する一方、呂一族で国権を握った。その死後、漢王朝の元勲たちにより呂一族は滅ぼされた。

（二）「黄門《こうもん》」は宦官《かんがん》のこと。黄色に塗られた宮中の小門を宦官が監督していたので、そのまま宦官の別称となった。

（三）中国の王朝は、五行《ごぎょう》、すなわち木火土金水のいずれかの徳を持つとされた。漢王朝の劉《りゅう》氏は火徳を持つとしていた。

（四）「冷宮《れいぐう》」とは、寵愛《ちょうあい》を受けない宮女が入れられる部屋。

（五）「永巷《えいこう》」には後宮に仕える人を幽閉《ゆうへい》する牢《ろう》があった。ここでは、王昭君が牢に入れられていることを指すのではなく、誰も訪ねてこない寂しい場所の喩《たと》え。

（六）「玉人は……」は、唐の杜牧《とぼく》の詩「揚州《ようしゅう》の韓綽判官《かんしゃくはんがん》に寄《よ》す」の、「二十四橋　明月の夜、玉人何《ぎょくじんいず》れの処《ところ》にか吹簫《すいしょう》を教うる」を踏まえる。揚州の二十四橋界隈は、妓女の吹く笛の音が響き、杜牧のような文人らが集まって楽しんだ繁華な街であった。ここでは、「車はしおれた花を轢き」や、「簫を吹き終わる」などの句から、歓楽の時がすでに過ぎ去ったことを表すのであろう。

（七）「昭陽殿」は漢の宮殿。寵愛を受ける妃が住む。

（八）天の川と海は繋がっていると考えられていた。『博物志《はくぶつし》』巻十「雑説下」に、男が筏《いかだ》に乗って天に上り、天で多くの織婦《しょくふ》を見て、牽牛《けんぎゅう》に会ったという故事がある。

（九）「鮫綃《こうしょう》の帕《はく》」は、薄絹のハンカチ、もしくは頭巾のこと。南海に住む鮫人《こうじん》（人魚のこと）が薄絹を織ったとの伝説から、薄絹のことを「鮫綃」といった。「凌波《りょうは》の襪《しとうず》」は、曹植《そうしょく》「洛《らく》神賦《しんぷ》」に見える。「凌波」は、洛水の女神がさざなみをかき分けて進むように軽やかに歩くさま。転じて、女性の履《は》く靴下の美称。

（一〇）灯火が爆《は》ぜて、灯心が花形になると吉兆であると考えられていた。

（一一）春秋時代の呉越《ごえつ》の戦いで、越王勾践《こうせん》は、呉を滅ぼすため、呉王夫差《ふさ》に絶世の美女西施《せいし》を送って政治をおろそかにさせた。夫差は姑蘇台《こそだい》で西施と遊び、国を失った。【酔中天《すいちゅうてん》】はこれを踏まえた仮定の話である。もしも勾践が姑蘇台で王昭君に会っていたなら、西施でさえも出る幕はなく、勾践のほうが十年早く国を滅ぼしただろう、という内容。

（一二）王宮の南門。明《みん》代に使われた名称だが、ここは漢の王室を指す。

（一三）「長門宮《ちょうもんきゅう》」は、漢の武帝の后《きさき》であった陳《ちん》皇后が寵愛を失い、住まわされた部屋。転じて、寵愛を受けない宮女が住む寂しい部屋を意味し、ここでは王昭君の部屋を指す。直前の「昭陽殿《しょうようでん》」は、皇帝の寵愛を得た宮女を住まわせた場所。

（一四）「閼氏《えんし》」とは、単于の正妻のこと。

（一五）「文王」については前掲注一参照。「宋玉《そうぎょく》」は戦国時代の楚《そ》の文学者。『楚辞《そじ》』「九弁《きゅうべん》」で「悲しいかな、秋の気たるや」と詠む。

（一六）「鬮《くじ》遊び」の原文は「藏鬮」。二手に分かれ、一方が手の中に鉤《かぎ》や鬮を隠し、もう一方がどちらの手に隠したかを当てる遊び。

（一七）戦国時代の楚《そ》の宋玉《そうぎょく》が作った「高唐賦《こうとうふ》」と「神女賦《しんにょふ》」に見える。楚の襄王《じょうおう》が宋玉と高唐の楼観を眺めると、その上だけが雲に覆われていた。そのわけを尋ねると、宋玉は答えて言った。先代の懐王《かいおう》がその楼観で昼寝をすると、夢に巫山《ふざん》の神女が現れて枕を共にした。神女は帰り際に、朝には雲となり、夕方には雨となり、朝夕この楼にまいりましょうと言い残して去ったという。ここから、「雲雨」ないし「雲」と「雨」の共用は、エロティックなイメージを持つ。「雨が止み、雲がなくなる」とは、男女の合歓《ごうかん》が終わったことを意味する。

（一八）「嫦娥《じょうが》」は月に住むという仙女。ここでは丸い鏡（名月）に映った王昭君を指す。

（一九）晋《しん》の陳元達《ちんげんたつ》が皇帝に諫言《かんげん》すると、皇帝は怒り、陳を引っ立てて処刑せよと命じた。陳は身体を鎖で樹にくくりつけ、引っ立てられないようにした。漢《かん》に仕えた朱雲《しゅうん》も皇帝に諫言したところ、やはり皇帝は怒り、引っ立てて処刑を命じる。朱雲は御殿《ごてん》の柵《さく》につかまって抵抗し、ついには柵が折れてしまった。二人は命がけで諫言した忠臣として知られる。

（二〇）「湯王《とうおう》」は殷《いん》王朝を築いた名君。「伊尹《いいん》」はその宰相《さいしょう》。「紂《ちゅう》王《おう》」は美女「妲己《だっき》」に溺《おぼ》れて国政を乱し、「武王《ぶおう》」に滅ぼされた。「摘星楼《てきせいろう》」は、紂王が妲己と遊ぶために建てた高殿で、紂王の暴政の象徴とされる。「留侯《りゅうこう》」は、劉邦《りゅうほう》の参謀であった張良《ちょうりょう》のこと。建国後、留侯に封ぜられたため、このように呼ばれる。

（二一）「青塚《せいちょう》」は王昭君の墓のこと。琵琶は王昭君が得意とした楽器とされ、絵画などにも琵琶を持つ王昭君が確認できる。「青塚」と琵琶の音が絶えることとは、第三折で演じられる王昭君の死を暗示していよう。

（二二）「韓元帥《かんげんすい》」は、韓信《かんしん》のこと。韓信は九里山《きゅうりさん》で項羽《こうう》を破り、漢の礎を築く手柄をあげた。「十大功《じゅうだいこう》」は、韓信が立てた功績を指す。「賺蒯通《たんかいつう》」注三二参照。

（二三）「鴻溝《こうこう》」は、劉邦《りゅうほう》と項羽《こうう》が争っていたとき、この地を暫定の国境として一時的に和平を結んだ場所。ここから、鴻溝を割《さ》くとは和平を結ぶこと。

（二四）漢の初代皇帝劉邦の妻。劉邦の死後、絶対的権力を握り、逆らう者には苛烈《かれつ》な対処をした。

（二五）「陽関《ようかん》」は漢代に置かれた関所。漢と西域の境界に位置したため、中国と外国との国境という象徴的な意味を持つ。「未央《びおう》」は長安にある宮殿の名称で、漢の朝議が開かれた場所。そこの「女主君」とは呂后《りょこう》を指す。「冕旒《べんりゅう》」は、皇帝のかぶる冠の前後に垂らす珠玉の糸飾り。

（二六）「灞陵橋《はりょうきょう》」は長安の郊外にあり、遠方へ旅立つ人をここまで見送る習慣があった。離別の場所として有名。また「灞橋《はきょう》」とも。

（二七）「凌煙閣《りょうえんかく》」は、王朝が功臣を顕彰するためにその姿絵を掛けた楼閣。ここは、奸臣の毛延寿《もうえんじゅ》に対する皮肉。

（二八）一句は宋の蘇軾《そしょく》の詩「徐仲車《じょちゅうしゃ》に次韻《じいん》す」の、「月は自ずから空に当たり水は自ずから流る」を踏まえる。「水」は任地を転々とする蘇軾を、「月」は動かずにそれを見ていた徐仲車を指す。ここでは、漢を去る王昭君を流れ去る「水」に、それを見送る元帝をじっと動かず空にかかる「月」になぞらえている。

（二九）「遥装《ようそう》」という習慣について、明《みん》の姜準《きょうじゅん》が記した『岐海瑣談《きかいさだん》』には、「長旅に出る者は、事前に吉日を選んで出発し、川辺で送別の宴を開く。そして、船に乗ってこぎ出すとすぐに引き返し（旅に出たことにしておき）、別の日に旅立つことを『遥妝（装）』という」と記されている。本劇のような馬の旅でも同じことが行われていたかについては触れていないが、ここも縁起の悪い時を避けて旅立つことを指すと見てよかろう。

（三〇）「打ち萎《しお》る渭城《いじょう》の柳」は、王維《おうい》「元二《げんじ》の安西《あんせい》に使いするを送る」詩、「渭城の朝雨《ちょうう》 軽塵《けいじん》を浥《うるお》し、客舎青青《きゃくしゃせいせい》 柳色新たなり。君に勧《すす》む 更に尽《つ》くせ一杯の酒、西のかた陽関を出《い》ずれば故《こ》人無《じん》からん」を踏まえる。渭城は長安の衛星都市、西北や四《し》川《せん》へ旅立つ人をここまで見送る習慣があった。別れの際には、柳の枝を手折《たお》って環《わ》の形に結んで贈った。また、この詩の末句は三度繰り返してうたわれ、これを「陽関三畳《さんじょう》」という。続く、【歩《ほ》歩嬌《ほきょう》】の「陽関」も、詠唱されたこの詩を指す。「灞橋《はきょう》」は前掲注二六参照。

(三一)「李陵台《りりょうだい》」は李陵の墓のこと。李陵は、漢の将軍として匈奴征伐で活躍したが、のち匈奴に包囲されて降伏した。匈奴の単于《ぜんう》は娘を李陵の妻とし、厚く取り立てた。その後、李陵は匈奴の地で没した。ここでは、匈奴の地を指す。

(三二)この詩の前半二句は、李白《りはく》「王昭君」詩の、「今日《きょう》は漢宮《かんきゅう》の人《ひと》、明朝《あす》は胡地《こち》の妾《めかけ》」を、後半二句は、陳師道《ちんしどう》「妾薄命《しょうはくめい》」詩の、「主《あるじ》の衣装を着て、人の為に春妍《しゅんけん》を作《な》すに忍びんや（亡き主人が私にくださった服を着て、ほかの方のために美しく着飾らなくてはならないなんて）」を踏まえる。

(三三)「青苔巷《せいたいこう》」は宮中の道のこと。「椒房《しょうぼう》」は、山椒を壁に塗り込んだ部屋で、皇后の居室。暖気があり、香しく、また実が多いことは子だくさんを連想させるので用いられた。「蘇《そ》武《ぶ》」は漢朝の官僚で、字《あざな》は子卿《しけい》。使者として匈奴へ使いしたところ、匈奴に降伏を迫られたが、漢への節《せつ》を曲げず、十九年間拘留された。北方に長期滞在した代表的人物として知られる。

(三四)「楚の覇王」は項羽《こうう》のこと。項羽が劉邦《りゅうほう》との決戦で敗色濃厚となると、虞姫《ぐき》は項羽の目の前で自害して果てた。「玉関《ぎょくかん》」は、漢の西の国境を守る砦《とりで》。「李左車《りさしゃ》」は劉邦の天下統一を助けた参謀。「蕭何《しょうか》」は内政面で劉邦を支えた宰相《さいしょう》。ここでは、功臣の名を引き合いに出して、呼韓耶単于《こかんやぜんう》に王昭君を渡すよう迫る大臣たちを当てこすっている。

(三五)「金紫の橋」は、国家を支える大人物をいう。

(三六)「一字王」とは、「秦王」、「魏王」などのように、一文字の地名を冠する王号。元代では王族のみが許された。

(三七)原文は「色已早迎霜」であるが、『雍熙楽府《ようきがふ》』巻十一【新水令《しんすいれい》】「昭君出塞《しょうくんしゅつさい》」では、「兔起早応霜」に作る。本訳はこれに従った。

(三八)「咸陽《かんよう》」は、ここでは漢の都である長安を指す。両都市は、渭水《いすい》を挟んで隣接していた。

(三九)「緑紗の窓」とは、緑の絹のカーテンをかけた窓のことで、女性の部屋を指す。女性が窓辺に一人立ち、夫や恋人に思いを馳せるイメージをもって描かれる。ここは、本来なら王昭君が思いを馳せるこの場所に元帝が一人立ち、逆に王昭君を思って嘆くさま。

(四〇)「銀燭《ぎんしょく》を高く掲《かか》げて紅粧照《こうしょう》らす」は、蘇軾《そしょく》「海棠《かいどう》」詩の、「只《た》だ恐る　夜深く花の眠り去るを、故に高く燭を焼《も》やして紅粧を照らさん」を踏まえる。「紅粧」は本来女性を指すが、蘇軾の詩では海棠の花の喩え。本劇では、掛けられた王昭君の姿絵を指す。

(四一)「竹林寺《ちくりんじ》」は姿が見えない寺として有名で、文学作品によく用いられるが、なぜ見えないかについては諸説ある。

(四二)「高唐《こうとう》の夢」については、前掲注一七参照。

(四三)「仙音院《せんおんいん》」は元朝の宮廷音楽を管理する機関。「簫韶《しょうしょう》」は、伝説上の聖君尭《ぎょう》・舜《しゅん》の頃の楽曲。「九成《きゅうせい》」は九度、音調が変わること。
（四四）田横《でんおう》は秦末争乱期の諸侯の一人。劉邦は田横を破ると降伏するよう説いたが、田横は自害して果てた。「薤露《かいろ》」は田横の死を悼《いた》んで作られた挽歌《ばんか》と言われている。「楚歌の声」は、項羽が漢軍に包囲されると、夜、漢軍から故郷の楚の歌が聞こえてきたという、いわゆる四面楚歌の故事。「陽関《ようかん》」は前掲注三〇参照。
（四五）「子卿《しけい》」は蘇武《そぶ》の字《あざな》、前掲注三三参照。「李陵《りりょう》」は前掲注三一参照。
（四六）「鳳凰城《ほうおうじょう》」は、王宮を指す。
（四七）「光禄寺《こうろくじ》」は、皇室の飲食に関することを管轄した役所。

解説

元帝《げんてい》と王昭君《おうしょうくん》の離別を描く「漢宮秋《かんきゅうしゅう》」は、元雑劇の傑作として名高い。作者の馬致遠《ばちえん》は、号を東籬《とうり》といい、関漢卿《かんかんけい》、白樸《はくぼく》、鄭光祖《ていこうそ》と並んで、元雑劇の四大作家に数えられている。その元雑劇には「漢宮秋」のほかに、「青衫涙《せいさんるい》」、「陳摶高臥《ちんたんこうが》」（本書所収）、「岳陽楼《がくようろう》」、「薦福碑《せんふくひ》」、「任風子《じんふうし》」、李時中《りじちゅう》・花李郎《かりろう》・紅字李二《こうじりじ》と共作した「黄粱夢《こうりょうむ》」（『中国古典名劇選』所収）があり、散曲《さんきょく》でも「秋思《しゅうし》」、「借馬《しゃくば》」などの優れた作品を残している。その典雅な歌辞は高く評価され、「曲状元《きょくじょうげん》（ナンバーワン元曲作家）」と称されるほどである。

本劇は、『漢書《かんじょ》』に記された歴史上の事件に取材している。漢《かん》の元帝の時代、匈奴《きょうど》の呼韓耶単于《こかんやぜんう》が、漢王朝と婚姻を結び、親睦を深めたいと望んだ。申し出を受けた元帝は、王嬙《おうしょう》、字《あざな》を昭君という娘を後宮《こうきゅう》の中から選んで嫁《とつ》がせる。王昭君は呼韓耶単于の妻となり、その息子を産んだ。また、『西京雑記《せいけいざつき》』には次のような記事がある。王昭君は画工に金品を送らなかったため、醜い姿絵を描かれた。単于が妃《きさき》を求めると、元帝はこの絵を見て、醜い王昭君を単于に嫁がせることにする。送別の際、初めて王昭君を見た元帝は、その美しさにたいへん後悔した。

これら王昭君の故事は、後世、文芸作品の格好の題材となり、李白《りはく》や白居易《はくきょい》をはじめとする多くの詩人が彼女をその詩に詠んでいる。元雑劇では、「漢宮秋」以外の作品は散逸《さんいつ》して伝わらないが、王昭君のエピソードに取材したと思われる作品のタイトルが数多く伝わっている。また、元雑劇以降も、各時代で王昭君を描いた戯曲が作られた。詩歌や戯曲以外にも、口承芸能に「王昭君変文《へんぶん》」があり、絵画に宮素念《きゅうそねん》「明妃出塞図《めいひしゅつさいず》」、仇英《きゅうえい》「漢宮春暁図《かんきゅうしゅんぎょうず》」などがある。さらには、日本にも伝わり、『今昔物語集《こんじゃくものがたりしゅう》』や説経節《せっきょうぶし》、浄瑠璃《じょうるり》に取り入れられ、熊本城本丸御殿には壁やふすまを王昭君物語の絵で埋めつくした「昭君之間《しょうくんのま》」まである。王昭君の物語がどれほど人々に愛されていたか、これらからもうかがい知れよう。

ところで、本劇の第四折は、その大半が曲で構成され、物語に新たな進展はほとんどない。しかし、中国の伝統演劇は歌劇であり、曲を聴くことが鑑賞の中心となる。本劇の第四折はじっくりと曲を聴かせるパートなのだ。今日、元代の戯曲を聴くことはかなわないが、舞台上で王昭君への思いを切々とうたう元帝の姿を思い描きつつ、読んでほしい。

【公案劇】

陳州糶米《ちんしゅうちょうべい》

二、包待制《ほうたいせい》、陳州《ちんしゅう》にて米《こめ》を糶《う》る

無名氏

登場人物

脚色	役名	役どころ［登場する折］
正末	張憋古《ちょうへつこ》	陳州《ちんしゅう》の民。米倉へ米を買いに来て、不正に憤る。「憋古」は頑固者の意。［一］
正末	包待制《ほうたいせい》	名裁判官。本名は包拯《ほうじょう》。開封府《かいほうふ》の府尹《ふいん》（府の長官）。竜図閣待制《りゅうとかくたいせい》の職にあることから包待制《ほうたいせい》、包竜図《ほうりゅうと》などと呼ばれる。公正無私な人柄から、包青天《ほうせいてん》とも。［二・三・四］
冲末	范学士《はんがくし》	名は仲淹《ちゅうえん》。天章閣大学士《てんしょうかくだいがくし》。勅命を受け、大臣らを呼んで人事の相談をする。［楔・二］
外末	韓魏公《かんぎこう》	大臣。名は琦《き》。平章政事《へいしょうせいじ》の職にある。［楔・二］
外末	呂夷簡《りょいかん》	大臣。中書同平章事《ちゅうしょどうへいしょうじ》の職にある。［楔・二］
搽旦	王粉蓮《おうふんれん》	小衙内《しょうがない》と楊金吾《ようきんご》がひいきにしている陳州の遊女。［三・四］
浄	劉衙内《りゅうがない》	陳州へ遣《つか》わす倉役人として息子らを推薦する。衙内は貴族の子弟に対する呼称。［楔・二・四］
浄	小衙内《しょうがない》	劉衙内の息子。倉役人として陳州に赴く。［楔・一・三・四］
浄	知事	陳州の知事。名は蓼花《りょうか》。［四］
丑	楊金吾《ようきんご》	劉衙内の娘婿《むすめむこ》。小衙内とともに陳州に赴く。［楔・一・三・四］
丑	倉庫番①	陳州の米倉の管理係。［一・三］
丑	倉庫番②	同右。［一］
雑	民	陳州の民。米倉へ米を買いに来る。［一］
	小憋古《しょうへつこ》	張憋古の息子。本名は張仁《ちょうじん》。［一・二・四］
	張千《ちょうせん》	包待制の従者。［二・三・四］
	付き人	小衙内と楊金吾の付き人。［一］
	従者	役所の下働き。［楔・二］
	外郎《がいろう》	実務担当の下級役人。［四］

【楔子《せっし》】

范学士《はんがくし》 （従者を連れて登場）
　群書を博覧、九経《きゅうけい》に通じ
　中書省《ちゅうしょしょう》にて栄達《えいたつ》果たす
　昇平《しょうへい》の策を天子に捧《ささ》げ
　たちまち鰲頭《ごうとう》を独占す（一）
それがし姓は范《はん》、名は仲淹《ちゅうえん》、字《あざな》は希文《きぶん》と申す。汾《ふん》州《しゅう》の出身である。幼きより儒学を修め、経史《けいし》に精通、一たびで進士《しんし》に及第し、朝廷に仕えること数十年。聖恩かたじけなくも官は戸部尚書《こぶしょうしょ》を拝し、天章閣大学士《てんしょうかくだいがくし》の職も授かっておる。今日、陳州《ちんしゅう》の役人が文書でもって具申《ぐしん》するには、陳州では深刻な日照りが三年も続き、五穀《ごこく》は実らず、百姓はひもじさのあまり互いの肉を食らおうとするほどとのこと。それがしが御前《ごぜん》にてこれを奏上すると、陛下は勅命《ちょくめい》を発し、中書省に大臣らを招集し協議のうえ、清廉《せいれん》な役人二名を直ちに陳州へ派遣して穀倉《こくそう》を開き、白米一石《いっこく》につき銀子《ぎんす》五両で売り出させるように、との仰《おお》せ。それがし、すでに大臣たちに出仕するよう人を遣《や》っておる。
これ、門の前を見てまいれ。大臣らが到着したらすぐに知らせるのだ。

従　者　かしこまりました。

韓魏公《かんぎこう》 （登場）
私は姓を韓《かん》、名を琦《き》、字を稚圭《ちけい》と申します。相州《そうしゅう》の出身で、嘉祐《かゆう》年間にわずか二十一歳で進士に及第しました。ときに太史官《たいしかん》が、日輪《にちりん》のもとに五色《ごしき》の瑞雲《ずいうん》が現れたと奏上したので、朝廷は私を重用し、官は平章政事《へいしょうせいじ》を拝命し、魏国公《ぎこくこう》の爵位を与えられております。今日は朝の勤めから戻り、ちょうど私邸にて休んでいたところへ、范学士どのがお呼びとの知らせ。何の用かはわかりませんが、行かねばなりますまい。早くも着いたぞ。
そこの者、韓魏公が門前にまいったと伝えてくれ。

従　者　（知らせる）
范学士さまにお知らせいたします。韓魏公さまが到着されました。

范学士　お通しせよ。
（あいさつする）

范学士　大臣どの、お掛けください。
韓魏公　学士どの、私をお呼びとは、どのようなご用件でしょうか。
范学士　大臣どの、ほかの方々もお揃《そろ》いになったら、ご相談したいことがあるのです。
　これ、また門を見てまいれ。
従　者　かしこまりました。
呂夷簡《りょいかん》　（登場）
　わしは姓を呂、名を夷簡と申す。科挙に首席で及第して以来、たびたび抜擢《ばってき》され、聖恩かたじけなくも官は中書同平章事《ちゅうしょどうへいしょうじ》の職を授かっておる。今朝は范天章《はんてんしょう》学士がわしをお呼びだとか、何事か知らぬが行ってみなければ。早くも着いたぞ。
　そこの者、呂夷簡が到着したと伝えてくれ。
従　者　（知らせる）
　范学士さまにお知らせいたします。呂平章《りょへいしょう》さまが到着されました。
范学士　お通ししなさい。
　（あいさつする）
呂夷簡　おや、韓魏公どのもこちらでしたか。学士どの、今日はわしを呼び出していったい何の相談ですかな。
范学士　大臣どの、まずはお掛けください。全員が揃いましたら協議したい件がございます。
劉衙内《りゅうがない》　（登場）
　　われこそは、天下一の遊び人
　世の中に、並ぶ者なきろくでなし
　われの名を、聞けば頭が痛み出す
　権勢も、いよいよ盛んな劉衙内
　わしは劉衙内。莫大な富と権力を誇り、代々貴人を輩出する家柄の者。人を打ち殺したところで、屋根の瓦を一枚はがすようなもの、この命でもって償《つぐな》う必要はないのじゃ。今はちょうど屋敷でくつろいでおったのじゃが、范天章学士が呼んでいるとのこと。何の用かは知らんが、ひとつ行かねばなるまい。そうこう言っているうちに早くも着いたぞ。
　おい、劉衙内が来たと伝えてくれ。
従　者　（知らせる）
　范学士さまにお知らせいたします。劉衙内さまが到着されました。

范学士　お通しせよ。

（あいさつする）

劉衙内　これは大臣がたもお揃いで。学士さま、われわれを呼び出して、いったい何の相談ですかな。

范学士　衙内どの、お掛けください。皆さまがたにご足労いただいたのは、ほかでもありません。いま陳州の役人が文書でもって具申《ぐしん》するに、陳州は日照り続きで何も取れず、民草は苦しみ喘《あえ》いでいるとのこと。それがしが陛下に奏上したところ、清廉《せいれん》な役人を二名陳州へ遣《つか》わし、穀《こく》倉《そう》を開いて白米一石につき銀子五両で売り出させるように、との仰せ。そこで、いったい誰を陳州に派遣し、倉役人として米を売り出させるかを皆さまと協議するため、お集まりいただいたしだいです。

韓魏公　学士どの、これは国が一刻も早く民を救わねばなりません。必ず清廉で忠義にあつく有能な者を選んで派遣しなければ。

呂夷簡　大臣どのの仰るとおりじゃ。

范学士　衙内どの、あなたのお考えはいかがですか。

劉衙内　皆さまがた、わしの推薦する二人こそ、清廉で忠義にあつく有能な人物でございます。その人物とはわしの二人の息子、一人は娘婿《むすめむこ》の楊金吾《ようきんご》、もう一人は実の息子で小衙内《しょうがない》と呼ばれている劉得中《りゅうとくちゅう》です。彼ら二人に行かせれば、何も間違いはございません。いかがですかな。

范学士　皆さま、衙内どのは二人のご子息、一人は小衙内、もう一人は娘婿の楊金吾を、陳州で米を売り出す役人として推挙されました。それがしは衙内どのの二人のご子息に会ったことがありません。ご面倒ですが、二人をここへ呼んでもらえませんか。ひとつ会ってみましょう。

劉衙内　おい、わしの二人の息子を呼んでまいれ。

従　者　かしこまりました。二人の若さまはどちらにおいでですか。

（小衙内、楊金吾登場）

小衙内《しょうがない》　澄みわたる青天は
三十六丈とんで七尺
梯子《はしご》を登って見てみれば

なんと白い石っころ（二）
おれは劉衙内の息子の劉得中、こっちは妹の婿の楊金吾だ。おれたち二人はいつも親父の権威を笠《かさ》に着《き》て、弱い者いじめ、悪だくみ、太鼓持ちしてうまく立ち回り、ずる賢くやりたい放題。おれの名を知らねえやつはいねえのさ。人様が上等の品や骨董《こっとう》を持っているのを見れば、金銀財宝は言うに及ばず、金目の物なら、親父と同じく、全部ただでぶん捕るんだ。もし寄越さなけりゃ、殴って蹴って髪の毛つかみ、ひっくり返ったら何度か踏んづけ、そして品物を奪って懐に押し込み逃げるのよ。そいつが役所に訴えたところで構いやしない。そんな事を恐れるようなら、おれは人の子じゃなくヒキガエルの子ってことにならあ。いま親父がおれを呼んでいるとか。何の用かは知らんがひとつ行ってみるとしよう。

楊金吾　兄貴、父上がおれたち二人を呼び出すとは、どこかでおれたちに一仕事させるつもりだろう。きっとうまい話を取り付けたんだ。早くも着いたぞ。おい、劉の若さまと妹婿の楊金吾が来たと伝えてくれ。

従　者　（知らせる）范学士さまにお知らせいたします。二人のご子息が到着されました。

范学士　ここへ通しなさい。

従　者　どうぞ。

小衙内　（楊金吾と共にあいさつする）父上、われわれを呼び出して、何のご用ですか。

范天章《はんてんしょう》、政府《せいふ》より官《かん》を差《つか》わす

劉衙内　二人とも来たか。大臣さまたちにきちんとご挨拶《あいさつ》なさい。

范学士　衙内どの、このお二人があなたのご子息ですか。それがしが容貌や振る舞いを見ますに、はたして適任かどうか。

劉衙内　皆さまがた、そして学士さま。このわしが、まさかわが子のことを知らぬとでも。わしが推薦するこの息子たちは、清廉で忠義にあつく有能です。きっと立派にお役目を果たします。

韓魏公　学士どの、この二人ではやはり荷が重いでしょう。

劉衙内　大臣さま、父以上に子を知るものはなし、と言うではありませんか。彼ら二人なら大丈夫です。

呂夷簡　この件は、范天章学士のお考えに委《ゆだ》ねてはどうじゃな。

劉衙内　学士さま、わしは一筆したためて、二人の息子が米の売り出しの任を全《まっと》うすることを請け負います。もしも間違いがあったなら、わしも連座《れんざ》して責任を取ればよいでしょう。

范学士　衙内どのがそこまで仰《おっしゃ》るならば、そなたら二人は宮殿に向かって跪《ひざまず》き、皇帝陛下の命を拝するがよい。陳州は旱魃《かんばつ》が続き作物が収穫できず、民百姓は苦しみ喘《あえ》いでいる。ゆえになんじら二人を陳州に派遣し、穀倉を開いて一石《いっこく》につき銀子《ぎんす》五両と定めて白米を売り出させる。くれぐれも公《こう》のために尽力し、法に則《のっと》り、むやみに民を締め上げることのないように。今日は日も良いから、すぐに出立《しゅったつ》しなさい。皇帝陛下の聖恩に深く感謝するのだぞ。

小衙内　（楊金吾と共に拝する）
このたびはご推挙《すいきょ》いただき、まことにありがとうございます。私は氷や玉のごとく清らかに、陳州を治めて帰り、きっと皆さまがたのお褒《ほ》めにあずかってみせましょう。
（楊金吾と共に門を出る）

劉衙内　（わきぜりふ）
お前たち、近《ちこ》う寄れ。わしらは官位は十分だが、ただ私財がいささか足りぬ。お前たちは陳州に派遣されるこの機に乗じて、ひと稼《かせ》ぎして来い。范学士は白米一石につき銀子五両と定めたが、ひそかに銀子十両に変え、さらに米の中には糠《ぬか》や土を混ぜ、値を釣り上げてやるのじゃ。斗は八升の斗《ます》を使い、銀子の秤《はかり》は三割増しの錘《おもり》を使え。もし范学士のところへ苦情を申し立てるやつがいても、わしが何とかしてやるから、お前たち二人は安心して行ってくるがいい。

小衙内　わかったぜ、親父。言われなくても、おれは親父より利口だからよ。ただ気がかりが一つ、その陳州の民百姓がおれに従わなかったら、どうやって言うことを聞かせるかな。

劉衙内　息子よ、お前の言うことはもっともじゃ。わしがもう一度范学士にかけ合って来よう。

（もどる）

（范学士にまみえる）

学士さま、ただ一つ気がかりがございます。もしも息子たちが陳州へ米の売り出しに行き、そこの民らが頑《かたく》なで、息子たちの言うことを聞かなかったら、どのように対処すればよいでしょうか。

范学士　衙内どの、その件については、それがしがすでに陛下に奏上しております。もしも陳州の民が従わぬ場合は、陛下から賜《たまわ》った紫金《しきん》の鎚《つち》でならば打ち殺しても咎《とが》められません。

誰か、紫金の鎚をここへ持て。衙内どの、これがその紫金の鎚でございます。これをご子息らにお渡しして、心して行くようにお伝えください。

小衙内　今日は大臣の指示を受けて、陳州へ倉を開きに行くことになった。

もとの値段は一石五両
十両にしてちょいとピンはね
親父は押した太鼓判
どっこいおれらはやくざ者

（楊金吾と共に退場）

劉衙内　学士さま、息子たちは出立しました。

范学士　衙内どの、ご子息二人が出立されましたな。

〔仙呂《せんりょ》〕【賞花時《しょうかじ》】

連年の、天災により五穀《ごこく》は取れず、百姓の、半ば以上がさまよい歩く。ゆえに遣《つか》わす、穀《こく》倉《そう》の、米売り出しに陳州へ。なんじは息子を推薦するも、われ知らず、かの両人が、陛下の憂《うれ》いをともにするかを。

誰か、馬を用意せよ。それがしは陛下にご報告にまいる。

韓魏公 （劉衙内と共に退場）

大臣どの、あの二人が陳州に着いたら、民を救うどころか、民を苦しめるに違いありません。他日、陳州から申し立てがあった場合、私に考えがございます。

呂夷簡 大臣どのにすべてお任せして、国のために民を救いましょう。

韓魏公 范学士どのは陛下にご報告に行かれました。われわれも私邸に帰るとしましょう。

飢饉《ききん》の救済、重大事
清廉と、手腕で民を救うべし

呂夷簡 もしも他日に風聞《ふうぶん》あらば
われらが逐一《ちくいち》奏上せん

（共に退場）

［第一折］

小衙内《しょうがない》 （楊金吾《ようきんご》と共に付き人を連れ、紫金《しきん》の鎚《つち》を捧《ささ》げ持って登場）

おれは若様、男前
道理にゃよらず、金が好き
異変が起こり首を斬られりゃ
特大の、膏薬《こうやく》貼ってくっつける

おれは劉衙内《りゅうがない》の息子の小衙内。妹婿の楊金吾と二人で、この陳州《ちんしゅう》へ倉を開き米を売り出しにやって来た。親父の言いつけはこうだ。おれたち二人が米を売り出すにあたり、本来は米一石《いっこく》につき銀子《ぎんす》五両のところを、銀子十両に変え、斗《ます》の中には糠《ぬか》や土を混ぜて水増しする。さらに斗は八升の小斗《こます》を使い、銀子の秤《はかり》には三割増しの錘《おもり》を使う。もし民百姓が従わなくても心配ない、こちらには恩賜《おんし》の紫金の鎚があるのだからな。

付き人 おい、米倉《こめぐら》の係を呼んでまいれ。ここの米倉の係はどこにいる。

倉庫番 （二人登場）

おれたち利口な倉庫番
米を拾って嫁さん食わす
決して盗みはしちゃいない
斛《ます》(三)のお米をへこませるだけ

おれたち二人は陳州の米倉の管理係。お上《かみ》はおれたちがまじめに勤務しており、米一粒も欲しがらぬと思っているので、数年来おれたち二人だけを用いている。いま新たに二人の倉役人が任命を受けてやって来た。ただ者ではないとのことだが、おれたちを呼んで何をさせるつもりだろう。ひとまず面会に行かねばなるまい。

(あいさつする)

旦那、何のご用でしょうか。

小衙内　お前たちが倉庫番か。命《めい》を申しつける。欽定《きんてい》の売り値は、米一石につき銀子十両である。この十両のうちからは一毫《いちごう》たりともピンはねすることはならぬ。ただ斗《ます》と秤《はかり》をひそかに取り替えよ。斗は八升の小斗《こます》を使い、銀子の秤には三割増しの錘《おもり》を使うのだ。もしおれがたくさん儲《もう》けたら、お前にも少し取り分をやろう。おれとお前で六分四分だ。

倉庫番①　承知しました。仰るとおりにすれば、旦那はおれたち二人にも少し儲けさせてくださるというわけですね。

いまから倉を開くとしよう。誰がやって来るかな。

民　(三人、米を買いに登場)

わたしらはこの陳州の民です。ここらではひどい日照りが三年も続いて作物が実らず、わたしら百姓は苦しみ抜いていました。そこへ、ありがたくも天子さまが二人のお役人を遣《つか》わされ、倉を開き米を売り出すよう計《はか》らってくださいました。お上の話では、欽定の売り値は米一石につき銀子五両でしたが、いまは銀子十両に変更となり、米の中には糠や土が混ざって、出す米は八升の小斗、受け取る銀子は三割増しの錘で量《はか》るそうです。わたしらだってこんな条件はのみたくないのですが、米倉のほかに米を買えるところがありません。ひもじさには耐えられないので、しかたなく皆でいくらかの銀子を出し合い、ひとまず米を買って飢えをしのぐことにしたのです。早くも着いたぞ。

倉庫番①　お前はどこの民だ。

民　わたしらはこの陳州の民です。米を買いにまいりました。

小衙内　お前たち二人は銀子をよく調べろ。ほかの偽物はまだ見分けやすいが、鉛《なまり》の偽銀《にせぎん》にだけは気をつけな。決して騙《だま》されるなよ。

倉庫番② そこのお前、銀子何両分の米を買う気だ。

民 わたしらみんなで二十両集めました。

倉庫番① 天秤を持ってきて量れ。足りん、足りんぞ、十四両ぽっちしかないじゃないか。

民 二十両と五銭あるはずですが。

小衙内 悪賢いやつらめ。紫金の鎚できさまらを打ってやる。

民 お役人さま、打たないでくだせえ。もう少し足せばいいのでしょう。

倉庫番① さっさと足せ。おれたちは旦那と四分六《しぶろく》で分けるんだ。

民 (銀子を足す)

では、この六両を足します。

倉庫番② これでもまだ少し足りないが、許してやろう。

小衙内 銀子が足りたのなら、米を量ってやれ。

倉庫番② 一斛《こく》、二斛、三斛、四斛。

小衙内 基準どおりに量るんじゃない。斛《ます》を斜めにして、中の米を減らすんだ。

倉庫番① わかっております。いま細工しているところですよ。

民 この米はたった一石六斗《いっこくろくと》しかないぞ。そのうえ泥や糠《ぬか》が混じっている。籾殻《もみがら》を取ったら一石ちょっとにしかならねえ。もういいさ、わたしらのような民草はこうやって虐《しいた》げられる運命なんだ。まさに「目の上のできものは治ったが、代わりに心臓をえぐられる」だ。

(共に退場)

張憋古《ちょうへつこ》 (息子の小憋古《しょうへつこ》と共に登場)

貧民は、つぎはぎだらけの着物着て
貪官汚吏《たんかんおり》は、ゆったり裳裾《もすそ》が地を払う
誰が作物損なうか
雨と風とのせいでなし

わしは陳州の者、姓は張と申す。意固地なので、人々からは張憋古(四)と呼ばれている。この息子は張仁《ちょうじん》という。さて、陳州では米が不足しているので、先日二人の倉役人が遣わされてきた。聞くところによれば、欽定《きんてい》の売り値を白米一石につき銀子五両と定め、この地の民を救済するはずであった。いま派遣されてきた二人の役人は、白米一石

小憨古　につき銀子十両と改め、さらに八升の小斗《こます》、秤《はかり》には三割増しの錘《おもり》を用いているという。わしは屋敷中からかき集めて用意したこのいくらかの銀子を持って、米を買いにやって来た。

父上、一つだけ言っておきます。父上はふだん意固地な人ですが、米の売り出し所に着いたら、余計なことは言わず黙っていればいいのですよ。

張憨古　これはお上《かみ》が民を救済するためのお計らいじゃ。やつらがお上の仕事にかこつけて私腹を肥やすのを、黙って見過ごすなどできるものか。

〔仙呂《せんりょ》〕【点絳唇《てんこうしん》】

官《かん》と吏《り》が、(五)示し合わせて、民を虐《しいた》げ困窮《こんきゅう》させる。

このわしは、連判状《れんぱんじょう》をしたためて、中書省《ちゅうしょしょう》へとまっしぐら。

小憨古　父上、そんな役所に行って何を訴えようというんです。

張憨古　【混江竜《こんこうりゅう》】

上の梁《はり》が曲がっていれば、下の梁まで曲がってしまう。人を傷つけ己《おのれ》を利《り》すれば憎まれる。

われわれを、虐げるなら、このわしが、黙っていると思うなよ。か弱き流れの谷川も、平らでない地にぶつかれば、不平の声を上げるもの。やつらは故意に勅令枉《ちょくれいま》げる、米倉《こめぐら》あさるどぶ鼠《ねずみ》、生き血をすする青蠅《あおばえ》よ。

早くも着いたぞ。

（倉庫番に会う）

倉庫番①　そこのじいさん、米を買いに来たんだな。銀子を出せ、おれが量ってやる。

張憨古　（銀子を渡す）

こちらが銀子でございます。

倉庫番①　（銀子を秤にかける）

おい、じいさん、この銀子は八両しかないぜ。

張憨古　十二両の銀子が、八両しかないですと。どうしてそんなに少ないのです。

小憨古　お役人さん、われわれの銀子は十二両あるはずです。どうしてたった八両しかないのですか。きちんと量ってください。

倉庫番②　この野郎め、秤にかけたら確かに八両だぞ。おれが一粒食ったとでも言うのか。

張憨古　まったく、もともと十二両だった銀子が、どうして八両になるのだ。
【油葫蘆《ゆころ》】
倉庫番のお役人、意地を張るのはやめとくれ。
このわしが、自ら量ってみせようか。

倉庫番①　このじじいはまったくわからず屋だな。元からお前の銀子が足りていないのに、多めに量ってやれるわけはないだろう。お天道《てんと》さまが見てるんだぜ。

張憋古　世の人々はばかではないぞ。今まさに、思郷《しきょう》嶺《れい》に迷い込み、琉璃井《りゅうりせい》に落とされる(六)。

倉庫番①　こうして、多めに量ってやっても八両だぜ。

張憋古　銀子の秤がいんちきじゃ。

(米を量る)

倉庫番②　どれ、おれが米を量ってやろう。ちょいと穴を掘って、それ、もう少し。

小憋古　父上、向こうのやつがまた米を減らしましたよ。

張憋古　ああ、米もまた、不正に量る。なんと八升の小さい斗《ます》に、三割増しの錘《おもり》を使っておったとは。銀子二両少ないだけでも、文句を言わずにおれぬのに。

倉庫番①　うちの二人の倉役人さまは、誠意にあふれ、袖《そで》の下《した》は受け取らない。堂々と現金をもらって、下々《しもじも》のために取り計らうんだぜ。

張憋古　お前らのその役人とやらはどこのどいつじゃ。

倉庫番②　知らねえのかい、あのお二人が米倉の役人だぜ。

張憋古　【天下楽《てんからく》】
そいつなど、かの包竜図《ほうりゅうと》の足下にすら及ばぬわ。

倉庫番①　じいさん、でたらめを言うのはよしな。あの二人は相当な富と権力の持ち主だ、機嫌を損ねちゃならねえぜ。

張憋古　清廉で、法を枉《ま》げぬとほざきおる。汚職が過ぎれば、罰《ばつ》を受けるぞ。

倉庫番②　この米はまだ盛り上がっているぞ、もう少し減らそう。

小憋古　父上、やつがまた米を減らしましたよ。

張憋古　こっちで半斗《はんます》削られて、あっちで数升減らされる。他人を馬鹿にすることは、自らを、馬鹿にするのと同じこと。

倉庫番②　袋を開いておけよ。おれが量ってやったからな。

張憋古　どういう量り方をしとるんじゃ。こっちは闇米《やみごめ》を買いに来たんじゃないぞ。

倉庫番①　お前は闇米を買いに来たんじゃないと言うが、こっちもお上《かみ》の命《めい》でやっているんだ。闇米を売っているわけじゃないぜ。

張懋古　【金盞児《きんさんじ》】

お上の命とお前は言うが、わしに言わせりゃ私利《しり》のため。米一合で九人《くにん》の命が救えるのだぞ、野山で鹿を取り合うのとはわけが違う。きさまはまさに、餓狼《がろう》の口から骨奪《ほねうば》い、乞食《こじき》の碗《わん》から残飯《ざんぱん》を取る。一升はまだしも一斗は譲れん。きさまはなぜに利ばかり求め、名を取らぬ。

倉庫番①　このじじい、まだわからんのか。役人をばかにしおって。言いつけてやるぞ。

（知らせる）

小衙内　お前たち、何の用だ。

倉庫番①　旦那、申し上げます。老いぼれがひとり米を買いにまいりましたが、そやつは差し出した銀子が足りぬうえに、旦那をばかにするのです。

小衙内　その老いぼれを連れて来い。

張懋古　（対面する）

小衙内　このこそ泥野郎、命が惜しくはないのか。自分の銀子が足りぬくせに、よくもおれを罵《ののし》ってくれたな。

張懋古　民を苦しめる賊どもめ。民に害あり、国に一分の益なしじゃ。

倉庫番①　どうです、おれの言ったとおりでしょう。旦那をばかにしてるんですよ。

小衙内　この老いぼれめ、無礼であるぞ。この紫金の鎚で打ってやる。

（張懋古を殴《なぐ》る）

小懋古　（張懋古の頭をしばる）

父上、しっかりしてください。だから言ったでしょう、余計なことは口にしないでと。紫金の鎚を食らってしまったじゃないですか。父上、死んだらどうするんですか。

楊金吾　そんなに強く打っちゃいねえだろ。もしおれがやったなら、一発で脳みそが飛び出して、まともに頭巾も被《かぶ》れなくなっちまうところだぜ。

張懋古　（徐々に意識が戻る）

【村裏迓鼓《そんりがこ》】

紫金の鎚で打たれたところは、まるで雷落《かみなり》ちたよう。全身血まみれ、耐えきれぬ。打たれたのが背か、頭か肩か、おぼつかぬ。ただ疼《うず》く、まるで歯が突き刺されたよう、心臓抉《えぐ》られたかのよう、骨を削《けず》られたかのよう。ああ天よ、この老いぼれの命をここで断つおつもりか。米を買いに来たのに、なぜ打たれなければならぬ。

小衙内　お前の命なんざ雑草みてえなもんだ、まったく取るに足りねえ。お前を打ったのはおれだ、どこへでも訴えに行けよ。

小憋古　父上、どうしましょう。

張憋古　【元和令《げんわれい》】米を買いに来ただけの、わしに何の罪がある。お前ら米売る役人どもめ、このまま済むと思うなよ。

小衙内　おれはお前を打っても平気さ。どこへでも訴えに行きな。

張憋古　懲役《ちょうえき》、流罪《るざい》、棒打ちの、厳しい刑に処《しょ》せられよう。家の周りの千丈《せんじょう》の、穴を平らに埋めておけ。誰かに押されでもしたら、軽いけがでは済むまいぞ。

楊金吾　おれたち二人は水のごとく清らかで、小麦粉のごとく潔白だ。朝廷の文武百官でおれたちをほめ称《たた》えぬ者はおらんのだぞ。

張憋古　【上馬嬌《じょうばきょう》】まったくきさまは大根お化け、青く清いは頭だけ(七)。

小衙内　おれを野菜呼ばわりか。大根お化けとはどういうこった。

張憋古　金にまみれた役人は、練《ね》り粉《こ》で磨《みが》いてくもった鏡。

楊金吾　おれたち二人は清廉《せいれん》で名を馳《は》せているのだぞ。

張憋古　はあ、まだ言うか、清廉などと、玉製《ぎょくせい》の壺《つぼ》の氷より清らかと。

小衙内　おれたち二人があまりに清廉だから、朝廷中の大臣たちも推挙したのだろうな。

張憋古　【勝葫蘆《しょうころ》】そんな人選《じんせん》、空飛ぶ雁《かり》を指さして、羹《あつもの》作るようなもの。朝廷の意思と言えようか。

楊金吾　この老いぼれ、朝廷がどうのと言っておれを脅《おど》す

張憋古　気か。おれは怖くない、怖くないぞ。
小衙内　いつの日か、正しく裁《さば》かれ、処刑されよう。そのときさまの金は尽き、命も尽きて家滅び、初めて不正を悔やむだろう。
張憋古　この貧乏人は、目の上のこぶか刺さったとげみてえだ。殺しちまおう。腐った柿を握りつぶしたところで、どうってことねえ。
　黙れ。
【後庭花《こうていか》】
貧しき民を、目の上のこぶ、善人を、あごの下の腫《は》れ物《もの》と言う。
よもやきさまの家には王法が及ばぬとでも。
酒や肉、たらふく食らうは勝手だが、金や銀、誰がきさまに量らせようか。
小憋古　息子や、お前が訴えに行くのだぞ。
張憋古　父上、やつらはあんなにも権勢を振るっているのです。訴えるなんてできやしませんよ。
小憋古　息子や、急いで訴えに行け。恐れるな。
張憋古　父上、訴えるなら、誰に証言をしてもらえばいいのでしょう。
小憋古　紫金の鎚を証拠とせよ。
張憋古　父上、たとえ証拠があっても、どこへ訴えればいいのです。
小憋古　訴状を持って中書省《ちゅうしょしょう》まで進み出て、訴えがあると叫ぶのだ。こちらの実情《じつじょう》訴え出れば、きっとどこかの大臣が、取り計らってくれるだろう。
張憋古　父上、もし取り合ってもらえなかったら、次はどこへ訴えるのです。
小憋古　賊どもが、たとえ悪智慧《わるぢえ》めぐらして、あらゆる役所に断られても、登聞《とうぶん》の（八）、恨みの太鼓を打ち鳴らせ。
【青哥児《せいかじ》】
勝つか負けるかわからぬが、きっと報《むく》いを受けるはず。紫金の鎚であったとしても、むざむざと、人を殺してよいものか。死して冥土《めいど》にゆこうとも、決して恨みは忘れぬぞ。神に訴え、黄泉《よみ》の白州《しらす》で自白させ、わしの寿命を償《つぐな》わせてこそ、恨みも晴れるというものよ。さもなくば、わしの鋭い両の眼《まなこ》は閉じまいて。
息子よ、わしはまもなく死ぬ。父に代わって訴えてくれ。

小憨古　わかりました。

張憨古　民に害を与える賊どもめ、お上《かみ》の禄《ろく》を貪《むさぼ》っているくせに、陛下の憂《うれ》いをともにするどころか、かえってわれら無辜《むこ》の民を苦しめるとは、何ということだ。

【賺煞尾《たんさつび》】

役人たるもの、金に走ればすぐ腐敗《ふはい》、金を求めぬ者こそ清廉。おおかたは、きさまのような貪官《たんかん》が、お上の禄を貪っておる。民を苦しめる賊め、考えてもみよ。きさまらを遣《つか》わし、倉を開き米を売り出させたのは何のため。飢饉《ききん》の民を助けるためと自省《じせい》せよ。なぜにかえってわしの脳天《のうてん》打ち砕く。

小憨古　父上、私はいつ訴えに行けばよいのですか。

張憨古　今すぐに発《た》て、一路京《みやこ》へ。俗にも言う、戦いならば父子兵《ふしへい》と。(九) 清廉実直《せいれんじっちょく》、公平無私《こうへいむし》な役人さまに訴えて、民をいじめる賊どもと、白州で白黒つけるのだ。

小憨古　しかし父上、いったいどの役所に訴えるのですか。

張憨古　(嘆く)わしら陳州の民のために、この災難を除いてくれる者といったら、

ただ一人、鉄面無私《てつめんむし》の包竜図《ほうりゅうと》。

(退場)

小憨古　(泣く)父上は亡くなってしまった。この恨み晴らさずにおくものか。陳州の役人では手出しできないだろうから、今からまっすぐ京師《けいし》に向かい、大きな役所を探してやつらを訴えよう。

朝廷が、倉を開くは救済のため
それなのに、父の命が奪われる
この命、桑から生まれたわけじゃなし(一〇)
この恨み、晴らさなければ張《ちょう》を名のれぬ

(退場)

小衙内　お前たち、あの老いぼれはおれを訴えると言ったが、たとえ京師まで訴え出たところで、おれの親父がいる。その上、かの范学士《はんがくし》は親父の親友だ。一人と言わず、十人打ち殺したって、せいぜい両手の指で数えられる程度じゃねえか。おれたち二

人は用事もねえから、狗腿湾《こうたいわん》の遊女の王粉蓮《おうふんれん》の家に酒を飲みに行ってくる。よく言うだろ。

　米倉金蔵《こめぐらかねぐら》
　ちょいと掠《かす》めりゃたちまち金持ち
　王粉蓮は
　お得意さまを裏切らねえ

（退場）

［第二折］

范学士《はんがくし》　（従者を連れて登場）それがしは范仲淹《はんちゅうえん》。劉衙内《りゅうがない》が二人の息子を推挙して陳州へ米の売り出しに行かせたが、なんと彼らは陳州に着くと、賄賂《わいろ》を貪《むさぼ》り法をねじ曲げ、酒に溺《おぼ》れ悪事を働いているとのこと。そこで、このたびは公正な役人を陳州へ派遣し、事態の収拾を図るよう、それがしに勅命《ちょくめい》が下され、斬《き》り捨《す》て御免《ごめん》の勢剣《せいけん》と金牌《きんぱい》を賜《たまわ》った。今日はこの議事堂で大臣たちと話し合うのだが、どうしてまだ誰も現れないのだ。誰か、門の前を見てまいれ。大臣らが到着したらそれがしに報告するのだ。

従者　かしこまりました。

韓魏公《かんぎこう》　私は韓魏公です。いま范学士どのが議事堂におられ、私をお呼びとか。何の用かはわかりませんが、行かねばなりますまい。早くも着いたぞ。

従者　（知らせる）韓魏公さまがご到着です。

范学士　お通ししなさい。

韓魏公　（あいさつする）

范学士　大臣どの、いらっしゃいましたか。どうぞお掛けください。

呂夷簡《りょいかん》　わしは呂夷簡である。私邸でくつろいでいたところ、范学士どのが議事堂にてわしを呼んでいるとのこと。ひとつ行かねばなるまい。おや、早くも着いたぞ。

従者　（知らせる）呂平章《りょへいしょう》さまがご到着です。

范学士　お通ししなさい。

呂夷簡　（あいさつする）

韓魏公どのもこちらでしたか。

学士どの、今日はわしを呼び出していったい何の相談ですかな。

范学士　お二方、ほかでもなく、以前ご相談した陳州の米の売り出しの件でございます。劉衙内が二人の息子を推挙して、米倉の役人として行かせましたが、いま彼らは陳州で、賄賂を貪り法をねじ曲げ、酒に溺れ悪事を働いているとのこと。そこで、こちらに大臣たちを集め、公正な役人を一人選んで陳州へ向かわせ、事態の収拾を図るよう、それがしに勅令が下ったのです。大臣たちがみな揃《そろ》いましたら、ともに一名推挙しましょう。

韓魏公　きっと学士どのには、すでに心当たりがあるのでしょう。われらもその者を推挙いたします。

小憋古《しょうへつこ》　（登場）

私は小憋古。父とともに米を買いに行ったら、なんと二人の米倉の役人に、父を殴り殺されてしまいました。父は死の間際に、包待制《ほうたいせい》のところへ訴えるよう言い残しました。包待制は白いひげのご老人だとか。私はこの大通りで待つとしよう。さて、誰が来るかな。

劉衙内《りゅうがない》　（登場）

わしは劉衙内じゃ。息子たちは陳州へ米の売り出しに行ってから、今までさっぱり音沙汰《おとさた》がない。今朝、范学士から呼び出しの遣いが来た。また何の用か知らんが、ひとつ行かねばなるまい。

小憋古　この白いひげのおじいさんが包待制さまではないだろうか。試しに訴えてみよう。

（ひざまずく）

劉衙内　そこの若いの、何か訴えがあるのなら、わしが助けてやるぞ。

小憋古　私は陳州の者です。父と二人で十二両の銀子《ぎんす》を持って米を買いに行ったところ、米倉の役人が紫《し》金《きん》の鎚《つち》の一振りで、父を殴り殺してしまったのです。陳州では彼らに手出しができません。あなたは包待制さまなのでしょう。どうかわたくしめをお助けください。

劉衙内　若者よ、わしがまさしく包待制じゃ。決してよそへ訴えるでないぞ。わしが助けてやるから、しばらく向こうで待っておれ。

小懋古　（立ち上がる）わかりました。

劉衙内　（わきぜりふ）チッ、餓鬼《がき》どもめ、やらかしおったな。誰か、劉衙内が門の前に来たと知らせよ。

従　者　劉衙内さまがご到着です。

劉衙内　（あいさつする）

范学士　衙内どの、あなたが推挙なさった二人は、実に清廉な役人ですな。

劉衙内　学士さま、わしの息子たちは実に清廉な役人でしょう。決して嘘《うそ》など申し上げません。

范学士　衙内どの。それがしが小耳に挟んだところでは、彼らは陳州で酒に溺れ悪事を働き、職務を果たさず、賄賂《わいろ》を貪《むさぼ》り法をねじ曲げ、民を苦しめているとのこと。ご存じですかな。

劉衙内　皆さまがた、他人の言葉に耳を貸さないでください。わしが推挙した二人は、決してそのようなことはいたしませぬ。

范学士　韓魏公どの、呂平章どの。衙内どのはまだ信じぬようです。

小懋古　（従者に尋ねる）お兄さん、先ほど入って行かれた方が包待制さまですよね。

従　者　あれは劉衙内さまだ。包待制さまは、まだお出《い》でになっていないぞ。

小懋古　何てことだ。私は劉衙内を訴えたいのに、なんと虎の口に入ってしまった。もうおしまいだ。

包待制《ほうたいせい》　（張千《ちょうせん》を連れて登場）それがしは姓を包《ほう》、名を拯《じょう》、字《あざな》を希文《きぶん》と申す。本籍は金斗郡《きんとぐん》四望郷老児村《しぼうきょうろうじそん》である。官は竜図閣待制《りゅうとかくたいせい》を拝命し、南衙開封府尹《なんがかいほうふいん》の職を授かっておる。勅命により南方の視察に赴き、帰ってきたところだ。議事堂へ行って、大臣たちにあいさつするとしよう。

張千《ちょうせん》　旦那さま、官としていつ登庁し、いつ退庁なさるのか、わたくしめにお聞かせください。

包待制　［正宮《せいきゅう》］【端正好《たんせいこう》】
朝靄《あさもや》たなびく卯《う》の刻《こく》より、日の陰《かげ》りだす申《さる》の刻まで、休みなく、文書の山に頭を埋《うず》め、紫《し》襴《らん》の袍《ほう》(一一)は手抜きを許さず、官の勤めを知り尽

くす。

【滾繍球《こんしゅうきゅう》】金《かね》を拒《こば》めば民意に沿えず、金をせびるも本意にあらず。ただ月々の俸給《ほうきゅう》のみでは、付き合いするには不十分。

張千　旦那さまは、ふだんから権勢を振るう人々をも恐れないのですよね。

包待制　それがしと、権力者どもの間には、山ほど高く、海ほど深い恨みあり。魯斎郎《ろさいろう》をば市《いち》に斬《き》り、葛監軍《かつかんぐん》を牢《ろう》に入れ、一身に、恨みの言葉を浴びたもの（一二）。

張千　旦那さま、今はもうご高齢であられますのに、気概は衰えませんね。

包待制　何もかも、今日で帳消し、これからは、他人のことには口出さぬ。頷《うなず》くだけの世渡り上手、これぞ悠々自適の暮らし。
早くも議事堂の門前に着いた。
張千よ、馬を取れ。

小憋古　私が人に尋ねたところによれば、あの方こそが包待制さまらしい。
（ひざまずいて叫ぶ）
訴えにございます。お役人さま、どうか私をお助けください。

包待制　若者よ、そなたはどこの人間で、どんな訴えごとか、ありていに申すがよい。それがしが助けてやろう。

小憋古　私は陳州の者で、家族は父の張憋古《ちょうへつこ》と私の二人きりです。先日、二人の役人が倉を開き米を売り出すため、陳州にやって来ました。欽定《きんてい》の売り値は一石《いっこく》につき銀子《ぎんす》五両であるのに、彼らは一石十両と改めました。私たちは何とか十二両の銀子をかき集めて米を買いに行ったのですが、彼らはたった八両しかないと言います。父が秤《はかり》を確かめようとすると、紫金《しきん》の鎚《つち》の一振りで殴り殺されてしまいました。私は彼らを訴えたいのですが、あいつは莫大な富と権力を握っており、誰も手出しができぬと言うのです。父は死の間際にこう言い残しました。息子よ、わしの命が尽きたら、まっすぐ京師《けいし》に向かって包待制さまを訪ねなさいと。あなたにお会いできて、まるで雲間《くもま》に光が射し、くもっ

た鏡が再び輝くようです。どうか私にお力添えを
お願いいたします。
　本当は、心の内をみな述べたいが
　ぐっとこらえて声を飲み込む
　わが父を、打ち殺せしは紫金の鎚
　無実の罪に耐えきれぬ

包待制　向こうで待っていなさい。

小憋古　（包待制にすがりつく）
あなたが力になってくださらなければ、いったい誰が助けてくれるのです。

包待制　わかった、わかった、わかった。
（三度繰り返す）

包待制　そこの者、包待制が門前にまいったと伝えよ。

従者　（知らせる）
包待制さまがご到着です。

范学士　よし、包竜図が来たか。早くお通ししなさい。

包待制　（あいさつする）

韓魏公　包待制どのは南方の視察から戻られたばかり。馬上の長旅、さぞお疲れでございましょう。

包待制　韓魏公さま、呂平章さま、范学士さま。政《まつりごと》というのは難儀でございますな。

劉衙内　府尹どの、長旅ご苦労さまです。

包待制　衙内どの、ご無沙汰ですな。

劉衙内　（わきぜりふ）
このじじい、なぜわしを睨《にら》みつけるんじゃ。さてはあの若造に会ったな。とにかく知らぬ存ぜぬで押し通そう。

包待制　それがしは南方の視察から戻り、昨日陛下に謁見《えっけん》し、今日はとくに韓魏公さまと、呂平章さま、さらには范学士さまに、ご挨拶《あいさつ》にまいりました。

范学士　包待制どのはいつ役人になられ、今はおいくつになられたのですか。どうかゆっくりとお話しください。敬聴《けいちょう》させていただきます。

包待制　学士さま、それがしがいつ役人になり、今はいくつになったかとお尋ねなら、どうか煩《はん》をいとわず、ゆっくりとお聴きくだされ。
【倘秀才《しょうしゅうさい》】
三十五、六で進士に及第。今は七十八、九に
なる。中年に、至ればすべて終わりと言うが、
『唐書《とうじょ》』に『漢書《かんじょ》』、『春秋』の史書をひもとけば、

范学士　いずれもが、役人としてのわが鑑《かがみ》。(一三)

包待制どのは長年役人を勤めてこられ、経験も豊富でございますね。

呂夷簡　包待制どのは尽忠報国の志篤《こころざしあつ》く、悪を責め善を賞《しょう》揚《よう》しておられる。いま朝廷の内外の権力者たちで、包待制どのの高名を聞いて恐れぬ者はおりません。その誠実さたるや、さながら古《いにしえ》の直諫《ちょっかん》の臣でございます。

包待制　それがしごとき、取るに足りませぬ。古の王朝には何人かの賢臣がおりましたが、みな無念の死を遂げました。それがしのこのような剛直さは、結局は保身の道ではないのです。

范学士　包待制どの、どうぞお聴かせください。

包待制　【滾繍球《こんしゅうきゅう》】

楚《そ》の屈原《くつげん》は江《こう》に身を投げ、関竜逢《かんりゅうほう》は刀下《とうか》に斬られ、殷《いん》の比干《ひかん》は胸を抉《えぐ》られ、韓信《かんしん》は、未央《びおう》宮《きゅう》にて罪なく斬られる。(一四)

呂夷簡　包待制どの、かの張良《ちょうりょう》は帷幄《いあく》の内にいながら千里の先の勝利を決し、高祖《こうそ》を補佐し、天下を平定しました。韓信が殺され、彭越《ほうえつ》が塩漬けにされるのを見るや、爵位を捨てて赤松子《せきしょうし》に弟子入りしたのは、まったく先見の明でございますな。

包待制　張良が、ただちに去っていなければ、

韓魏公　越《えつ》の范蠡《はんれい》が湖に舟を浮かべたことも、非凡であると思います。

包待制　范蠡が、ひそかに出奔《しゅっぽん》していなければ、この二人、屍《しかばね》は元の姿を留め得ず。(一五) わしは網《あみ》から逃れた魚、いかで再び針を呑《の》まん。早々と、隠棲《いんせい》するに如《し》くはなし。ただ恐れるは、役人として全《まっと》うできず、この名声を傷つけること。

韓魏公さま、呂平章さま、范学士さま。それがしは年老いて、務めを果たせませぬ。明日にも陛下にご挨拶して、官を辞し隠棲いたそうと思います。

范学士　包待制どの、それはいけません。いまの朝廷に、あなたほど清廉な役人が何人いるでしょうか。それにまだ働き盛りですし、これからが活躍どきではございませんか。なにゆえ官を辞すなどと。

包待制　学士さま、それがしにも言っておきたいことがございます。

劉衙内　仰るように、府尹どのはお年を召しておいで。官

を辞し隠居されるのがよろしいかと。

包待制　包待制どの、言っておきたいこととは何ですか。お聴かせください。

范学士　【呆骨朶《たいこつだ》】わが君に、上奏すべきことがある。権勢家たちがわが敵と。

包待制　その権勢家たちを、あなたはどうしようというのです。

范学士　そやつらは、押し込み働く強盗で、それがしは、屋敷を守る猛犬よ。金や物を狙っても、この番犬に追い払われる。やつらの願いはただ一つ、今日か明日《あす》にもわしが死に、何もかも、思い通りにできること。

包待制　包待制どの、ひとまず私邸にお戻りくださいませ。われわれはほかに協議すべき件がございます。

范学士　（暇乞《いとまご》いをする）韓魏公さま、呂平章さま、范学士さま。お先に失敬します。

包待制　（門を出る）

小憋古　（門前でひざまずき叫ぶ）お役人さま、私をお助けください。

包待制　危うくその件を忘れるところじゃったわい。若者よ、そなたは先に帰りなさい。それがしもすぐにまいろう。

小憋古　（礼を言う）今日、包待制さまにお会いできたからには、きっと力になってくれるでしょう。包待制さまは先に帰れと仰いましたから、長居はよして陳州に帰り、包待制さまのお出《い》でを待ちましょう。

今日まみえたり包竜図《ほうりゅうと》

父の無念を訴える

陳州《くに》に帰ってお出ましを待ち

あの鎚《つち》で、罪人どもを打ってやる

（退場）

包待制　（振り返って再び議事堂に入る）

范学士　包待制どの、どうしてお戻りになったのですか。

包待制　それがしが戻ってきたのは、陳州の貪官汚吏《たんかんおり》がひどく民を苦しめていることを耳にしたからじゃ。すでに誰か有能な役人を陳州へ遣わされたかの。

韓魏公　范学士どのが、まず二人の役人に任せて行かせました。

包待制　どの二人でしょう。

范学士　包待制どのはご存じないでしょうが、あなたが南方へ視察に行かれてから、朝廷内では人材が不足し、劉衙内どののご子息の劉得中《りゅうとくちゅう》と、娘婿《むすめむこ》の楊金吾《ようきんご》を、陳州へ米の売り出しに行かせたのです。もう長いこと報告がありませぬ。

包待制　陳州の官吏は腐敗し、民は頑迷愚鈍《がんめいぐどん》とのこと。再度役人を一名遣わし視察調査させて、民を慰《なぐさ》め、いたわってやればよいであろう。

韓魏公　包待制どのはご存じないでしょうが、今日われわれが一堂に会したのは、まさにそのためなのです。

范学士　清廉な役人を一名、再度陳州へと遣わして、一つには米の売り出し、二つにはこの件を取り調べて裁くよう、それがしに勅令が下りました。ほかの者に行かせても、とても務まらぬでしょう。ぜひ、包待制どのにご足労願いたく存じますが、いかがでございましょうか。

包待制　それがしはとても任に堪《た》えませせぬ。

呂夷簡　包待制どのが行かぬなら、誰に行かせるというのですか。

范学士　包待制どのが意地でも行かぬと仰るなら、劉衙内どの、あなたから包待制どのに行ってくださるよう仰ってください。それでも行かないと言うのなら、あなたが行ってください。

劉衙内　承知しました。府尹《ふいん》どの、陳州へ行くぐらい、何でもないじゃないですか。

包待制　劉衙内どのが行けと仰るなら、それがしは衙内どのの顔を立てて差し上げましょう。

劉衙内　張千、馬の用意をせよ。陳州へまいるぞ。
（驚く、わきぜりふ）
いかん、このじじいが行ってしまったら、わしの息子たちはどうなるのじゃ。

包待制　【脱布衫《だつふさん》】
わしはもとより堅物《かたぶつ》で、今まさに、火中に油を注ぐよう。権勢ふるう役人たちとは、犬猿の仲。衙内どの、此度《こたび》のご推挙、感謝しますぞ。

劉衙内　わしはそなたを推挙してなどおらぬぞ。

包待制　【小梁州《しょうりょうしゅう》】

社稷《しゃしょく》を憂《うれ》う、わが心。
張千、馬を。

張千　承知しました。

包待制　いま陳州へ出立《しゅったつ》す。心逸《はや》れば、意は留めがたし。やつらがぐるで、とうに話がついており、苦労が徒労にならねばよいが。

范学士　韓魏公さま、呂平章さま、范学士さま、お聴きくだされ。それがし陳州へ行くには行きますが、もし権勢を振りかざす輩《やから》を御《ぎょ》しがたい場合は、いかがいたしましょう。

包待制　包待制どの、ご心配には及びませぬ。勅命により、斬《き》り捨《す》て御免《ごめん》の勢剣《せいけん》と金牌《きんぱい》をお預けいたします。受け取られましたら、陳州へ向かってください。

包待制　【幺篇《ようへん》】
民を救う、陛下の御意に深謝します。勢剣よ、陳州に着けば容赦《ようしゃ》なく、きっとお前に生きた人肉食わせてやろう。ああ、かの無知なけだものめ。真っ先に、逆臣の首を斬ってやる。

劉衙内　府尹どの、陳州に着かれましたら、先日派遣した二人の役人は、うちの若いのでございますから、どうかわたくしに免じて、よろしく面倒を見てやってくださりませ。

包待制　（勢剣を見る）承知した、これで彼らを世話してやろう。（三度繰り返す）

劉衙内　府尹どの、なんと無慈悲《むじひ》な。わたくしは何度もお詫《わ》びを申し上げましたのに、あなたはこの勢剣をご覧になりながら、これで息子らを世話するなどと仰る。あなたにうちの若いのが殺せますか。官職ならばわしだってあなたに引けを取りません。財産だってあなたに劣《おと》りませんぞ。それがしが、いかであなたに敵《かな》いましょうか。

包待制　【耍孩児《さがいじ》】
そなたの貯めこむ金銀は、積めば北斗も超えるほど。望むは永久《とわ》なる栄耀栄華《えいようえいが》。お国のためと言いながら、そなたの口は、結局恥を弁《わきま》えぬ。このわしは、筆で稼《かせ》いだ千石《せんせき》の禄《ろく》（一六）。きさまは何だ、剣で手にする万戸《ばんこ》の侯《こう》。

劉衙内　府尹どの、あなたなど怖くありませぬぞ。

包待制　虚勢《きょせい》を張《は》るのはよすがいい。きさまが害をな

劉衙内　そうとも、それがしが、陳州の民の憂《うれ》いを解《と》かん。

包待制　府尹どの、あなたはご存じないでしょうが、米倉の役人というのはなかなか難しいのですぞ。

劉衙内　米倉役人の弊害《へいがい》なら、よく存じておりますよ。

包待制　知っていると言うなら、その弊害とやらを述べてみよ。

【煞尾《さつび》】

川縁《かわべり》に、糧《かて》を蓄え、米倉に、売り上げ貯めこむ。

ひたすら私腹を肥やすのみ、民が飢えても知らぬふり。

それがしが陳州に着いたら、

彼らの手から、籠《かご》も斗《ます》も取り上げん。

（張千と共に退場）

劉衙内　皆さまがた、まずいことになりましたぞ。あの年寄りが陳州に着いたら、わしの息子たちはおしまいです。

韓魏公　衙内どの、問題ありませんよ。范学士どのとご相談なさってください。私と呂丞相《りょじょうしょう》は先に失礼いたします。

呂夷簡　衙内どの、狼狽《ろうばい》なさるな

学士どのとゆっくり相談

梧桐《ごどう》に鳳凰《ほうおう》飛来せば

みながあれこれ噂《うわさ》する（一七）

（共に退場）

范学士　衙内どの、ご心配召《め》されるな。それがしがすぐに陛下に奏上して、父親であるあなたを使者にし、「生者の罪は許し、死者の罪は許さず」という文書を求めて、大丈夫なようにすればよいでしょう。

劉衙内　それはたいへんありがたい。

范学士　それがしについて来てください。陛下に謁見《えっけん》にまいりましょう。

劉衙内　包待制など憂えずに

まずは求めよ赦免状《しゃめんじょう》

紙一枚にすべてを懸《か》ける

一家の難を救わんと

（共に退場）

［第三折］

小衙内《しょうがない》（楊金吾《ようきんご》と共に登場）

昼間にやましいことがなければ
夜中に門を敲《たた》かれたとて驚かぬ

おれは劉衙内《りゅうがない》の息子だ。おれたち二人は陳州へ米の売り出しに来てから、親父の言いつけどおり米の売り値を改竄《かいざん》し、糠《ぬか》や土を混ぜて、かなりの額をピンはねした。家に貯めこんでも使い道がねえから、最近はもっぱら酒と遊びに費やしている。聞くところによると、陛下が包待制《ほうたいせい》を陳州へ遣わしたとか。楊金吾よ、この老いぼれはなかなかの曲者《くせもの》だぞ。ややもすれば斬《き》り捨《す》て御免《ごめん》だ。このままでは、おれたちのことがばれるかもしれん。いまは、城外十里《じゅうり》の長亭《あずまや》に包のじじいを出迎えに行くところ。

包のじじいは強情者
目をつけられたら命はない
赦《ゆる》してくれなきゃ
すたこら逃げよう

（共に退場）

張千《ちょうせん》（勢剣《せいけん》を背負って登場）

包待制《ほうたいせい》（登場、馬に乗って聞く）

張　千　私は張千でございます。包待制さまのお供をして、南方の視察に行き、戻ってまいりました。このたびは勢剣《せいけん》と金牌《きんぱい》を賜《たまわ》って、陳州へ米の売り出しにまいります。旦那さまは後ろ、私は前を進んでおります。少々距離が空いておりますから……実は、この方は清廉公正で、民から搾取《さくしゅ》することを好みません。金品はだめでも、食べ物を少しいただくぐらいはいいと思いませんか。けれども旦那さまは、地方の役所に行くと、そこの役人や顔役たちが用意したものに見向きもせず、一日三食、薄い粥《かゆ》ばかりを召し上がります。あなたはご年配だから食べられないでしょうが、私は若者です。しかも私は、この二本の足で四本脚の馬とともに進むのです。馬が五十里行けば、私も五十里行き、馬が百里行けば、私も百里行きます。そんな私が、粗末な粥だけでは、五里も行かぬうちに腹ぺこになってしまいます。いま私は前を歩いていますから、あの家に着いたらこう言いましょう。私は包待制の従者で、陳州へ米の売り出しに行くところ。私が背負っているのは斬《き》り捨《す》て御免《ごめん》の勢剣《せいけん》と金牌《きんぱい》だぞ。急いで出迎えの食事を用意して食べさせるように、とね。まるまる肥えた雌鶏《めんどり》に、ぐいぐいいける酒。腹いっぱい酒を飲み、肉を食べたら、五十里と言わず、歯を食いしばって一気に二百里を行っても、まだ余裕があるでしょう。はあ、私

包待制　もばかなやつだな。まだ何も食べていないのに、どうしてこの口はぺちゃくちゃと。旦那さまに不意に聞かれでもしたらどうしよう。

張　千　張千、何をぶつくさ言っておるのじゃ。

（怖がる）

包待制　私は何も申しておりません。

張　千　何がまるまる肥えた雌鶏じゃ。

旦那さま、私はまるまる肥えた雌鶏などとは申しておりません。ちょうど歩いていたところ、人に会ったので、陳州までどのくらいかと尋ねましたら、まだまだ越えとらんと答えました。いつまる

包待制　まる肥えた雌鶏などと申しましたか。

張　千　何がぐいぐいいける酒じゃ。

旦那さま、私はぐいぐいいける酒などとは申しておりません。私が歩いていると、人に会ったので、陳州へはどう行くのかと尋ねると、糸のようにまっすぐな一本道を、ぐいぐい行きなされと答えました。ぐいぐいいける酒などとは申しておりません。

包待制　張千よ、わしも年じゃな、すっかり聞き間違えてしもうた。わしのような年寄りは食べ物がのどを通らぬゆえ、薄い粥ばかり口にしておるしな。いまお前が言ったものをたらふく食わせてやろう。いつものやつも食わせてやる。

張　千　旦那さま、いつものやつって何ですか。

包待制　当ててみい。

張　千　旦那さま、さっき言ったものをたらふく食べさせて、いつものやつもくださるとは、苦茶《にがちゃ》でしょうか。

包待制　はずれじゃ。

張　千　干し大根でしょうか。

包待制　はずれじゃ。
張　千　では、薄いお粥ですね。
包待制　またはずれじゃ。
張　千　旦那さま、どれも違うのなら、いったい何ですか。
包待制　お前が背中に背負っているものは何じゃ。
張　千　背負っているものは剣でございます。
包待制　その剣を食らわせてやるのじゃ。
張　千　（怖がる）
旦那さま、お粥だけ食べているほうがまだましです。
包待制　張千よ、いま天下のあらゆる役人、兵士、庶民が、わしのお忍びの視察を知ったら、喜ぶ者もおるし、気をもむ者もおろう。
張　千　旦那さまが仰らなければあえて申しませんでしたが、いま包待制さまが陳州へ米の売り出しに来られると聞いて、ひれ伏さぬ者はおりません。みな口々に、救いの神が現れたと言っております。これほど喜ぶのは何ゆえでしょうか。
包待制　張千よ、お前にはわからぬじゃろう。よく聴きなさい。

〔南呂《なんりょ》〕【一枝花《いっしか》】
いまこそは、こき使われる民は喜び、ただ飯食らう役人たちは恨み抱《だ》く。にわかには叶《かな》えられないわが願い、どうしても返上できないこの宣旨《せんし》。老境にあるこのわしに、馬上の旅はなんともつらい。いま人々は噂《うわさ》する、包待制が忍び歩きをしていると。役人たちは戦々恐々。
【梁州第七《りょうしゅうだいしち》】
手にした俸禄《ほうろく》、五、六万貫《まんがん》、処断を続け二、三十年。京府州県《けいふしゅうけん》（一八）、転々と。仁宗《じんそう》の御代《みよ》、わしが職務に就《つ》いてより、どれほどの、訴訟《そしょう》の文書を審査して、原因を、細かく調べてきたことか。大方は、農民たちの土地争いと、兄弟による財産争い。われ、われ、われ、われらが宋朝《そうちょう》の、役人たちは上から下まで、やつ、やつ、やつ、やつらは、金持ちどもと利鞘《りざや》を貪《むさぼ》る。ぬし、ぬし、ぬし、ぬしらは、苦しみ喘《あえ》ぐ貧民の、怨嗟《えんさ》の声を知るまいて。いま陳州に近づいて、わしを見下《みくだ》す者もあろうが、お前はそれに取り合わず、馬に乗り、金牌掲《かか》げ進むがいい。袖《そで》ま

張　千　くり、拳《こぶし》を振り上げてはならぬ。
包待制　張千よ、まもなく陳州じゃな。お前は馬に乗り金牌を持って、先に城内に入れ。決して人様をいじめたりするでないぞ。
張　千　わかりました。旦那さま、私は馬に乗ってまいります。
包待制　張千、戻ってきなさい。もう一度言いつけよう。わしは後ろにおるが、もし誰かがわしをいじめたり、殴ったりしても、お前は止めに戻ってくるでないぞ。しっかり覚えておけ。
張　千　わかりました。
（立ち去る）
包待制　張千、戻ってきなさい。
張　千　旦那さま、話がおありならすぐ仰ってください。
包待制　わしの言いつけをしっかり覚えておくのじゃぞ。
張　千　では、私は先に城内に入ります。
（退場）
王粉蓮《おうふんれん》　（驢馬《ろば》を追いながら登場）
あたしは王粉蓮でございます。ここ南関里《なんかんり》の狗腿《こうたい》湾《わん》に住んでおります。ほかの仕事はできませんので、もっぱら色を売って生計を立てていますの。ここ陳州に、お上《かみ》から二人の倉役人が米を売り出すために遣《つか》わされてきました。一人は楊金吾、もう一人は劉の小衙内です。あたしの家での二人の散財ぶりは、あたしが一求めれば十くれるといった具合で、まさに放蕩三昧《ほうとうざんまい》。二人の権勢がすごいので、ほかの人たちはいっさい寄りつかなくなりました。あたしが精一杯もてなすものですから、二人はうちでお金を全部使い果たしてしまいましたの。数日前、紫金《しきん》の鎚《つち》をうちに質入《しちい》れしたんだけれど、もし二人に鎚を請《う》け出《だ》すお金がないなら、あれでかんざしや指輪なんかを作れば、なかなかすてきじゃないかしら。さっきあたしが友だちにお酒をご馳走になっていると、彼ら二人が人に驢馬を引かせてあたしを迎えに来させました。あたしがそれに乗ると、なんとその驢馬は急に一声鳴いて、あたしを振り落としてしまったんですの。あたしは転んでこの細い腰をぶつけてしまい、痛くってたまりません。その上あたしを扶《たす》け起こしてくれる人もいないので、自力で何とか起き上がりましたが、驢馬は逃げてしまって追いつけません。あたしの代わりにあの驢馬を捕まえてくれる人を、なんとか探せないかしら。

包待制　この女は堅気《かたぎ》の者ではなさそうじゃ。あの驢馬を捕まえてやって、どういうことか事情を詳しく尋ねるとしよう。

王粉蓮　（包待制に声をかける）そこのおじいさん、あの驢馬を捕まえてくださいまし。

包待制　（驢馬を捕まえる）

王粉蓮　（礼を言う）本当にご迷惑をおかけしましたわ。

包待制　おねえさん、あなたはどちらのお方じゃ。

王粉蓮　まったく田舎のじいさんね、あたしを知らないだなんて。あたしは狗腿湾に住んでいるの。

包待制　おねえさんは何の商売をしているんだね。

王粉蓮　おじいさん、当ててごらんなさい。

包待制　ふむ、そうじゃな。

王粉蓮　何かしら。

包待制　油屋じゃろう。

王粉蓮　いいえ。

包待制　質屋かな。

王粉蓮　違うわ。

包待制　反物《たんもの》屋ではないかな。

王粉蓮　またはずれ。

包待制　どれも違うなら、いったい何の商売じゃ。

王粉蓮　色を売る仕事よ。おじいさん、あなたはどこに住んでいるの。

包待制　おねえさん、わしはたった一人の女房を早くに亡くしての。子どももおらぬ。あちこちで物乞《ものご》いをして暮らしているのじゃ。

王粉蓮　おじいさん、あたしについていらっしゃい。うちで使ってあげる。うちにいさえすれば、おいしいお肉もお酒も好きなだけ食べられるわよ。

包待制　それはいいですな。おねえさんについて行きましょう。わしをどう使うおつもりかの。

王粉蓮　素直なおじいさんね。うちに来たら、服を整えてあげるわ。ぱりっとした丈夫な上着、新しい帽子、鳶《とび》色の帯、きちんと縫製した薄手の革の靴、それに腰掛けを用意しましょう。門先に座って出入り口の番をしてくれれば、まさに悠々自適じゃないの。

包待制　おねえさん、あなたは今どういった人々と付き合いがあるのじゃな。教えておくれ。

王粉蓮　おじいさん、ほかの貴族のお坊ちゃんや商売人のお客は取るに足りないわ。今うちに出入りをしている二人は、どちらも倉役人で、権力もあるしお金もあるの。彼のお父さんは、京《みやこ》のたいそうお偉い役人さんなんですって。彼はここ陳州で米を売り出すのに、一石十両もの高値をつけ、斗《ます》は八升の小斗を使い、銀子の秤《はかり》には三割増しの錘《おもり》を使うのよ。何でも持っているけれど、あたしから欲しがったことはないわ。

包待制　おねえさんはそやつから金をもらったことはなくとも、何か物をもらったことはあるじゃろう。

王粉蓮　お金をくれたことはないけれど、紫金の鎚をくれたの。見たらきっとびっくりするわよ。

包待制　おねえさん、わしはずいぶん長いこと生きてきたが、紫金の鎚なんてものは見たことがないわい。一目見て厄払《やくばら》いができれば、こんなにいいことはないのじゃが。

王粉蓮　おじいさん、あれを拝めば、すごい厄払いになるわよ。ついてきてちょうだい、見せてあげるわ。

包待制　ではついて行くとしよう。

王粉蓮　おじいさん、食事は済んだの。

包待制　まだじゃよ。

王粉蓮　おじいさん、あたしについてきてね。さっき言った二人が酒席を用意してあたしを待っているから、そこに着いたらお酒もお肉も好きなだけ食べられるわ。驢馬に乗るのを手伝ってちょうだい。

（王粉蓮を支えて驢馬に乗せる）

包待制　（わきぜりふ）南衙開封府尹《なんがかいほうふいん》の包待制を知らぬ者はこの天下におらぬのに、いま陳州で、この婦人のために驢馬を牽《ひ》いてやるとは。可笑《おか》しいのう。

【牧羊関《ぼくようかん》】

陛下の側を去りて幾日《いくにち》、はるかに来たる狗腿《こうたい》湾《わん》。驢馬の前、馬の後ろも厭《いと》わぬが、ただ恐る、按察司《あんさつし》に迎えられ、御史台《ぎょしだい》にふと出くわすを。（一九）本来は、貴《たっと》き身分の包竜図《ほうりゅうと》、なぜに芸者の供をする。色ごとの罪を着せられて、理不尽に、滅俸されるはめになろう。

王粉蓮　おじいさん、あたしについてきて。あの紫金の鎚を見せてあげる。

包待制　ああ、おねえさんについて行くよ。わしに紫金の鎚を一目見せて、厄払いをさせておくれ。

【隔尾《かくび》】聞き終えて、怒りのあまり鼓動は激しく、しばらくは、呆《あき》れて物も言えぬほど。備蓄《びちく》の米の不当な値上げ、たとえやつらが憐《あわ》れまずとも、わしは民らを憐れまん。肥えた男の相撲《すもう》のごとく、やつらにぜえぜえ言わせてやろう。

（王粉蓮と共に退場）

（楊金吾と倉庫番を連れて登場）

小衙内　お目々がぴくぴく震えてる
これはなんとも不吉な兆《きざ》し
もし清廉な役人来たら
きっと梁《はり》から吊るされる
おれたち二人はここで包のじじいを出迎えるのだが、なぜか両目が痙攣《けいれん》している。薬味《やくみ》入りの酒でも飲んで、気を落ち着けてゆっくり待つとしよう。

（王粉蓮と共に登場）

包待制　おねえさん、あれが役人の宿場ではないかね。わしはここでおねえさんを待つとしよう。

王粉蓮　宿場に着いたわ。おじいさん、驢馬から下りるのを手伝ってちょうだい。あなたはここで待っているのよ。あたしが中に入って、あなたにお酒とお肉を持ってきてあげるから、ここで驢馬を見ておいて。

（小衙内と楊金吾にあいさつする）

小衙内　（笑う）ねえさん、いらっしゃい。

楊金吾　かわい子ちゃんよ、はるばるご苦労さんだね。

王粉蓮　この死に損ない、なんであたしを迎えに来なかったのよ。あたしは途中で驢馬から落ちて、危うく死にかけるところだったわ。おまけに驢馬が逃げてしまったのだけれど、幸いに偶然出会ったおじいさんが驢馬を捕まえてくれたの。あら、うっかり忘れるところだった。あのおじいさん、まだご飯を食べていないんだったわ。お酒とお肉を運んであげなくちゃ。

楊金吾　そこの倉庫番、驢馬を見ているじいさんに酒と肉を持っていってやりな。

倉庫番①　（包待制に酒と肉を与える）
おい、じいさん、ほらよ、お前に酒と肉をやろう。

包待制　こんな酒と肉、わしは食えん。全部驢馬にやったと倉役人に伝えておけ。

倉庫番①　（怒る）
ええい、この田舎《いなか》じじいめ、なんと無礼な。
（小衙内に知らせる）
旦那、いま驢馬を牽《ひ》いているじじいに酒と肉を与えましたが、やつは一口も口にせず、すべて驢馬に食わせてしまいました。

小衙内　おい、そのじじいをあの槐《えんじゅ》の樹に吊《つ》るしておけ。包のじいさんの出迎えが終わったら、じっくりと打ちすえてやる。

倉庫番①　かしこまりました。
（包待制を吊るし上げる）

包待制　【哭皇天《こくこうてん》】
かの劉衙内《りゅうがない》が推《お》す息子、范学士《はんがくし》どのは何ゆえに、詔勅《しょうちょく》読み上げ任命す。いま腐敗した倉役人は、富を貪《むさぼ》り、貧しい民をこれっぽっちも顧《かえり》みず、ひたすら女郎《じょろう》に入《い》れ揚《あ》げる。やつらはお上《かみ》の命《めい》を守らず、ひそかに売り値を釣り上げて、不正に倉の米を売り、公《おおやけ》の金を使い込み、女郎にすべて注《そそ》ぎ込む、王粉蓮《おうふんれん》なる女郎めに。しかとこの目で見届けた、決して容易に許しはせぬぞ。
【烏夜啼《うやてい》】
初めにわしの勢剣《せいけん》食らい、やつの命は消え失せる。劉衙内、わしに便宜は図れぬぞ。此度《こたび》の視察にぬかりなし、流言《りゅうげん》にあらず。もし范学士とよしみがあろうと、たとえ陛下に慈悲《じひ》を請《こ》おうと、鉄面無私《てつめんむし》のこの包竜図《ほうりゅうと》、きさまらの名を宮中に上げ、身をば冥府《めいふ》に葬《ほうむ》らん。

張千　（登場）
頼みごとを引き受けたからには、必ずや遂げなければ。旦那さまの言いつけどおり、私は先に城内に入って、かの楊金吾と小衙内を探します。米

包待制《ほうたいせい》、陳州《ちんしゅう》にて米《こめ》を糶《う》る

倉まで行って探しましたが、どちらも見つかりません。旦那さまの居場所もわからないことだし、ひとまずこの宿を覗《のぞ》いてみましょう。
(小衙内と楊金吾を見つける)
あいつらじゃないか。こんなところで酒を飲んでいたとは。ちょいと彼らを驚かして、酒と心付《こころづ》けを少しばかりいただくとしよう。
(話しかける)

よくもまあ、まだこんなところで酒を食らっているとは。まもなく包待制さまがお前たち二人を捕まえに来るぞ。すべてはこの私しだいだがな。

小衙内　兄さん、どうかおれたちを助けてくれ。お酒をご馳走《ちそう》しますから。

張千　ばかなやつらよ。お偉方《えらがた》に頼みがあるなら、お側の者に口利《くちき》き願えと言うだろう。

小衙内　兄さんの仰るとおりで。

張千　お前たちのことはすべて聞いているぞ。任せておけ、私がうまくとりなしてやるから。包待制が座っている包待制なら、私は立っている包待制、すべて私しだいなのだ。

包待制　立っている包待制とはよく言ったのう、張千よ。
【牧羊関《ぼくようかん》】
わしの馬前を行くときは、余計なことは口走らぬが、いまは宿場で大口たたく。実権を、持たねばこの世は渡ってゆけぬ。おい、付き人のにせ王喬《おうきょう》(二〇)、仙人の、猿まねしても、似ても似つかぬ。

張千　(酒を撒《ま》いて誓いを立てる)

私が必ずお前たちを助けてやる。この酒が約束の証人だ。

(包待制に気づき、怯《おび》える)

うわっ、びっくりした。

包待制　驚きで、顔は真っ青、手足はぶるぶる。しょせん鼠《ねずみ》に肝《きも》はなく、猿に座禅《ざぜん》は組めぬもの。

張　千　ええい、愚か者どもめ。きさまらが陳州で米を売り出すに当たって、お上《かみ》が定めた売り値は五両であるのに、なぜ十両に改めた。張憋古《ちょうへつこ》が少し口答えしただけで、なぜ打ち殺した。そのうえこの張千に酒を振る舞おうとし、驢馬を牽《ひ》く老人を勝手に吊《つ》るし上げたな。いま包待制さまがお忍びで東門より入城されたのに、きさまはまだ出迎えに行かぬのか。

小衙内　なんですと、包待制さまが城内に入られたのでしたら、おれたちはすぐにお迎えにまいります。

(楊金吾、倉庫番と共に退場)

張　千　(包待制を解放する)

王粉蓮　小衙内も楊金吾も行ってしまったわ。あたしも家に帰りましょう。

おじいさん、あたしの驢馬を連れてきてちょうだい。

張　千　(王粉蓮を罵《ののし》る)

このあま、とんでもないやつだ。まだ旦那さまに驢馬を牽かせようとするか。

包待制　しっ、黙っていろ。

おねえさん、驢馬に乗るのを手伝いましょう。

(王粉蓮が驢馬に乗るのを手伝う)

王粉蓮　おじいさん、ご苦労さま。忙しかったら構わないんだけれど、もし時間があったら、うちに紫金《しきん》の鎚《つち》を見に来てね。

(退場)

包待制　あの腐った賊どもめ、なかなか肝が太いわい。

【黄鍾煞尾《こうしょうさつび》】

陛下と民の、不満をまるで気にかけず、大事にするのは、酒と女を買う金ばかり。命尽き、家滅ぶときはもう間近。きさまらは、民をいじめる残忍な鷹《たか》、一人ずつ、前へ引っ立て、恩《おん》賜《し》の剣で成敗しよう。わしを無慈悲《むじひ》と恨むなら、あの王という女郎を恨め。この包拯《ほうじょう》に驢《ろ》馬《ば》を牽《ひ》かせて、ここまで連れてきたことを。

（張千と共に退場）

［第四折］

知事　（外郎《がいろう》と共に登場）
それがしは、善良な知事
裁きとなれば、右往左往
口にするのは二つだけ
酒で煮込んだすっぽんと蟹《かに》
それがし姓は蓼《りょう》、名は花《か》と申す。かたじけなくも陳州知事の職に任ぜられている。今日は包待制《ほうたいせい》さまが登庁されている。
外郎よ、それぞれ不備のないように書類を用意したうえ、決裁を待て。

外郎《がいろう》　私にこの書類を渡して、しっかり用意をしろと仰いますが、私は文字が読めないのですよ。わかるはずがありません。

知事　馬鹿野郎、字が読めないのに、なぜ外郎を務めておるのだ。

外郎　ご存じなかったのですか。私は臨時で雇われた代理の外郎です。

知事　ふん、早く机の上を片付けろ。もうすぐ包待制さまがいらっしゃるぞ。

張千《ちょうせん》　（整列して登場）
敬礼、役所にありては人馬平安。（二）

包待制《ほうたいせい》　（登場）
わしは包拯《ほうじょう》。陳州一郡で、腐敗した役人が民を虐《しいた》げているため、陛下の命《めい》を受けて、役人の視察と民の慰撫《いぶ》にまいった。なかなか難儀《なんぎ》じゃったわい。
［双調《そうちょう》］【新水令《しんすいれい》】
宮殿に、向かってぬかずき、勅命《ちょくめい》拝し、陳州へ行くは、民らの害を除くため。威名は大地を響《どよ》もして、鬼気は霜と迫り来る。手に勢剣《せいけん》と金牌《きんぱい》掲《かか》げ、ああ、小衙内《しょうがない》、われを恨むな。
張千、劉得中《りゅうとくちゅう》らを、全員ここへ連れてまいれ。

張千　かしこまりました。
（小衙内、楊金吾《ようきんご》、倉庫番二人を連れてきてひざまずかせ、面会させる）
面《おもて》を上げい。

包待制　そなたは罪を認めるか。

小衙内《しょうがない》　身に覚えがございません。

包待制　きさま、欽定の米の売り値は、一石《いっこく》につき銀子何両であった。

小衙内　父は、欽定の売り値は一石十両だと申しました。

包待制　欽定の売り値は一石五両である。きさまはそれを勝手に十両に改め、さらに八升の小斗《こます》と、三割増しの錘《おもり》を用いた。それでも身に覚えがないなどと申すか。

【駐馬聴《ちゅうばちょう》】

頭の中は金儲けのみ、民の貧苦は眼中になし。

枷《かせ》はめられた災難は、きさまの福運尽きたため。前に進めば嚇魂台《かくこんだい》(二二)、後ろに退けば東の大海。

刑場で身を裂かれる前に、魂を雲の彼方に飛ばしてやろう。

張千よ、南関《なんかん》へ行き、紫金《しきん》の鎚《つち》とともに王粉蓮《おうふんれん》を護送してまいれ。

張　千　かしこまりました。

(王粉蓮を連れてきてひざまずかせる)

面を上げい。

包待制　王粉蓮よ、わしが誰かわかるか。
王粉蓮《おうふんれん》　存じ上げませんわ。
包待制　【雁児落《がんじらく》】
なんと間抜けな王粉蓮、包待制の知謀を知らぬ。金持ちの、倉役人ならもてなすに、なぜ府尹《ふいん》にはしなを作らぬ。
王粉蓮よ、この鎚《つち》をお前に与えたのは誰じゃ。
王粉蓮　楊金吾でございます。
包待制　張千よ、太い棒を選び、王粉蓮の腰巻きを取って、三十打ちすえよ。
張　千　(打つ)
包待制　打ち終えたら放り出せ。
張　千　(追い出す)
王粉蓮　(退場)
包待制　張千よ、楊金吾を前へ。
張　千　(楊金吾を引っ立てる)
包待制　この紫金の鎚には陛下の宸筆《しんぴつ》がある。きさまはなぜこれを王粉蓮に与えたのだ。
楊金吾《ようきんご》　どうかお助けを。私はそれを与えたわけではありません、ただ焼餅《シャオピン》(二三)を食うために質《しち》に入れただけです。

包待制　張千、楊金吾を市中の刑場に連れてゆき、さらし首にせよ。

張千　かしこまりました。

包待制　【得勝令《とくしょうれい》】

ああ、金に溺《おぼ》れてあこぎな商売、いまこの刀《とう》下《か》に屍《しかばね》さらす。蕭何《しょうか》の法を犯した罪は許されぬ、蒯通《かいつう》の、知謀があっても助からぬ(二四)。きさまの死はもう目の前だ、この勢剣は、鋭さまるで風のよう。きさまの死はもう避けられぬ、紫金《しきん》の鎚《つち》を酒に替えるなどもってのほか。

張千　(楊金吾を連れていき、殺す)

包待制　張千よ、小憋古《しょうへつこ》を連れてまいれ。

張千　小憋古、面《おもて》を上げい。

(小憋古を連れてきてひざまずかせる)

包待制　そこの者、そなたの父は誰に殴り殺されたのだ。

小憋古《しょうへつこ》　小衙内に紫金の鎚で打ち殺されました。

包待制　張千よ、小衙内の劉得中《りゅうとくちゅう》を引っ立てい。そして小憋古に、紫金の鎚で殴り殺させよ。

張千　かしこまりました。

包待制　【沽美酒《こびしゅ》】

悪事をはたらく小衙内、しばしこらえる小憋古。自ら蒔《ま》いた恨みの種は、いかで消せよう。わしの裁きの行き過ぎでなし。恨むなら、きさまの父を恨むがよい。

【太平令《たいへいれい》】

人の命は天ほど大きい。獣《けもの》のごとく人を殺《あや》める、非道《ひどう》な輩《やから》は捨て置けぬ。紫金《しきん》の鎚《つち》はここにあり、やつの頭蓋《ずがい》に打ち下ろせ、たちまち肉裂け血が迸《ほとばし》る。かように罪を償《つぐな》わせ、さあ、これにて治まるこの陳州。

小憋古　(小衙内を打つ)

包待制　張千よ、打ち殺したか。

張千　打ち殺しました。

包待制　張千、小憋古を捕らえよ。

張千　かしこまりました。

(小憋古を捕らえる)

劉衙内《りゅうがない》　(赦免状《しゃめんじょう》を持ち、慌《あわ》てて登場)

慌てるほどに道遠く
一大事とて家を飛び出す

わしは劉衙内。陛下に懇願《こんがん》して、「生者の罪は許し、死者の罪は許さぬ」という赦免状を頂戴《ちょうだい》し、夜も休まずに陳州へ二人の息子を救いにやって来た。
みなの者、待つのだ。赦免状がここにあるぞ。生者の罪は許し、死者の罪は許さぬとのことだ。

包待制　張千よ、死んだのは誰じゃ。
張　千　死んだのは楊金吾と小衙内です。
包待制　生きているのは誰じゃ。
張　千　小懋古です。
劉衙内　くそっ、違うやつを助けてしまった。
包待制　張千、小懋古を釈放せよ。
【殿前歓《でんぜんかん》】赦免状《しゃめんじょう》が来たとの知らせ、振り向いて、大笑せずにおれようか。劉父子《りゅうふし》は、権勢ふるうも、ついに悪運尽き果てる。やつはただ、赦免が届けば手立てがあると思いしに、いかで知ろう、届かぬうちに殺されるとは。あべこべに、他人を許すこととなったは、策の良し悪しにはあらず、天の理《ことわり》ここに明らか。

張千、劉衙内を捕らえよ。判決を言い渡す。
　陳州の、日照りのために
　民は貧しく飢《う》えてさまよう
　器の小さい小衙内
　道楽者の楊金吾
　陳州にて、米を糶《う》れとの勅賜《ちょくたまわ》るも
　値《ね》を釣り上げて私腹を肥やす
　紫金《しきん》の鎚《つち》で善人を打ち
　恨みの声が天地に響く
　范学士《はんがくし》さまは奸臣《かんしん》憎み上奏す
　死んだ罪人赦免せず
　いま公正に裁きを行い
　息子に自ら仇《あだ》を討たせる
　公正無私の判決は
　千年先まで語り継がれん

題目　范天章《はんてんしょう》、政府《せいふ》より官《かん》を差《つか》わし
正名　包待制《ほうたいせい》、陳州《ちんしゅう》にて米《こめ》を糶《う》る

注釈

（一）「九経《きゅうけい》」とは儒教の九種の経典《けいてん》、『易経《えききょう》』『書経《しょきょう》』『詩経《しきょう》』『周《しゅ》礼《らい》』『儀礼《ぎらい》』『礼記《らいき》』『春秋左氏伝《しゅんじゅうさしでん》』『春秋公羊伝《しゅんじゅうくようでん》』『春秋穀梁《しゅんじゅうこくりょう》伝《でん》』を指す。「中書省《ちゅうしょしょう》」は三国時代の魏《ぎ》の文帝《ぶんてい》の代に設置された。宋《そう》代では宰相の府であり、主として詔勅《しょうちょく》の立案と起草をつかさどった。「昇平」とは、国が栄え、世の中が太平であること。「鰲頭《ごうとう》」は状元《じょうげん》（進士《しんし》科の試験に首席で及第した者）を指す。状元が天子に謁見する際、そのきざはしの前に鰲（大うみがめ）の彫刻があったことから。なお、范仲淹《はんちゅうえん》は大中祥《だいちゅうしょう》符《ふ》八年（一〇一五）に進士に及第しているが、状元ではない。

（二）『明成化説唱詞話《みんせいかせっしょうしわ》』に収める包公ものの語り物の一つに、「包竜図断歪烏盆伝」がある。これは『中国古典名劇選』ですでに翻訳した「盆児鬼《ぼんじき》」と同じ物語で、やはり最後には包公が正当な裁きを加えて団円となる。その末尾には、「湛湛青天不可欺、未曾挙意早先知。勧君莫作虧心事、古往今来放過誰（澄みわたる青天はあざむけぬ、その気を起こす前からお見通し。良心に背くことはするなかれ、古往今来、のがれた者は一人もおらぬ）」という詩が大書されている。お天道様の下で悪事を働くことを戒める詩であるが、「青天」は包公の別名「包青天」にも通じている。小衙内がここで詠む登場詩「湛湛青天則俺識、三十六丈零七尺。踏著梯子打一看、原来是塊青白石（澄みわたる青天は俺のみぞ知る、その高さは三十六丈とんで七尺。梯子に登ってうち見れば、なんとこれ、ひとかたまりの青白い石）」は、この詩のパロディーであろう。「青白」は「清廉潔白」を、「石」は石頭を、つまり包公その人を連想させる。小衙内が得意になって青天に登ってみれば、それは包公の手のひらの上だったという本編の内容を暗に示しているのかもしれない。

（三）「斛《ます》」は口が小さく、底が大きな四角のます。漢代に十斗が入るますを斛《こく》と定めたが、南宋以降は五斗を一斛とした。

（四）「憋古《へっこ》」とは、かたくなで融通が利かないさま。よって、「頑固者の張」というほどの意。なお、この「張憋古」というのは、中国の古典劇において類型化された登場人物の一つであり、頑固な平民役として『元曲選《げんきょくせん》』でも「漁樵記《ぎょしょうき》」「貨郎旦《かろうたん》」「盆《ぼん》児鬼《じき》」などに登場する。

（五）旧時、中央政府により任命された役人を「官」、現地で採用された下級役人を「吏」と呼んだ。

（六）「今まさに……落とされる」の一句は、張憋古が、自分は愚かではないから騙《だま》されないと言いながらも、倉庫番の手管《てくだ》にじわじわと嵌《は》まっていくさまの比喩。宋代に「思郷嶺《しきょうれい》」という題の絶句が数首詠まれており、いずれも方角もわからぬほど果てしなく山の峰が連なる情景が描かれている。「琉璃井《りゅうりせい》」は中国の伝説に登場する、八方に道が通じ、巧妙に敵兵を罠《わな》にかけることができたという地下道。

（七）宋・元時代のことわざ。直前の楊金吾の「おれたち二人は水のごとく清らか」というせりふに対し、大根は上の一部分しか青くないことから、楊金吾の言う清らかさが欺瞞《ぎまん》であることを揶揄《やゆ》している。「青」は「清」に通ずる。

（八）旧時、冤罪《えんざい》を被《こうむ》った臣民は、朝廷の門外に備えられていた「登聞鼓《とうぶんこ》」という太鼓を打ち鳴らして陳情した。周代《しゅう》にはすでに存在したという記載がある。宋代には登聞鼓院《とうぶんこいん》という役所が設置され、平民も訴えることができた。

（九）「父子兵《ふしへい》」とは、親子のように固く団結した屈強な軍隊。

（一〇）桑の木から赤子が生まれるというのは、殷《いん》の湯王《とうおう》に仕えてその建国に尽力した名相伊尹《いいん》の出生伝説で、『呂氏春秋《りょししゅんじゅう》』「本味」篇に見える。ある女が腹に赤子を宿していたとき、夢に神のお告げを聞いたが、お告げの戒めを破ってしまい、たちまち一本の桑の木と化してしまった。その幹の中から拾われた赤子が、のちの伊尹であるという。ここは、小憋古《しょうへつこ》にとって張憋古《ちょうへつこ》が血を分けた実の父であることをいう。

（一一）「紫襴《しらん》の袍《ほう》」は、紫色の官服。官吏の等級は正一品から従九品まで十八級に分けられ、包拯《ほうじょう》の時代、紫は一品から三品までの高級官僚のみが着用を許された。

（一二）「魯斎郎《ろさいろう》」は、関漢卿《かんかんけい》の雑劇「魯斎郎」の登場人物。権勢を笠に着て人妻を掠奪《りゃくだつ》し、民を苦しめるが、包拯によって斬られる。「葛監軍《かつかんぐん》」は、同じく関漢卿の雑劇「蝴蝶夢《こちょうむ》」の登場人物、葛彪《かつひょう》のことだと思われる。葛彪は皇親を自称し、権力を恃《たの》みに因縁をつけて王老人を殺す。王老人の息子らは葛彪を捕まえたが、その際に誤って殺してしまう。息子たちは逮捕されるが、包拯はその母の愛に打たれて息子たちを赦《ゆる》してやる。つまり葛彪は監軍ではなく、包拯によって牢に落とされるのでもないが、本劇ではこれをも包拯の手柄として数えたのだろう。もしくは、無名氏の雑劇「延安府《えんあんふ》」に登場する「葛監軍」（逆恨みで殺人を犯した息子をかばうが、清廉な役人李圭《りけい》によって裁かれる）と混同している可能性もある。

（一三）中国では司馬遷《しばせん》の『史記《しき》』以降、各王朝の歴史が編み続けられた。『唐書《とうじょ》』（新旧二種あり）も『漢書《かんじょ》』もその一つ。『春秋《しゅんじゅう》』は、孔子《こうし》が編んだという春秋時代の魯《ろ》の国の歴史書。

（一四）「屈原《くつげん》」は戦国時代の楚《そ》の政治家。讒言《ざんげん》により追放され、滅びゆく祖国を見るに堪《た》えかねて汨羅《べきら》に身を投げたという。『楚辞《そじ》』の完成者でもある。「関竜逢《かんりゅうほう》」は夏《か》の桀王《けつおう》に仕え、幾度も諌《いさ》めたが怒りを買って処刑された。「比干《ひかん》」は殷《いん》の紂王《ちゅうおう》の叔父で、紂王に諌言したため胸を裂かれて殺された。「韓信《かんしん》」は秦《しん》末から前漢《ぜんかん》初期にかけて活躍した武将である。張良《ちょうりょう》・蕭何《しょうか》とともに漢の三傑の一人に数えられるが、謀反《むほん》の嫌疑で捕らえられ、長安《ちょうあん》城内の未央宮《びおうきゅう》で斬られた。

（一五）「張良《ちょうりょう》」は前漢の建国に尽力した劉邦《りゅうほう》の参謀。漢が天下を平定したのちは一線を退き、神仙の術の習得に励んだという。「范蠡《はんれい》」は越王勾践《えつおうこうせん》に仕えた政治家。呉を滅ぼして会稽《かいけい》の恥を雪《そそ》いだあと、有頂天になる勾践を見て、まもなく越を脱出した。范蠡はその後、名を変えて斉《せい》で商売をはじめ、定陶《ていとう》に移って巨万の富を築き、悠々自適の生活を送ったという。また、西湖《せいこ》に舟を浮かべて西施《せいし》と暮らしたという伝説もある。

（一六）「石《せき》」は官位に対応する俸給の禄高。たとえば後漢の尚書令なら「秩《ちつ》一千石《せき》」など。なお、米の容積は「石《こく》」としている。

（一七）「梧桐に鳳凰飛来せば、みながあれこれ噂する」の上の句は、下の句を導く枕詞で実質的な意味はない。ここは陳州に包待制がお忍びで来るというので、小衙内や民らがあれこれ噂することを表すのであろう。

（一八）宋代の行政区画。「京」は首都汴京《べんけい》、「府」は開封府などの特別な州、「県」は「州」の下位に属する。

（一九）「按察司《あんさつし》」は、唐《とう》代に地方巡察の官として置かれ、宋代には地方最高行政区である路《ろ》の長官が兼任し、強い権力を握った。「御史台《ぎょしだい》」は、後漢時代に成立した、中央および地方政府の監察機関。

（二〇）「王喬《おうきょう》」は周《しゅう》の霊王《れいおう》の太子晋《しん》のこと。王子喬《おうしきょう》とも。巧みに笙《しょう》を吹き、白い鶴に跨《また》がって仙境に遊んだという。

（二一）一句は開廷を告げる決まり文句。「敬礼」の原文は「喏《じゃ》」。相手に呼び掛けるときに発する語で、「喏」と言いながらお辞儀をする。

（二二）「嚇魂台《かくこんだい》」は、冥府《めいふ》にあるという死者の魂を苛《さいな》むところ。

（二三）「焼餅《シャオビン》」は小麦粉をこねて発酵させ、油や塩を練りこみ、平たい円形や方形にして焼いた簡素な食品。

（二四）「蕭何《しょうか》」は漢の開国の功臣。九編からなる法典『九章律《きゅうしょうりつ》』を編んだと伝えられる。「蒯通《かいつう》」は同時代の説客《ぜいかく》。韓信《かんしん》や曹参《そうしん》に助言して領地を安定させた。のちに劉邦《りゅうほう》から罪を問われたが、得意の弁舌で釈放を勝ち取った。本書に収める「賺《たん》蒯通《かいつう》」は、この蕭何と蒯通を扱った芝居。

解　説

本劇「陳州糶米《ちんしゅうちょうべい》」は作者不明だが、数多くある元雑劇のなかでも、公案劇《こうあん》（裁判もの）の代表的作品である。第二折から第四折にかけて正末《せいまつ》が扮《ふん》する包拯《ほうじょう》は、『宋史《そうし》』に伝のある実在の人物で、決して権力者に媚《こ》びることのない清廉《せいれん》の士として有名であった。そのため、役人には恐れられ、庶民からは「包公《ほうこう》」と呼ばれて親しまれ、そしていつしか様々な伝説とともに、鉄面無私（公平剛直）の名裁判官、包公が生まれた。

二十数本あったとされる公案劇のうち、包拯を主人公とする包公劇は十六本を占め、そのうちの十本が『元曲選《げんきょくせん》』に収められている。包拯の人気ぶりが知られるであろう。また、明《みん》代の語り物のテキスト『成化説唱詞話《せいかせっしょうしわ》』では、本劇と同じ題材を扱った「陳州糶米伝」のほか、その大半を包公ものが占めている。明代後期以降になると、『百家公案《ひゃっかこうあん》』や『竜図公案《りゅうとこうあん》』など、包拯を題材とした裁判物語集が次々と出版された。そして芝居、語り物、小説のほかにも、テレビドラマなど種々のメディアを通じて、今日まで数百年にわたり中国の人々から愛され続けているのである。

開封府《かいほうふ》の知事である包拯は、勅命《ちょくめい》によって陳州へ赴く。そしてお忍びで関係者と接触した後、服装を改めて役所へ乗り込み、皇帝より全権を与えられた象徴である「勢剣《せいけん》」と「金牌《きんぱい》」を掲《かか》げて、不正を行った役人たちを断罪する。これに類似した話の展開は、日本の水戸黄門《みとこうもん》のほか、朝鮮半島にも見られ、東アジアの各地に存在する。

包拯にも張千《ちょうせん》というお付きの者が一人いる。ところが、張千は「水戸黄門」の助《すけ》さん格《かく》さんのように従順で勤勉な部下ではない。上司に聞こえていないと思い込んで愚痴《ぐち》を漏らしたり、口添えをしてやるから酒を馳走しろと倉役人に持ちかけたりする。また、遊女の王粉蓮《おうふんれん》は、包拯が自分よりずっと身分の高い官僚であることを知らず、下男のように扱う。張千はすぐに悪さが包拯にばれて叱られ、王粉蓮も棒たたきの刑を受けるが、何とも憎めない人間味ある人物である。王粉蓮の「まったく田舎のじいさんね、あたしを知らないだなんて」という矜持《きょうじ》に溢《あふ》れたせりふもいい。劉衙内《りゅうがない》は民を苦しめて私腹を肥やす悪人で、同情の余地はないが、息子を心配して右往左往する姿からは、子を大切に思う父親の情が滲《にじ》み出ている。善につけ悪につけ、己の信念に忠実な生き方は、時代と民族を超えて魅力を感じさせるものではないだろうか。

❖ コラム① ——『元曲選《げんきょくせん》』を編んだ人

『元曲選』の編者である臧懋循《ぞうぼうじゅん》（一五五〇〜一六二〇）は、字《あざな》を晋叔《しんしゅく》、号を顧渚《こしょ》といい、長興《ちょうこう》（今の浙江《せっこう》省湖州《こしゅう》市）の人である。長興の臧氏は、科挙《かきょ》（官吏登用試験）の合格者を数多く輩出した名家であり、臧懋循も三十一歳で科挙に合格、「四代六進士（四世代にわたって六人の科挙合格者を出した）」と讃えられる臧氏隆盛の一翼を担っている。官途に就いた臧懋循は、荊州府学教授《けいしゅうふがくきょうじゅ》、郷試《きょうし》（地方で行われた科挙の一次試験）の監督、南京国子監博士《なんきんこくしかんはくし》を歴任していく。ところが、三十六歳で陰間《かげま》遊びを理由に弾劾《だんがい》を受けて罷免《ひめん》されてしまい、わずか五年で役人生活を終えることになる。以後、七十一歳でこの世を去るまで、臧懋循が再び宮仕えをすることはなかった。

官を解かれた臧懋循は、各地の文士を訪ねては、詩友と詩作を楽しみ、悠々自適の後半生を過ごす。その交流の範囲は広く、著名人に『還魂記《かんこんき》』の作者湯顕祖《とうけんそ》や、『五雑組《ござつそ》』の著者謝肇淛《しゃちょうせい》らがいる。詩人としての臧懋循は、同郷の詩友呉稼竳《ごかとう》、呉夢暘《ごむよう》、茅維《ぼうい》と共に「呉興四子《ごこうしし》」と称され、ある程度の評判を得ていた。当時、古文辞《こぶんじ》派の後七《こうしち》子《し》（李攀竜《りはんりょう》、王世貞《おうせいてい》、謝榛《しゃしん》、宗臣《そうしん》、梁有誉《りょうゆうよ》、徐中行《じょちゅうこう》、呉国倫《ごこくりん》）が詩壇を席巻《せっけん》していたが、臧懋循の詩はその模倣に陥らなかったと評されている。臧懋循が生きた明《みん》の万暦《ばんれき》年間は、国内の反乱や、豊臣秀吉の朝鮮出兵など、国内外で騒乱が立て続きに起き、その鎮圧に何度も軍の出動があった。しかも、万暦帝は戦費による歳出を補い、自身の蓄財を増やすために、臨時増税を繰り返した。このような時代を反映し、臧懋循の詩には、朝鮮における明軍と日本軍との戦いの結果に一喜一憂するものや、重税に対する意見を述べた作品があり、その社会への関心の高さが見て取れる。また、自然の描写でも一定の評価を得ている。その詩文は、死後に息子の臧爾炳《ぞうじへい》の手で出版された『負苞堂《ふほうどう》詩選』および『負苞堂文選』で見ることができる。

隠居暮らしの臧懋循は出版活動にも力を注いだ。『元曲選』のほかにも、伝統的な詩文の選集『古詩所《こししょ》』、『唐詩《とうし》所《しょ》』から、戯曲『古本荊釵記《こほんけいさき》』、語り物芸能である弾詞《だんし》『夢遊録《むゆうろく》』、『仙遊録《せんゆうろく》』に至るまで、幅広いジャンルの書物の編集、評、校訂を手がけている。

臧懋循が出版活動に身を投じたのは、多くの知識人がそうであったように、著述によって自身の考えを示し、名声を得て、名を後世に残すねらいがあっただろう。だが、それと同時に、商業的利益を得るという現実的な目的もあった。罷免後の臧懋循は、天災に苦しむ人々の救済のために多額の財産を投じた。さらに、たくさんいた娘や孫娘たちの嫁入り費用がかさみ、ついには先祖代々蓄えてきた財産を使い果たしている。このため、後半生では金銭的に苦しいことが幾度かあったようだ。そこで、本を作って販売し、収入を得ていたのである。

このような厳しい経済状況は、出版事業そのものにも影響を与えている。書物を出そうにも十分な運転資金を確保できず、一部を先に刷って近隣の大都市である南京まで人を遣《や》り、これを販売して資金を得て、さらに続きを印刷するという、自転車操業ぶりであった。『元曲選』も、前半の五十作を印刷した段階で、版木《はんぎ》を彫る職人に支払う賃金が底を突き、この前半部分だけを先に販売している。そして、翌年になって必要な資金が手に入ったのであろう、ようやく後半の五十作を出版している。経済的な苦労以外にも、『唐詩所』の原稿の一部を完成間近になって盗まれるなど、臧懋循の出版活動は多難であった。

これらの出版物は、臧懋循の文学観を主張する場でもあった。とりわけ、韻律《いんりつ》については一家言《いっかげん》を持っていたようで、各書で自身の韻律論を展開している。『元曲選』では、その戯曲論、韻律論に従って原作にかなりの手を加えており、その改訂により原作の姿を損なったとの批判も受けている。しかし、演劇などの文芸作品は後世の人によって改編されることも多く、臧懋循からすれば、自分なりの演出を示しただけなのかもしれない。『元曲選』は、改編に対する批判もあるが、元雑劇を後世に伝えた功績がはるかに勝り、最もまとまった元雑劇集として今に至るまで高い評価を得ているのである。

【才子佳人劇】

玉鏡台《ぎょくきょうだい》

三、温太真《おんたいしん》、玉《ぎょく》の鏡台《きょうだい》

関漢卿《かんかんけい》

登場人物

脚色	役名	役どころ［登場する折］
正末	温嶠《おんきょう》	字《あざな》は太真《たいしん》。翰林学士《かんりんがくし》。［全］
旦	倩英《せんえい》	温氏《おんし》の一人娘。父を亡くし、母の温氏と暮らす。十八歳、独身。［全］
老旦	温氏《おんし》	倩英の母。温嶠のおば。一人娘の倩英と都に引っ越してくる。甥の温嶠を娘の家庭教師に迎える。［一・二］
外	王府尹《おうふいん》	宴席を開き、温嶠と倩英の仲を取り持つ。府尹は府という行政区画の長官。［四］
	梅香《ばいこう》	倩英の侍女。［一・二］
	仲人	仲人を職業とする女性。［二・三］
	司会	婚礼の司会進行を行う。［三］
	楽人《がくじん》	婚礼の席で楽器を演奏する。［三］
	役人	王府尹の部下。［四］

〔第一折〕

温氏《おんし》　（梅香《ばいこう》を連れて登場）

花には再び咲く時あれど
人には戻らぬ若き日々
女を生めども男を生まず
誰に家名を継がせよう

わたくしは温と申します。夫は劉《りゅう》といいますが、早くに亡くなりました。息子はおらず娘が一人、名は倩英《せんえい》で年は十八。未だに婚約もしておりません。夫が在りし日は娘に勉強をさせていましたので、いま、わたくしは娘に書や琴を習わせようと思うのですが、よい先生がいません。ところで、わたくしには温嶠《おんきょう》という甥《おい》がおり、いまは翰林学《かんりんがく》士《し》（一）に任ぜられています。このたび、わたくしたち母娘を都の旧宅に呼び寄せてくれました。近くわたくしに挨拶《あいさつ》に来るとのこと。

梅香や、門を見ておいで。学士どのがいらっしゃったら、わたくしに知らせなさい。

梅香《ばいこう》　かしこまりました。

温嶠《おんきょう》　（登場）

小生の名は温嶠、字《あざな》は太真《たいしん》。官は翰林学士を拝命しております。家族といっても、父方のおばが一人いるだけです。そのおばが年老いて夫に先立たれたので、私は先頃都に呼び寄せたのですが、連日公務に追われて挨拶にも行けずじまい。今日は少々時間もあるので、これからうかがおうというところ。つらつら思うに、いまの世は賢臣が登用されて陛下に目通りが叶い、富貴を得るのも容易なことですが、古《いにしえ》より今まで、出世した者と出世できなかった者とでは、天と地ほどの差があります。まずは出世した者について、ひとくさりお聞かせいたしましょう。

〔仙呂《せんりょ》〕【点絳唇《てんこうしん》】

来客の車馬《しゃば》が列を成し、膝《ひざ》を屈してうかがうは、古今の興亡にほかならず。まこと言葉を発すれば、人みなそれを仰ぐというもの。

【混江竜《こんこうりゅう》】

日頃の名声高きゆえ、遠くに車の砂塵《さじん》を見れば、下々《しもじも》はみな道にひれ伏す。戦陣にては大将の旗に囲まれて、朝廷にては豪邸の壁に囲まれる。号令は、雷鳴のごとく万里を駆けて、文章は、満天の星のごとくきらめく。取り巻く儀仗《ぎじょう》は威風堂々、連なる車馬は意気軒昂《けんこう》。喜べば、瑞鳥《ずいちょう》つどい、怒れば虎豹《こひょう》も潜《ひそ》み隠れる。生前は、恐れることなし獬豸《かいち》の冠、死してのち、肖像残すは麒麟閣《きりんかく》（二）。百官の地位で終わろうか、いやいや期するは王侯将相。

かたや出世できなかった者はどうかと言いますと、

【油葫蘆《ゆころ》】

志《こころざし》、高き書生は才あれど、いずれの年も試験の場におり、気づけば霜ふる寂しい白髪《しらが》。いつになったらなれるのか、戦陣に立って賊を滅ぼす総大将、朝廷に立って国を治める宰相《さいしょう》に。願わくは、聖人君主の御代《みよ》となり、世運が高まり、黄金で、天下を覆う網を編み、世の俊英と賢良の士を集めんことを。

【天下楽《てんからく》】

その昔、誰が鳳凰《ほうおう》の寵《ちょう》を得た。羽ばたいて、天子の御前に至った者が、その日の朝まで田舎の若者だったなどとは誰知ろう。かつて傅《ふ》説《えつ》は版築《はんちく》の場で、伊尹《いいん》は畑で暮らしておった。（三）かの二人とて生まれてすぐに、その名を揚《あ》げたわけでなし。

とはいえ、出世するもしないも、すべては命運によるのであり、人力によるものではない。強いてどうすることもできぬのだ。

【那吒令《なたれい》】

彼ら書生の弁舌は、蘇秦《そしん》・張儀《ちょうぎ》もかなわない。彼らの勇猛果敢さは、孟賁《もうほん》・夏育《かいく》も及ばない。（四）そもそも彼らの命運の、強さで言えば、孔子《こうし》・孟子《もうし》とてどうにもできぬ。かたやこちらは王者の師、かたやこちらは庶民の望み。されど結局蛍雪《けいせつ》の、苦労は続けられぬもの。

【鵲踏枝《じゃくとうし》】

ただ当てもなく四方を巡る。昨日は東、明日は西。もし学生が講義を聴きに集《つど》わねば、いかにして、詩文を残し、万世に名を伝えんや。今日は自分で言うのも何ですが、私自身まことに古人にも引けをとりませんぞ。

梅香 【寄生草《きせいそう》】

いまの小生、功名あげる運気は高く、富貴の里の中にあり。先の世に、わが一族の名が汚されたことはなく、いまの世は、わが家柄に偽《いつわ》りなく、後の世までも、わが功名は譲らぬぞ。御殿にて、冠帽かぶり人を出迎え、朝廷に、わが足跡を刻むにまかせん。

【幺篇《ようへん》】

屋敷を建てて、奥の間あけてはいるものの、酔いが醒め、夢から覚めれば味気なく、よき日よき夜も虚しくて、清風明月にも気が晴れず。いかで伴侶と楽しまん、錦の垂れ絹、鳳凰あしらう掛け布団。いかで愁いを解き放たん、玉《ぎょく》の枕、鴛鴦《おしどり》縫い取る帳《とばり》の内に。

話しているうちに、早くもおばの家に着いたぞ。梅香や、温嶠が挨拶にまいったと伝えておくれ。

(知らせる)

温氏 奥様、温嶠さまがおいでです。

ちょうど噂《うわさ》していたら、学士どのが本当においでになったわ。お通ししなさい。

梅香 お入りください。
温嶠 (あいさつする)
温氏 学士どの、お勤めご苦労さまです。
椅子を持って来て、学士どのにくつろいでいただきなさい。それからお酒をお持ちして。一杯お勧めしましょう。
梅香 お酒をお持ちしました。
温氏 学士どの、どうぞ一杯。
温嶠 (受け取って飲む)
温氏 梅香や、部屋からあの子を呼んで来て、学士どのにご挨拶させなさい。
梅香 お嬢さま、お出ましになってください。
倩英《せんえい》 (登場)
わたくしは倩英。部屋で針仕事の手習いをしておりましたところ、母上が前の広間でお呼びだと、梅香が申しております。何のご用かしら。行ってみなければ。
(あいさつする)
お母さま、わたくしに何のご用ですか。
温氏 娘や、お前を呼んだのはほかでもありません。温家のお兄さまがお見えになったので、ご挨拶なさい。

倩英　わかりました。

温氏　ちょっとお待ち。挨拶はやめなさい。梅香や、前の広間にある、だんなさまが座っておられた、柳で編み銀をあしらった丸椅子を持って来なさい。学士どのに座っていただいて、この子に拝礼させるのです。

温嶠　おじさまの椅子に、私がどうして座れましょうか。

温氏　そうご遠慮なさらずとも。遠慮するより素直に従うほうがよいと言いますよ。

温嶠　では、仰せに従いましょう。

温氏　娘や、お兄さまにきちんと拝礼しなさい。

倩英　(拝礼する)

温嶠　(腰を浮かせる)

温氏　妹が拝礼しているのに、兄として拝礼を受けない道理があるものですか。

温嶠　礼に答えないわけにはまいりません。どうして座ったまま拝礼を受けられましょうか。

温氏　なんて物事がわかった人だこと。

温嶠　(わきぜりふ)なんて素敵な娘なんだ。

【六幺序《ろくようじょ》】

これはなんとも、魂奪われ視線は釘付け。仙《せん》女《にょ》といおうか天女というか。ほのかに香る紅おしろい、チリンチリンと鳴る玉飾り。赤紫の薄き裳《もすそ》はおろし立て。あらゆる魅力がその身にそなわる。わずかでも、付け足すならば、この完璧が損なわれよう。この娘《こ》を見ても心動かぬという御仁《ごじん》、意地を張ってはなりません。木石漢《ぼくせきかん》でも千々《ちぢ》に心を乱されよう。

【幺篇《ようへん》】

つぶさに眺めん、その器量。面差《おもざ》しを花と比べれば、花も化粧をせぬかのよう。肌と玉《ぎょく》とを比べれば、玉も光を放たぬよう。かの宋玉《そうぎょく》が襄王《じょうおう》に説く、高唐《こうとう》の夢物語、それもただ、魂が夢にただよって、朝な夕なに陽台《ようだい》で会うを期したため、思い煩《わずら》っただけのこと。(五)いまこの娘《むすめ》と近づけたなら、息も絶え絶え、天にも昇らん。

温氏　梅香、お酒を。
娘や、お兄さまにお酒を勧めなさい。

倩英　(杯を捧げる)
お兄さま、一杯飲み干して下さい。

温嶠　(杯を渡す)
【酔扶帰《すいふき》】
杯《さかずき》を、持てぬのではと、案ずるほどの手の細さ。
そなたを立たせておくことは、神仙とても耐えられまい。「お兄さま」、君は私をそう呼ぶけれど、なんと答えてよいのやら。酒を半分きざはしに、こぼしてしまったではないか。

温氏　この子に書や琴を習わせたいのです。どうにもよい先生がいないのです。学士どの、わたくしの顔を立てて、書や琴を教えていただくことはできませんか。

温嶠　おばさま、私とてお嬢さまに教えられるほど何も学んではおりません。

温氏　学士どの、ご謙遜なさらないで。
梅香や、暦を取って来なさい。学士どのによい日取りを選んでいただいて、この子に書と琴を教えていただきましょう。

温嶠　今日、出がけに別のことで暦を見ましたが、明日はよい日取りですね。
【金盞児《きんさんじ》】
明日《あした》なら、「空亡《くうぼう》」でなし、大丈夫。「壬申《じんしん》」「癸酉《きゆう》」で一家繁栄、「長星《ちょうせい》」や、「赤口《しゃっこう》」ほどは不吉でなし。暦注《れきちゅう》はよく当たるもの、日取りはしっかり選ぶべき。俗に言う、「成《せい》」や「開《かい》」ならみな大吉、「閉《へい》」や「破《は》」の日は論外（六）と。

温氏　そういうことなら、明日、学士どのにご足労を願いましょう。

温嶠　かしこまりました。では明日、お邪魔いたします。しかし私は無学ゆえ、お嬢さまにお教えできますかどうか。

温氏　どうか固辞なさらずに、亡くなった夫の顔を立てて、娘を教育してやってください。

温嶠　【酔中天《すいちゅうてん》】
昼は短く時間が足りぬ、夜まで教えん、ゆっくりと。翰林院《かんりんいん》の編修《へんしゅう》の、勤めのことなら心配無用。私が師となり懸命に、心を込めて教えましょう。もう断りはいたしません。さあ早く、静かな書斎のご準備を。

温氏　梅香や、倩英を部屋まで。
倩英、さあお兄さまにお別れの挨拶をなさい。

倩英　わかりました。
（あいさつする、退場）

温氏　学士どの、ありがとうございます。どうかこの話を違《たが》えることなく、明日は必ず早めにお越しください。

温嶠　どうしてお断りなどしましょうか。
【賺煞尾《たんさつび》】
いましがた、艶《あで》やかに立つ一輪の、海棠《かいどう》の花が捧げてくれた梨花《りか》の酒(七)。その一杯で私は踏み込む、恋の迷《まよ》い路《じ》、酔いの郷《さと》。きざはし降りて、夢見心地で出て来れば、画堂《がどう》の中は別天地。先ほどは、しだれ柳に夕陽がかかり、いま見れば、空に垂《た》れ籠《こ》む黒い雲。気がつけば、緑窓《りょくそう》(八)のそばに佇《たたず》む頃おい。もうやがて、灯火も消える帳《とばり》の内。ああ天よ、庇《ひさし》にそぼそぼ降る雨を、加えてくれるな、恋に煩《わずら》う我が胸に。
（退場）

温氏　学士どのはお帰りになられました。
梅香や、万巻堂《ばんかんどう》を片付けなさい。明日はよい日取りですから学士どのに来ていただき、あの子に琴や書を教えていただきます。片付けが終わったら、わたくしに知らせるように。
　娘のために才子を探す
　書堂を片付け勉強支度《じたく》

梅香　昔から、男女は席を同じゅうせずと言いながら
　賊を引き入れ輿入《こしい》れさせる、なんてね
（共に退場）

［第二折］

温《おん》氏《し》　（梅香《ばいこう》を連れて登場）
昨日、日取りを選んだところ、今日が吉日とのこと。梅香や、門を見ておいで。そろそろ学士どのがいらっしゃるわ。お見えになったら、わたくしに知らせなさい。

梅香《ばいこう》　かしこまりました。

温嶠《おんきょう》　（登場）おばさまが今日は吉日と選んだので、役所には出勤していません。奇《く》しくもおばさまのほうからまた来てくれとのこと。まあ、お呼びがなくとも、お訪ねしようと思っていたところですが。早くも門の前に着いたぞ。

梅香や、温嶠がまいったと取り次いでくれ。

梅香　（知らせる）温学士さまがおいでです。

温氏　お通ししなさい。

梅香　お入りください。

温嶠　（あいさつする）

温氏　学士どの、今日はどうしてこんなに早くお越しに。

温嶠　お嬢さまに琴と書をお教えするよう仰《おお》せを承りましたので、役所には出ておりません。

温氏　わたくしの顔を立てるため、学士どのにはお仕事をおろそかにさせてしまいました。感謝に堪《た》えません。

梅香や、早くあの子を呼んで来て。学士どのにご挨拶させなさい。

梅香　お嬢さま、おいでください。

倩英《せんえい》　（登場）わたくし、部屋におりましたところ、母上がお呼びとのこと。行かなくては。

温氏　（あいさつする）

倩英や、お兄さまに拝礼なさい。今日からあなたの先生になられるのですよ。

倩英　（拝礼する）

温嶠　（わきぜりふ）お嬢さまは昨日の装いとはまた違って、本当に仙女のようだ。

〔南呂《なんりょ》〕【一枝花《いっしか》】
蓮糸《はすいと》の、緑の裳裾《もすそ》に、きめも細やか真白き項《うなじ》。
妲己《だっき》や西施《せいし》も、たかだか国を傾けただけ。天の飛瓊《ひけい》が恋の病をまき散らす。(九)
もしこれが、ただ一場の夢ならば、月沈み、灯火も消える夜更けはむろん、東の窓に朝日が射しても眠っていたい。

琴を持ってきなさい。お嬢さまに一曲お教えしましょう。

倩英　(琴を弾《ひ》く)

温嶠　【梁州第七《りょうしゅうだいしち》】
これは見事な錦の引き幕、何と立派で粋《いき》な部屋。この七弦《しちげん》は興亡禍福《こうぼうかふく》、いずれを奏《かな》でるにもかなう。まことこれ、聖人賢者にふさわしく、神や幽鬼も驚くほど。俗念は、たちまち爽快、すっかり清らか。その指づかい、奏でる音色《ねいろ》は澄み渡り、古今の調べをはや弾き分ける。琴つまびけば流水さらさら、弦を叩《たた》けば余韻は整い、指が触れれば調べも軽《かろ》やか。なんと利口な。いかにしてコツをつかんだか、手よりも先に心で弾くとは。海棠《かいどう》のようなその色香《いろか》、蘭《らん》のようなその気品。天地の秀麗その身に集め、総身《そうみ》は才智の固まりか。

温氏　もう一度弾きなさい。まだ間違いがあるかもしれないから、学士どのに聞いていただいて、違うところは教えていただきなさい。

温嶠　【牧羊関《ぼくようかん》】
雪の肌、氷の腕《かいな》とよく言うが、ひとかたまりの白玉《はくぎょく》を、どれほど磨けばかようになるか。か細い指は三節《みふし》の瓊瑤《けいよう》、輝く爪は十《とお》の水晶。じっと座れば、そう座っても愛らしく、そっと動けば、ほら動くのも憎らしい。彼女が袖をまくらなくとも、玉の腕輪の音《ね》が響く。

温氏　倩英や、琴はもうけっこうです。香《こう》を焚《た》いて、お兄さまにはお父さまの寝台に座っていただきましょう。お兄さまに拝礼なさい。一日師と仰げば生涯父となるのです。
学士どの、娘に書を教えてやってください。

倩英　(字を書く)

温嶠　手首をまっすぐ。筆を立てて。お嬢さん、そうではありません。
(立ち上がり、筆を持ち、倩英の手を握る)

倩英　なんということでしょう、わたくしの手を握るなんて。

温嶠　決して他意はありません。

温氏　ばかな子ね。お兄さまに手を取ってもらえただけで、あなたは十分幸せというものよ。

倩英　男女七歳にして席を同じゅうせずと申しますわ。

温氏　(笑う)お兄さまの前で才をひけらかすつもりね。

温嶠　【隔尾《かくび》】優しいあなたも、はじめはつんと振る舞うべき。実は夢中の私《わたくし》も、ひとまず他意のない素振り。先ほどは、白魚《しらうお》のような指に触れ、実に幸せ。

そんなに甘ったるく叱られたら、存分に、罵《ののし》られても、言い返す気には決してならぬ。書生らと、編修院《へんしゅういん》で論争するよりずっとよい。

お嬢さま、違いますよ。手首をまっすぐ。筆を立てて。

倩英　(怒る)お兄さま、またですか。

温嶠　【四塊玉《しかいぎょく》】この筆の、穂先はどんな祈りを捧げた。この筆の、軸はどれほど幸せか。新芽のような指に持たれて。ただその細い手首はまっすぐ伸ばしなさい。きれいな指に触れる前から、早くもまた目を怒らせて、このろくでなしと私をなじる。

温氏　娘や、お兄さまにお別れの挨拶をして、部屋に戻りなさい。

倩英　(拝礼する、退場)

温嶠　少々用を足しに。(歩く)

お嬢さんが降りた階段を見ると、こちらに行ったようだ。さっきは顔ばかり見て、足の大きさを見ていなかったな。砂の上にお嬢さんの足跡が残っているぞ。すぐに来たからよかったものの、もし遅れていたら、足跡が風に吹き消されて、お嬢さんの体が完璧だと知り得なかったところだ。

【牧羊関《ぼくようかん》】淑女らは、足元に難を隠すもの。ただその跡は容赦なく、形をくっきり浮かび上がらす。(二〇)この足跡は、なんとも小さくきれいな形。いつになったら激しい気性を引き出して、あの娘《こ》に憎んでもらえよう。いつになったら癇癪《かんしゃく》起こさせ、地団駄《じだんだ》踏ませられるだろうか。

お嬢さんは行ってしまった。今度はいつ会えるのか、気になって仕方がない。

【賀新郎《がしんろう》】
あなたはまるで酔い覚ましの茶、ひと啜《すす》りすれば目も覚める。輝く瞳、真白き歯、すべては再び会わんため、あれこれ心を悩ませる。妙案は思い浮かばぬが、この件は、おばから持ってきた話。こちらから、懇《ねんご》ろに頼み込まずとも、渡りに船、濡れ手で粟というものよ。(一一)ここまで来たら、恥など捨てて命がけ。いやいや、いかん。とてつもなく、分不相応なことをして、とほうもなく、あやふやな道を進むのは。

【隔尾《かくび》】
紅《べに》さす顔は花も及ばず、玉飾る腰に柳もうらやむ。そして軽やか、小さな金蓮《きんれん》(一二)。天は何ゆえひいきして、この世の至高を一人の女に与えたか。

(もどってくる)

温氏　学士どの、お掛けください。相談したいことがあるのです。娘は十八になりましたが、まだ婚約もしていません。翰林院《かんりんいん》に同じような学士さまがいたら、兄として婚儀を取り持ってもらえませんか。

温嶠　(わきぜりふ)
そういうことなら、よし、こうしよう。これならうまくいくはずだ。
(温氏に向き直る)
おばさま、ちょうど翰林院に一人おります。その者の才覚は私にも劣りません。

温氏　あなたほどの人は多くないでしょうが、その学士どのはおいくつで、どのような方ですか。一通り教えてください。

温嶠　【紅芍薬《こうしゃくやく》】
私と年は大差なく、私と同じ背格好。この私より優れた文才、この私など及ばぬ俊英。私が押します太鼓判、これは双方見合った縁談。いま話している才子こそ、屋敷にいるとは気づかぬ様子。

【菩薩梁州《ぼさつりょうしゅう》】
昔の人の縁組は、女性に礼を尽くすというが、人の真心さえあれば、結納品など多くはいらぬ。笙《しょう》を吹く、仙人に会えぬ緱氏山《こうしざん》、主《あるじ》たる、鏡を見つけた玉鏡台《ぎょくきょうだい》、二つの違いを喩《たと》えるならば、飯食うことと灯《ひ》をともすこと。(一三) さらに控える大一番、気がかりは、月のもと、赤き灯《ひ》ともす新婚の夜《よ》に、あまりに手間がかかること。

私がその学士に話をつけて、日を選んで一緒にまいりましょう。

温氏　ご苦労をおかけいたします。

温嶠　(門を出て笑う)

温嶠よ、及第と仕官に加えて、これで人生の三つの大事が揃《そろ》ったぞ。

(一旦退場、小道具を持って登場)

(温氏に会う)

おばさま、先ほどその学士のもとに行き、話をつけてまいりました。今日は吉日ですので、この玉の鏡台を仮に結納の品といたします。追って仲人《なこうど》に知らせに来させますが、まずは私がその学士に代わって、婚約の御礼を申し上げます。

【煞尾《さつび》】

芳《かんば》しき頬《ほほ》、白粉《おしろい》の腕、鴛鴦《おしどり》の首、待ち遠しい。白き顔、赤き唇、黒き黛《まゆずみ》、君しだい。春には小さな楼閣に、杖つき登り、欄干《らんかん》曲がり、腕組み歩き、景色を愛《め》でて、名勝望まん。夏には涼しい庭に出て、水辺によれば、緑の薄絹《うすぎぬ》かかる窓、針もて珠《たま》に糸通し、扇で蛍をそっと払う。秋には大広間に入り、屏風《びょうぶ》を開けて、

温太真《おんたいしん》、玉《ぎょく》の鏡台《きょうだい》

天を仰げば牽牛織女《けんぎゅうしょくじょ》、拝月亭《はいげってい》にて香《こう》を焚《た》くのを見守らん。冬には風も吹きすさび、雪のなか、晴れ間がのぞけば枝ぶりまばらな梅を摘《つ》み、古色《こしょく》を帯びた瓶に生け、平素を喜び、余裕を楽しむ。その時こそは心にかなう。駄々《だだ》をこねても怒っても、彼女の好きにさせてやろう。仲がよければなおよいが、憎まれたとて、それもよし。朝から晩までまじろぎもせず、この目でしげしげ見つめよう。寒かろうとも暖《だん》を忘れて、飢えていようと食事も忘れ、凍えていても寒さを忘れてしまうほど。

（退場）

仲人《なこうど》　（登場）

薪《まき》を割るにはどうするか
斧《おの》がなければできません
妻を娶《と》るにはどうするか
仲人なしではできません

私はお上《かみ》公認の仲人でございます。温学士の仰《おお》せで、お嬢さまのお輿入《こしい》れの吉日を選ぶよう、大奥様に知らせにまいりました。早くも着いたわ。取り次ぎがいないので、勝手に入るとしましょう。

（あいさつする）

大奥様、ごきげんうるわしゅう。

温氏　仲人さん、どうしましたか。

仲人　学士さまのお申し付けにより、大奥様にお嬢さまのお輿入れの日取りを選んでいただくためにまいりました。

温氏　どちらの学士さまですか。

仲人　温学士です。

温氏　あの人は紹介者ですよ。

仲人　紹介者ではありません。温学士がお相手です。

温氏　証拠の品は何ですか。

仲人　玉の鏡台が結納の品です。

温氏　なんということかしら。こんな玉の鏡台など壊してしまいましょう。

仲人　お待ちください。玉の鏡台そのものはいいとして、ただそれはお上から賜ったもの。もしあなたが壊してしまったら、それこそ大不敬《だいふけい》、その罪は小さくありませんよ。

温氏　ああ、まんまと一杯食わされたというわけね。梅香、このことを娘に知らせなさい。荷物をまとめて吉日を選び、娘を輿入れさせることにしましょう。

（一同退場）

［第三折］

温嶠《おんきょう》　（司会と楽人《がくじん》を連れて登場）

司会　（うたう）

一枝の花、挿《さ》せば芳《かお》りが庭に満ち
燭《ともしび》の影、紅《あか》く揺れるは昼錦堂《ちゅうきんどう》
滴滴《したた》る金杯、双人《ふたり》は酒を勧めあい
声声《くちぐち》に、慢《ゆる》りと歌うは賀新郎《がしんろう》（一四）

婚礼の儀、花嫁のご入場です。

（梅香《ばいこう》と仲人《なこうど》が倩英《せんえい》にかしずいて登場）

温嶠　［中呂《ちゅうりょ》］【粉蝶児《ふんちょうじ》】

婚礼の楽《がく》の響くなか、花嫁が、仲睦《なかむつ》まじくしないなら、私自ら招いた醜態《しゅうたい》。臆病と、大胆なふりを使い分け、特効薬を処方しよう。もしも眉間《みけん》に皺《しわ》を寄せても、ただひとしきり、寝台の前で頼むのみ。

仲人さん、私の姿をちょっと隠してくれないか。ちょっと見てみたいんだ。

仲人《なこうど》　じゃあ隠していますから、ご覧ください。

温嶠　（見る）

倩英《せんえい》　このたぬきおやじ、失礼にもほどがあるわ。

温嶠　【紅繍鞋《こうしゅうかい》】

ぷりぷりと、怒気をいっぱい溜め込んで、しずしずと、従って歩く気などなし。詩文の才で出世の階段かけ上がり、首席で科挙《かきょ》に合格し、官服まとい、朝廷に立つこの身でも、今宵はきっと、洞房《どうぼう》（一五）で顔をひっかかれるぞ。

仲人さん、思い切ってそばに行ってみよう。

温嶠　【迎仙客《げいせんかく》】

この期《ご》に及んで下働きだの仲人だのと、言ってはおれん、ぴたりとくっつき離れぬよう。しかしこれでは、いつまでたっても結ばれぬ。いっそ近づいてみたならば、一座の興を醒ますだろうか。

倩英　そこのたぬきおやじ、もし近づいて来たら、その顔をひっかいて追い出してやるから。
仲人さん、こっちに来て聞いてください。あのたぬきおやじがやって来たとき、母はわたくしに兄として拝礼させました。あの人はその拝礼を受けたのです。

仲人　学士さま、お嬢さまは当初あなたを兄として拝礼し、あなたはその拝礼を受けたとおっしゃっています。

温嶠　どうして私が拝礼を受けましょうか。お嬢さんにそう言ってください。

仲人　お嬢さま、学士さまは拝礼を受けていないとおっしゃっています。

倩英　柳で編み銀をあしらった、亡き父上の丸椅子に座って、わたくしの拝礼を受けました。

仲人　お嬢さまは、柳で編み銀をあしらった亡きだんなさまの丸椅子に、学士さまが座って拝礼を受けたとおっしゃっています。

温嶠　【酔高歌《すいこうか》】
見目麗《みめうるわ》しきその姿、落ち着いて、腰掛けてなどおれようか。その丸椅子は脇によけ、そばに立ってはいたものの。

倩英　仲人さん、来てください。あの人はほかにもわたくしの拝礼を受けたのです。

仲人　学士さま、お嬢さまはほかにもあなたに拝礼したとおっしゃっていますよ。

温嶠　私がほかにお嬢さんの拝礼を受けたことなどありましょうか。

仲人　お嬢さま、学士さまはほかに拝礼を受けたことはないとおっしゃっています。

倩英　あのたぬきおやじは、母上がわたくしにお琴と書を習わせたとき、亡き父上の寝台に座って、先生としての拝礼を受けました。

仲人　お嬢さまは、琴や書を習ったときに先生としてあなたに拝礼し、あなたは亡きだんなさまの寝台に座って、その拝礼を受けたとおっしゃっています。

温嶠　【酔春風《すいしゅんぷう》】
こぢんまりした寝台で、初々しくも二度の拝礼受けたゆえ、礼にのっとり、いまここに開く返礼の宴《えん》。少しでも、仲睦《なかむつ》まじく語り合えた

倩英　ら果報者(一六)。

倩英　仲人さん、あの人に伝えてください。わたくしは大広間を寝室にします。あの人を二度とわたくしのそばに来させないで。もし近づいて来たら、あの恥知らずの顔をひっかいてやるわ。それでも体面を保てるか見ものだわ。

仲人　学士さま。お嬢さまがおっしゃるには、大広間を寝室にするのでそばに来ないよう、もし来たら、あなたの恥知らずな顔をひっかき、みっともない思いをさせてやる、とのことです。

温嶠　【紅繍鞋《こうしゅうかい》】わが妻は、大広間にて床《とこ》につき、これまでどおり、私は書斎で独り寝かこつ。一生涯、妻の寝所に入られずとも、人は言う、温嶠が、劉家の娘を娶《めと》ったと。有名無実、それで結構。酒を頼む。お嬢さまに一献《いっこん》お勧めしよう。

(酒を勧める)

倩英　いりません。

仲人　お嬢さま、お受けください。

温嶠　【普天楽《ふてんらく》】初めて君と出会った屋敷、そこはあたかも天《てん》の宮《みや》。隙間《すきま》から、こっそり見えればそれで十分、じっくり見るなどとんでもない。今後は君に仕えよう、しもべであろうと喜んで。厨房《くりや》には、山海の珍味、箪笥《たんす》には、金襴緞子《きんらんどんす》に宝石三昧。君の髪には簪《かんざし》を、料理の世話までできたなら、それこそ至福、天にも昇らん。

倩英　(温嶠に酒をかける)結構です。

温嶠　【満庭芳《まんていほう》】たかがこれしき、わが妻の、献《ささ》げし美酒が金の杯《さかずき》よりあふれ、錦《にしき》の服が濡れただけ。大物は、汚《けが》されようと気にはせぬ。酒を甕《かめ》ごとぶちまけようと、官服《かんぷく》百枚汚されようと、温夫人たる、君が心を入れ替えるなら。今宵《こよい》の来意、私はとうにお見通し。酒でこの袖《そで》湿ったうえは、いつになったら花の宴に酔いしれる(一七)。

仲人　このお嬢さまったら、どうあってもお受けしないのね。勅命《ちょくめい》に背《そむ》くことになってしまいますよ。

温嶠　仲人さん、それを言ってはなりません。

【上小楼《じょうしょうろう》】
言うてはならぬ、勅に背くと。ますますあの娘を怒《こ》らせるだけ。仲人はただ、慶事が遅れ、婚期を逃し、時機を逸《いっ》すと言えばよい。この方は、政務を仕切り、兵権《へいけん》握り、位人臣《くらいじんしん》を極めたなどと付け足せば、披露目《ひろめ》の席で言われよう、権勢を笠に着るやつと。

仲人さんに頼むしかありません。よろしくお願いします。

仲人 （ひざまずく）
温嶠 学士さま、どうして私に礼を尽くされるのですか。
仲人 【幺篇《ようへん》】
頼み事なら上から下へ。なぜ仲人に下手《したて》に出るか。夫婦で仲良くするように、うまく諭《さと》してほしいから。いまこそまさに、閨《ねや》で取り持ち使うとき。

温嶠 空が明るくなってきました。では、学士さまは先に役所に行ってください。私はあなたの奥様にお話ししておきますから。

仲人 わが妻よ、君の本心はわかっているぞ。よく聞きたまえ。

【耍孩児《さがいじ》】
年ごろの君が望むのは、若くて粋《いき》な色男。年は年だが私とて、君といくつも変わらない。釣り合わぬ、案ずる気持ちを抱くがゆえ、仰《お》せのままに何なりと。虫の居所が悪ければ、満面の笑みを献げよう、この右の頰を殴《だ》るなら、左の頰も差し出そう。君こそは、奉《たてまつ》るべき氏《うじ》神《がみ》さまで、産土神《うぶすながみ》の守り神。

【四煞《しさつ》】
長安《ちょうあん》の、富貴な家では若い夫も稀《まれ》でなく、ほとんどが、良家の佳人を妻とする。日暮れには、鸞鳳《らんぽう》が枕並べるも、夜明けには、鴛鴦《えんおう》それぞれ別れ飛ぶ。（一八）そのどこに、真《まこと》の情があるというのか。君をあたかも汚物と見なし、土くれのように捨てるだけ。

【三煞《さんさつ》】
そのとき君は、眉ひそめつつ夜明け待つ。馬の嘶《いなな》きに耳をそばだて、鬱々《うつうつ》として一睡もせず。ともしび暗き錦《にしき》の帳《とばり》に夫はいずこ。香煙《こうえん》尽きても夫は帰らず、君はしだいに痩《や》せ細る。たった半年一年で、早くも妻は二、三人。

【二煞《にさつ》】

いまこそ君に寄り添おう。お付きの侍女《じじょ》は言うに及ばず、瑶池《ようち》の仙女、月の嫦娥《じょうが》も眼中になし。（一九）気がかりはないつもりだが、びくついていると言うならば、それはただ、ほんの少しの年の差のせい。

【煞尾《さつび》】

私はすべてお見通し、ああ、お見通し。君は意固地になるなかれ、ああ、なるなかれ。ほかに若くて浮気な婿《むこ》を見つけても、私ほど、君を大事にしてくれまいて。

（一同退場）

［第四折］

王府尹《おうふいん》 （役人を連れて登場）

竜楼鳳閣《りゅうろうほうかく》、九重《きゅうちょう》の城
まっさらな道を行く宰相《さいしょう》（二〇）
わが身の栄華《えいが》をうらやむなかれ
十年前は一書生

それがしは王府尹である。近ごろ、温《おん》学士の婚礼の一件を天子に奏上し、水墨宴《すいぼくえん》、またの名を鴛鴦《えんおう》会《かい》という一席を特に設けることにした。温学士とその奥方だけを招き、宴《うたげ》の席で二人の仲を取り持つ手はず。学士と奥方が来れば私に考えがある。もうそろそろやって来るころだ。

温嶠《おんきょう》 （倩英《せんえい》と共に登場）

今日は府尹どのから宴席に招かれている。どういうおつもりかわからぬが、行かねばなるまい。

［双調《そうちょう》］【新水令《しんすいれい》】

夫婦の仲が悪いゆえ、脇役にまで面倒かける。今日の宴はもっぱら夫婦円満のため。先を行く、私が乗るのは立派な名馬。後につく、君が乗るのは豪華な香車《こうしゃ》。人は言う、田舎夫婦が水魚のように、仲良くぴったり寄り添うと。

【駐馬聴《ちゅうばちょう》】

かつて酒屋で汗流し、手に入れたるは、乙女《おとめ》の年ごろ卓文君《たくぶんくん》。それがいまでは跪《ひざまず》き、相成《あいな》るは、毛嫌いされる、白髪頭の司馬相如《しばしょうじょ》。君は成都《せいと》に嬉《うれ》し顔《がお》では来てくれず、私はぐっと言葉を飲み込み、橋の柱に詩を書きつける。(二一)
誰に訴えられようか、自ら招いた恋の苦しみ。
早くも着いたぞ。
取り次いでくれ。温学士夫婦がまいったと。

役人　(知らせる)
温学士と奥方がお見えです。

王府尹　お通しせよ。

温嶠　(あいさつする)

王府尹　陛下のご下命《かめい》により、これより水墨宴をはじめる。
学士どのと奥方は詩を作るよう。詩を作れれば、学士どのには金の杯で酒を召し上がっていただく。奥方には鳳《おおとり》の金《きん》の釵《かんざし》を挿し、下賜《かし》のおしろいをお使いいただこう。詩を作れなければ、学士どのにはかわらけで水を飲んでもらい、奥方には髪に草を挿し、墨で顔を黒く塗っていただくぞ。

倩《せん》英《えい》　学士さん、いいですか、詩が作れたら御酒を飲めますが、作れなければ冷水を飲まされるそうです。
心してください。

王府尹《おうふいん》、水墨《すいぼく》の宴《えん》

温嶠　【喬牌児《きょうはいじ》】
科挙の試験が済んでから、詩など作ったこともない。それに昨夜は友人たちと飲み明かし、喉《のど》が渇《かわ》いて仕方ない。
【掛玉鉤《かぎょくこう》】
この喉を、潤《うるお》したくてたまらない。丹薬《たんやく》入った井戸ならば、瘴気《しょうき》を押さえ、経絡《けいらく》冷やし、五臓《ごぞう》の毒を取り除く。わが妻よ、王府尹なら仙の術にも長《た》けておる。顔がむくんで瞼《まぶた》が腫《は》れたら、たっぷり筆に墨をつけ、御符《ごふ》でも書いてもらうがよい。

王府尹　もし詩ができなければ、学士どのは罰として水を飲み、奥方は髪に草を挿し、墨で顔を黒く塗ってもらいますぞ。

温嶠　【川撥棹《せんはつとう》】しばし待たれよ。急《せ》かしてくれるな、お役人。艶《あで》やかに、紅《べに》おしろいし、仙女もかくやというお人に、どうして墨など塗れようか。

倩英　学士さん、ちゃんと詩を作ってください。詩ができなければ水を飲まされ、墨で顔を黒く塗られるのですよ。みっともないったらないわ。

温嶠　学士と呼ばずに、だんなさまとお呼びなさい。

倩英　仕方ないわ、ここはそう呼ぶしかなさそうね。だんなさま、しっかりお願いします。

温嶠　【豆葉黄《とうようこう》】陰《かげ》で夫を馬鹿にして、今日は上意《じょうい》に難癖《なんくせ》つける。とうとう君を従わせ、わがまま封じる時が来た。二か月経ってようやく呼んだ、だんなさま。共寝《ともね》の楽しみ尽くす前から、その肌に手を触れる前から、愛らしき声を聞くだけで、早くも私は全身めろめろ。

倩英　だんなさま、おわかりですか。もし罰として水を飲まされ、墨で顔を黒く塗られたら、わたくしはどうすればいいのです。

温嶠　【喬牌児《きょうはいじ》】その顔を墨で塗られても、上面《うわつら》だけで残りはしない。そのまま家に帰ったら、できたての、馥郁《ふくいく》と香る洗い粉と、銀のたらいで洗うまで。

倩英　だんなさま、ちゃんと詩を作ってください。

温嶠　【掛玉鉤《かぎょくこう》】若い頃から文才もなく、年老いて、どんな詩《し》歌《か》を作れよう。君はまだ、私が馴染《なじ》みの酒場で酔ったと思い込み、これが芝居と気づかぬ様子。怯《おび》える君を前にして、あえて私は取り合わず。もうしばらくは焦《じ》らしておいて、のらりくらりと引き延ばそう。

王府尹　学士どの、さあ詩をどうぞ。

温嶠　それでは作りましょう。

倩英　だんなさま、しっかり。

温嶠　倩英、安心なさい。

【水仙子《すいせんし》】

知っておろう、この温嶠の、詩文の素養に非凡の才。白髪の夫であろうとも、君の青春むだにはさせぬ。それなのに、君は取りつく島もないほど私を嫌う。ただ若いだけの夫など、この世に掃《は》いて捨てるほど。そんなやつらと結ばれたなら、かたや水飲み、目は真っ白。かたや墨塗り、顔は真っ黒。それこそ君の、豊かな黒髪むだとなる。

倩英　ちょっと学士さん、詩を作りなさいよ。冷水を飲むような真似はやめてください。

温嶠　倩英、私の作った詩がいい出来だったら、君は私の言うことを聞くかい。

倩英　作った詩がいい出来で、私が金の釵《かんざし》を挿して御酒を飲めたら、あなたの言うことを聞きますわ。

温嶠　倩英、安心したまえ。

【甜水令《てんすいれい》】

筆を執《と》り、紙を広げて詩を書きつける、たかがこれしき造作《ぞうさ》もない。何も心配せんでよい。横目でちらりと冷水見るが、ただ酔い覚ましにするまでよ。

【折桂令《せっけいれい》】

わが気は江湖《こうこ》を席巻《せっけん》し、学は珠玉の詩文を貫く。晩年に、差し掛かってもいないのに、翰《かん》林学士《りんがくし》の華麗な文才、無きがごとくに見なすのか。これまで君に散々こけにされたから、酔ったふり、愚かなふりで返したまでよ。

倩英　だんなさま、気を入れて詩を作ってください。もし罰として水を飲まされ、墨で顔を黒く塗られたら、わたくしもうおしまいだわ。

温嶠　三顧《さんこ》の礼《れい》で、ついには君もしぶしぶ降参。弱々しげに近づいて、忌々《いまいま》しげに後ずさる。

(詩を吟ずる)

かたじけなきは陛下の御恩
まことに愛《め》ずべき玉の鏡台
禁裏《きんり》の花に
宮中の酒
宴を開くは都の府尹

書きつける詩はまさに上品
ついに水魚の
夫婦は円満

王府尹　温学士、さすがは名手だけあって、見事な詩を詠まれた。金杯にて御酒を賜り、奥方には鳳の釵を髪に挿し、下賜のおしろいを使っていただこう。

倩　英　(喜ぶ)

学士さま、これもあなたのおかげですわ。

温　嶠　倩英、この温嶠めもなかなかのものでしょう。

王府尹　奥方、あなたは学士の言うことを聞きますかな。

倩　英　学士さまに従いとう存じます。

王府尹　奥方が学士どのに心から従うというのであれば、私は陛下に奏上し、さらに祝宴の手はずを整えましょう。

温　嶠　【雁児落《がんじらく》】

まことに君は勝ちを得て、負けはせず。これも私の詩才の賜物《たまもの》。君はこの詩を受け入れて、心ならずも睦まじくする。

【得勝令《とくしょうれい》】

おお、一字一字が連なる真珠。往年の「蛮《ばん》を嚇《おど》す書《しょ》」(一二)にも勝る。君は宝釵《ほうさ》を髪に挿し、私は金杯で美酒を飲む。万歳、陛下、ともに皇恩に感謝せん。かわいい人は、私のことを、もう年寄りと嫌がらぬ。

王府尹　この世に夫婦円満ほどめでたいことはない。今日は羊をつぶして酒を用意し、祝宴を開くこととする。まずは帰宅される学士と奥方をお見送りしよう。

金杯銀灯、華燭《かしょく》の典《てん》
天にも響く祝いの管弦
御意にて開く鴛鴦会
ついに至れり夫婦円満

温　嶠　(拝謝する)

【鴛鴦煞《えんおうさつ》】

これにより、夫婦の縁は姻縁簿《いんねんぼ》にて定められ、恋の苦しみすべて清算。実に連理《れんり》の契《ちぎ》りは深まり、つがいで羽ばたく願いもかなう。たおやかな、巫山《ふざん》の仙女の愛らしさ、情深き、この宋玉《そうぎょく》を裏切らず。琴の音《ね》に、詩をのせ紡《つむ》ぐ愛の歌。ことさら仕組んだわけでなし、よう

やくかなう雲雨《うんう》の情《じょう》。(二三)

題目　王府尹《おうふいん》、水墨《すいぼく》の宴《えん》
正名　温太真《おんたいしん》、玉《ぎょく》の鏡台《きょうだい》

注釈

(一)「翰林学士《かんりんがくし》」は唐《とう》・宋《そう》代の役職で、朝廷において詔書を起草する。特に唐の玄宗《げんそう》以降、重要な役職とされるようになった。実在の温嶠《おんきょう》は晋《しん》朝の人で、翰林学士にはなっていない。

(二)「獬豸《かいち》」とは伝説上の一角獣で、曲がったことを嫌い、争っている人を見ると不正を見分けるという。そこから、法に携わる官職にある者がかぶる冠を「獬豸の冠」といい、転じて法官を指すようになった。「麒麟閣《きりんかく》」とは、功臣が死後にその功績を称えられて肖像を掲げられる場所。

(三)「傅説《ふえつ》」は殷《いん》の政治家。もとは奴隷の身分で、道路建設のために「版築《はんちく》(土壁の工事)」をしていた。殷の武丁《ぶてい》(高宗《こうそう》)に見出されて国家再建に尽力した。「伊尹《いいん》」は殷の宰相《さいしょう》。湯《とう》王《おう》が夏《か》王朝を滅ぼすのを助け、建国に力を尽くし、その後三代にわたって政務を取り仕切った。

(四)「蘇秦《そしん》」と「張儀《ちょうぎ》」は、ともに戦国時代の政治家。合従連衡《がっしょうれんこう》を説いたことで有名。蘇秦が提唱した合従とは、南北に位置する六国が同盟し、西方の強国である秦《しん》に対抗する外交政策。張儀が提唱した連衡とは、秦を中心にそれぞれ六国と同盟して存続を図ろうとする策。「孟賁《もうほん》」は戦国時代の秦《しん》の将軍。「夏育《かいく》」は戦国時代の衛《えい》の人。二人は勇猛な人物としてよく併称される。

(五)戦国時代の楚《そ》の宋玉《そうぎょく》が作った「高唐賦《こうとうふ》」と「神女賦《しんにょふ》」に見える故事を踏まえる。宋玉《そうぎょく》が襄王《じょうおう》とともに巫山《ふざん》に赴いた際、高唐の楼台(陽台)を眺め、先代の懐王《かいおう》が夢で神女と契った話を聞かせた。巫山の神女は懐王と夢で枕を共にし、別れに際して、朝には雲となり暮れには雨となり、朝夕この楼台にまいりましょうと言ったという。そこから「雲雨」や「雲雨の情」は男女の情愛を指す言葉としてよく使われる。「漢宮秋」注一七参照。

(六)「空亡《くうぼう》」は占術で、十干《じっかん》に十二支《じゅうにし》を配した時に余る二つの支をいい(甲子《こうし》で始まる場合、壬申《じんしん》、癸酉《きゆう》で終わり、戌《じゅつ》と亥《がい》が余る)、縁起が悪い日とされる。日本では「天中殺《てんちゅうさつ》」「大殺界《だいさっかい》」などともいう。「長星《ちょうせい》」は彗星《すいせい》のことで不吉とされた。「赤口《しゃっこう》」も縁起の悪い日取りで、いまの日本でも結婚式は避けるべき日とされる。また中国の占術では、現在でも「成日《せいじつ》」や「開日《かいじつ》」は縁起がよく、物事を行うのに吉とされ、「閉日《へいじつ》」や「破日《はじつ》」は縁起が悪く、物事を行うべきではないとされる。

(七)「梨花の酒」は、梨の花が咲く頃にできる酒のこと。なお、直前の「海棠の花」は倩英を喩えている。

（八）「緑窓《りょくそう》」は、緑の絹のカーテンをかけた窓で、女性の部屋を指す。女性が部屋の窓に寄りかかって月を眺めながら、夫や恋人を思い焦がれるイメージをもって描かれることが多い。

（九）「飛瓊《ひけい》」は、唐の孟棨《もうけい》『本事詩《ほんじし》』「事感《じかん》第二」に見える。詩人の許渾《きょこん》が夢で崑崙山《こんろんさん》に登り、そこで出会った仙女。飛瓊の名を詩に読み込むと、後日、飛瓊が夢に現れ、自分の名前を俗世間に明かすのはやめて欲しいというので、許渾は詩の文字を変えたという。

（一〇）当時の女性として纏足《てんそく》（足指を布で縛って成長を抑制し、成長後、その小足を賞玩した。美人の条件とされる）をしているか否か、衣服等で隠れて大きさはわからないが、地面についた足跡を見ればわかるということ。

（一一）原文は「似取水垂轆轤、用酒打猩猩（水を汲もうとすればつるべが降りてきて、酒で猩猩《しょうじょう》を捕まえる）」。「猩猩」は伝説上の酒好きの動物。

（一二）「金蓮《きんれん》」は纏足をした女性の足を指す。

（一三）「緱氏山《こうしざん》」は、『列仙伝《れっせんでん》』巻上「王子喬《おうしきょう》」に見える、王子喬が七月七日に家人と会う約束をした緱氏山《こうしざん》を指すと思われる。そこから「笙《しょう》を吹く仙人」は、巧みに笙を吹いた王子喬を指すであろう。「玉の鏡台」は、『世説新語《せせつしんご》』によれば、温《おん》嶠《きょう》が北の異民族である匈奴《きょうど》を征討した際に手に入れた物であるという。

（一四）一首の原文は、「一枝花挿満庭芳。燭影揺紅昼錦堂。滴滴金杯双勧酒。声声慢唱賀新郎」。このうち【一枝花《いっしか》】・【満庭芳《まんていほう》】・【燭影揺紅《しょくえいようこう》】・【昼錦堂《ちゅうきんどう》】・【滴滴金《てきてききん》】・【双勧酒《そうかんしゅ》】・【声声慢《せいせいまん》】・【賀新郎《がしんろう》】は詞牌《しはい》や曲牌《きょくはい》の名で、詩全体がその名前づくしの趣向で作られている。

（一五）「洞房《どうぼう》」とは、奥まった部屋で、女性の寝室。特に新婚夫婦の部屋を指すことも多い。

（一六）温嶠の理屈では、兄としての拝礼は「丸椅子」から立ったためきちんと受けておらず、先生としての拝礼は「寝台」で受けたため、それは夫婦としての礼を受けたことに等しいという解釈である。

（一七）「酒でこの袖……酔いしれる」の一句、原文は「酒淹得袖湿、花圧帽檐低」。本来は「酒粘衫袖重、花圧帽簷偏（酒で濡れた袖は重く、花の重みで帽子のつばが傾く）」という二句で用いられる。下の句は酒席で帽子に花を挿す風流なさまであるが、ここでは新郎が帽子に花を挿して飾ることも暗に示しているのだろう。

（一八）「鸞《らん》」は鸞鳥《らんちょう》、「鳳《ほう》」は鳳凰《ほうおう》で、ともに想像上の瑞鳥《ずいちょう》。「鴛鴦」はいわゆる鴛鴦《おしどり》夫婦のオシドリ。いずれも仲睦まじい男女を指す。

（一九）「瑶池」は、伝説上の崑崙山にある池の名。瑶池宮には女神の西王母が住んでいるという。「嫦娥」は月に住むという仙女。

（二〇）「竜楼《りゅうろう》」「鳳閣《ほうかく》」「九重《きゅうちょう》」は、いずれも宮殿の荘厳華麗なさまをいう美称。「まっさらな道」の原文は「新築沙堤（新たに沙《すな》の堤《みち》を築く）」で、宰相の車馬は砂地の専用路を通った。

（二一）「卓文君《たくぶんくん》」は蜀《しょく》の富豪卓王孫《たくおうそん》の娘。若くして未亡人となる。「司馬相如《しばしょうじょ》」は前漢《ぜんかん》の高名な文人で、蜀郡成都《せいと》の人。当初、都長安に旅立つとき、司馬相如は立身出世するまでは誓って故郷に帰らないとの志を橋脚に書き付けて旅路についた。だが、志を得ないうちに卓文君と知り合い、二人は駆け落ちする。卓文君は貧しい司馬相如のため酒屋を開いて働き、司馬相如が出世するまで支えた。

（二二）「蛮《ばん》を嚇《おど》す書《しょ》」とは、唐の李白《りはく》が渤海国《ぼっかいこく》から届いた書簡の内容を理解して返書を認《したた》めた故事を踏まえる。元《げん》の王伯成《おうはくせい》撰「貶夜郎《へんやろう》」雑劇や、明《みん》の馮夢竜《ふうぼうりゅう》編『警世通言《けいせいつうげん》』巻九「李謫仙《りたくせん》、酔《よ》うて蛮《ばん》を嚇《おど》す書《しょ》を草《そう》す」などに見える。

（二三）「姻縁簿《いんねんぼ》」とは、冥府《めいふ》にあるという夫婦の縁を定めた帳簿。「巫山《ふざん》」、「宋玉《そうぎょく》」、「雲雨《うんう》の情《じょう》」については、本劇注五、また「漢宮秋」注一七参照。

解説

本劇の作者は関漢卿《かんかんけい》、号は斎叟《さいそう》、大都《だいと》（現在の北京）の人である。生没年は不明であるが、金《きん》朝末期から元代初期を生きたと推定されている。この関漢卿こそは、元曲四大家として並称される「関鄭白馬《かんていはくば》（関漢卿、鄭光祖《ていこうそ》、白樸《はくぼく》、馬致遠《ばちえん》）」の筆頭であり、舞台芸術としての元曲を高度に完成させたとして、最高の評価を得る人物である。創作した作品数も六十種以上と最も多く、名作「感天動地竇娥冤《かんてんどうちとうがえん》」など、現存する作品だけでも二十種近くにのぼる（『元曲選』には八種を収める）。また、芝居の脚本のみならず、散曲《さんきょく》（小唄）の名手としても名高い。

とりわけ女性に対する描写は、女心の機微《きび》を巧みに捉えて評価が高く、実社会でも文学作品においても抑圧されてきた女性たちがはつらつとして描かれ、ときに男を手玉に取るほどの活躍さえ見せる。さらには三国志などの歴史ものや包拯《ほうじょう》が活躍する公案《こうあん》ものなど、多彩な題材をあつかっており、元曲の基礎を打ち立てたその功績は計り知れない。

さて、本劇は相手を騙《だま》して結婚に持ち込む詐欺のような話であるが、主人公の温嶠《おんきょう》（二八八～三二九）は東晋《とうしん》創業の功臣として、歴史書にも伝記が載せられているほどの人物である。この話は、南北朝・宋《そう》の劉義慶《りゅうぎけい》（四〇三～四四四）が編集した、後漢《ごかん》から東晋までの人物に関するエピソード集『世説新語《せせつしんご》』の「仮譎《かけつ》第二十七」に原型が見える。温嶠は、妻を亡くしたあと、父のいとこの劉《りゅう》氏から、娘の縁談の世話を頼まれる。温嶠はひそかに自分の妻にしたいと思い、劉氏に「自分程度の者でもよいか」と提案する。数日後、温嶠は「家柄はまずまず、身分と名声は自分にも劣らない」相手が見つかったと報告し、喜ぶ劉氏に結納品として玉《ぎょく》の鏡台《きょうだい》を渡す。そして婚礼当日、劉氏の娘が顔を隠していた扇をのけると、目の前には温嶠その人の姿があった。娘は、「多分おじさんじゃないかと思っていたけど、大当たりだったわ」と大笑いした。

本劇ではこのエピソードが脚色され、倩英《せんえい》にご執心《しゅうしん》の温嶠はよりいっそう粘着質に、かたや倩英はその温嶠をロリコン親父として突っぱねる。温嶠は屁理屈を押し通して倩英と結婚するに至るが、それでも夫婦仲はうまくいかない。そこへ王府《おうふ》尹《いん》が助け船を出し、温嶠が文才を発揮すると、倩英もようやく素直に従う。文人の都合による団円はよくあるパターンではあるが、生き生きとした温嶠と倩英のやり取り、また、それぞれの強烈な個性が際立つ作品である。

【才子佳人劇】

鴛鴦被《えんおうひ》

四、玉清庵《ぎょくせいあん》、錯《あやま》って送《おく》る鴛鴦《おしどり》の被《ふとん》

無名氏

登場人物

脚色	役名	役どころ［登場する折］
正旦	李玉英《りぎょくえい》	李府尹の娘、十八歳。父の借金の証文に署名したため、劉員外《りゅういんがい》の妻になるよう迫られる。［全］
冲末	李府尹《りふいん》	名は彦実《げんじつ》。洛陽《らくよう》の府尹（知事）。讒言《ざんげん》にあって都長安《ちょうあん》に召還される。［楔・四］
浄	劉員外《りゅういんがい》	名は彦明《げんめい》。李府尹に金を貸し、のちに玉英を娶《めと》ろうとする。［全］
丑	劉道姑《りゅうどうこ》	玉清庵の道姑（女道士）。李府尹の借金の保証人で、劉員外と玉英の媒酌人。［楔・一・二］
丑	若道姑《わかどうこ》	劉道姑の弟子の若い女道士。［二］
外	張瑞卿《ちょうずいけい》	姑蘇《こそ》（蘇州）の書生。科挙の受験で上京中玉清庵《ぎょくせいあん》に一泊し、玉英と出会う。［二・三・四］
雑	夜回り	夜回りの役人。劉員外を捕らえる。［二］
	従者	李府尹の従者。［楔］
	梅香《ばいこう》	玉英の侍女。［楔・一］
	張千《ちょうせん》	のちの李府尹の従者。［四］

［楔子《せっし》］

李府尹《りふいん》　（従者を連れて登場）
　薄い白髪《しらが》も鬢《びん》まで届き
　老い果て若き気概も失せる
　徒《いたずら》に国の禄《ろく》を食《は》めども
　この身が安らかなれば上々

わしは名を李彦実《りげんじつ》といい、府尹の職にある。妻の劉氏《りゅうし》はとうに逝《い》ってしもうた。玉英《ぎょくえい》という娘を残してな。年は十八になるが、まだ誰に嫁がせるとも決めておらん。ところで、さきごろ左司《さし》の官にあるものがでたらめな弾劾《だんがい》を奏上しおって、陛下はその讒言《ざんげん》をお聞き入れになり、校尉《こうい》に金牌《きんぱい》を持たせて遣わし、わしを都へ召し出して裁きを下さんとのこと。ああ、朝廷に巣食うあまたの貪官汚吏《たんかんおり》どもは生涯栄華を味わい続け、忠勤で清廉なわしだけが、朝廷のために働いているというのに、逆に糾弾《きゅうだん》されるとは。世の中どうなっとるんじゃ。思うに、此度《こたび》の出立《しゅったつ》には、はるか遠い道のりではむろんのこと、都に着いてからもなにかと入り用じゃろうが、いかんせん懐が寂しく、路銀にも事欠いてどうにもならん。そこで劉道姑《りゅうどうこ》を呼びに玉清庵《ぎょくせいあん》へ人を遣《や》ったが、そろそろやって来るころじゃろう。

劉道姑《りゅうどうこ》　（登場）
　道の道とすべきは、常の道に非ず
　名の名とすべきは、常の名に非ず（一）

あたくしは玉清庵の劉道姑です。いまちょうど道《どう》堂《どう》で経を読んでいたところに、李府尹さまがお招きとの知らせがありました。何事かしら、まずは行ってみましょう。

早くも着きました。取り次ぎはいらないでしょうし、このまま入るとしましょう。

（あいさつする）

府尹さまがあたくしなどをお呼びとは、何事にございましょう。

李府尹　劉道姑よ、よう来た。実はな、わしはこのたび罪を得て、都に赴《おもむ》き取り調べを受けるのじゃが、いかんせん路銀が足りん。そこでまっすぐそなたを迎えにやったというわけじゃ。どこでもよいから、

劉道姑　路銀にする銀子を十《とお》ほど借りてきてほしい。わしは家で待っておるから、くれぐれも心して行き、なるべく早く戻ってきてくれ。

李府尹　ございます、ございます。劉員外《りゅういんがい》のところでは広く金貸しをやっておりますから、十とはいわず、二十でもございましょう。すぐに行ってまいります。

劉道姑　憐《あわ》れやわしの懐《ふところ》寒く
そなたが借りねば旅立てぬ
劉員外は金銀たんまり
ただ期日には、耳を揃《そろ》えて返すべし

（一同退場）

劉員外《りゅういんがい》　（登場）

小生、名は劉彦明《りゅうげんめい》。家には財産がたんまりあるもんで、人からは員外と呼ばれている。さて、いまからこの質屋を開けて、どんなやつが来るか見てみるとするか。

劉道姑　（登場）

こちらはまさに劉員外の家の入り口、このまま入っていきましょう。

劉員外　員外さん、ごきげんよう。

劉道姑　道姑さん、またうちに何のご用で。

ご用がなければ来ませんよ。実はここの李府尹さまがね、都に行かれるんだけれど、路銀が足りないから員外さんから銀子を十ほど借りてきてほしいっておっしゃるんだよ。戻ってきたら元本に利息、耳を揃えて返すからって。

劉員外　その方の家にはどんなお人がおいでだい。

劉道姑　あの方にはただ娘さんが一人いるだけで、ほかに身内はないようだよ。

劉員外　そういうことなら銀子を十貸すとしよう。証文を書いてもらい、あんたが証人になってくれ。そしてその方の娘さんにも書き判をしてもらい、後々きちんと返済するようにさせてくれたら、銀子を渡してやってもいいぜ。

劉道姑　わかったから、早く銀子を渡しておくれ。さあ、李府尹さまに報告に戻りましょう。

（退場）

劉員外　十の銀子は道姑に持っていかせた。さて、もう用もないし、町の中といわず外といわず、金を取り立てに行くとするか。

（退場）

李府尹　（登場）

劉道姑に金を借りに行かせたが、いま時分になってもなぜまだ戻らんのか。やきもきするのう。

劉道姑　（登場）

この銀子を持って、府尹さまにご報告に行きましょう。

（会う）

府尹さま、劉員外から銀子を十借りてまいりました。証文をお作りいただき、お嬢さまにも書き判をさせてくださいまし。あたくしが証人になりますので。

李府尹　そういうことなら、部屋から娘を呼んで来させてくれ。

劉道姑　梅香《ばいこう》さん、奥からお嬢さまを呼んできてくれないかい。

梅《ばい》香《こう》　（登場）

お嬢さま、お出ましください。

李玉英《りぎょくえい》　（登場）

わたくしは李府尹の娘、名前を玉英と申します。年は十八ですが、まだ誰とも婚約しておりません。いまお父さまが広間でお呼びとか、なにごとかしら。まいりましょう。

（あいさつする）

お父さま、わたくしをお呼びだとか、なんのご用にございましょう。

李府尹　お前を呼んだのはほかでもない。わしはこのたび左司に弾劾され、都へ行って取り調べを受けねばならん。じゃが路銀が足りぬゆえ、劉道姑に頼んで劉員外から銀子を十借りてきてもらったが、かの者は劉道姑を証人として証文を作り、おまえにも署名させ、いずれお前に金を返させようというのじゃ。

李玉英　お父さま、わたくしは娘の身にございますから、はずかしくて書き判などできましょうか。

李府尹　娘よ、わしの言うことを聞いて書いておくれ。

劉道姑　さあさ、筆でございます。お嬢さま、お書きください。

李玉英　（書き判する）

李府尹　（見る）道姑よ、証文には書き判もし終えた。持っていってくれ。

劉道姑　証文がととのいましたから、あたくしが持ってまいりましょう。

（退場）

李玉英　お父さま、どうか早く戻ってきてくださいまし。

李府尹　娘や、悲しむでない。わしが早く戻りたくないはずなかろう。ただ、今回ばかりは生きるか死ぬかさえわからん。わしは生来、実直無私な人間ゆえ、朝廷の中にわしに味方してくれる者が一人もおらんのじゃ。正義が明らかになりさえすれば、あるいは生きて戻れる日もあるやもしれん。そうでなければ長安《ちょうあん》で死に、怨霊となるじゃろうな。

（嘆く）

娘や、お前は今年で十八になる。もう子どもではない。身の振り方は自分で決めなさい。わしはもう、お前の面倒を見ることはできんぞ。

李玉英　お父さま、なにをおっしゃいます。

（悲しむ）

［仙呂《せんりょ》］【端正好《たんせいこう》】

渭城《いじょう》の歌に陽関《ようかん》の恨み、（三）別れを告げて旅路をゆけば、あわれ娘はひとりぼっちで訪ねてくれる人もなし。お父さま、無事のお手紙しげしげと、きっとことづけてくださいね。

（梅香と共に退場）

李府尹　娘は奥の部屋へと戻っていったな。誰か馬を引け。これより都へ向かう。

　別れの涙が思わずこぼれ
　悲しみ歌う行路難《こうろなん》
　ただよう雲は日を覆う
　都長安《ちょうあん》いずくにありや（四）

（退場）

［第一折］

劉員外《りゅういんがい》　（登場）おれは劉員外。李府尹《りふいん》がおれの銀子を十借りていってから、はや一年にもなるが、元本も利息も返さねえ。聞くところによると、やつの娘はたいそう器量よしで、べっぴんだそうじゃないか。父親はきっとおれに返す金がないだろうから、娘を娶《めと》って女房にしてやろうとずっと思ってるんだ。どうだ悪くないだろう。そこで劉道姑《りゅうどうこ》を呼びに行かせたってわけだ。もうそろそろ来るころだろうな。

劉道姑《りゅうどうこ》　（登場）

あたくしは劉道姑。劉員外が呼んでいるそうな。行ってみないとね。

（あいさつする）

員外さん、お呼びだとか。何の用です。

劉員外　あんたを呼んだのはほかでもない。李府尹がおれの銀子を十借りてから一年になるが、まだ戻ってこん。元本に利息をあわせて、銀子二十を返してもらわにゃならんが、あんたが取り立てに行ってくれんか。

劉道姑　員外さん、もうしばらく待ってくださいまし。府尹さまが戻ってこられたら銀子をお返しなさいますから。

劉員外　道姑さんよ、あんたの口から出てくるのはただの空《から》……

劉道姑　空の何です。

劉員外　空念仏だ。府尹が一年戻ってこなければおれは一年待ち、十年戻ってこなければ十年待つのかい。わからんやつだ。じゃあはっきり言おう。いまからあんたがその娘のところへ行って銀子を取り立ててきてくれ。金があるならすぐ返す。なけりゃ、……ここには誰もいねえな。おれは員外と呼ばれちゃいるが、この年になってもまだ嫁がおらん。娘がおれの女房になるってんなら、元本利息すべて返さなくていい。うまく取り持ってくれたら、あんたにもうんと礼をするぜ。ひとつうまくやってくれよ。

劉道姑　員外さん、それはないでしょう。いくらあの方があなたからお金を借りているといっても、お役人のお嬢さまですよ。なんであなたの妻になんかなりましょう。

劉員外　道姑さま、お願いだから取り持ってくださいよ。

劉道姑　頭を下げますから。あなたが頭を下げるのなら、あたくしは跪《ひざまず》きましょう。
劉員外　あんたが跪《ひざまず》くなら、おれは土下座するから、どうか頼みますよ。
劉道姑　員外さん、お金を取り立てるのなら、それだけにしてください。この件はお約束するわけにはいきません。
劉員外　これだけ頼んでも嫌だってのかい。たしか銀子を借りに来たあの時は、あんたが借りに来て、あんたが証人になったんだよな。いまから役所に引っ張っていこうか。「どこに借金の保証人になる出家がおる」って言われて刑具にかけられ、このあま、そのままおまえは尻をひっぱたかれるんだ。
劉道姑　どこにそんなむちゃをいう嫁探しがいるってんだろうね。
劉員外　道姑さん、おれのこの縁組みをうまく取り持ってくれたら、うんと礼をするから。ともかく早く返事を持ってきてくれよ。
（退場）

劉道姑　ちょっと考えてもみなさいよ。あたくしは出家の身。むやみにこんなことに関わってどうするの。あの者の言いなりにはなりたくないけれど、あの者は言ったら必ずやるでしょうから、恥を忍んでこのまま李府尹さまのお屋敷へ行き、この件をうかがってみるとしましょう。
　もめ事は、余計な口をはさむゆえ
　悩み事は、いらぬ顔を出すがため
　員外の、言うことを聞いておかないと
　この道姑、いつか仕返しされるでしょう
（退場）
（梅香《ばいこう》を連れて登場）
李玉英《りぎょくえい》　わたくしは李府尹の娘でございます。お父さまが都へ行かれてから、もう一年あまりになりますが、なんのお便りもありません。わたくしは毎日、部屋で針仕事をして暮らしていますが、ほんとに心配ですわ。
梅《ばい》香《こう》　お嬢さま、だんなさまが戻られる日はきっと来ますから、どうかそんなにお気に病まれないでくださいまし。

李玉英　〔仙呂《せんりょ》〕【点絳唇《てんこうしん》】
父が都に行ってから、わたくしひとりで憂《うれ》いに沈む。こんなに大きな家なのに、一人も切り盛りする人いない。
【混江竜《こんこうりゅう》】
二十一、二の歳にもなって、心にかなう良縁はなし。毎日髪結いお化粧するのもおっくうに。夜長にそぞろ下絵を描いて、長い昼間は針仕事。毎日あれこれ思いをめぐらし、情はふつふつ、心はじりじり。いつになったら琴瑟《きんしつ》相和し、雌雄が番《つが》い、比翼連理《ひよくれんり》となれるのでしょう(五)。見目《みめ》うるわしい殿方に、出会えたそのとき、ついにわたしの願いがかなう。そうなれば、夫婦となるべきわたしたち、独りのつらさを味わわず、天と地の、公平なことを知るでしょう。

劉道姑　(登場)
言っているうちにもう李府尹さまのお宅に着きましたわね。
梅香さん、劉道姑が門前に来てると伝えておくれ。

梅　香　(知らせる)
お嬢さま、劉道姑さんが門前にいらしてますが。

李玉英　お通しして。

梅　香　どうぞお入りください。

劉道姑　(あいさつする)
お嬢さま、ごきげんうるわしゅう。

李玉英　【油葫蘆《ゆころ》】
道姑さん、あなたがここに来るなんて、どういう風の吹き回し。

劉道姑　いえ、あたくし、お嬢さまにお会いしに。

李玉英　道姑さん、どうぞお掛けください。
あわててお辞儀をしてらっしゃるわ。

劉道姑　お嬢さま、府尹さまが行ってしまわれてから、毎日なにをしてらっしゃるの。

李玉英　錦の掛け布団を一枚、刺繍《ししゅう》しております。
おしどりの刺繍、はじめてからは、この刺繍台を離れたことがあるかしら。この金の糸でおしどりの姿縫《ぬ》いとって、緑の糸でおしどりの羽を刺繍して。ほらごらん、枝には花が、花には枝がついている。

劉道姑　お嬢さま、これはいったいどういうお考えでしょう。

李玉英　わたくしが、永遠《とわ》の契《ちぎ》りを結べたならば、その時にこそ、両の眼《まなこ》を入れましょう。

劉道姑　お嬢さま、ずいぶんお手間をかけられたのですね。

李玉英　【天下楽《てんからく》】このおしどりの布団こそ、わたしたち、夫婦の証《あか》しとなるのです。

劉道姑　お嬢さま、どなたかすてきなお金持ちか秀才さんを選んで、婿《むこ》に招くかお嫁に行くかしたらよいではありませんか。

李玉英　道姑さん、そんなことおっしゃって、どういうおつもり。

ああ、そんなこと、どういうおつもりなのかしら。父さまが家にいないから、嫁入り話もしたことないわ。それを言ったら夜も眠れず、噂《うわさ》でくしゃみも止まらない。わたくしは、どうしてよいかわからずに、ほんとに弱ってしまいます。

劉道姑　お嬢さま、あなたはまだお若いのですし、いまのうちにあたくしとともに暮らし向きのいいお人を探しましょうよ。

李玉英　(話そうとしてやめる)

劉道姑　お嬢さま、ここにはほかに誰もおりませんよ。二人でおしゃべりしているだけなのに、なにを心配していらっしゃるの。

李玉英　もちろんそのことは考えていたけれど、取り持ってくれる方がいないんですもの。思えばこの世は、男に女房がいなければ家に主がいないようなもの、女に亭主がいなければ身に主がいないようなもの、ですものね。

劉道姑　お嬢さま、どうりでそんなに憔悴《しょうすい》してらっしゃるのですね。

李玉英　【後庭花《こうていか》】わたしのからだは痩《や》せ細り、腰もすっかり棒のよう。薄絹《うすぎぬ》の、もすそはゆったり、この腰帯もすっかりゆるむ。

お父さまが、行ってしまってどれほど経つか、杳《よう》として、便りのひとつも届かない。わたしはひとり捨ておかれ、さめざめと、絹糸のような涙を流し、悶々《もんもん》として日々暮らす。刺繍された詩をまねて、対句となった言《こと》の葉《は》さがす。刺繍の下絵を広げては、恋文《こいぶみ》のように折ってみる。親戚隣人お招きし、披露《ひろう》の宴《えん》を開くわけでもないけれど、むやみに梅香を召し使う。

梅香　お嬢さまはこのところ、毎日憂えておいでで、夜もおやすみになれず、ますますお痩せになりました。梅香の言うとおり、粋《いき》で素敵な殿方をお探しになれば、梅香もお相伴《しょうばん》にあずからせてもらえるから、どんなにかいいでしょう。

劉道姑　そうです、そのとおりですよ、お嬢さま。どうぞお心をお決めください。あたら青春をむだにしてはなりません。

李玉英　【柳葉児《りゅうようじ》】

いったい誰に、わたしの気持ちを伝えるの。やつれて顔のほお紅も、あせてしまっていますのに。縁組みの矢は、どなたの上に落ちるのかしら。この李玉英は箱入り娘、道姑のあなたは出家の身、お心遣いもむだになるんじゃないかしら。

劉道姑　お嬢さま、先ほどおっしゃったじゃありませんか、女に亭主がいなければ身に主がいないようなものだって。たしかに府尹さまはいらっしゃいませんが、まさか十年戻ってこられなければ十年待ち、二十年戻ってこられなければ二十年待つおつもりですか。そんなのただ老いさらばえるのを待つだけじゃないの。

李玉英　【青哥児《せいかじ》】

わたくしべつに、かこつけて、断ってるんじゃないけれど、そのことは、みだりに決めてはいけないわ。男と女の縁組みは、時機が大事というけれど、わたくしは、水も滴《したた》るいい女、瑕《きず》ひとつない玉《ぎょく》ですよ。身持ちの悪い女などではありません。どうして恋におぼれることなどありましょう。いい人を、見つけたいとは思うけど、夜這《よば》いに来る人待つなんて、はしたないことできますか。

劉道姑　お嬢さま、それなら大丈夫、しかるべきお人を見つければいいのよ。

李玉英　そのお人ってどこにいるのよ。

劉道姑　そのお人っていうのはね、実は府尹さまに銀子をお貸しした劉員外さまなの。あの方は家柄もいいし、巨万の富を持ってらっしゃるわ。とってもいい話じゃない。

李玉英　【寄生草《きせいそう》】その人は、名門で、大金持ちっていうけれど、

劉道姑　あなたのお父さまはあの方から銀子を十借りて、いまは利息とあわせて二十になってるの。それを返さないといけないじゃない。

李玉英　父が戻ってきてから返せばいいわ。わたくしには関係ありません。

　その人はお金持ちだけど、ただのお金の亡者でしょ。

劉道姑　あの方はこう言ったわよ、府尹さまが借りた銀子の証文に、あなたも書き判したって。

李玉英　いまは縁組みの話でしょう。縁組みの、書き判なんてした覚えなどありません。

劉道姑　あの日、銀子を借りた折、もともとあたくしが保証人になると書いたので、あの方はあたくしをお役所に連れていくと言われたわ。あたくしは出家の身、借金の保証人になんてなれません。これではあたくしまであなたがたに連座して裁判沙汰に巻き込まれてしまうじゃない。

李玉英　裁判沙汰になったなら、こちらもとことん争いましょう。たとえ向こうが、銅山を百も持った鄧通《とうつう》だったとしても、琴心《きんしん》一曲臨卭氏《りんきょうし》、このわたくしは動かせないわ。(六)

劉道姑　お嬢さま、もし本当に裁判沙汰になんかなったなら、人前で醜態をさらすことになりますし、いよいよまずいことになりますよ。

李玉英　（嘆く）

　そもそもうちがその者から銀子なんか借りなければよかったのよね。どうしてあなたまで巻き添えにできましょう。……その劉員外という方は、今年でおいくつになられるの。

劉道姑　員外さまは今年で二十三。これまで何人もの人があの方に縁談を持ちかけたんだけど、とにかくお気に召す女《ひと》がいなかったので、まだ奥さまがいらっしゃらないの。

李玉英　どんなお人なの。
劉道姑　それはもうとびきりの男前で、お嬢さまにお似合いですわ。
李玉英　それなら道姑さんの言うとおりにするしかないわね。
劉道姑　お嬢さまがお受けなさるのでしたら、今夜遅く、あたくしの庵《いおり》においでください。あたくしは劉員外さまを呼んできて、この縁談を成就させましょう。そうなれば、銀子の十どころか、銀子百でもなにもおっしゃいませんわ。
李玉英　道姑さん、このおしどりの布団を持っていってください。布団のあるところが、わたくしの生涯の嫁ぎ先です。どうぞお先に行ってください。わたくしも追ってあなたの庵に向かいますから。
（刺繡をした布団を渡す）
劉道姑　お嬢さん、お早めにいらしてくださいね。約束を違《たが》えてはいけませんよ。
梅　香　梅香も今夜、お嬢さまについていこうっと。お嬢さまが劉員外さまとうまく夫婦になられたら、梅香もやっと日の目を見られるわ。

李玉英　梅香、こういうことに、なんであなたを連れていけます。

【賺煞《たんさつ》】

修行の場所の玉清庵《ぎょくせいあん》は、詩を書きつけた金山《きんざん》寺《じ》にも勝るのよ。(七)薄絹の、とばりの中でめでたく新婚、おしどりの、錦の布団を敷きのべて、わたくしは、恥ずかしくってなにを話せばいいのやら。これまでずっと、清き身たもってきたわたし、先に東君第一枝(八)なんて受け取るべきじゃなかったかしら。情愛深き秀才《しゅうさい》さまに、この胸の内をこっそりお伝えいたしましょう。夜が明けても、この小娘を決して捨てたりしないでと。

（梅香と共に退場）

劉道姑　お嬢さまは承知しないと思ったけれど、本当にこの縁談をお受けになった。さあ、あたくしはこの布団を持って、劉員外のところに吉報を届けにゆきましょう。

（退場）

劉員外　（登場）おれは劉道姑にあの証文を持たせて、李府尹の娘のところに縁談を持ちかけにゆかせたが、そろそろ戻ってくるころだろう。

劉道姑　（登場、会う）員外さん、まずはおめでとうございます。お嬢さんは今夜遅く、玉清庵であなたを待つと約束なさいましたよ。しかもあたくしに、おしどりの布団を先に持ってこさせたんです。

劉員外　本当か。道姑さん、感謝するよ。今夜もしこの縁談が成就したら、おれはあんたにうんと礼をするよ。

　さんざん頭をはたらかせ
　今宵《こよい》手にするおしどり布団

（退場）

劉道姑　（笑う）ほんにこれ、
　縁なきものは目の前にいてもすれ違い
　縁あるものは千里を越えてめぐり逢う

（退場）

［第二折］

劉道姑《りゅうどうこ》　（若道姑《わかどうこ》を連れて登場）あたくしは劉員外《りゅういんがい》に、今夜遅くにわが庵でお嬢さんと思いを遂げさせてあげると約束したけれど、ある施主さまがあたくしを招いて斎事（九）を行いたいとのこと、行かなければせっかくのお布施がむだになるわ。ちょっと、よくお聞き。あのおしどりの布団は李《り》府尹《ふいん》さまのお嬢さまのもので、今夜、劉員外さまとここでお会いになるの。お嬢さまが先にいらっしゃるでしょうから、門をたたく音がしたら中へお通ししなさい。あたくしは施主さまのお宅へ斎事に行ってくるからね。（退場）

若道姑《わかどうこ》　お師匠さまは行ってしまったわ。日も暮れてきたけど、李のお嬢さまっていつ来るのかしら。とりあえず門を閉めておきましょ。これってちょうどこう言うのね、

門を閉めたら窓の月なんて知らないし
梅の花だって勝手に咲けばいいんだわ

（退場）

劉員外《りゅういんがい》　（登場）
事《こと》は心に掛けぬがいい
掛ければ心が乱される
さて日も暮れたな。李のお嬢さんが玉清庵《ぎょくせいあん》で会うって約束したんだ。こりゃ行かねえと。

夜回り　（登場）
おいらは夜回り。おや、こんな夜中に走っていくやつがいるぞ。あいつはきっと盗賊だな。引っ捕らえて番所でつるし上げ、夜が明けたらお役所に送り届けて褒美《ほうび》をいただこう。
（捕らえる）

劉員外　なんでこうなるんだよ。おーい、助けてくれえ。
（共に退場）

張瑞卿《ちょうずいけい》　（登場）
嵩山《すうざん》、天都に近く
連山、荒野に入る
人の住む家に宿求め
河を隔てて木こりに尋ねる
小生は名を張瑞卿といい、祖籍は姑蘇《こそ》の人間です。いまは科挙の受験のために上京中で、ここ洛陽《らくよう》までやってきました。日も暮れてしまったので、宿を探しているところです。どうやら行く手に玉清庵という庵があるそうな、ちょっと行って一晩宿を貸してもらいましょう。明日の朝早くに出れば、なにも問題ないはず。
この門からひとつ声をかけてみよう。
誰かいませんか。

若道姑　（登場）
門を開けましょ。
劉員外さん、いらっしゃいまし。

張瑞卿　これはおかしい。さてはこの庵で逢い引きが行われるに違いない。それならこうするしかないな。
ああ来ましたよ。道姑さん、明かりはつけないでおくれ。

若道姑　それじゃ、明かりはつけないわね。

お嬢さまが来たら、あたしにちょっと考えがあるの。そろそろ来るころだわ。

（共に退場）

李玉英《りぎょくえい》
（登場）

わたくしは李玉英。今夜、劉員外さんと玉清庵で会うって約束しているの。わたくしまだ生娘《きむすめ》ですから恥ずかしくって、どういう顔をして行けばいいのかしら。

〔正宮《せいきゅう》〕【端正好《たんせいこう》】

わたくしなんだか、心もとなく気もそぞろ。

これまで街を出歩くことすらなかったけれど、
こんな夜更けに軒下を、身を隠しつつ行くなんて、色ごとの、勇気は天ほど大きいものって本当ね。

【滾繡球《こんしゅうきゅう》】

これってまったくなんてありさま、なんてしきたりなのかしら。天のさだめを占うことすらしてないなんて。まさかほんとに劉員外と結ばれることになるのかしら。あの人は、わたくしのため、わたくしは、あの人のため、ほんとに不安でなりません。まごころをもってわれら夫婦が仲睦まじくありますように。ところでどうして真っ暗な中、卓上の灯《ひ》もともさずに、真っ黒な雲が月まで覆っているのでしょう。

かえって人がざわざわしなくていいけれど。

早くも庵の前に着きましたわ。ちょっと呼んでみましょう。

道姑さん、門を開けてくださいな。

若道姑
（登場）
お嬢さまがいらしたわ、門を開けましょ。
お嬢さま、もうちょっと早くいらしてくださいよ。
ずいぶん待ちぼうけをくってしまったじゃない。
幸い師走《しわす》じゃないからいいけど、そうだったら足が凍りついてしまっているわ。

李玉英
ねえ、員外さまはどこなの。

若道姑
お部屋であなたを待ってらっしゃるわ。あたしがおしどりの布団をちゃんと敷いてさしあげたから、あとはあなたが来るのを待つだけ。うまく一緒になれたら、あたしのことを忘れないでね。

李玉英
きっと忘れませんわ。

若道姑　あたしは今日、あなたたち二人をくっつけてあげるんだから、いつかあたしにもいいだんなさんを見つけてよ。

李玉英　【脱布衫《だつふさん》】
あなたは階下でくどくどと、門の外でもわあわあと。お聞きしますが、薄絹のとばりの中に、書生さんはいらっしゃる。ああ草庵の童子さん、驚かさないでくださいな。

若道姑　員外さんはここでずっと待ってらっしゃるのよ。うそじゃないわ。早く行っちゃいなさいよ。

李玉英　【小梁州《しょうりょうしゅう》】
どうかお願いしますから、誰も面倒みてくれない、あわれな娘を助けてください。驚いて、手足はへなへな動かせず、胸は油で揚げられたようにどきどきと。

若道姑　お嬢さま、あわてないで。あたしたちみんな、気《き》心《ごころ》知れた同じ種類の人間じゃないの。

李玉英　【么篇《ようへん》】
会ったばかりで、どうして腹を割った話ができましょう。ただ恥ずかしく、口もとを手で隠すだけ。

若道姑　早く行きましょうよ。員外さんが待ってますよ。

李玉英　ちょっとわたしを押さないで。本当に、この身がすくんでいるんだから。鐘《かね》の音《ね》が、ちょうど鳴り止んだようですわ。用がないならさっさと帰れというじゃない。

若道姑　あたしが先に知らせに行くわ。
員外さん、お嬢さまがいらっしゃったわよ。迎えに出てあげてくださいな。
（退場）

張瑞卿　（登場）
本当にお嬢さまとやらが来てしまった。お嬢さんがおいでと知っていたらお迎えに行くべきですのに、お出迎えもせず申し訳ありません。どうぞお掛けください。

李玉英　（わきぜりふ）
娘御《むすめご》が来てしまったからには、こうするしかない。
お嬢さんのお気持ち、ありがたく思います。
ずっと裏切らないでくださいましね。

張瑞卿　もし小生が裏切るようなことをしたら、若道姑の

金《きん》閶《しょう》の客《きゃく》、解《うま》く品《ふ》く鳳凰《ほうおう》の簫《しょう》

頭に茶碗大のはれものができましょう。私の一物《いちもつ》にではなくてね。

李玉英　【伴読書《はんどくしょ》】

かんざしが、落ちてもそのまま挿そうともせず、まゆずみが、薄くなっても描かせないまま。びくびくとした不安な気持ちが捨てられず、汗がびっしょり手巾《しゅきん》を濡らす。誰か来たりしませんか。

張瑞卿　お嬢さん、こんな夜更けに誰もいませんよ。小生がいるだけです。

李玉英　わたくしほんとにうれしくて、入り口の鍵をかけ忘れてきたようですわ。がさごそと、誰かが入ってきたみたい。

張瑞卿　お嬢さん、落ち着いてください。もう誰も来ませんから。大丈夫ですよ。

李玉英　【笑和尚《しょうかしょう》】

なんだ、軒先でりんりんと鳴る風鐸《ふうたく》なのね。風に吹かれてかさかさと鳴る草堂にかかる絵だったの。寝ていた鳥が、いばらの枝からばたばた飛び立ったのですね。そしてぎしぎし竹が鳴り、窓からきらきら月が射し込み、もうびっくり、ぶるぶる震えて動悸《どうき》がおさまりませんのよ。

張瑞卿　小生がやがて官職を得たら、あなたは金冠《きんかん》に霞帔《かひ》を身にまとい、四頭立ての馬車に乗る夫人県君《ふじんけんくん》ですよ(一〇)。

李玉英　どうか裏切らないでくださいね。

【倘秀才《しょうしゅうさい》】

この人は、大法螺《おおぼら》で、わたくしのことを押さえつけ、わたくしの、小さな胸は、すんでのところでつぶれるところ。ああ、まとわりつく殿方よ、もし人にでも見られたら、もしも誰かにつかまったなら、たちまち事が漏《も》れますわ。

張瑞卿　お嬢さん、もうすぐ夜が明けます。どうぞお戻りください。この恩と情には、いつか必ず報いますから。

李玉英　【滾繡球《こんしゅうきゅう》】劉解元《りゅうかいげん》(二)さま、お待ちください。ちょっとお尋ねしたいのですが、

張瑞卿　小生の名は劉ではなく、張瑞卿と申します。

李玉英　(怒る)
わたしの前では、なにひとつ、ほんとのことを言わないの。

張瑞卿　小生がうそを申しましょうか。

李玉英　わたしのことを、尻軽女《しりがるおんな》と思ってるのね。

張瑞卿　お嬢さん、小生はほんとに張瑞卿という名なのです。

李玉英　この人が、言った名前は別人で、話も全部でたらめで、わたくしは、わけがわからず不安に暮れる。この恥知らず、あなたはいったい何者よ。

張瑞卿　お嬢さん、あなたを傷つけたりはいたしません。私がもし官職を得れば、あなたは夫人県君なのですから。

李玉英　はじめて出会ったあなたとも、今回はもうこれっきり。これからは、この道観《どうかん》の敷居は二度とまたぎません。恥ずかしいったらないですわ。
もし、そちらの秀才さま、あなたはどこのお人で、名前は何とおっしゃるの。どうしてここにいらっしゃったの。

張瑞卿　お嬢さん、私たちはいますでに夫婦《めおと》となったのですから、もう何も隠すことはありません。小生は姑蘇の出で、姓は張、名は瑞卿と申します。科挙の受験のために上京する途中、ここ洛陽を通りかかったところ、日も暮れてきたので、この庵に一夜の宿を求めたのです。天地のお計らいに感謝しなければ。幸いにも、こうしてお嬢さんにめぐり

逢い、夫婦の契《ちぎ》りを交わすことができました。お嬢さん、ところであなたはどちらのお嬢さんでしょう。詳しくお教えいただければ、小生が後日きちんとお迎えにまいりますので。

李玉英　わたくしは当地の李府尹の娘で、名を玉英と申します。以前、父が弾劾《だんがい》されて取り調べを受けるため都に行くこととなり、劉員外から銀子を十借りたのですが、それがいまや元本利息合わせて二十になりました。劉員外はその銀子を取り立てようと、保証人になっていたこの庵の劉道姑さんに言いました。わたくしがお金を返さなければ、劉員外は劉道姑さんをお役所に訴えて拷問にかけてでも銀子を取り戻すと。劉道姑さんはなんの関わりもないのに、このままでは巻き添えをくって訴えられてしまいます。しかも、員外は本気でわたくしを妻にしようとしていると道姑さんもおっしゃるので、結局ここ玉清庵で会うことにしました。今夜、ここで待っていたら、はからずも秀才さんと出会い、夫婦の契りを交わすことになってしまったのです。あなたに身を任せたからには、劉員外のところに嫁ぐことなどできません。ただひたすらあなたをお待ち申し上げております。

張瑞卿　そうだったのですか。お嬢さん、小生も妻はおりませんし、もし都へ行って、なにか官職が得られたなら、お嬢さんのお気持ちは決して忘れられませんから、夫人県君はきっとあなたのものです。小生はこれより科挙の受験に行きますので、お嬢さん、なにかひとつ証《あか》しになるようなものがありましたら私にください。結納の代わりにしましょう。

李玉英　おっしゃるとおりですわ。秀才さん、このおしどりの布団を知っていますか。わたくしみずから刺繡したもので、首を交えた二羽のおしどりを刺繡しております。いまはこれをお持ちください。いつかこの、おしどりの布団を見る時が、わたくしたち夫婦が一緒になれる時ですわ。

張瑞卿　お嬢さん、ありがとうございます。小生、この布団を収めましょう。空もだんだん明るくなってきました。ひとまずお帰りください。小生はもう旅立たねばなりません。お嬢さん、あなたのその思い、ずっと持っていてくださいね。

李玉英　秀才さん、あなたも決して裏切らないでくださいね。官を得ようが得まいが、どうぞ早めにお戻りくださいまし。

張瑞卿　お嬢さん、ご安心ください。小生の心は、天が知っております。

李玉英　【黄鍾尾《こうしょうび》】こののちは、千言ついやす宮中の策、五色《ごしき》の文《ぶん》藻《そう》あらわして、一挙に鰲頭《ごうとう》つかみ取り、笏《しゃく》を胸に持ち朝廷に立つ。烏帽子《えぼし》に宮花《きゅうか》を数本さして、瓊林《けいりん》の、宴《えん》に酔って家路につくの。(一二)勅命《ちょくめい》を受けて官職さずかり、わたくしも、夫人県君になれるのね。その時は、わたくし立派な馬車に乗り、あなたは馬にまたがって、二人の暮らしは穏やかに、なんて幸せなことかしら。

（退場）

張瑞卿　張瑞卿よ、おまえ夢でも見てるんじゃないだろうな。この庵にやって来て、夫婦の契りを交わし、しかも証《あか》しのおしどりの布団までもらえるとは。もし小生が官職を得たならば、この婚姻を必ず成就させ、あの女《ひと》の熱い思いに背くまい。もうぐずぐずしてはいられない。都へ試験を受けにいくとしよう。

　前世からの宿縁により
　今日のこの縁結ばれる
　鶯燕《おうえん》の伴侶となって
　鳳鸞《ほうらん》の契りを交わす

（退場）

玉清庵《ぎょくせいあん》、錯《あやま》って送《おく》る鴛鴦《おしどり》の被《ふとん》

若道姑　（登場）

お嬢さまったら、劉員外さんと庵で夜通しおしゃべりして、あたしがひとり寂しく寝てるのなんてお構いなし。おかげでこっちまでむらむらしてきちゃった。もうお師匠さまが帰ってくるのなんか待ってられないわ。庵の周りをうろついて、たくましい殿方を見つけにいこうっと。

劉員外のやることは、めちゃくちゃだけど

李のお嬢さまもこっそりと、逢い引きなんかするなんて

あたしもどっかでお坊さんでも見つけてさ

そのお坊さんといっそ夫婦になりましょう

（退場）

劉員外　（登場）

なんてついてねえんだ。こんなことになるなんて。あの夜回りの野郎にとっ捕まって、番所へ連れて行かれたおかげで、お楽しみが叶《かな》わなかったばかりか、一晩中つるされちまった。劉道姑を呼びにやったが、どうしてまだやって来ねえんだ。

劉道姑　（登場）

昨夜《ゆうべ》は劉員外さん、李のお嬢さまと逢瀬《おうせ》を遂《と》げられたようで、今日またあたくしをお呼びになったのです。

早くも着きました。さあ入ってゆきましょう。

（あいさつする）

員外さん、おめでとうございます。今日はぴかぴか帽子の新郎さん、きちきち帽子のお婿さんですわね。あたくしにも道服《どうふく》と外套《がいとう》を新調してくださいな。

劉員外　馬鹿をぬかすな。おれはその娘に会ってもいないんだぞ。

劉道姑　どうしてとぼけるの。あなたが会っていないなら、あたくしが会ったとでも。

劉員外　くやしい。誰があの娘に手を出したんだ。

劉道姑　ここにお立ちなさい。頭を挙げて、口を開いて、舌を出してごらんなさい。あなたはやってないって言ったけど、じゃあなんでそんな妙な舌をしてるのさ。

劉員外　おれが二枚舌だとでも言いたいのか。

劉道姑　あたくしは昨夜、斎事に呼ばれていたので弟子に待たせておりましたのに、どうしてお越しにならなかったの。

劉員外　おれは途中まで行ったところで夜回りの野郎に止められてよ、やつはおれを夜盗だとぬかして番所へ連れて行き、夜通しつるしやがったんだ。だからおれは本当に行ってねえぞ。

劉道姑　あなたが庵に行ってお嬢さんと契《ちぎ》りを交わしていないのなら、いったい誰が。員外さん、あたくしは昨日、員外さまが来られたらあたくしの部屋へお通しし、お嬢さまが来られたら一緒になってもらいなさいって弟子に申しつけたんですよ。あなたがお越しでないとしたら、いったいどこのろくでなしがやって来て奪っていったんだろうね。

劉員外　道姑さん、昨夜、李のお嬢さんが来てほかの男と契りを交わしたってのなら、どのみちきずものだろ。あんたいまから行ってお嬢さんを家まで連れてきてくれ。いっそのことおれが生涯の伴侶になってやる。もしうまく事を運んでくれたら、前に約束したとおり、あんたにうんと礼をはずむから。早く行って戻ってきてくれ。

身もだえしつつ、思いめぐらす
いとしいやつよ、必ずおまえを娶《めと》ってやるぞ

劉道姑　ああこわい、

夜回りにでも出くわしたなら
尻をぴしぴし打たれるわ

（共に退場）

［第三折］

劉員外《りゅういんがい》　（棍棒を持ち、李玉英《りぎょくえい》と共に登場）

この女、なんてやつだ。あの日、おれはお前と玉清庵《ぎょくせいあん》で会うって約束したんだぞ。おれが行かねえうちに、どっかから男がやって来て、お前はそいつと契《ちぎ》りを結びやがった。じゃあ聞くが、お前はおれと会ったとして、まさか一言も尋ねないのか。言われた名前がおれの名でなかったら、お前はそいつの言いなりになるべきじゃねえだろ。おれが口もとまで持っていった食いもんを、その盗人《ぬすっと》野郎に横取りされて食われてしまうなんてよ。

そのことはまあいいとしてもだ、いまはおれの家に娶《めと》って、しかもこんなに頼んでいるのに、お前は頑としておれに従おうとしない。おれが話をしても、うつむくばかりだ。ほら見ろ、こいつの不満げな顔を。おれはこんなにいかす男だぜ、言いなりになってもお前の恥にはならねえだろう。本当にうんと言わねえのか。なら、いまからお前を跪《ひざまず》かせてやる。どうだ、うんと言うのか言わねえのか。

李玉英《りぎょくえい》　(ひざまずき、悲しむ)ああお父さま、辛《つろ》うございます。

劉員外　こいつは女だから、おれの手にこの太い棍棒があるのを見たら、おびえてしまって言うことを聞かねえな。やめた、棍棒は捨ててしまおう。お嬢さん、お立ちなさい。あなたを打《ぶ》ったりなんかしませんよ。ちょっとからかってみただけですから。

李玉英　(立つ)

劉員外　お嬢さん、おれのこの顔、どうだ、見惚《みと》れないかい。だからおれの言うことを聞いてくれてもいいだろう。本当に嫌なのかい。ならさっきのように跪け。

李玉英　(ひざまずく)

劉員外　このくそ女、おれが一千回、いや一万回頼めば、お前じゃねえ、あの劉道姑《りゅうどうこ》でも従うだろうに、まだお前はうんと言わねえのか。いいならいい、嫌なら嫌と言え。本当に打つぞ。

李玉英　わたくし死んでもあなたには従いません。

劉員外　よくも言ったな。もういい。ならおれが跪いて、さらに土下座までしてやる。どうか私の奥方様、一言うんと言ってくださいな。おお、本当に嫌だと。……おれが跪いてどうするんだ。ならこうするしかない。ともかく立て。

李玉英　(立つ)

劉員外　お前はどうあってもおれに従おうとせんのなら、おれが開いている酒場で店の番をしろ。酒を飲む客が来たら、お前は酒を燗《かん》して料理を作り、食台と椅子を拭《ふ》いて、酒飲みの相手をしろ。相手をして喜んでもらえたらそれでよし。だが喜んでもらえなけりゃ、お前の片方の足を打って二本にしてやる。おれがなぜお前を打つのかって。身のほどを知らず、人をだまして、道理に背くどうしようもねえ輩《やから》だから打つんだ。
（退場）

李玉英　わたくしはそもそも官僚の家の娘で、結構いい暮らしをしていたのに、いまはこんなところに落ちぶれて、こんな苦しみを受けるなんて。
〔越調《えっちょう》〕【闘鵪鶉《とうあんじゅん》】
かつてのわたしは、立派できらびやかな屋敷、
象牙の寝台、翡翠《ひすい》の屏風《びょうぶ》、明かりは銀の燭台に、
香は高価な鼎《かなえ》の香炉に、色とりどりの衣装に
冠、器やお皿もよりどりみどり。それが突然、
普救寺《ふきゅうじ》（一三）を出て、こんな酒場に身を置くなんて。
あなたはほんとに、あの母のようにいじわるで、
鄭恒《ていこう》のようにずるいやつ。（一四）
【紫花児序《しかじじょ》】
君瑞《くんずい》さまは、いまは遠くにいらっしゃり、紅娘《こうじょう》
もすでに逃げ去って、ただ一人、鶯鶯《おうおう》だけが
取り残される。（一五）家に財産ないために、わたし
は黙って耐え忍ぶだけ。
みんなお父さまのせいだわ。
あの白い紙に黒い文字、書かせたわけは明らかよ。なぜかといえば、あいつが証拠に取っておくため。そしてこの、良家の娘を無理やりに、
酒場の中で端女《はしため》にする。
店の前に立って、誰が来るか見てみましょう。

張瑞卿《ちょうずいけい》　（登場）
そのかみは、本を一束抱《かか》えるのみ
帰ってくれば、玉の帯には金魚（一六）が掛かる
文才ある者みなこうなるとは限らない
おそらくは、ご先祖さまの積善余慶《せきぜんよけい》
小官は張瑞卿。天子さまのお膝元にまいって一挙に状元《じょうげん》に及第し、官職を得て洛陽《らくよう》で任に当たることになった。いまは李のお嬢さまの消息を尋ねようと、衣装を替えて、忍び歩きしているところ。ここは酒場か。ちょっと一杯やっていくとしよう。
（店に入る）
おい主人、長銭（一七）二百文分の酒を持ってきてくれ。

李玉英　はい、ただいま。どうぞお座りになって、ごゆっ

くりお召し上がりください。お客さま、お酒がご入り用でしたら、お声をかけてくださいまし。すぐに奥から持ってまいりますので。

（退場）

張瑞卿　こんな大きな酒場に男が誰もいないなんて。どうして女一人に酒を売らせているのか。見たところ、あの娘御はたいへんに見目うるわしく、また下賤《げせん》の身でもなさそうだ。いまからちょっと酒を頼むふりをして呼びつけ、尋ねてみよう。

おい、酒をくれないか。

李玉英　（登場）

お客さま、あといかほどのお酒をお持ちしましょう。

張瑞卿　酒も飲みたいが、ちょっと娘さんに尋ねたいことがあってね。あなたはお酒を売るような人ではないでしょう。

李玉英　お客さま、なぜおわかりになったのでしょう。そう、わたくしはもともと酒場のものではございません。

張瑞卿　娘さんの顔立ちからして、卑しからざる家の方だろうと思ったのです。どうしてこんな酒場で店の者のために酒を売り、往来の客の相手をなさっているのです。ひとつゆっくり小生に聞かせてくださいませんか。

李玉英　【小桃紅《しょうとうこう》】

わたくしの、祖先は代々世にも名高く、三代続けて参政《さんせい》の官になりました。

張瑞卿　なんと、もとは高官の家の出ですか。お父さまはいまどちらにいらっしゃるのです。

李玉英　**わたくしの、父は生涯正直で、よこしまなことを好まぬゆえに、人に憎まれ捕らわれて、尚書省《しょうしょしょう》へと連れてゆかれてしまったの。**

張瑞卿　お父さまはいまでもまだお役人をなさっているのですか。

李玉英　**官位は左丞《さじょう》を賜るも、老いと病で辞しました。**

張瑞卿　お父さまが行かれてから、もうどれくらいになりますか。

李玉英　**何年も、戻らないとは……**

張瑞卿　娘さん、お父さまもお父さまです。最初からあなたを誰かに嫁がせておくべきでしたのに、どうして酒売りなんかさせたのでしょう。

李玉英　お客さま、ご迷惑でなければ、わたくしめの話を
もうしばらくお聞きください。
【調笑令《ちょうしょうれい》】
聞くも涙、語るも涙の物語。あのばか書生、
ああまったく、この世の中に、あれほどまでに
薄情な、人間なんていないでしょう。

張瑞卿　秀才にも良い人間はいるでしょう。

李玉英　いまどきの、秀才ってのはどいつもこいつも犬
畜生よ。娘さんたち、これからは、あの人の
ような貧乏書生の気など引いてはなりません。

張瑞卿　なんと娘さんのご亭主も。

李玉英　しゃちほこばって口説いていたけど、わたしに
言わせりゃすっとこどっこいのおたんちん。

張瑞卿　せっかく三媒六証《さんばいりくしょう》の仲人を立て、結納の花紅《かこう》に羊
と酒まで送って娘さんを娶《めと》った(一八)のに、どうしてこ
こへ迎えに来ないのでしょうね。

李玉英　【耍三台《ささんだい》】
はじめから、結納品や仲人なんてありません。

張瑞卿　それならどうして夫婦になれたのでしょう。

李玉英　まぬけなことをしたものね。今世《こんせ》の業《ごう》か、前
世の業かはわかりませんが、いずれにしても
わたくしは、薄幸の美人なんですわ。劉彦明《りゅうげんめい》
に嫁ごうと、心を決めたその矢先、張瑞卿に
めぐり逢う。

張瑞卿　(わきぜりふ)
妙だな。私の名を言っている。これには何かある
に違いない。もう一度尋ねてみよう。
そもそも誰があなた方を取り持ったのですか。

李玉英　そもそもは、あの仲人の道姑さん、

張瑞卿　娘さんはいったい誰なんです。

李玉英　この望夫石《ぼうふせき》(一九)の玉英を、台なしにしてしまったの。

張瑞卿　(わきぜりふ)
この娘が言っているのはまさしく私のことだ。い
ま一度はっきりと聞いてみよう。
娘さん、そのとき夫婦《めおと》になったお相手の名は何で
した。いまその人はどちらに行っておいでですか。

李玉英　【聖薬王《せいやくおう》】
あのばか書生が去ってから、今度はここの死
に損ないに出くわしたのよ。

張瑞卿　この店は誰のものなのですか。

李玉英　高利貸しの守銭奴《しゅせんど》よ。

張瑞卿　あなたはどうしてここに来たのです。

李玉英　あの者は、策を弄《ろう》してかんしゃくぶつけ、返す金がないのにつけ込み、こんなところへ落としたの。

張瑞卿　娘さん、その人はきっと、あなたを手に入れようとしたのにあなたが従わなかったから、そんなにいじめるのですね。

李玉英　【麻郎児《まろうじ》】ともすれば、わたくしの足を折ろうとし、ともすれば、頭を打って割ろうとするの。行けと言われればどこへでも行き、注《つ》げと言われれば注ぐしかないの。

張瑞卿　そんなひどい目に遭わされるぐらいなら、その人に従われてもよいでしょうに。

李玉英　【幺篇《ようへん》】わたくしの、心は少しも動きません。あの者の、ひどい仕打ちに耐えるのみ。

張瑞卿　どうしてその人に従われないのです。

李玉英　わたくしは、たとえ死んでも張家の嫁、劉家の敷居を跨《また》ぐことなどできません。

張瑞卿　ああ、あなたはここでこんなにつらい思いをされていたのですか。

李玉英　娘さん、あなたは李府尹《りふいん》の娘の玉英でしょう。

張瑞卿　そうです、わたくしは李府尹の娘ですが、あなたはなぜわたくしのことをご存じなので。

張瑞卿　妹よ、あの頃お前はまだ小さかったな。私はずっと遊学に出たまま、二十年近く家に戻っていなかったが、今日こうしてお前に会うことができた。妹よ、お前はどうしてこんなところでつらい目に遭っているのだ。

李玉英　お兄さまはご存じないでしょうが、あの日お父さまが都へ行かれるとき、路銀が足りないからと、玉清庵の劉道姑さんにお願いして劉員外から銀子を十《とお》借りてもらいましたの。その証文には、わたくしも書き判をしましたわ。お父さまは長らくお戻りにならず、元本に利息を合わせて銀子二十を返さなければならなくなり、劉員外が催促してまいりました。劉道姑さんは保証人だということで、わたくしに返すお金がないものですから、劉員外は道姑さんをお役所に突き出して、銀子を取り立てようとしたのです。劉員外は道姑さんに、わたくしを妻にしたい、そうすれば銀子二十は結納にしようと申しましたので、わたくしはやむなく、あの者と逢い引きするため玉清庵に行くことにしました。ですが、その夜行ってみると、員外ではなく、張瑞卿という一人の秀才と出会い、夫婦になりました。その張瑞卿は、都へ科挙の受験に行ってしまい、劉員外がわたくしを迎えにやって来ました。一頭の馬は二つの鞍《くら》を負わず、二つの車輪は四本の轍《わだち》を転がらずと言います。わたくしは死んでもあの者に従わなかったので、罰としてこの店で酒を売らされているのです。お兄さま、わたくしを助けてください。

張瑞卿　なんと、そうだったのか。安心してこの兄に任せなさい。では、劉員外を呼んできてくれないか。

李玉英　員外さま、おいでください。わたくしの兄が来ております。

劉員外　（登場）誰だ、おれを呼ぶのは。

（会う）

どうだ。苦しみに耐えきれず、おれに従う気になったか。お前に結婚祝いの団子を買って食わせてやるよ。

李玉英　兄が員外さまにお会いしたいと。

劉員外　兄などどこにおる。

李玉英　こちらにいるのが兄です。

劉員外　道理で二人は似ているな。鼻なんかそっくりだ。

張瑞卿　おたくが劉員外さんで。うちの妹が借りた銀子はいくらですか。

劉員外　銀子を十借りたから、いまでは元本に利息を合わせて銀子二十を返してもらわねばなりませんが。

張瑞卿　銀子二十など、どうということはない。妹に代わってお返ししましょう。

劉員外　お義兄《にい》さん、ご存じですかい。お父上は妹さんを私に嫁がせる約束をしたんですぜ。

張瑞卿　そういうことでしたら、羊と酒と花紅《かこう》を用意して、三日後、妻として迎えに来てください。それが筋というものでしょう。

劉員外　それなら、あんたはおれの義兄さんだ。その銀子二十は返してもらわなくて構いませんよ。

おい、てめえら、酒を用意しろ。義兄さんに固めの三杯を飲んでもらうんだ。

張瑞卿　酒なら結構です。

妹よ、ひとまず私と一緒に家に戻りなさい。

李玉英　うれしい。こんな日が来るなんて。

【収尾《しゅうび》】

兄さまが、銀十両の借金を、肩代わりしてくれました。わたくしが、この危機を経て気づいたことはこの二つ。一つには、この兄さまのお世話をきちんとすることで、もう一つには、あの男前をずっと待ち続けることよ。

（張瑞卿と共に退場）

劉員外　まさか兄貴とは。あいつ、いいやつだな。じゃあ三日後、酒をかついで羊をひいて、向こうの家へ結納に行くとするか。それから家《うち》に嫁として迎えりゃ、嫌とは言うまい。

夫婦の契りを交わすため

犬を殺して鶏《とり》絞める

新婚初夜を迎えるときは

この大砲が役に立つ

（退場）

［第四折］

張瑞卿《ちょうずいけい》（李玉英《りぎょくえい》と共に登場）

まさか酒場で妹に出会うとは。妹よ、聞くがお前は本当に劉員外《りゅういんがい》から銀子を借りたのか。

李玉英《りぎょくえい》　［双調《そうちょう》］【新水令《しんすいれい》】

ここ洛陽《らくよう》の劉員外は守銭奴だから、貸した銀《ぎん》子《す》が戻るまで、決してあきらめたりしない。眉間にしわ寄せ悪知恵めぐらし、口を開けばもうける話。ごろつきだろうが何だろうが、元金利息、耳を揃《そろ》えて返さなければなりません。

張瑞卿　妹よ、父上がやつから銀子を借りたのなら、父上が返すべきだろう。お前が嫌なら嫁がなくてもよかったのに。

李玉英　【歩歩嬌《ほほきょう》】

あの借用書にわたくしみずから書き判をした

ばっかりに、妻になること強《し》いられる。でもわたくしの真心が、移ろうことはありません。たとえどれほど打たれても、最後まで耐えてみせますわ。けれど今日、こうして無事に帰れたのは、兄さまが、この妹を救ってくれたおかげです。

張瑞卿　妹よ、ちょっとお茶をいれてきてくれないか。

李玉英　はい。

(退場)

張瑞卿　さて、このおしどりの布団を寝床に広げ、私は酒を飲みに行くといって出かけよう。あの人がこのおしどりの布団を見れば、おのずと気づくだろう。

(布団を敷く)

李玉英　(茶を持って登場)

お兄さま、お茶が入りました。

張瑞卿　妹よ、私はこれから酒を飲みに行く。私が戻るまでに、寝床を整えておいてくれ。酔ったら休みたいのでな。忘れるなよ。

(退場)

李玉英　お兄さまはお酒を飲みに行かれました。じきに戻って来られるでしょうから、寝床を整えておきましょう。

(寝床を整える)

【雁児落《がんじらく》】

旅装は片付き、書斎は品よく、壁にはきれいな琴が掛けられ、枕元には宝剣が。

【得勝令《とくしょうれい》】

まあ。緑の薄衣《うすぎぬ》掛けてから、紫の藤のござ敷いて、刺繍の枕を上に置き、香る布団を手にしてみれば、間違いないわ、これはわたしが刺繍した、おしどり布団。不思議だわ、おまえにここで出会えるなんて。

本当に不思議ね。この布団はわたくしが刺繍したもの。張瑞卿さまにお渡ししたのに、どうしてお兄さまの手元にあるのかしら。戻ってきたら聞いてみましょう。

張瑞卿　(酔って登場)

酔ってしまった。妹はどこだ。

李玉英　(張瑞卿を支える)

お兄さま、お酒を召されましたね。何かお食事なさいますか。

張瑞卿　妹よ、食事などいらん。私は酔っているのだ。

李玉英　【沽美酒《こびしゅ》】
貧乏書生が口にする、こんな漬物食べられませんね。玄米ご飯もお腹を満たすだけですし。お兄さま、のどが渇くといけませんから、氷で冷やした甘い水でも入れましょう。ところでわたくし聞きたいことがあるのです。

張瑞卿　なんだ、言ってみなさい。

李玉英　わたくしは、なんだと言われて含み笑いをするばかり。
（笑う）

張瑞卿　話があるなら言いなさい。なぜ笑ってばかりいる。

李玉英　【太平令《たいへいれい》】
お兄さま、隠し立てはなしですよ。このおしどりの布団はほんとは誰のもの。

張瑞卿　それは妹が私にくれたものだよ。

李玉英　妹一人に兄一人、ほかに兄妹《きょうだい》はいないはず。これはたしかにわたくしが、作ったものに違いない。このとおり、跪《ひざまず》いてお願いします。おしどりの、布団がいったいどこから来たのか教えてください。

張瑞卿　こんな布団のことなど尋ねてどうするのだ。

李玉英　お兄さま、この布団はもともとわたくしのものなのです。

張瑞卿　そうだとしたら、私のことがわかりますか。

李玉英　わかりません。

張瑞卿　私が張瑞卿ですよ。

李玉英　ああ、どれほどあなたにお会いしたかったことか。三日もお兄さまって呼ばせるなんて。

張瑞卿　お返しに十日間あなたをお姉さまとお呼びしましょう。この門を閉めてと。さあ、あなたにお詫びをしなければ。
（酒を飲む）

李玉英　張瑞卿さま。今日こうしてお会いできて、本当にうれしゅうございます。

劉員外《りゅういんがい》　（登場）
今日で三日になるな。李家へ結納に行こう。はて、なんで門が閉まっているんだ。蹴破ってやろう。なんてこった。てめえら二人でいちゃいちゃしやがって。おれの女房だぞ。

張瑞卿　私の女房だ。

劉員外　てめえの女房だと。兄貴だとかでたらめぬかして人の女房を横取りしやがって。出る所に出てやろうじゃねえか。

（一同退場）

李府尹《りふいん》　（張千《ちょうせん》を連れて登場）

三年間、都長安《ちょうあん》で罪を待ち
衣冠を許され再び戻る、洛陽《らくよう》に
告げ口をせし佞臣《ねいしん》よ、寵愛《ちょうあい》続くと思うなよ
冤罪《えんざい》も晴れ、はや長平《ちょうへい》にたどり着く

わしは李彦実《りげんじつ》、左司《さし》めに弾劾《だんがい》されて罪を待つこと三年。幸いにも陛下はご賢明で公明正大でおわし、左司の弾劾は偽りなりとて、すでに遠方へ左遷された。わしは再び河南府《かなんふ》の府尹となって勢剣《せいけん》と金《きん》牌《ぱい》を賜り、貪官汚吏《たんかんおり》どもをみな斬《き》り捨《す》て御免《ごめん》にすることを許され、洛陽府の管轄に入ったところ。張千よ、何者が騒いでおるのか。捕らえてまいれ。

張千《ちょうせん》　かしこまりました。捕らえてまいりました。

（李玉英、張瑞卿を連れて登場、ひざまずく）

劉員外　お役人さま、どうかお慈悲を。お助けください。

李府尹　そこにいるのはわが娘、玉英ではないか。

李玉英　もしかして、お父さま。

李府尹　どうしてこんなところにおる。

李玉英　お父さまは旅立たれるとき、劉員外から銀子を十借りられましたが、利息を合わせて銀子二十になりました。返すお金がなかったために、その者がわたくしをむりやり妻にしようとするのです。お父さま、何とかしてください。

李府尹　こっちは誰だね。

李玉英　お父さまが家を出られた後、わたくしみずからこの人に嫁入りすることにしたのです。

張瑞卿　小官は張瑞卿と申し、新しくこちらの県尹《けんいん》（二〇）として赴任した者にございます。

劉員外　ちくしょう。てめえら二人、役人同士でなれ合いやがって。おれはもうおしまいだ。

李府尹　そういうことだったのか。
張千、太い棒を持て。劉員外をまず棒打ち四十に処し、役所へ引っ立てて裁くのじゃ。

張千　（打つ）

李玉英　【錦上花《きんじょうか》】
この者は、金を頼りに虚勢を張って、強引に、仲人を立ててわたしを苛《さいな》む。ひどいときには鞭《むち》打って、ましなときでも面罵する。濁った河にもいつか澄む日が来るという。人が日の目を見ないことなどあり得ましょうか。
【幺篇《ようへん》】
あのときは、よくもやってくれたわね。今日こそまとめてお返しします。とりあえず、太い荊《いばら》の棒打ち四十、そののち役所に送られて、厳正に罪に処せられましょう。地獄の沙汰も金次第とは言うけれど、法はあなたを許しませんわ。

李府尹　張瑞卿どの、わしと共に屋敷に来られよ。今日は日柄もよい。娘と末長き夫婦となってくれ。まずは羊を贄《にえ》にして酒を用意し、祝いの宴《うたげ》とまいろうか。

（李府尹、張瑞卿、李玉英、屋敷に着き、張瑞卿と李玉英、結婚の拝礼をする）

李玉英　【清江引《せいこういん》】
思えば人生百年もなし、笑顔絶やさず暮らしたい。親子団円、夫婦再会、これこそ無上の幸せですわ。

李府尹　悪人は、脅《おど》して婚姻結ばんとして
重い枷《かせ》、はめられ街にさらされる
貸した金、返せと言うは道理だが
金持ちが、貧者を嬲《なぶ》るは許されぬ
婿《むこ》どのは、いまは県の令尹《れいいん》となり
それがしは、生きて再び返り咲く
羊を殺し、酒を造りて宴《うたげ》を開けば
夫婦は共に、栄えて嬉《うれ》しや大団円

題目　金闐《きんしょう》の客《きゃく》、解《うま》く品《ふ》く鳳凰《ほうおう》の簫《しょう》（二一）
正名　玉清庵《ぎょくせいあん》、錯《あやま》って送《おく》る鴛鴦《おしどり》の被《ふとん》

注釈

（一）道教の経典『老子道徳経』（いわゆる『老子』）の冒頭の句で、道士・道姑が登場する際の常套句。

（二）「員外」とは、もとは「員外郎」という旧時の官職名の略称であるが、後には財産家や地位のある者の尊称となり、商人を呼ぶ際にも用いられた。

（三）「渭城《いじょう》」は長安《ちょうあん》の西にある町、「陽関《ようかん》」は敦煌《とんこう》の西南に位置する西域への関所。西域へ旅立つ人を送る王維《おうい》の詩「元二の安西に使いするを送る」から、二度と会えない送別の悲しみを表す。「漢宮秋」注三〇参照。

（四）二句目の「行路難」は楽府題《がふだい》（「楽府」は漢代の民間歌謡）。後半の二句は、李白《りはく》の詩「金陵の鳳凰台に登る」の、「総《すべ》ては浮き雲の能《よ》く日を蔽《おお》うがため、長安は見えず人をして愁えしむ」を踏まえる。「ただよう雲」（浮き雲）は佞臣《ねいしん》、「日」は天子を指す。

（五）「琴瑟《きんしつ》相和す」とは、『詩経』「小雅《しょうが》・常棣《じょうてい》」の詩に「妻子好《よ》く合うこと琴瑟を鼓《こ》するが如《ごと》し」とあるのに由来し、琴と瑟との音がよく合うことから夫婦仲が非常によいことを表す。「比翼《ひよく》」とは、雌雄それぞれ目と翼が一つずつの想像上の鳥で、常に一体となって飛ぶという。「連理《れんり》」とは、根を別にする木の幹や枝が癒着結合し、木理（木目）がつながること。晋の干宝《かんぽう》撰『捜神記』に以下の故事を載せる。戦国時代、宋の韓凭《かんひょう》は妻の何《か》氏と仲睦まじくしていた。しかし宋王が何氏の美貌を見初《みそ》めて強奪した。何氏は絶望して自殺し、韓凭も後を追った。宋王はこれに激怒して、二人の墓を故意に少しだけ離れた場所に作った。するとそれぞれの墓から木が生え、枝葉が抱き合うように絡みあい、つがいの鳥が止まってさえずった。「比翼」「連理」ともに仲睦まじい夫婦のことを指す。

（六）「鄧通《とうつう》」は漢の文帝《ぶんてい》から銅山を賜り銅銭を鋳造して財を成した人物。「臨邛氏《りんきょうし》」は卓文君《たくぶんくん》のこと。司馬相如《しばしょうじょ》が恋心を琴の音に託して卓文君の心を動かした故事を踏まえ、自身を卓文君にたとえて金では心が動かされないことを歌っている。

（七）「金山寺」は江蘇省鎮江《ちんこう》にある禅寺で、男女が結ばれる場所の象徴。当時の民話「双漸蘇卿《そうぜんそけい》」の物語——妓女の蘇小卿《そしょうけい》は書生の双漸《そうぜん》と愛し合うが、双漸が官職を求めに出た折に茶商人の馮魁《ふうかい》に買われ、それをよしとせず金山寺に詩を書き付けた。後にその詩が、官職を得て赴任中に金山寺に立ち寄った双漸の目に止まったことで二人は再会し、めでたく夫婦となる——に基づく。なお、本劇の大筋はこの「双漸蘇卿」の話に類似している。

（八）「東君第一枝」とは、東君（春の神）が愛した花。美人が吹く笛に感応して踊る花のうち、笛の音に最もよく合っていたため「第一枝」という。ここでは、初めての経験を指しているよう。

（九）「斎《さい》」とは本来、祭祀《さいし》の前などに行う潔斎《けっさい》のことであるが、道教では後に、焼香や懺悔《ざんげ》などの功徳《くどく》により現世利益《りやく》や亡魂救済を祈願する祭祀儀礼そのものを指すようになる。ここではその道教儀礼のこと。

（一〇）「金冠」は、前後に旒《りゅう》（玉の垂れ飾り）のついた冠のこと。「鳳冠」とも。「霞帔《かひ》」は、婦人の礼服に用いられる刺繍を施した肩掛け。「鳳（金）冠霞帔」で身分ある婦人の礼装を指す。「夫人県君」とは、高級官僚の夫人に贈られる称号。

（一一）「解元」は科挙の郷試（地方選抜試験）の首席。のちに書生の敬称として使われる。

（一二）科挙に首席で合格することを歌っている。「策」とは、科挙の最終段階で、皇帝が出す論述試験「対策」のこと。「鰲頭《ごうとう》」は科挙（進士）の首席合格者「状元《じょうげん》」のこと。進士及第者は、皇帝から下賜された「宮花」を髪に挿し、皇帝が瓊林苑《けいりんえん》で催す「瓊林宴」に出席した。

（一三）「普救寺《ふきゅうじ》」とは、『西廂記《せいしょうき》』に出てくる、張君瑞《ちょうくんずい》と崔鶯鶯《さいおうおう》が密会した寺。ここでは玉清庵を普救寺になぞらえている。

（一四）「母」（原文「夫人」）は、『西廂記』に登場する張君瑞と崔鶯鶯の仲を裂こうとする鶯鶯の母親のこと。「鄭恒《ていこう》」も同じく『西廂記』に登場する、崔鶯鶯のいとこで許嫁《いいなずけ》。張君瑞が崔鶯鶯を妾《めかけ》にしようとしていると崔鶯鶯の母親に讒言《ざんげん》する。

（一五）「君瑞」「紅娘《こうじょう》」「鶯鶯」いずれも『西廂記』の登場人物。君瑞は主人公で書生の張君瑞、その相手となる良家の娘が崔鶯鶯、二人の密会を取り持つ鶯鶯の侍女が紅娘。ここでは張瑞卿を君瑞に、梅香を紅娘に、自分を鶯鶯に喩えている。

（一六）「金魚」とは、官吏が身に帯びる黄金の魚符《ぎょふ》（宮中に出入りするときの証明となる魚の形をした割符）。「玉帯」「金魚」は高官の位を表す。

（一七）「長銭」とは、目方が十分の銅銭。八、九十枚で百銭（百文）としたものを「短銭」「短陌《たんぱく》」といい、百枚ちょうどで百銭（百文）とするものを「長銭」という。

（一八）「三媒」は縁組の過程で立てる正式な仲人。新郎側から一名、新婦側から一名、中立の立場から一名出すことから「三媒」という。「六証」は結納時に「天地卓」というテーブルの上に並べる升、尺、秤、はさみ、鏡、そろばんの六品のこと。一説に、「三媒」とは正式な縁組の際に立てる三段階の媒酌人「下草帖（八字庚帖）」「下定帖（小定）」「下聘礼（大定）」のことで、それぞれ新郎側・新婦側から一人ずつ媒酌人を立てることから「六証」という。いずれの由来にせよ、「三媒六証」はきちんと手順を踏んだ正式な婚姻のことを指す。また、「花紅」は結納品につける赤い絹もしくは飾り、羊と酒は新郎から新婦の家に送る正式な結納の代表的な品。

（一九）「望夫石」とは、湖南省武昌《ぶしょう》県北山《ほくざん》にある、立っている人の形をした石。貞節な女性が、出征した夫を見送ったまま、ついに死んで石に化したという民間伝説がある。転じて、いつまでも夫を想う女性を指す言葉。

（二〇）「県尹」とは、府よりも下位の行政単位である県の長官のこと。後に出てくる「県の令尹《れいいん》」も同じ。

（二一）「金閶《きんしょう》」は姑蘇《こそ》（蘇州）の別名、「客」は旅人の意。すなわち、「金閶の客」は張瑞卿のこと。また『列仙伝』に、「蕭史《しょうし》は簫を吹くのが上手かった。秦の穆公《ぼくこう》は娘の弄玉《ろうぎょく》を蕭史に嫁がせる。蕭史は弄玉に鳳鳴の曲を教えると、数年で鳳凰の鳴き声そっくりに演奏できるようになり、鳳凰が飛来するようになる。数年後、二人は鳳凰に乗り飛び去った」という故事を載せる。ここでは、張瑞卿が李玉英をうまく娶ることをいう。

男と女の恋物語は、お芝居になりやすい。「曽根崎心中《そねざきしんじゅう》」「ロミオとジュリエット」「椿姫《つばきひめ》」「西廂記《せいしょうき》」といった、古今東西の古典劇はもちろん、昨今の映画やドラマでも、主人公の恋愛をテーマとしたヒット作品の多いこと……。まさに、男女の恋愛は人類普遍のテーマと言えよう。

本劇も、男女の恋愛を主題としたお芝居である。作者は不詳であるが、物語の展開がなかなかにおもしろい。

主人公の李玉英《りぎょくえい》は、十八歳になる深窓の令嬢であるが、父親がこしらえた借金のかたに、劉員外《りゅういんがい》という金持ちの女房にされそうになる。……こう書くと、その劉員外に無理やり手籠《てご》めにされるのかなと思うかもしれないが、そうではない。なんと、道姑《どうこ》（道教の尼さん）が手引きをして、道観《どうかん》（道教のお寺）で逢い引きさせるのである。元雑劇《げんざつげき》ではこのほかにも、「望江亭《ぼうこうてい》」で仲人役を買って出る白道姑《はくどうこ》や、「女真観《じょしんかん》」で書生と恋愛する陳妙常《ちんみょうじょう》など、色恋沙汰に関わる道姑が登場し、ひとつのお決まりのパターンになっている。

この後、ヒロインの玉英は、劉員外ではなく、たまたま居合わせたイケメンの書生張瑞卿《ちょうずいけい》と結ばれる。玉英は、一度夫婦の契《ちぎ》りを交わしただけで都に科挙《かきょ》の受験に行ってしまう張瑞卿に、「鴛鴦被《えんおうひ》」、つまり夫婦共寝用の掛布団を渡して操《みさお》を立てるのだが、一度きりの契りでも操を守り通してくれる本劇の佳人玉英の姿は、苦学して遠路はるばる科挙の試験を受けに行ったであろう書生たちの願望、欲望の象徴と言えるのではなかろうか。

書生（才子）と良家の娘（佳人）の恋愛を描いた「才子佳人」の恋物語は、歴代の中国文学で扱われており、元雑劇でも「西廂記」を筆頭に数多くの作品が作られ、傑作も少なくない。この元雑劇の恋愛劇は「書生と良家の娘の恋愛」と「書生と妓女の恋愛」という二つのパターンに大きく分かれ、本劇は前者にあたる。なお、後者には「曲江池《きょっこうち》」（『中国古典名劇選』所収）などがある。また、恋愛劇では、本劇の劉員外のように財力を背景に佳人を手に入れようとする商人もしばしば登場する。

しかし、この劇のすべてがお決まりのパターンで構成されているわけではない。典型を踏まえつつも、そこから外れた個性的な演出が盛り込まれているのだ。それは、第二折の二人が結ばれる場面である。二人は暗闇の密室で出会うのだが、この場面、舞台で上演された際には、おそらく舞台は暗転せず、観客から舞台上の様子は丸見えだった。観客は、二人が暗闇のなかにいるという約束のもと、この場面を観ていたと思われる。この場面を読む際には、是非とも舞台の様子を想像しつつ読んでほしい。

❖ コラム② ──舞台芸術としての特徴

本書がお届けする元雑劇《げんざつげき》は元の時代の芝居、格好よく言えば舞台芸術である。とは言え、現代の舞台のように、幕や背景、大道具といった設備はなく、そこにはただステージがあるのみで、状況はすべて役者のしぐさやせりふによって説明されていた。各折《せつ》のはじめに出てくる人物が、ときにくどいほどの説明をするのはそのためである。

それから話が動き出すのだが、当然一人では物語は進まない。すでに舞台に上がっている登場人物が誰かと会う約束をしているときは、部下や召使いに「そろそろ誰か来ないか見てきてくれ」と言ったり、酒屋や旅籠《はたご》の主人だと「今日はどんなお客さんが来るかな」と言えば、次の登場人物が「そで」から出てくるといった具合である。ほかにも、別の場所に向かうときは、「早くも○○に着いたぞ」とわざわざ言うことで、場面の変化を観衆に伝える。このような決まり文句も、舞台を思い浮かべて読めば理解しやすい。

また、多くの登場人物は舞台に上がってすぐ、あるいは舞台から退場する際に、詩を一首詠む。たとえば新喜劇の芸人が登退場の際に持ちネタを披露するのは、感覚的に言ってこれに近い。ただ、詩とは言っても、それのみで鑑賞に堪《た》えるような代物ではない。押韻はするものの、文字数さえ揃《そろ》っていないときもあり、登退場のあいさつ程度に考えてもいいだろう。お堅い役人が国を憂《うれ》う立派な詩を詠むかと思えば、ごろつきがいかに人を騙《だま》して渡世を送るかを詠んだりするなど、ある程度のパターンや流用もあるが、その内容は登場人物によって様々で、キャラクターを印象づけるはたらきも認められる。そういった場合は、翻訳でもわざと硬くしたり、くずした訳語を選択するなどして、できるだけ反映するように心がけている。なかには今後の展開を暗示するような詩もあり、やはり舞台芸術としての重要な要素となっている。

もう一つ、役者のせりふに関連して説明を加えておくべきものに「傍白《ぼうはく》」がある（原文ではト書きに「背云」と示され、本書では「わきぜりふ」と訳した）。登場人物が話し相手のいない舞台で心情を観客に向かって述べるのを「独白」というが、言ってみればこれはただの独り言である。それに対して傍白（わきぜりふ）は、舞台上に複数の役者がいるなか、ほかの登場人物には聞こえていないという建前で、登場人物が観客に向かって自分の意図や心情を知らせるために言うせりふである。いまなら舞台全体が暗転して、傍白をする役者にスポットを当てるところであろう。

たとえば本書に収める「陳州糶米《ちんしゅうちょうべい》」に登場する劉衙内《りゅうがない》は、大臣らとともに政務を執《と》る高位の身でありながら、裏では私財を貯め込む悪徳官僚である。その二面性のためもあって、わきぜりふが四度もある。一例を挙げよう。劉衙内の息子の小衙内《しょうがない》は赴任先の陳州で張憋古《ちょうへつこ》を殺す。父親を殺された小憋古《しょうへつこ》は、都に上って包拯《ほうじょう》に訴え出ようとするが、まちがって劉衙内に罪を裁いてほしいと訴えてしまう。劉衙内は自分の息子が罪を犯したことを知り、これをもみ消そうとする。その後、小憋古は自分のまちがいに気づき、あらためて包拯に訴え出る。包拯は、ちょうど大臣たちが集まって陳州の役人の不正について協議しているところへ顔を出し、清廉《せいれん》な役人を別に遣《つか》わすよう提案する。すると范学士《はんがくし》が、包拯にこそ行ってほしいと願い出る。包拯がそれを頑《かたく》なに断ると、范学士は、劉衙内からも包拯を説得するようにと頼む。

范学士　包待制《ほうたいせい》どのが意地でも行かぬと仰るなら、劉衙内どの、あなたから包待制どのに行ってくださるよう仰ってください。それでも行かないと言うのなら、あなたが行ってください。

劉衙内　承知しました。
府尹《ふいん》どの、陳州へ行くぐらい、何でもないじゃないですか。

包待制　劉衙内どのが行けと仰るなら、それがしは衙内どのの顔を立てて差し上げましょう。
張千《ちょうせん》、馬の用意をせよ。陳州へまいるぞ。

劉衙内　（驚く、わきぜりふ）

いかん、このじじいが行ってしまったら、わしの息子たちはどうなるのじゃ。

包待制　【脱布衫《だつふさん》】

わしはもとより堅物で、今まさに、火中に油を注《そそ》ぐよう。権勢ふるう役人たちとは、犬猿の仲。衙内どの、此度《こたび》のご推挙、感謝しますぞ。

劉衙内　わしはそなたを推挙してなどおらぬぞ。

劉衙内は、当然また包拯が断るだろうと思い、何食わぬ顔で頼む（ポーズをする）が、なんと包拯は劉衙内の頼みならということで、あっさりと引き受けてしまうのである。この場面はいわゆる三段落ち（実際は二段落ちだが）になっており、予想に反した包拯の返事に面食らった劉衙内は、きっと驚き慌てた顔を作って観衆に向き直り、わきぜりふでツッコミを入れて、観客の笑いを誘ったことであろう。もちろんその独り言はほかの役者には聞こえておらず、話はそのまま進み、劉衙内は息子を守るため急遽前言を撤回する。ちなみに現代の京劇では、俳優が袖で顔を隠すようにして話すとわきぜりふになるが、元雑劇でどうしていたのかはよくわからない。

最後に、舞台芸術としての「そで」のはたらきについても、実例をいくつか挙げて触れておこう。なお、原文ではト書きで「内云」と示される。

本書に収める作品では、たとえば「漢宮秋《かんきゅうしゅう》」の第四折、王昭君《おうしょうくん》を失った元帝《げんてい》が悲しみの歌を聞かせる一幕であるが、その曲のあい間あい間に、「そで」による雁《かり》の鳴き声が挟まれる（二五頁参照）。雁は季節によって南北を渡る鳥であるから、その鳴き声が耳に入ることで、否《いや》が応《おう》でも北方の異民族の地へと嫁《とつ》いでいった王昭君に思いを馳せることとなる。そして、曲のあい間に効果音的に鳴き声を入れては、元帝がそれを受けた歌詞をうたうという繰り返しによって、王昭君に対する元帝のますます募る情といや増す悲しみが表現されている。まさに、「そで」と役者の相乗効果をねらった舞台演出と言えるだろう。

さらに「来生債《らいせいさい》」の第二折では、龐居士《ほうこじ》に借金をして返せないまま死んでしまい、そのツケを返す為に龐居士の飼う家畜として生まれ変わった馬・驢馬《ろば》・牛の声が「そで」から聞こえてくる（三二五頁参照）。ここでは三頭（三人？）のやり取りが「そで」で交わされ、その話し声を耳にした龐居士が、自分の業《ごう》に気づく。三頭のせりふにそれぞれ「馬さんや」など呼びかけの言葉が入っているのは、観衆が話し声を聞いただけで、誰の話か理解できるようにするための工夫かもしれない。

また、前巻『中国古典名劇選』をふり返れば、「梧桐雨《ごどうう》」の第一折、玄宗《げんそう》皇帝が楊貴妃《ようきひ》を驚かせようと部屋をこっそり訪れる場面で、玄宗の【油葫蘆《ゆころ》】のうたに続いて「そで」による鸚鵡《おうむ》の鳴き声（話し声？）が入る。

玄　宗　朕《ちん》の到来伝える宮女よ、しばし待て。朕が自らたずねよう。階上《きざはし》って歩を進め、前楹《まえばしら》へと近づけば、ひっそりと、紗《うすぎぬ》かかる窓にちらりとのぞく影、ひゅるひゅると、風に揺れては玉簾《たますだれ》越しに見える影。朕まさに、入らんとして、びくっと驚く。どうしたことか、玉《ぎょく》の籠《かご》にて鸚鵡が人まね繰り返し、申す言葉もあきらかに。

そ　で　（鸚鵡の鳴きまねをして叫ぶ）ヘイカノゴトウライ、オデムカエ、オデムカエ。

楊貴妃　（驚く）陛下のご到来ですって。

皇帝が来るとなれば、宮女たちはいつも大慌てで出迎えの準備をしたのだろう。それを宮中で飼っている鸚鵡がまねてしゃべることで、玄宗皇帝のいたずらもあえなく露顕《ろけん》する。

最後の例は「瀟湘雨《しょうしょうう》」の第二折から。翠鸞《すいらん》は崔甸士《さいでんし》と結婚したものの、崔甸士は科挙《かきょ》を受けに都に上って以来戻ってこない。しびれを切らした翠鸞は崔甸士に会うため、その赴任先であるという秦川県《しんせんけん》に一人赴く。

翠鸞　早くも秦川県に着いたわ。誰かに尋ねてみましょう。
（古門《こもん》に向かって尋ねる）
お尋ねしますがお兄さん、崔甸士さまのご自宅はどちらでしょうか。
そで　前にある観音開きの門の家だよ。
翠鸞　お兄さん、ここに風呂敷包みを置かせてくださいな。身内に会ったら取りに来ますから。
そで　そこに置いておけばいいさ。行っといで。

古門とは舞台に設けられた役者の出入り口のことで、本書ではこれも同じく「そで」としたが、翠鸞がそちらに向かって崔甸士の家を尋ねると、そこから応えが返ってくる。

こうして見ると、扮装しようのない動物や、舞台に上がるまでもない端役について、うまく「そで」が利用されていることがわかるであろう。これらも脚本を読む際に舞台を思い浮かべてこそ活きてくる表現であり、舞台芸術のおもしろさが伝わってくる場面でもある。

どうか本書を読むときは、舞台の場面をたくましく想像して読んでほしい。そしてこれは、実は訳者が第一に心がけていることでもある。

【道教劇】

陳摶高臥《ちんたんこうが》

五、西華山《せいかざん》、陳摶《ちんたん》の高臥《わびずまい》

馬致遠《ばちえん》

登場人物

脚色　役名　役どころ［登場する折］

正末　陳摶《ちんたん》　西華山《せいかざん》に住む仙人。一度眠ると長いあいだ目覚めない。［全］

冲末　趙匡胤《ちょうきょういん》　名は玄朗《げんろう》ともいう。鄭恩《ていおん》の義兄。当初は志を得ず、股旅《またたび》をしている。のちに宋《そう》王朝を建国し、太祖《たいそ》皇帝となる。［一・三・四］

浄　鄭恩《ていおん》　趙匡胤の弟分。宋王朝建国後は汝南《じょなん》王になる。粗野な性格。隻眼《せきがん》。［一・四］

外　党継恩《とうけいおん》　宋の大臣党進《とうしん》の息子。趙匡胤の命により陳摶を迎えに行く。［二・三］

兵卒　党継恩に従う兵士。［二］

黄門《こうもん》　皇帝となった趙匡胤に仕える宦官《かんがん》。［三］

宮女　宮廷に仕える美しい女官。［四］

［第一折］

趙匡胤《ちょうきょういん》（鄭恩《ていおん》を連れて登場）

百川《ひゃくせん》容れる、海ほど大きな志
四海を渡り、英雄賢者と契《ちぎ》りを結ぶ
夜《よ》の星を突く、才気は剣より迸《ほとばし》れども
まだ巡り来ず、男児が大望《たいもう》遂げる時

私は趙玄朗《ちょうげんろう》（一）。先祖代々、洛陽《らくよう》は夾馬営《きょうばえい》に住んでいる。父は名を洪殷《こういん》といい、殿前点検指揮使《でんぜんてんけんしきし》であった。私が生まれると不思議な香りが立ちこめ、それが三月《みつき》も続いたので、人はみな私を香孩児《こうがいじ》と呼んだ。生来、大志を抱き、幼い頃はいくらか学問もしたが、もっぱら槍や棒を持ち歩き、気ままに遊んでは博打《ばくち》をし、不平を見れば酔いにまかせて助太刀に入ったりと、もめ事ばかり起こしてきた。いざこざを避けるために、関《せき》を越えては西へ東へ、河を渡っては北へ南へと各地を巡り、数多くの世に埋もれた豪傑たちと契りを結んだ。この男伊達《おとこだて》は私の弟分で鄭恩、字《あざな》を子明《しめい》と申す。こいつは怒りっぽいが、さっぱりとしてまっすぐな性分。私はこの者と苦難も栄誉もともにしている。それにしても、いったいいつになれば時運が巡ってくるのだろうか。ここはひとつ義弟と二人で竹橋《ちくきょう》のたもとの占い師を尋ね、占ってもらうのもよかろう。

（鄭恩に問う）

義弟よ、ひとつ二人で竹橋のたもとに行ってみないか。

鄭《てい》**恩**《おん》　兄貴が天に上るってんなら、おれも天に上るし、兄貴が海に潜るってんなら、おれも海に潜る。兄貴が行くってんなら、おれはどこへでもついて行くぜ。

趙匡胤　それならば、二人で竹橋のたもとへまいろう。

（退場）

陳《ちん》**摶**《たん》　（登場）

道術は、神仙たちと肩並べ
竹橋のもと、暇にまかせて八卦《はっけ》見る
われら道士は財を貪《むさぼ》りなどはせぬ
世の中の、めでたき縁を結ぶのみ

貧道《ひんどう》は陳摶、字を図南《となん》と申す者。陰陽の理《ことわり》を知り、遁甲《とんこう》の神書に通じておる。さて、五代《ごだい》の世は戦《いくさ》が絶えず、民は塗炭《とたん》の苦しみにあえぎ、朝は梁朝《りょうちょう》だったのが暮れには晋《しん》朝という具合に、めまぐるしく王朝が入れ替わり、乱れておった。(二)それゆえ貧道は太華山《たいかざん》(三)に隠棲《いんせい》し、時代が変わるのを見ることにした。ここ数日、山の頂《いただき》から中原《ちゅうげん》の地を眺めていると、並々ならぬ盛んな気が立ち上っておる。これは世を治める天命を受けた方がいるに違いない。山を下りて汴梁《べんりょう》にある竹橋のたもとで占い屋を開き、貧道が迷いから導いてやろう。さてさて、どのような者がやって来るかのう。

〔仙呂《せんりょ》〕【点絳唇《てんこうしん》】

生死を予見し、迷いから、正しい道へと導くは、すべてこれ、神の随《まにま》に。筒に収めし筮竹《ぜいちく》と、雷文《らいもん》の、鼎《かなえ》の中で燻《くゆ》る香煙。

【混江竜《こんこうりゅう》】

祭壇築いて天命伝え、六爻《りくこう》(四)を読めば鬼神もおののく。聖人の、清廉高雅な教えを垂れて、迷える君子に前途を示す。袖翻せば八卦の図、掌中《しょうちゅう》にあるは占星盤。冠婚葬祭、商いの出入り、栄枯や吉凶問う者は、この八卦見《はっけみ》を心底尊ぶ。すべて聖典の示すまま、手心加えることはなし。

趙匡胤　(鄭恩と共に登場)おっ、あそこに占い師がいるぞ。あの者が何を言っているのか、ちょっと聞いてみよう。

陳摶　【油葫蘆《ゆころ》】

いにしえの、聖人が残す『周易経《しゅうえききょう》』、その奥妙《おうみょう》、突き詰めた者は幾人いたか。棒暗記では真《しん》に感得できはせぬ。

この『周易経』は、そのかみ伏羲《ふっき》がまず記し、孔子《こうし》よりのち悟る者なし。貧道が、導き出したさだめは当たり、伝えるその卦《け》は霊験《れいげん》あらたか。吉を求めて凶を避け、天命知らんと欲すれば、ひとつ幟《のぼり》のもとへ来て、この君平《くんぺい》に問うてみよ。(五)

趙匡胤　義弟よ、よさそうな占い師だぞ。

鄭恩　兄貴、どうしてわかるんだい。

趙匡胤　わずかな言葉で古今天地のすべてを包み込み、陰陽表裏を喝破《かっぱ》している。

鄭恩　そいつはいい占い師だ。あいつが何て言っている

陳摶　のか、もう少し聞いてみようぜ。
【天下楽《てんからく》】
生まれた日時を手がかりに一生涯を断ずれば、
あますことなく、ほんのわずかな漏れもなし。
五行《ごぎょう》を頼りに、その盛運や死相を判ず。この
ような、ひそかに知り得た神の差配《さはい》と、予見
した、天地の道理は、高潔の士も耳を貸す。

趙匡胤　これほどの占い師は誰も知るまい。さっそく占っ
てもらうとしよう。
（陳摶にあいさつする）
占い師どの、お手間をかけますが、われら二人の
運勢をひとつ見ていただけませぬか。

陳摶　（驚く）
【酔中天《すいちゅうてん》】
わしがおぬしを待ったのは、かの呉文正《ごぶんせい》を待つ
かのよう、おぬしがわしを探すのは、かの呂《りょ》
洞賓《どうひん》を探すよう。（六）このわしは、無駄足踏んで
草鞋《わらじ》のひもが切れるほど、そなたら主従は二
人揃《そろ》ってこんなところにおったのか。この五代、
おろかな戦《いくさ》が収まらぬ。名を伏せて、隠れて
いてはならぬはず。苦しみあえぐ民草《たみくさ》を、いっ
たい誰が救うのか。

趙匡胤　これが生まれた日時でございます。占い師どの、
よくご覧になってくだされ。悪い結果でも手心を
加えなくて結構です。

陳摶　（占う）
【後庭花《こうていか》】
運勢決める十干《じっかん》は、丙《へい》・丁《てい》と続き戊《ぼ》・己《き》に庚《こう》。
乾《けん》の卦《け》は、元《おお》いに亨《とお》りて貞《ただ》しきに利《よ》し。まさ
にこれ、十干は順にひと並び、三つ重なる出
世の星。貧道が、いいかげんだと思《おぼ》し召《め》さるな。
はずれていたら、銀十両の罰金だろうと喜ん
で。見料《けんりょう》もらうその前に、まずは数本祝い酒。

趙匡胤　占い師どの、続きを占ってもらえぬか。今後の運
勢がどうなのかを見てほしい。

陳摶　【金盞児《きんさんじ》】
この戌《じゅつ》の字に至っては、形成《な》す水、不滅の火、
潜《ひそ》める竜と、本年は、大小の幸運そろい踏み。
後に交わる丙辰《へいしん》の運は大出世。日が空亡《くうぼう》に当
たっても、将軍宰相《さいしょう》に登りつめ、時が禄馬《ろくば》に

真主《ひとぬし》を識《し》る、汴梁《べんりょう》の売課《うらない》

当たったならば、大臣公卿の位に上る。(七) おぬしは南方赤帝《せきてい》の子で、地上の北極紫微《しび》星ぞ。(八) お二人方、そこのはずれにある静かな酒屋でゆるりとお話しいたそう。

趙匡胤　占い師どの、どうぞ。

陳　摶　お二人こそ先に。

(店に入り、皇帝を迎える拝礼)

陛下がお越しと存じ上げていたならば、遠くまでお出迎えすべきところ、至りませず、どうかお許しくだされ。

趙匡胤　(陳摶を立たせる)

占い師どの、陛下などとおやめくだされ。もし誰かに聞かれでもしたら、直ちに罪に問われます。

陳　摶　わしは多くの者の人相を見てまいったが、これほどの運勢は見たことがござらぬ。いつの日か必ずや太平の世をもたらす天子となりましょう。

【後庭花《こうていか》】

その日は黄河《こうが》の水が澄み、東の空に陽《ひ》は昇る。(九) 輿《きょう》に乗っては銘酒千杯に酔いしれて、人目を避けて万歳三唱、陛下に捧《ささ》ぐ。お出迎えこそ遅れたが、王朝建てるさだめの方に出くわした。今日は酔いつぶれるまで飲もう。

趙匡胤　占い師どの、実を申しますと、私は民が五代の戦乱のため塗炭の苦しみにあえいでいるのを目の当たりにし、常日頃、乱れた世を治めたいとの志を抱いておりました。しかしながら、足がかりとなるほんのわずかな領地も持っておりません。もし天がそのように思し召しであれば、小さな国でも興したいところですが、天下の形勢に暗く、どの地に依るべきで、どの地が依るべきでないのかを知りません。

陳摶　陛下が創業の地を知りたいのならば、汴梁《べんりょう》をおいてほかにございますまい。貧道の話を聞けば、おわかりいただけよう。

【金盞児《きんさんじ》】
西に陝西《せんせい》・函谷関《かんこくかん》、東に徐《じょ》州と青《せい》州があり、懐孟《かいもう》を背に、襄陽《じょうよう》・荊《けい》州そばに置く。戦に適した要害は、唐《とう》と鄭《てい》との地に続き、太行山《たいこうさん》の天険は、帝都に威厳を添えましょう。江山は、勢い盛んな気を秘めて、草木は、都の威容をさらに増す。四百年の王朝を、打ち立てる地をお探しならば、ぐるり八十里の臥牛城《がぎゅうじょう》(一〇)、ここより措《お》いてほかになし。

鄭恩　なあ、占い師さん、おれのほうも占ってくれよ。

陳摶　【酔中天《すいちゅうてん》】
そなたは五覇《ごは》(一一)か諸侯のさだめ、一品の、大臣となる名をお持ち。それなのに、やたらと騒ぎを起こしては、遊び回って半生過ごす。

鄭恩　あんたはおれが五覇か諸侯ぐらいになるって言うけどよ、ならどうしておれは片目が見えないんだ。

陳摶　隻眼《せきがん》でなくば、病や傷を負うさだめ。運命ならば、目など気にして何になる。明るく瞬《またた》く星々が、たとえ勢い盛んでも、ただ一つ、輝く月にはかなわない。

趙匡胤　占い師どの、お名前とお住まいを教えていただけますかな。将来、今日のお言葉の通りであったならば、必ずやお伺いしますから、富貴をともにいたしましょう。決して忘れはいたしませぬ。

陳摶　貧道は陳摶《ちんたん》と申し、西華山《せいかざん》に隠れ住んでおります。人の世の富貴は求めておらぬゆえ、お礼など無用ですぞ。お二人の健やかなることだけを祈っております。

【金盞児《きんさんじ》】
石を枕に魂が夢の世界へ行ったなら、単衣《ひとえ》の中から雲生ず(一二)。貧道は、眠れば半年、一年そこらで目は覚めぬ。そなたらは、昼夜を問わず朝廷で、功名を追えばそれでよい。貧道は、眠るとなれば、ぐっすり眠って泥のよう、ぐう

ぐういびきは雷のよう。五更の夜明けに馬が
起き、三たび鳴く鶏《にわとり》の声も知らぬまま。

【賺煞《たんさつ》】

趙匡胤　治世の聖人現れて、戦のない世は目の前に。もし本当に天下を平定する日が来たら、そのときは占い師どのに山から下りていただき、太平の世をともに謳歌《おうか》いたしますぞ。

陳　摶　隠れ住む、陳摶をなぜ招かれる。
（鄭恩を指さす）
これからも、あなたを慕うこの義兄弟を忘れずに。易者への、過分な礼などいりませぬ。この後は、戦を鎮めて治世に導き、世捨て人にも太平の世をお見せくだされ。このわしは、軍を率いた孔明《こうめい》や、官職棄てた陶淵明《とうえんめい》とは違う道。倣《なら》うのは、釣魚台《ちょうぎょだい》の厳陵翁《げんりょうおう》(一三)。
（一同退場）

［第二折］

党継恩《とうけいおん》　（兵卒を連れ、小道具を捧《ささ》げ持ち、登場）
私は党継恩、太尉《たいい》を務める党進《とうしん》の息子です。さて、この度は陛下の詔《みことのり》を奉じ、お招きの車と黒い反物《たんもの》を用意して、西華山まで陳摶《ちんたん》師をお迎えにあがりました。これは勅命ですから、遅れるわけにはまいりません。さあ、行かなければ。
（退場）

陳《ちん》　摶《たん》　（登場）
汴梁《べんりょう》の竹橋《ちくきょう》のたもとであの二人の主従の運勢を占ってからというもの、わしは山へ帰り、しらふの時は仙薬を作り、酔えば熟睡といった暮らし。なんとも穏やかで楽しいものよ。
［南呂《なんりょ》］【一枝花《いっしか》】
わしも昔は学問で身を立てんとし、剣で乱世を渡ったもの。社稷《しゃしょく》を助ける学識と、天下を治める武略あり。雄々しい気概は雲をも凌《しの》ぐ。莘野《しんや》の伊尹《いいん》が、万民救う湯王《とうおう》補佐してこの世の戦火を一掃し、苦しむ棄民《きみん》を救ったように(一四)。
【梁州第七《りょうしゅうだいしち》】
ただいまは、占い求める未来の帝王、開国助

ける功臣に、袖翻《ひるがえ》して別れ告げ、山に帰って隠れ住む。俗世の歳月まったく気にせず、仙窟《せんくつ》の、時の流れに身を任せ、嬰児《えいじ》と姹女《たじょ》をわがものとして、丹汞《たんこう》・黄銀《おうぎん》、練り上げる。(一五)心軽やか世俗を離れ、胸を踊らせ神仙に会う。あちらでは、乱れた俗世で名利《みょうり》を争う愚人たち、こちらでは、てんやわんやの役所に勤める貴人たち、どうして勝ろう、華山《かざん》で悠々、道を悟った仙人に。雲に乗り、天地四海を物《もの》見遊山《みゆさん》、浮き世を見てはこっそり嗤《わら》う。蟠桃《はんとう》の実をこの目に見ること幾たびか、(一六)歳月は常に新しい。

【隔尾《かくび》】ここで高山清流と風雅な味わいともにするのは、野の草花を隣人に迎えるよりもずっとよい。あたり一面ただよう白雲は掃ききれぬ。仙屋《せんおく》の戸をしかと閉め、客が来ようと入れるでない。静かに蓆《むしろ》に横たわり、心ゆくまで眠ろうぞ。

(眠る)

党継恩 (登場)どうやらそろそろ華山に着いたようだ。実に見事なものよ。おや、霊台観《れいだいかん》の中から一筋の白い雲が天まで伸びている。きっと陳摶師の隠棲《いんせい》の地に違いあるまい。金の鐘を叩いて、陳摶師に知らせるとしよう。

(鐘を叩く)

陳摶 (目を覚まし、使者を出迎える)

【牧羊関《ぼくようかん》】いましがた、仙界めぐり、天宮に参内《さんだい》していたところ、驚いて、鶴にまたがり天下る。気ぜわしく、玉《ぎょく》の割り符を手に持って、せわしなく、鐘を鳴らして何用か。「明るい障子《しょうじ》に夜明け知り、ぬくい布団に春の訪れ知る」とはいかず、夢見る荘子《そうし》の蝶《ちょう》は驚き飛び去って、黄粱《こうりょう》を炊く鍋に張る水まだ沸かず。(一七)

(互いにあいさつする)

党継恩 私は党継恩と申します。陛下の詔を奉じ、迎えの車と黒い反物を用意して仙山までまいり、師にお出ましいただくようお願いに上がりました。早くお会いしたいと陛下たっての思し召しなれば、どうか急ぎ出立《しゅったつ》のご支度《したく》を。

陳搏

貧道は世を捨てた者、名利を求める気はございませぬ。ご使者どの、朝廷へ戻り、よしなにお伝えくだされ。

【紅芍薬《こうしゃくやく》】

国を興した明天子《めいてんし》、尭《ぎょう》・舜《しゅん》ほどの徳と仁。天下を統《す》べて、万国が、貢ぎ物持ち来朝す。たちまち狼煙《のろし》と戦の気配も消え失せて、民草《たみくさ》に、早くも恩沢《おんたく》ゆきわたる。しかもまた、黒の反物用意して、礼を尽くして賢人招く。

【菩薩梁州《ぼさつりょうしゅう》】

わざわざ家臣を遣《つか》わされ、英傑賢者を探し求めて、この度は、占いをした隠者に恩賞下される。前言を、翻《ひるがえ》さぬは陛下の恩、いかんせん、山家《さんか》暮らしの私には、寝耳に水のこの果報。琴と鶴、携え暮らす隠者には、林と泉に隠棲するのが分相応《ぶんそうおう》。名利はいつか尽きるもの。求めるは、自由気ままな田園暮らし、何ゆえ再び俗世に戻ろう。

【隔尾《かくび》】

囲碁《いご》を打ち、昼から気ままに眠りこけ、涼風《すずかぜ》に、眠気もひとしお高枕、世事《せじ》に心を悩ませず。ご使者たる、継恩どのより、陛下によろしくお伝えいただくほかになし。

党継恩

いま陛下が御位《みくらい》に即《つ》き、国は統一され、各国より使者が訪れるようになりました。陛下は在野の賢人を余すことなく召し抱えようとされています。ましてや師は陛下と旧知の間柄で、世に聞こえた高潔の士ではありませんか。朝廷に出仕して陛下の御心に添われるべきです。

陳搏

【牧羊関《ぼくようかん》】

一天四海を英主は手中に収められ、巣父《そうほ》や許由《きょゆう》を塵外《じんがい》の臣にしようとするが、（一八）千年も、祭祀《さいし》を受ける名臣の墓を望もうか。老いて出世を望むより、ひねもす雲で寝ていたい。ご覧あれ、蓬萊山《ほうらいさん》で薬草探し、商山《しょうざん》で、霊芝《れいし》集める人々を。（一九）漢の時代が来ようとも、まだ山奥に、秦《しん》から逃げる人もいる。（二〇）

【賀新郎《がしんろう》】

その昔、劉琨《りゅうこん》に倣《なら》い奮起して、天書三巻を紐《ひも》解《と》きながら、八門五遁《はちもんごとん》の術磨く。(二一)かつて諸国を占いしつつ周遊し、八卦見《はっけみ》をして英主に出会う。この後は、山に籠《こ》もってひたすら修行にあけくれる。猿に鶴、見ては気功の術を知り、山や川、眺めては心清らかに。何もかも、遠景の内に理《ことわり》見出し、身近に習う。黄色の冠、庶民の服を身につけた、この一道士が友とすは、清風と月の逸民《いつみん》二人。

党継恩　師には仙丹《せんたん》を飲み不老長寿になる術があると聞いております。俗世に生きる私にも仙術を教えていただけませんか。

陳摶　神仙のことなど絵空事。将軍がお尋ねになるべきことではありませぬ。

【牧羊関《ぼくようかん》】

継恩どのは将として、その身に付けるは黄金の印、封《ほう》ぜられしは万里の地、お守りするは宮殿の門。いまこそは、めでたき御代《みよ》にて千載一遇、河上公《かじょうこう》・関令尹《かんれいいん》の真似ごとをして何とする。(二二)朝廷で、聖天子さまに従う者が、田野の隠者を訪ねてどうする。雨露《うろ》の天恩《てんおん》受けながら、なぜにまだ、雲霧に隠れて世離れ願う。

党継恩　そのようにおっしゃるのであれば、師はどうして朝廷に仕えて民に福をなそうとされませぬ。

陳摶　【哭皇天《こくこうてん》】

酔客が、朝見《ちょうけん》するのは難しく、寝太郎に、宰《さい》相《しょう》はとても務まらぬ。紫の、官服を着たわしの姿は、酒器を収める巾着袋、白い象牙《ぞうげ》の笏《しゃく》など持てば、さながら居眠る雲呑《ワンタン》持ち。もし官僚になったなら、来る日も来る日も、動けば居眠り、立てばうたた寝。いやいや、ならぬ、凌煙閣《りょうえんかく》に名を残す、名臣たちを笑わせるのは。これほどに、浅学非才のぐうたら者がいますかな。

【烏夜啼《うやてい》】

幸いに、法は正しく行われ、天の心も穏やかなゆえ、国の統治にこんなよそ者いりませぬ。山家暮らしをするさだめ、役所勤めに縁はなし。道を楽しみ貧しい暮らしをよしとする。誰が羨《うらや》みなどしよう、衛兵が、朱門を守る栄誉など。丹砂《たんしゃ》なら、仙薬を練って養生するにもってこい、黄金も、封侯の印を鋳《い》るものでなし。役人の、きつい頭巾は耐えられず、かさばる官服着ちゃおれん。埃《ほこり》まみれの粗末な袷《あわせ》、どぶろく漉《こ》せる頭巾のほうがよほどよい。

党継恩　天恩に背《そむ》いてはなりません。どうぞ車にお乗りください。直ちに出発いたします。

陳摶　陛下の使いにお越しいただいたからには、聖恩に背くなどとんでもない。山を下りて行かねばなりますまい。

【黄鍾煞《こうしょうさつ》】

のろのろ道行く豪華な車も、ぐんぐん走る駿馬《しゅんめ》も不要。聖旨《せいし》に至急とあるならば、将軍も、くどい挨拶やめなされ。山は並ばせ衝立《ついたて》に、草は広げて敷物に、鶴には家を管理させ、雲には門を閉ざさせる。風に流れる雲に座れば、籐《とう》で編んだ使者の輿《こし》より遥《はる》かに勝る乗り心地。

（一同退場）

［第三折］

趙匡胤《ちょうきょういん》（黄門《こうもん》を連れて登場）

両手で新たな日月磨き（一三）
古き天地をあらためる
宮殿に、風雲の気が集結し
中華の地、雨露《うろ》の恩沢《おんたく》を施さん

朕《ちん》は宋《そう》の太祖《たいそ》である。何年も前になるが、朕はわが義兄弟の汝南《じょなん》王鄭恩《ていおん》と竹橋《ちくきょう》のたもとで占いをした。そのときに陳摶《ちんたん》師と出会い、先の見えない世を切り開き、平和をもたらす天子になるとの道を示された。朕は即位してからというもの、しきりに陳摶師のことを考えておった。先日、使いを遣《や》って訪ねさせたところ、うれしいことに、師は朕を見捨てずに来てくださった。いま師は迎賓館にいて、まだ会ってはおらん。朕は師に官位と爵位を授け、その後で朝廷にお招きしようと考えたのだが、師はどうあっても受け取られぬ。ひとまず先に希夷《きい》先生という道号《どうごう》を授け、鶴の羽根の衣と金の冠、玉《ぎょく》の圭《けい》（一四）を賜《たまわ》り、朝廷で引見したときにまた手を考えよう。
これ黄門よ、命《めい》を伝える。迎賓館より陳搏師をお
呼びせよ。

黄門《こうもん》（拝命する）
（一同退場）

陳《ちん》搏《たん》（登場）
家は久しく俗世の外に構えるも

故知《なじみ》を念《おも》う、徴賢《まねき》の勅佐《つかい》

袷《あわせ》が再び路地の埃《ほこり》に汚《けが》される
道士はもとより名利《みょうり》を求めず
名利はもとより道士を縛れず
貧道《ひんどう》は陳搏。西岳華山《せいがくかざん》を下りて、東京汴梁《とうけいべんりょう》にやってまいった。俗世はやかましく人で溢《あふ》れかえっておるのう。此度《こたび》の下山は本意ではないのだがな。
［正宮《せいきゅう》］【端正好《たんせいこう》】
仙山くだり、謁見《えっけん》のために都へ出れば、華山の鶴や猿の鳴き声、耳に届かず。貧道が山を下りたのは、民草《たみくさ》のためにあらずして、賢人を、召《め》さんとされる陛下の気持ちに報《むく》いんがため。
【滾繡球《こんしゅうきゅう》】
貧道は、空を気ままに漂《ただよ》う雲、世俗になびかず、名利《みょうり》を貪《むさぼ》ることもなし。それなのに、陛下は何ゆえ貧道のことをご存じか。それは栄達前のこと、占い屋にてあのとき出会い、登極《とうきょく》を予言したがため。

党継恩《とうけいおん》（登場）
この度はおめでとうございます。陛下から衣冠と道号が贈られました。宮殿に向かって拝謝なされ

ますよう。

陳摶　(拝礼する)

これにより、厚い謝礼を詔《みことのり》にて下される。鶴の羽衣《はごろも》、金の冠、碧玉《へきぎょく》の圭《けい》、さらには希夷の道号までも。

党継恩　陳摶師、お住まいの仙郷は寂しい山野でしたが、富み栄えたるわれらの都に勝てますかな。

陳摶　【倘秀才《しょうしゅうさい》】

わしのところは茅葺《かやぶ》きの家に花の生け垣、薬草畑に岩の洞窟、窓辺の松に竹夫人《ちくふじん》。こちらでは、派手な御殿にも飽き足りぬ。千年の、浮き世の栄枯も、貧道にはただ、松の木陰で囲碁《いご》を一局指すほどよ。富貴など、しょせんは浮き雲。

党継恩　陛下はひたすら師の到着をお待ちです。どうぞ早く参内《さんだい》してください。

趙匡胤　(登場、立ち止まる)

陳摶　【滾繡球《こんしゅうきゅう》】

使いの者の矢の催促、早く参内せよと言う。右も左もわからぬさまは田舎者。禁裏《きんり》の緞帳《どんちょう》、鳳凰池《ほうおうち》、豪華な石段まで来れば、御簾《みす》の前には居並ぶ百官。階《きざはし》の、前にはためく竜蛇《りゅうだ》の御《み》旗《はた》、宮殿の、風に揺れるは日月の旗。朝服の儀仗《ぎじょう》勢揃い。

(趙匡胤にまみえ、片手を挙げる道士の礼をする)

【倘秀才《しょうしゅうさい》】

何の踊りか、埃《ほこり》を舞わす格式ばった礼など無用、片手を挙げてひとまず挨拶。

趙匡胤　陳摶どの、お変わりありませんか。この度はお見捨てにならず、旧交を暖めることができ嬉しく思います。宮殿にて一席設けますので、久闊《きゅうかつ》を叙《じょ》するといたしましょう。

陳摶　陛下の聖寿《せいじゅ》が万年続きますように。さて今は、宰相《さいしょう》功臣揃《そろ》いしも、白髪の友はおらぬよう。貧道に会い、かくも心を弾ませる。

趙匡胤　希夷先生、今日はお顔を拝見でき、喜びに堪《た》えません。ともに朝廷で、家臣や民の希望となっていただきたい。師はいかがお考えですか。

陳摶　貧道は田舎の怠《なま》け者、官職は望みませぬ。

【叨叨令《とうとうれい》】

華山にて、終生過ごす腹づもり、官庁の、才英たちの真似などできぬ。朝議は無駄に元陽《げんよう》の気を損なうし、法務は安眠かき乱す。貧道に、役所勤めは務まらぬ、ああ務まらぬ。官服不要、望むは粗末な布団のみ。

趙匡胤　師にはどうして役人が務まらないのですか。

陳　摶　貧道の話を聞けばわかりましょう。

【倘秀才《しょうしゅうさい》】

わしが眠れば、時刻を告げる竹べらが、十万本は入《い》り用《よう》で、時間を計る漏刻《ろうこく》に、七、八壺《つぼ》の水が要る。窓辺で暁《あかつき》告げる鶏《とり》、何とか絞《し》めはできんのか。花を惜しんで春は早起き、月を愛《め》でんと秋は夜更かし、そんな考えありはせぬ。

趙匡胤　もしも師が役人になることを引き受けてくださるなら、朕は師に暇な部署を選び、名誉職に任命します。忙しい公務はなく、政事に煩《わずら》わされることもございますまい。

陳　摶　貧道にどうして役人が務まりましょうか。

【滾繍球《こんしゅうきゅう》】

貧道が、好んで着るのはぼろの服、好んで食べるは山菜料理。寝るときは、空が天蓋《てんがい》、地が蓆《むしろ》、ぐうぐうとかく鼾《いびき》は雷。二、三年ならたとえ呼んでも起きはせず。もし役人になったなら、出仕の記録はきっと真っ白。先に陛下に申しておくが、貧道は、暇のほかには何も求めず、寝る以外、世の中のことを知りませぬ。そうなれば、陛下の期待もぬか喜びに。

趙匡胤　ご自身のためにはそれでもいいでしょう。しかし、大人《たいじん》の道をご存じでない。大人は世界を家とし、万物を等《ひと》し並《な》みにあつかい、自他の区別なく、執着がない。君子は周《しゅう》して比《ひ》せずと言うではありませんか。師は独楽《どくらく》の考えを押し広げ、兼善《けんぜん》の度量を大きくするべきです。(二五)朕のために朝廷の法規を整えてみるのもよろしいのでは。

陳　摶　【倘秀才《しょうしゅうさい》】

陛下は周して比せずと言うが、貧道などは、小人窮《しょうじんきゅう》せば斯《ここ》に濫《みだ》る。われわれは道に志し、仁に依り、徳に拠らねばなりませぬ。本来は、小人避けて賢人用いるべきところ。何ゆえに、

枉《ま》がれるを挙げて諸《これ》を直《なお》きに錯《お》きなさる。いよいよ宜《よろ》しくありませぬ。(二六)

趙匡胤　師よ、ご辞退あるな。朝廷で役人となれば、山中で道を学ぶよりもよいではありませんか。

陳摶　官僚のよいところ、貧道はよくよく存じております。

【滾繡球《こんしゅうきゅう》】

三千貫に二千石《せき》、一品官や二品職と、反故紙《ほごし》に二行、史書の記録が残るだけ。それよりも、重ねた布団、並んだ馳走のほうがよい。臣下は主君に忠義を尽くし、主君は臣下を礼遇すべきと言うものの、ああ、その末路は、死して葬《ほうむ》られる地なく、刑場で、きっと官服血に染まる。

貧道は、

林の中に居を構え、名利《みょうり》を絶っていたところ、いたずらに、下山し騒ぎを起こすでなかった。それよりも、帰りなんいざ。(二七)

趙匡胤　宮仕えがよくないと言うのであれば、仙術を学ぶ利点を朕に教えてくだされ。

陳摶　【倘秀才《しょうしゅうさい》】

家を治めて国治めるとは言うものの、他人《ひと》と己《おのれ》を分けるべし。人の己を知らざることを患《うれ》えずだ。(二八)石の寝台、綿《めん》の布団でも暖かく、素焼きの碗の野菜汁さえ滋味《じみ》深い。これが山人《さんじん》の楽しみよ。

【三煞《さんさつ》】

閑居《かんきょ》に身を置き、蟬《せみ》は殻抜け、南華《なんか》に夢遊し、蝶《ちょう》は舞う。(二九)涼しい風に寝そべって、明るい月を眺めつつ、真白き雲の掛け布団、石をそのまま枕にし、ひたすら眠る、山が移って谷変わり、石が崩れて松が枯れ、星宿《せいしゅく》の動くその日まで。常に抱元守一《ほうげんしゅいつ》(三〇)に努め、妙理《みょうり》をつきつめ、玄機《げんき》を探る。

【二煞《にさつ》】

鶏《にわとり》と、虫の損得《そんとく》取るには足りず、鵬《おおとり》と、鶉《うずら》の世界に違いあり。蟻《あり》の兵士に働き蜂、竜と虎とが争って、燕が去れば鴻来《おおとりきた》り、兎《うさぎ》が逃げれば烏《からす》飛ぶ。人生は、蟻の巣穴のせめぎあい、(三一)歳月は、ちらりと見える白馬の疾走、世の人は、酒甕《さけがめ》の中で舞う小虫。つまらぬ職を勝ち得たところで、言うに及ばず、語るに足りず。

趙匡胤　陳摶師よ、あなたにはどのようなよいことがあるのですか。言ってください。

陳摶　【煞尾《さつび》】
雲間《くもま》にそびえる太華山《たいかざん》、霞《かすみ》は細くたなびいて、鼎《かなえ》の中で仙丹《せんたん》練れば、月日の流れに縛られず。山での安眠、夢もまれ、剣を佩《は》き、天の宮にて老子《ろうし》に謁見《えっけん》。かつて仙界を訪れて、西王母《せいおうぼ》の桃、食べたもの。酒数杯では酔いもせず、天への移動は鶴一羽。旅人あらば、浮世のことなど問いかけて、何ごともなくば、高みに登って夕陽《ゆうひ》に感ず。端座《たんざ》して、玄機を語り、『老子《ろうし》』説き、閑居に香《こう》焚《た》き、『荘子《そうじ》』の「秋水《しゅうすい》」諳《そら》んじる。『易経《えききょう》』に、朱点を打って評をつけ、悠々自適を享受する。招かれ下山し参内《さんだい》すれば、陳摶に、官職受けよと詔《みことのり》。都堂《とどう》へ送り八位《はちい》に入れて、台衡《たいこう》掌握、万事を統《す》べよ。（三二）御史台《ぎょしだい》の綱紀、伝達し、六部《りくぶ》の担当、詳細に。（三三）ああだこうだとまとまらず、是《ぜ》か非《ひ》か乱れて収拾つかず。まったくこれでは心がびくびく、とてもぐっすり眠られぬ。

（一同退場）

［第四折］

鄭《てい》恩《おん》（汝南《じょなん》王に扮し、宮女を連れて登場）

生まれついてのがさつ者、かつての野盗
運がむいたら大出世、いまでは官僚
機略をめぐらし、常に満腹
錦の服着て、いつもぬくぬく

おれは鄭恩。汝南王に封ぜられている。若い時分にいまの陛下と八拝の礼を交わして義兄弟となり、つらい時もそばを離れず、槍や刀も恐れなかった。まさかこんな富貴をともにできる日が来るとはな。おれは陛下の命令で、これから宮廷の酒を十本、食事を一席、後宮《こうきゅう》の美女を十人用意し、迎賓館で希夷《きい》先生をもてなすんだ。あの人はまだ朝廷に出ているから、女たちに迎賓館で準備させておこう。おれは隅《すみ》のほうに隠れておいて、希夷先生が帰ってきたら、また手を打つとしよう。お前たち、しっかりな。

宮女　はーい。

（一同退場）

陳《ちん》摶《たん》　内苑《ないえん》の、花見などには興《きょう》わかぬ
春色を、もたらすものは何人《なんぴと》か
貧道《ひんどう》は、巫山《ふざん》の夢に遊びはせず
雲と雨、陽台《ようだい》に下りる甲斐もなし（三四）
貧道は陳摶。早朝より参内《さんだい》したところ、陛下はかつてのことを思い出され、たいそうお喜びであった。だが貧道は、行雲流水《こううんりゅうすい》の身、山林に住む鳥、このような俗世に身を置くことはできぬ。
〔双調《そうちょう》〕【新水令《しんすいれい》】
これまで感じたこともなし、夜明けの霜《しも》や、頭に響く五更の寒さ。笑うべし、はや参内せる朱《しゅ》や紫《むらさき》の官服を着たお偉方。かなうまい、深い眠りのこの境地。わしが目覚めて掲げるは、青くそびえる錦《にしき》の帳《とばり》、太華山《たいかざん》。

宮女　（登場、侍《はべ》る）

陛下が先生にお仕えするようにって。布団で楽しいことをしましょ。

陳摶　【駐馬聴《ちゅうばちょう》】
うま酒のそば、いたずらに、目を楽しませる数多《あまた》の美人。邪魔をする、清風嶺《せいふうれい》での、寝返りもせぬ深くて長いわが眠り。おぬしらは、桃の花びら浮かべつつ、ところ構わず劉郎《りゅうろう》探すも、貧道は、女のために眉を描《か》く、張敞《ちょうしょう》なんぞ真似られぬ。（三五）わからぬやつらよ、出家の身であるこのわしが、魔の妨げに負けようか。

宮女　（酔って陳摶にたわむれる）
希夷先生、むっつりするのはおやめになって。どうして霜が降ったみたいに冷たい顔をしているの。あたしたちは宮中の乙女《おとめ》なのよ。こんな仕打ちは初めてだわ。お願いだから機嫌を直して。

陳摶　下がっておれ。おぬしらにどうして出家者の志がわかろうか。
【歩歩嬌《ほほきょう》】
夜明けの鐘までみだりに纏《まと》わりつこうとも、心は少しも揺れはせず。

宮女　こっちへいらして、お話があるの。

陳摶　この陳摶に何用か。ついてない、酔いどれ女に出合うとは。間に合わず、聖人祀《まつ》る夕べの香《こう》、夜半の天文観察に。

宮女　先生、お酒を一杯どうぞ。

陳摶　われら道教の修行をする者は酒を戒《いまし》めておる。酒はいらぬ。

宮女　では、お茶を一杯どうぞ。先生、このお茶の味いかがかしら。

陳摶　これはうまい茶だな。

【沈酔東風《ちんすいとうふう》】

このお茶は、五嶺三湘《ごれいさんしょう》の一番茶。なみなみと、雪解け水で淹《い》れたる茶の香《か》、爽やかに、両脇を抜ける風の音、詩想を求むも飲んではならぬ、天へと昇る七杯目。酔えば憂いを忘れ去る、杜康《とこう》の酒もまるで形《かた》なし。さぞかしよかろう、お茶好き盧仝《ろどう》の物覚え。(三六)

そなたらも各々で休みなされ。わしはもう寝る。

(眠る)

宮女　(陳摶をひっぱる)

あたしたちも先生のおそばに。ひとりぼっちでさびしい思いなんてさせないんだから。

陳摶　【攪箏琶《かくそうは》】

そなたらはなんと蓮《はす》っ葉《ぱ》な。わしがなぜ、独り寝さびしく夜長《よなが》を恨む。いたずらに、胡蝶《こちょう》の夢から揺り起こし、誘惑せんとのつもりだな。夕暮れに、三日月掛かれば床《とこ》に着き、扶桑《ふそう》より、日が昇るまでひたすら眠る。大慌て、浄鞭《じょうべん》(三七)の音を耳にして、衣をあたふた整える。

鄭恩　(登場)

まったくわからん人だなあ。おれ自らが乗り込むとしよう。

(あいさつする)

あっしは朝廷から帰るのがちょいとばかり遅くなっちまって、挨拶が遅れたこと許してください。

陳摶　大王が昔のことを忘れずにいてくれて感謝します。

鄭恩　先生は占いの名人だぜ。あのとき、竹橋《ちくきょう》のたもとでおれが五覇《ごは》か諸侯になるって占ってくれたけど、本当にその通りになったぞ。

陳摶　【雁児落《がんじらく》】

封《ほう》じられるは一字王《いちじおう》(三八)、宰相《さいしょう》になると申したが、貧道に、どうして予知などできようか。それはただ、片目のそなたに天が大任を授けたがため。

鄭恩　あの宮女たちの歌と踊りは見事なもんだ。先生、さあ一杯どうぞ。

陳摶　この大王さまにまた煩《わずら》わしい思いをさせられるわい。

【川撥棹《せんはっとう》】

やっとの思いで高唐《こうとう》離れ、巫山《ふざん》の美女から身をかわす。静かな客舎でのんびりと、邯鄲《かんたん》の夢にたゆたうはずが、なんとまあ、そばに侍《はべ》るは琴弾く美人。

宮女　(酒を勧める)

陳摶　【七弟兄《しちていけい》】

そういう頼みはお門違い。たとえそなたが白粉《おしろい》に、黛《まゆずみ》引いた宮女の化粧、茜《あかね》の袴《はかま》に、絹の足袋《たび》、金糸《きんし》の服で装えど、鉄の布団に眠る貧道、色ごとになぞ興味なし。

鄭恩　おっほん、聖人さま曰《いわ》く、「食と色とは性《せい》なり。

寅賓館《げいひんかん》、天使《ちょくし》の遮留《ひきとめ》

好色の心、人皆これ有り」、「吾《わ》れ未《いま》だ徳を好むこと好色を好むが如《ごと》くする者を見ず(三九)」。先生のみ独り人にあらず、独り人の情なしですかな。

陳摶　【梅花酒《ばいかしゅ》】

そなたはなんたるがさつ者、天子を助け、国を治めるべきところ、色ごとに心寄せるとは。仲人するなら見当違い、この貧道も内心はらはら。そなたは浅知恵めぐらすな、わしが遊ぶは天上の国。

貧道は生来の寝太郎、しばし眠るが許されよ。

（眠る）

（宮女とわきぜりふ）

かくかくしかじか、こうするしかねえ。

（門を閉める）

鄭恩　この門を出てから閉めてと。
　あずかり知らぬ、窓の外にて光る月
　好きに咲くのだ、門の向こうの梅の花
（退場）

陳摶　（驚き目を覚ます）

【収江南《しゅうこうなん》】

おお、なんと、貧道を、無理やり送る雲雨《うんう》の場、銀燭《ぎんしょく》を、高く掲げて紅粧《こうしょう》照らす。（四〇）出家の心はもとより清廉、このような、らんちき騒ぎは耐えられぬ。たとえ千年ご無沙汰だろうとその気にならぬ。

【水仙子《すいせんし》】

いましがた、身を抜け出した魂が、金光《こんこう》放って八方めぐり、三清《さんせい》と、玉皇《ぎょくこう》さまに拝謁す。（四一）ところがそなたが取っ手ひき、ぎぎっと門を閉めたため、隻眼《せきがん》の王よ、女らに、纏《まと》わりつかれてかなわぬぞ。驚いて、鶴で夢から急降下。わしはただ、鼎《かなえ》で仙丹《せんたん》練らんとするも、誰が錦の巣で鳳凰《ほうおう》を休ませて、金の御殿の鴛鴦《えんおう》にして、むやみに恥をかかせるか。（四二）うかつに山を下りたために、こんな騒ぎを起こして、山霊《さんれい》どもに笑われるわい。

【太平令《たいへいれい》】

いまごろは、山鬼《さんき》が灯火を吹き消して、姿を現し、野猿が筆を振り回し、壁に落書き。草鞋《わらじ》や竹杖《ちくじょう》は腐り落ち、座布団や、紙の帳《とばり》も埃《ほこり》をかぶっているだろう。艶《あで》やかに、粧《よそお》い凝《こ》らした娘を寝所に残したままで、さっさと寝たか、都堂《とどう》の宰相。

鄭恩　（登場）
もう夜明けだ。この門を開けてと。うわっ、なんて堅物《かたぶつ》な先生だ。まだあそこで服を羽織って寝台に陣取り、灯《あか》りを持って夜明けを待っているなんて。

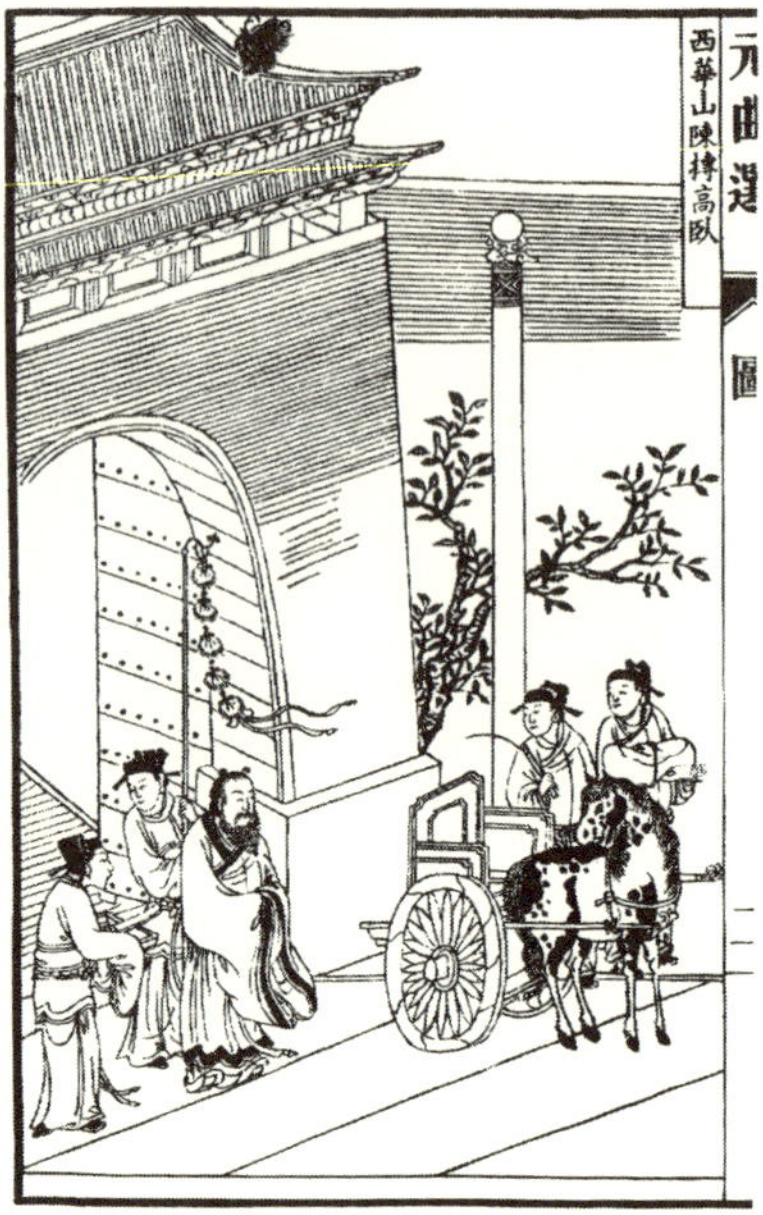

西華山《せいかざん》、陳摶《ちんたん》の高臥《わびずまい》

陳摶　大王よ、おぬしのおかげで冷や汗をかいたぞ。

鄭恩　へへえ、おそれいりやした。すぐに陛下に申し上げ、宮中に道観《どうかん》を立てて先生をそこの主とし、一品の真人《しんじん》に封《ほう》じていただきましょう。

陳摶　【離亭宴帯歇指煞《りていえんたいけつしさつ》】
宮中で、花をくわえた鹿を飼うより、林の鳥を西風に放つほうがよい。このわしに、官位と恩賞賜《たまわ》って、紫金《しきん》の冠かぶらせて、碧玉《へきぎょく》の笏《しゃく》を手に持たせ、鶴の羽衣《はごろも》着せんとす。草庵《そうあん》改め方丈《ほうじょう》とするも、貧道に、眠る以外の技はなし。かねてより、世俗の名利《みょうり》は貪《むさぼ》らず、琴と書を、楽しみとする世捨て人、恩寵《おんちょう》と、恥辱を絶った野《や》の賢者。名利を争う関《せき》を越え、英主の網を抜け出して、高々と、仙家《せんか》の釣り窓開け放つ。いつの日も、霧雨《きりさめ》に烟《けぶ》る蓮の花、雲台観《うんだいかん》より打ち眺めるは仙掌峰《せんしょうほう》。(四三)

題目　真主《ひとぬし》を識《し》る、汴梁《べんりょう》の売課《うらない》
故知《なじみ》を念《おも》う、徴賢《まねき》の勅佐《つかい》

正名　寅賓館《げいひんかん》、天使《ちょくし》の遮留《ひきとめ》
西華山《せいかざん》、陳摶《ちんたん》の高臥《わびずまい》

注釈

(一)作中、趙匡胤《ちょうきょういん》は「玄朗《げんろう》」と呼ばれている。この呼び名について『宋史《そうし》』「太祖本紀《たいそほんぎ》」は何も触れていない。しかし、『南《なん》屏浄慈寺志《へいじょうじじし》』に、「宋太祖、諱《いみな》は玄朗、初め光胤《こういん》を名づけて匡胤と曰《い》う。周《しゅう》の禅《ぜん》を受け、年三十四歳にして帝位に即《つ》く」

とあり、玄朗は趙匡胤の名であったと思われる。一方、清代《しん》の通俗小説『飛竜全伝《ひりゅうぜんでん》』では、趙匡胤の字《あざな》が玄朗（元朗）であると記されている。

（二）五代《ごだい》（九〇七～九六〇）は唐《とう》末期から宋《そう》の天下統一まで続いた戦乱の時期。後梁《こうりょう》、後唐《こうとう》、後晋《こうしん》、後漢《こうかん》、後周《こうしゅう》という五つの短命王朝が華北《かほく》に相次いで起こったほか、各地に十の地方政権が乱立した。

（三）「太華山《たいかざん》」は中国の五岳《ごがく》（中岳嵩山《すうざん》、東岳泰山《たいざん》、西岳華山《かざん》、南岳衡山《こうざん》、北岳恒山《こうざん》）の一つ華山の美称。タイトルにもある「西華山《せいかざん》」は西岳華山の略称。

（四）「爻《こう》」とは陰《いん》（⚋）と陽《よう》（⚊）を表す記号で、これを三つ重ねたものを「卦《け》」という。その組み合わせは八種となり、これを「八卦《はっけ》」という。さらにこれを二つ組み合わせる（六爻）ことで六十四卦を出し、森羅万象を象徴させて禍福を占う。六十四卦は全部で三八四の爻から成る。

（五）「伏羲《ふっき》」は、伝説上の帝王で、三皇《さんこう》の一人。八卦を考案したとされる。また、『易経《えききょう》』の著者に仮託されることもある。「君平《くんぺい》」は前漢《ぜんかん》に活躍した思想家で、厳君平《げんくんぺい》のこと。『漢書《かんじょ》』によると、厳君平は占いにより生計を立てていたという。

（六）「呉文正《ごぶんせい》」は、呉澄《ごちょう》のこととされる。文正はその諡《おくりな》である。呉澄が生まれるより前、望気《ぼうき》に通じた者が、当地に異人が現れることを予言した。「呂洞賓《りょどうひん》」とは仙人の名。洞賓は字《あざな》、名は巌《げん》、道号《どうごう》を純陽子《じゅんようし》という。八仙《はっせん》の一人に数えられ、同じくその一人である鍾離権《しょうりけん》（漢鍾離《かんしょうり》ともいう）に出会い、出家した（『中国古典名劇選』「黄粱夢《こうりょうむ》」参照）。全真教《ぜんしんきょう》の開祖である王重陽《おうちょうよう》を教化したとされ、全真教が元《げん》代に隆盛したこともあり、元雑劇で数多く登場する。

（七）「空亡《くうぼう》」とは、十干《じっかん》と十二支《じゅうにし》を配当させたときに組み合わせから漏れた二支をいい、縁起の良くない星とされる。「玉鏡台」注六参照。「禄馬《ろくば》」とは、富貴の運命のことで、天を翔る馬に乗って移動するのでこのように言う。

（八）「赤帝《せきてい》の子」とは、火徳《かとく》を持つ王者のこと。漢王朝の建国者劉邦《りゅうほう》が山で白蛇を斬ったところ、老婆が現れ、わが息子は白《はく》帝《てい》の子であったが、赤帝の子に斬られた、と言って泣いたという。これにより、劉邦は赤帝の子を名乗り、漢王朝は火徳を持つとされた。中国の歴代王朝は、木、火、土、金、水いずれかの徳を天より授けられており、この順に従って王朝が移り変わると考えられていた。趙匡胤が劉邦と同じ赤帝の子であるということは、火徳を持ち、木徳《もくとく》の後周に取って代わり、新たな帝王となることを意味する。「紫微星《しびせい》」は天の中心にある北極星を象徴し、帝王の星とされる。

（九）黄河はいつも濁っており、水が澄むことはない。このため、黄河の水が澄むことは新たな天子が世に現れる瑞兆《ずいちょう》とされる。

（一〇）「臥牛城《がぎゅうじょう》」は開封《かいほう》の別称で、北宋《ほくそう》はこの地に都を置いた。金《きん》代になると開封の名は「汴京《べんけい》」、「南京《なんけい》」と改められ、元代には行政区画として「汴梁路《べんりょうろ》（「路」は行政区画の名称。現在の省に相当する）」が置かれた。このため、作中では「汴梁」と呼ばれることもある。

(一一)「五覇《ごは》」は、ふつう春秋時代の五人の覇者を指すが、ここでは強大な勢力を誇る人物の喩え。

(一二)人の魂と眠ったときに見る夢は同一視されており、陳摶は眠ると肉体から魂が抜け出して、天にある仙界へと行く。「単衣《ひとえ》の中から雲生ず」とは、魂が雲のようにもくもくと体から抜けていくことをいう。

(一三)「孔明《こうめい》」は三国時代の諸葛亮《しょかつりょう》のこと。諸葛亮は晴耕雨読の隠遁《いんとん》生活を棄てて劉備《りゅうび》に仕えた。「陶淵明《とうえんめい》」は、南北朝時代の詩人。役人であったが隠棲し、その暮らしを描いた詩を多く残した。「厳陵翁《げんりょうおう》」は後漢《ごかん》の厳光《げんこう》のこと。厳光は若き日の光武帝劉秀《りゅうしゅう》とともに学んだ。劉秀は帝位に即くと、厳光の才能を惜しんで召し出し、官職を与えたが、厳光はそれを断って隠棲し、農民として生涯を過ごした。

(一四)「伊尹《いいん》」は湯王《とうおう》に仕えた殷《いん》王朝建国の功臣。「玉鏡台」注三参照。

(一五)「嬰児《えいじ》」「姹女《たじょ》」「丹汞《たんこう》」「黄銀《おうぎん》」は、それぞれ鉛、水銀、丹《に》、エレクトラム（銀が混じった金）のことで、これらを調合して仙薬を作った。

(一六)「蟠桃《はんとう》」とは、西王母《せいおうぼ》が住む崑崙山《こんろんさん》にある仙桃《せんとう》のこと。三千年に一度だけ実を結び、これを食すと不老長生が得られるという。

(一七)「明るい……」は白居易《はくきょい》「暁寝《ぎょうしん》」の「紙窓《しそう》は明るく暁を覚え、布被《ふひ》は暖かく春を知る」の引用。「驚きに……」は『荘子《そうじ》』斉物論篇《せいぶつろん》の故事を踏まえる。荘周《そうしゅう》（荘子）は蝶《ちょう》になって楽しく飛びまわる夢を見たが、目覚めると、荘周が蝶になる夢を見たのか、蝶が荘周になる夢を見たのかわからなくなったという。「黄粱《こうりょう》を……」は、唐代の小説『枕中記《ちんちゅうき》』の故事を踏まえる。むかし盧生《ろせい》という青年が、邯鄲《かんたん》の町で呂翁《りょおう》という道士から借りた枕で眠り、五十年の富貴を極めた人生を送る夢を見たが、目覚めると、まだ炊きかけの黄粱（大粟）も炊き上がっていないわずかな時間であったという。

(一八)「巣父《そうほ》」と「許由《きょゆう》」はともに尭《ぎょう》の時代の隠者。許由は、尭が自分に位を譲ろうと考えているのを聞くと、穢《けが》らわしい話を聞いたとして、川で耳を洗った。巣父もその川の水が穢れているといって、この川を渡らなかったという。

(一九)「蓬萊山《ほうらいさん》」は東の海に浮かぶ仙山のこと。「商山《しょうざん》」は、東園公《とうおんこう》・綺里季《きりき》・夏黄公《かこうこう》・甪里《ろくり》先生という四人の老人が、秦《しん》の末期に国乱を避けて身を隠したところ。四人は「商山四《し》皓《こう》」と称され、隠逸《いんいつ》の象徴でもある。

(二〇)陶淵明の『桃花源記《とうかげんき》』を踏まえる。道に迷った漁師が桃林のあいだを抜けて遡《さかのぼ》り、洞窟をくぐると、そこには村があった。村人たちは、祖先は秦の戦乱を避けてこの地に来たと語り、漢《かん》や魏《ぎ》、晋《しん》の時代を知らなかったという。

(二一)「劉琨《りゅうこん》」は晋の人物。ある夜、親友の祖逖《そてき》とともに寝ていると突然鶏が鳴いた。これは乱世の予兆とされたが、祖逖は劉琨を蹴り起こすと、「これ不吉に非《あら》ず」と言い、起きて剣を舞った。ここから大志をいだく者は、その時に応じて奮起することをいう。「天書三巻」は、道教において天から賜《たまわ》った、道術の記された書籍のこと。「八門五遁《はちもんごとん》」とは、中国の占術の一つで、将来起こるであろう凶事を避ける術のこと。

（二二）「河上公《かじょうこう》」は『老子《ろうし》』に注釈をつけた人物。「関令尹《かんれいいん》」は、老子が周《しゅう》の衰えを見て西の国へ旅立とうとした際に、関所で老子を出迎えて、『老子道徳経《ろうしどうとくきょう》』（いわゆる『老子』）を授けられた人物。

（二三）「両手で新たな日月磨き」とは、時令《じれい》を改めて制定することで、新しい王朝を建てたことをいう。

（二四）「圭」とは、諸侯が土地を封《ほう》ぜられた証しとして天子から賜る板状の玉器のこと。下部は四角で、上部はとがっている。

（二五）「君子は周《しゅう》して比《ひ》せず」は『論語《ろんご》』為政《いせい》篇にある、「君子は周して比せず、小人《しょうじん》は比して周せず（立派な人は広く公平に人々と親しくするが、つまらぬ人は特定の人とだけ親しくする）」の引用。「独楽《どくらく》」と「兼善《けんぜん》」は『孟子《もうし》』尽心《じんしん》上篇にある、「窮《きゅう》すれば則《すなわ》ち独《ひと》り其《そ》の身を善くし、達すれば則ち兼ねて天下を善くす（逆境にあっては独り自分の身を修め、栄達すれば世の人々を良い方向へ導く）」を踏まえる。

（二六）「小人窮《しょうじんきゅう》せば斯《ここ》に濫《みだ》る」は『論語』衛霊公《えいれいこう》篇にある、「君子固《もと》より窮す、小人窮すれば斯に濫る（立派な人もときに困窮するが、それでも道を踏みはずすことはしない。つまらぬ人は困窮すると、道にはずれた振る舞いをする）」を踏まえる。「道に志し……」は『論語』述而《じゅつじ》篇にある、「道に志し、徳に拠り、仁に依り、芸に游《あそ》ぶ（正しい道を志し、徳にもとづき、仁に沿って、教養に遊ぶ）」を踏まえる。「枉《ま》がれる……」は『論語』為政篇にある、「枉がれるを挙げて諸《これ》を直《なお》きに錯《お》けば、則ち民服せず（正しくない人を抜擢して正しい人の上に置くと、人びとは心服しない）」を踏まえる。

（二七）「帰りなんいざ」は陶淵明「帰去来の辞《ききょらいのじ》」の引用。「帰去来の辞」は、宮仕えをやめて家に戻り、隠遁《いんとん》生活を送る愉しみを詠む。「帰りなんいざ」はその世界観を集約した言葉。

（二八）『論語』学而《がくじ》篇にある、「人の己を知らざるを患《うれ》えず、人を知らざるを患うるなり（他人が自分を知らないことを心配せず、自分が他人を知らないことを心配する）」を踏まえる。

（二九）「南華《なんか》」は『南華真経《なんかしんきょう》』すなわち『荘子《そうじ》』のこと。ここでは老荘思想が説く無為自然の境地の喩え。夢の中の蝶《ちょう》については、本劇注一七参照。

（三〇）「包元守一《ほうげんしゅいつ》」とは、内丹《ないたん》術（気を自分の体内で練り上げて霊薬を作る術）を鍛える道教の修行。

（三一）「鶏と虫の損得」は、杜甫《とほ》「縛鶏行《ばくけいこう》」に由来する。杜甫の妻は鶏が虫を食べるのを嫌い、召使いに鶏を縛らせ、市場へ売りに行かせようとした。ところが杜甫は、そうすれば鶏が人間に食べられるだけだと言って、鶏の縄を解かせた。鶏が得をすれば虫が損をし、虫が得をすれば鶏が損をする。その得失を論じればきりがない。ここから、細かな得失は大した問題ではないことをいう。「鵬《おおとり》と鶉《うずら》の世界」は、『荘子』逍遥遊《しょうようゆう》篇に由来する。鵬は背の長さが何千里もあるという巨体で、九万里も高く翔け上がり、南の海に向かって飛ぶという。蜩や小鳥がこれを笑い、「そんなに高く飛んで、何をわざわざ南を目指すのか」と言った。ここから、大きいものと小さいものとでは、その志すところに大きな差があることをいう。「人生は蟻《あり》の巣穴のせめぎあい」は、唐代の小説『南《なん》柯記《かき》』の故事を踏まえる。むかし淳于棼《じゅんうふん》という人が、酔って槐《えんじゅ》の木の下で眠ったところ、夢で大槐安国《だいかいあんこく》の王から南柯《なんか》郡の長官に任ぜられ、二十年の栄華を極めたが、夢から覚めてみればそれは蟻の国の出来事だったという。

（三二）「都堂《とどう》」は、省庁を統括する左右の僕射《ぼくや》が職務を行った役所。「八位《はちい》」は、『朝野類要《ちょうやるいよう》』に、古い官制における左右の僕射、尚書《しょうしょ》の左右の丞《じょう》、中書侍郎《ちゅうしょじろう》、門下侍郎《もんかじろう》の類いであろうとある。「台衡《たいこう》」の「台」と「衡」は、ともに紫微《しび》星《せい》の近辺を回る星と星座のことで、転じて天子を補佐する大臣のこと。

（三三）「御史台《ぎょしだい》」は、官吏の監察、弾劾《だんがい》を行う機関。「六部《りくぶ》」は中央政府の行政機構のことで、吏部《り》（人事担当）、戸部《こ》（戸籍と租税担当）、礼部《れい》（礼楽《れいがく》、祭祀《さいし》、学校、科挙担当）、兵部《へい》（軍事担当）、刑部《けい》（刑罰担当）、工部《こう》（土木担当）から成る。

（三四）「巫山《ふざん》の夢」は、夢のなかで神女と契《ちぎ》る話。「雲と雨」はその神女のこと。「漢宮秋」注一七参照。

（三五）「桃の花びら……劉郎《りゅうろう》探す」は、後漢の劉晨《りゅうしん》と阮肇《げんけい》の以下の故事を踏まえる。「劉郎」は劉晨のこと。二人は天台《てんだい》山で道に迷う。小川に行き当たって水を汲もうとすると、川上から飯の入ったお椀が流れてきた。二人は人がいると思い、川を遡《さかのぼ》って行くと、桃源《とうげん》と呼ばれる渓《たに》があった。渓には二人の美女がいて、劉晨と阮肇を家に招き、食事を振る舞う。そこへ、たくさんの女が桃を持って現れ、二人の婿入りを祝う。劉晨と阮肇は美女と楽しい夜を過ごした。十日が過ぎ、二人は帰ろうとしたが、仙女に止められ、半年ほど逗留《とうりゅう》することになる。そこは鳥たちがさえずる、常春《とこはる》の地であった。しかし、劉晨と阮肇は故郷が忘れられずに帰ったところ、すでに十世の時が過ぎていた。「張敞《ちょうしょう》」は前漢の京兆《けいちょう》の尹《いん》（長官）で、妻のために眉を描いた愛妻家。

（三六）「爽やかに……湧いてこぬ」は、唐の盧仝《ろどう》の詩「筆を走らせて、孟諫議《もうかんぎ》が新茶を寄せられたるを謝す」に見える次の一節を踏まえている。「一椀喉吻潤、両椀破孤悶、三椀捜枯腸、唯有文字五千巻。四椀発軽汗、平生不平事、尽向毛孔散、五椀肌骨清、六椀通仙霊、七椀吃不得也、唯覚両腋習習清風生。蓬萊山在何処、玉川子乗此清風欲帰去（茶を一杯、喉と唇が潤う。二杯、孤独な心の苦しみが解ける。三杯、文才とぼしくも詩想を求めれば、五千巻の書物あり。四杯、さわやかな汗をかき、日頃の不満がことごとく毛穴から散ってゆく。五杯、肌と骨とが清らかになる。六杯、まるで仙人になった心地に至る。七杯は飲んではいけない。飲めば両脇にそよそよとした涼しい風が生じるのを感じる。仙人が住むという蓬萊《ほうらい》山《さん》はどこにあるのだろうか。玉川子《ぎょくせんし》こと私はこの風に乗って帰ってゆきたい）」。「杜康《とこう》」は中国で初めて酒を作ったとされる人物で、転じて酒を指し、「盧仝」は茶を詠んだ詩を数多く残した。

（三七）天子が登殿する際に打ち鳴らされる儀仗《ぎじょう》用の鞭。

（三八）「一字王《いちじおう》」とは、「魏王」「秦王」などのように、一文字の国号を持つ王のこと。皇族や大きな功績を挙げた臣が任命された。

（三九）「食と色とは性《せい》なり」は、『孟子』告子《こくし》上篇に見える言葉。「好色の心、人皆これ有り」は、『孟子』に「惻隠《そくいん》の心、人皆これ有り。羞悪《しゅうお》の心、人皆これ有り。恭敬《きょうけい》の心、人皆これ有り……」や「父母の心、人皆これ有り」など、定型の表現があることを踏まえたパロディ。「吾《わ》れ未《いま》だ……」は『論語』子《し》罕《かん》篇、衛霊公《えいれいこう》篇に見える言葉。美人を愛するように徳を好む人をまだ見たことがない、という意味。「好色を好む」は原文のままで、本来は「色を好む」。ここは鄭恩のキャラクターを考えて、著者がわざと間違えさせていると解した。

（四〇）「銀燭を……」は、蘇軾《そしょく》の「海棠《かいどう》」詩を踏まえる。「漢宮秋」注四〇参照。「紅粧《こうしょう》」は侍《はべ》っている美女を指す。

（四一）「三清《さんせい》」は道教の最高神である元始天尊《げんしてんそん》、霊宝天尊《れいほうてんそん》、道徳《どうとく》天尊《てんそん》のこと。「玉皇《ぎょくこう》」は万事を主宰する天の神。

（四二）「鳳凰《ほうおう》」と「鴛鴦《えんおう》」は、ともに仲睦まじい夫婦の喩え。ここでは、美女と陳摶が共寝《ともね》することを表す。

（四三）「雲台《うんだい》」は華山《かざん》の北峰のことで、隠者が好んで住んだ場所。「仙掌峰《せんしょうほう》」は、華山にある仙人掌峰《せんにんしょうほう》のこと。

本劇の作者は「漢宮秋《かんきゅうしゅう》」と同じく馬致遠《ばちえん》である。馬致遠は神仙を題材とした作品を数多く手がけ、本作もその一つである。陳摶《ちんたん》は、『宋史《そうし》』「陳摶伝」によると、唐《とう》末から宋《そう》にかけての隠者で、武当山《ぶとうさん》や華山《かざん》に隠棲《いんせい》し、一度眠ると百日以上（数年間とする資料もある）も目を覚まさなかったといわれる。本作では眠り続けるだけでは飽き足らず、眠っている間に魂が抜け出して天界に行くまでになっている。『宋史』には、陳摶と宋の太祖趙匡胤《ちょうきょういん》が会ったという記録はないが、その先代に当たる後周《こうしゅう》の世宗《せいそう》や次代の宋の太宗《たいそう》とは面会したようである。

本作は、この『宋史』に伝わる陳摶像をはじめ、各種のエピソードを取り込んで作られたと考えられる。まず、宋の建国者である趙匡胤は、通俗文学の世界では、不遇な時期に任俠者《にんきょうもの》をしており、弟分の鄭恩《ていおん》とともに世を渡り歩いていたとされている。次に、第一折で趙匡胤が陳摶に栄達を予言され、的中すれば、富貴を共にすると約束し、第四折で即位後に陳摶を招いて礼をするが、『清波雑誌《せいはざっし》』には、「仏僧は竜が萵苣《ちしゃ》を食べる夢を見た。目覚めると偉丈夫が萵苣を食べていた。僧はこの男に食事を与えて夢のことを告げ、将来、富貴を得たら、寺を建てるよう言う。この男こそ趙匡胤で、建国後、僧のために寺を建てた」というエピソードが見える。また、第四折で陳摶は美女を遠ざけるが、『詩話総亀《しわそうき》』に、陳摶は「唐の僖宗《きそう》から宮女三人を賜《たまわ》ったが、別室に置いて近づけなかった」とある。陳摶と趙匡胤をめぐる伝承はしだいにまとまり、「陳摶高臥」の話が形成されていったのであろう。

富貴や女性の誘惑にとらわれない陳摶のように、欲望に心動かされない高潔な人物は、「東坡夢《とうばむ》」でも描かれており、神仙劇の一つの典型といえるだろう。読者の中には、無欲な仙人の姿をひたすら描かれても興味を覚えないという方もいるかもしれない。しかし、「陳摶高臥」は、近代以前に出版された元雑劇の各種の作品集に、最も多く収録された作品なのである。数だけで作品の善し悪しが決まるわけではないが、各編者たちが収録の価値ありと判断したことに間違いはなかろう。名利《みょうり》を追求する俗世を離れ、無欲の境地に生きる姿は、知識人が理想とする生き方の一つである。このように、昔の外国の価値観と触れあうことができるのも、外国の古典を読む醍醐味といえるのではないだろうか。

【水滸劇】

李逵負荊《りきふけい》

六、梁山泊《りょうざんぱく》、李逵《りき》の負荊《わびいれ》

康進之《こうしんし》

登場人物

脚色	役名	役どころ［登場する折］
正末	李逵《りき》	梁山泊《りょうざんぱく》の頭目。綽名《あだな》は黒旋風《こくせんぷう》。山児《さんじ》、鉄牛、黒牛とも呼ばれる。酒好きの暴れん坊で、二本の板斧《はんぷ》(刃先の広い手斧)を操る。［全］
冲末	宋江《そうこう》	梁山泊の頭領。綽名は順天《じゅんてん》の呼保義《こほうぎ》。百八人の頭目を束ねる。［全］
旦	満堂嬌《まんどうきょう》	王林の娘。年は十八。［一・三・四］
浄	魯智深《ろちしん》	梁山泊の頭目、僧侶。綽名は花和尚《かおしょう》。鎮関西《ちんかんせい》とも呼ばれる。［全］
浄	宋剛《そうごう》	宋江の名を騙《かた》るごろつき。［一・三・四］
丑	魯智恩《ろちおん》	宋剛の弟分。魯智深の名を騙る。［一・三・四］
外	呉学究《ごがくきゅう》	梁山泊の軍師。「学究」は呼び名で、学者先生の意。［一・二・四］
	王林《おうりん》	杏花荘《きょうかそう》の酒屋の主人。［一・三・四］
	手下	宋江の手下。［一・二・四］

［第一折］

宋《そう》江《こう》

（呉学究《ごがくきゅう》、魯智深《ろちしん》と共に手下を連れて登場）

渓流どうどう寨《とりで》を巡る
野の花挿したる黒頭巾
杏黄《きょうこう》の旗の文字を見よ
天に替わりて道を行う

それがしは宋江、字《あざな》を公明《こうめい》と申し、順天《じゅんてん》の呼保義《こほうぎ》という綽名《あだな》を持つ者。かつて鄆《うん》州の鄆城《うんじょう》県で文書役人をしておったが、酒に酔って閻婆惜《えんばしゃく》という女を殺《あや》めてしまい、江《こう》州の牢城《ろうじょう》へ流罪《るざい》となった。配《はい》流《る》の道すがらここ梁山泊《りょうざんぱく》を通ったところ、晁蓋《ちょうがい》兄貴に出会って助けられ、梁山泊へ上ることとなった。その後、兄貴は三たび祝家荘《しゅくかそう》を攻めた折に命を落とされ、それがしが兄弟たちに推されて頭領となった。それがしは三十六人の大頭目、七十二人の小頭目、そしてあまたの子分どもを集め、威風は山東、河北にまで広がっておる。さてそれがし、三月三日の清明節《せいめいせつ》と九月九日の重陽節《ちょうようせつ》、この二つの節句が好きなのだが、今日はちょうど三月三日の清明節である。

兄弟たちよ、暇《いとま》をやるゆえ山を下りて墓参りにでも行くがよい。ただし三日が経てば、揃《そろ》って山に戻らねばならぬぞ。もし命令に背く者があれば、打ち首に処す。

誰もが恐れるわが威令
三日の期日は厳しく守れ
半時たりとも違《たが》えし者は
戻って来たとて、ただでは済まぬ

（一同退場）

王《おう》林《りん》

（登場）

くるくると、竹竿にかかる酒簾《さかぼうき》
琵琶の音《ね》が、楊柳《やなぎ》の陰から聞こえてくる
呑み助どのよ待ちなされ
そんじょそこらの酒屋でないぞ

わしは王林と申す者、ここ杏花荘《きょうかそう》に住んで小さな酒屋を開き、細々と商いをしておる。家族は三人じゃったが、家内は早くに身まかってしもうた。一人残された娘は満堂嬌《まんどうきょう》と呼ばれ、年は十八になるが、まだ決まった相手はおらん。ところで、ここはかの梁山泊にほど近く、お山の頭目がたはみんなうちに酒を飲みに来られる。さて、酒を燗《かん》しておこう。今日はどなたがおいでかな。

宋《そう》剛《ごう》 （魯《ろ》智《ち》恩《おん》と共に登場）
　薪《たきぎ》だけでは役にも立たず
　米だけあっても仕方ねえ
　俺たち二人の口達者
　二人でひとつのいい相棒
俺さまは宋剛、こっちの兄弟は魯智恩っていうんだが、ここは梁山泊に近いんで、俺たち二人はちょいと名を騙《かた》ってるんだ。俺が宋江、兄弟が魯智深って具合にな。さて、杏花荘の王林の親爺のところにやって来たぞ。一杯やっていくか。
（王林に会う）
おい親爺、酒はあるかい。

王　林　だんな、酒ならありますよ。どうぞ中へ、お掛けなすって。

宋　剛　酒を五百文分くれ。ところで王林よ、俺たち二人のことは知っているよな。

王　林　はて、わしは目もかすんでおりますんで。だんながたのことは存じませんが。

宋　剛　俺さまは宋江よ。そしてこっちの兄弟が魯智深だ。うちの頭目どもが、お宅の店でえらい世話になっているようだな。もしあんたに何かしでかすようなやつがいたら、梁山泊に来て俺に言うといい。俺が力になってやろう。

王　林　お山の親分がたは、みな天に替わって道を行う好漢でいらっしゃる。そんなことは決してありませんよ。ただ、わしはお頭さまを存じ上げなかったもんで、お許しください。お頭さまがお出《い》でとわかっていたならお出迎えにまいりましたものを、何のおもてなしもできず申し訳ございません。おかげさまで、やつがれここで親分がたにご贔屓《ひいき》にしていただいております。
（酒を注《つ》ぐ）
お頭さま、まずはぐっと一杯。

宋　剛　（飲む）

王　林　さあ、もっとどうぞ。

魯智恩　（酒を飲む）

宋　剛　兄貴、うまい酒だ。

王　林　親爺、あんたの家にはほかに誰がいる。

宋　剛　うちにはこれといった者はおりませんが、満堂嬌という十八になる娘が一人、嫁にも出さずにおります。何のおもてなしもできませんので、心ばかりのお礼といっては何ですが、娘を呼んでお頭さまにお酌をさせましょう。

魯智恩　おぼこなら呼ばんでいいぞ。

王　林　兄貴、何びびってんだい。出てこさせようぜ。

満堂嬌　満堂嬌や、出ておいで。

（登場）

王　林　お父さん、何ですか。

満堂嬌　娘や、お前は知らんじゃろうが、いまこちらに梁山泊の宋公明どのが直々にお見えでな、ひとつ出てきてお酌をしなさい。

王　林　お父さん、それってよくないんじゃないの。

満堂嬌　かまわんよ。

宋　剛　（あいさつする）

俺はずっとおしろいのにおいが苦手なんだ。寄るな。

王　林　娘や、二人の親分さまにお酌して差し上げなさい。

満堂嬌　（酒を注ぐ）

宋　剛　俺からも王林の親爺に一杯進ぜよう。

（王林に酒を与える）

おい親爺、その服、破れているじゃないか。この赤い絹のしごき帯をやるから、破れたところを直すといい。

王　林　（帯を受け取る）

魯智恩　おめえ、まだわからねえのか。さっきの酒は固めの杯《さかずき》、そのしごき帯は結納の品だ。おめえの娘を宋公明兄貴の山寨《さんさい》夫人（二）として差し出すんだよ。そういうことで、娘を三日間だけ借りていくぞ。四日目には返してやるからよ。じゃあ俺たちは山に戻るぜ。

宋　剛　（魯智恩と共に満堂嬌を連れて退場）

王　林　わしは身の回りのこと全部あの娘を頼りにしておったのに、こんなことになってしもうて、いったいどうすればいいんじゃ。

（泣く）

李《り》逵《き》

（酔って登場）

飲んで酔わねえなら素面《しらふ》のほうがましだぜ。おいらは梁山泊の山児《さんじ》の李逵さまだ。おいらは色が黒いんで、黒旋風《こくせんぷう》って綽名がついているのさ。宋公明兄貴が三日の暇をやるから清明節の散策にでも行ってこいって言うんだ。山を下りて王林の親爺んとこでもうちょっと酒を買って、酔いつぶれるまでしこたま飲むとするか。

〔仙呂《せんりょ》〕【点絳唇《てんこうしん》】

飲んでも飲んでもまだ足りぬ、のんべえ根性は変わらない。どぶろく求めて王留《おうりゅう》（一）に聞く。

おいらが「酒はどこにある」って王留に尋ねたら、やつは何も言わずに逃げ出しやがった。「どこへ行く」って怒鳴りつけて追っかけ、やつの髭《ひげ》をつかんで殴ろうとしたところ、王留め「ぶたねえでくれ、だんな。ありますよ」って言いやがる。

王留は言う、あちらの店にありますと。

【混江竜《こんこうりゅう》】

いまはまさしく清明節、雨風《あめかぜ》が、かえって花を愁うとか。そよ風吹いて夜雨《よさめ》が止めば、柳のすき間に酒屋がちらり、桃花《とうか》の向こうに映える釣り舟。青くゆらめく春の川、飛び交う燕に砂辺の鷗《かもめ》。

梁山泊は風情がねえなんて言うやつがいたら、おいらがそいつの口をひっぱたいてやる。

【酔中天《すいちゅうてん》】

ここいらにゃ、霞《かすみ》たなびく青く美しい山々に、靄《もや》立ちこめる緑の柳の中洲もあるぜ。

おや、あの桃の木に、黄色いうぐいすが一匹いるぞ。桃の花をむしゃむしゃと食ってやがる。食い散らかした花びらが川に落っこちた。きれいじゃねえか。そういえば誰かが言ってたな。誰だっけか……そうだ、思い出したぞ。呉学究の兄貴が言ってたんだ。

軽薄の、桃花は水を逐《お》って流れる（二）。

この桃の花びらをつかんでやったぜ。どれどれ、なんて真っ赤な花びらなんだ。

（笑う）

おっと、なんて真っ黒な指なんだ。

おしろいにさす頬紅《ほおべに》のようにくっきりと。

かわいそうに、花びらさん。おいらおめえを自由にしてやるよ。ほかの花びらを追っかけていきな。おいらもおめえを追っかけて、追っかけて、桃の花びらをどんどん追っかけていくぜ。

早くも着いた、草橋店《そうきょうてん》のしだれ柳の渡し場に。

いけねえ、また兄貴の言いつけに背くところだった。帰ろうっと。

飲むまいと、せっかくしたのにあの酒林《さかばやし》、おいらを誘ってやがるのか。あのやろう、竿の先っちょで東風《こち》に吹かれてくるくると。

おい王林、酒はあるかい。ただで飲もうってんじゃねえ、粒金《つぶきん》を一握り、酒代にくれてやるよ。

王林　(涙をぬぐう)
粒金なんぞもろて何になるというんじゃ。

李逵　(笑う)
こいつ、口では要らんなどと言いながら、ちゃっかり懐にしまってるじゃねえか。
親爺、酒をくれ。

王林　へえ、ただいま。
(酒を漉《こ》す)

李逵　この酒を腹に収めれば、あとはひっくり返るだけだ。飲まねえ手はあるまい。

【油葫蘆《ゆころ》】

いつもなら、馴染みの店じゃ九割方はつけで飲む。

王林の親爺、
ここ杏花荘はかの謝家楼《しゃかろう》(四)よりいいところ。あんたはおいらに油のようなどぶろく造り、花《か》糕《こう》(五)のような脂ののった羊煮る。肉は食べごろ、酒は漉《こ》したて。錦の封を切る前に、香り漂う美酒のよう。興に乗り、もう何杯かいただくぜ。

【天下楽《てんからく》】

一杯飲めば、どんな憂いも消えちまう。

親爺、この酒を飲んだらよ、
悩みを全部捨てちまい、頭の後ろへうっちゃれる。そうなりゃひたすら飲むばかり。

おいらが酔ったらよ、
道端に、ぶっ倒れるか、酒甕《さかがめ》抱えて寝るだけさ。

(吐く)

おい親爺、

王林　その前にここで吐いちまったぜ。親爺、酒が冷めた。燗《かん》してきてくれ。
李逵　へえ、かしこまりました。
王林　（酒を交換し、泣く）わしの満堂嬌や。
李逵　早く燗した酒をくれ。
王林　（再び泣く）わしの満堂嬌や。
李逵　親爺、酒代を払わねえわけじゃあるまいし、なんでそんなに悲しむのさ。
王林　だんな、あんたにゃ関わりのねえこってすが、わしにはのっぴきならねえ心配事があるんでさ。ささ、お酒をどうぞ。
李逵　【賞花時《しょうかじ》】俺たちゃ毎日酒樽を前に語り合うのに、今日はどうして目も合わせねえ。
王林　だんなはご存じありませんが、娘を嫁がせることになってしもうて、それでつらいんです。
李逵　ああじいさん、おめえはほんとにわからず屋だな。おめえがどんなに悲しくたって、嫁に出さねえわけにはいかねえだろう。
王林　（泣く）ああ、わしの満堂嬌や。
李逵　おめえは娘が老いぼれて、白髪《しらが》になるまで養うつもりか。
王林　世の中に三つ、いなくなるものがあるのを知ってるかい。
李逵　だんな、その三つとは何でしょうか。
王林　蚕《かいこ》は老いればいなくなり、人も老いればいなくなる。
李逵　おいぼれじいさん、よく言うだろう、娘は育てばいなくなるって。ちょいと聞くが、娘さんは誰に嫁いだんで。
王林　だんな、娘を嫁がせるのがつらいなんてことがありましょうか。ただ運悪く、山賊めに連れ去られたのでございます。
李逵　（打つ）山賊だと。おいらがおめえの娘をさらったってのか。

【金盞児《きんさんじ》】

おいらはかっと目をむいて、こやつは口から出まかせを。それこそ口は禍《わざわい》の門《かど》、ちっとでも嘘をぬかそうもんなら、おいらはぶち切れ、ただじゃ置かねえ。てめえのぼろ屋に火をつけて、真っ黒焦げにしてくれる。酒いっぱいの甕《かめ》ぶち割って、かわらけ茶碗にしてくれる。二本の板斧《はんぷ》をひっつかみ、根の張った、桑や棗《なつめ》の木を伐《き》り倒し、立派な角したあか牛を、ぎたんぎたんにぶった切る。おい王林、てめえの言葉が本当ならそれまでだが、でたらめ抜かしてみやがれ、おいらがただじゃ済まさねえぞ。

杏花荘《きょうかそう》、王林《おうりん》の告状《うったえ》

王林　親分さん、どうかお鎮まりくだせえ。これからじっくりお話ししますんで。実は、とある二人が酒を飲みに来たんですが、そのうちの一人は宋江、もう一人は魯智深と名乗ったんです。そこでわしは、「これはこれは梁山泊のお頭さま、何のおもてなしもできませんが、うちには満堂嬌という十八になる娘がおりますので、娘を呼んでご挨拶させ、心ばかりのお礼としてお頭さまにお酌をさせましょう」と申し出て、娘を呼んでその宋江と魯智深にお酒を三杯勧めたところ、宋江もわしに三杯返してきたのです。宋江はまた、赤いしごき帯をわしの懐に押し込んだのですが、そこで魯智深が、「さっきの三杯の酒は固めの杯、そのしごき帯は結納の品だ。宋江の兄貴のもとに頭目は百八人揃《そろ》っているが、一人だけ足りねえだろ。おめえの十八になる満堂嬌を兄貴に差し出して山寨《さんさい》夫人にするんだ。今日は日柄もいいから、俺たちが梁山泊へ連れて行ってやるよ。三日経ったら娘を送り返してやる」って言ってきたんです。そう言うと、二人は娘を連れて行ってしまいました。わしはこんなに年老いておりますし、暮らしも身の回りのことも全部あの娘を頼りにしておったんですが、その娘をむざむざとさらわれちまって……、だんな、これが悲しまずにおれましょうか。

李逵　何か証拠でもあるのか。

王林　赤いしごき帯こそが証拠ですじゃ。

李逵　信じたくねえが、あの士大夫《したいふ》気取りめ、そんなもん持ってたのかよ。
……どうだ親爺、ひとつうまい酒を一甕、うまい仔牛を一頭用意してくれるなら、その三日後に、おいらが優しく手を取って、おめえの娘の満堂嬌を連れてきてやってもいいぜ。

王林　だんな、娘を連れ戻していただけるのなら、酒一甕、仔牛一頭どころか、この身をかけても御恩に報いきれません。

李逵　【賺煞《たんさつ》】すぐに敵《かたき》に会わせてやるから、あやふやにせず、一言一句ずばっと言えよ。
宋江め、
色ごとのために醜態さらしやがってからに、覆水は盆に返らねえ。おいらが行って問い詰めたなら、もう言い逃れはできねえぜ。この訴えをしっかと腹に収めるんだな。黒を白とか言うんじゃねえぞ、後先で、言うこと違えば許されねえ。
おいらが今から戻って宋公明に会い、罪を問いただして、すぐさま三十六人の大頭目と七十二人の小頭目、そしてあまたの手下どもに別れを告げさせ、魯智深ともども山寨を下らせ、あんたんとこに連れてくるから、おいらが呼んだら出てくるんだぜ。亀みてえに頭すっこめて出てこねえなんてことすんなよ。

王林　そやつに会わなけりゃ何ともしようがありませんが、もしも会ってあの二人だとわかったなら、噛《か》み砕いて肉のかたまりにしてやりたいところです

李　逵　じゃ。出ていかねえなんてことありましょうか。おい親爺、ありゃ宋江の兄貴じゃねえか。兄貴は違うと言ってるぞ。

……親爺、ちょいとからかっただけだよ。

威勢がいいのは口だけかい。

（退場）

王　林　李逵のだんなが行ってしまわれた。わしも店を閉めて、三日経って娘の満堂嬌が戻ってくるのを待つとしよう。満堂嬌や、かわいそうなことをしてすまんのう。

（退場）

［第二折］

宋《そう》江《こう》（呉学究《ごがくきゅう》、魯智深《ろちしん》と共に手下を連れて登場）

旗印はみな血に染まり
灯油《ともしあぶら》はみな脳漿《のうしょう》
内臓ついばむ鴉《からす》はその尾をばっと広げ
髑髏《どくろ》くわえる犬は身の毛を逆立てる

それがしは宋江。清明節《せいめいせつ》ゆえ兄弟たちに暇《いとま》をやり、散策にでも行くよう申し付けたが、早くも今日で三日になる。聚義堂《しゅうぎどう》にて合図の太鼓を三遍打てば、総員集まらねばならぬ。おい、寨《とりで》の門を見張っておれ。誰が一番にやって来るか。

手　下　かしこまりやした。

李《り》逵《き》（登場）

おいらは李山児《りさんじ》でい。この赤いしごき帯を持って、ちょっくら宋江に会いに来たのよ。

［正宮《せいきゅう》］【端正好《たんせいこう》】

反骨魂奮い立たせて、顔中の髭《ひげ》を逆立てる。

今度ばかりは許さねえ。手に唾《つばき》して行くほどに、荒くれ者の怒りがたぎる。

【滾繡球《こんしゅうきゅう》】

宋江め、これはいったいどういう所業でどういう道理か。あいつの腹がとんとわからん。怒れるおいらは雷様だ。あいつとおれは一心同体、二人はこれまでこれっぽっちもいがみ合わずにきたけれど、それが今じゃあ互いに蝕《しょく》する日と月だ。もしちょっとでもつまらんことをぬかしたら、多年の情もかえりみず、おいらはあれこれ疑うだろう。

手下　おいおめえ、李山児が戻ったたって言ってこい。
（知らせる）

宋江　ご報告しやす。兄貴、李山児が戻ってきやした。

手下　入ってくるよう伝えよ。

李逵　どうぞお入りなすって。
（あいさつする）
呉学究の兄貴、ごきげんよう。ぴかぴか帽子で今日は新郎、きちきちお袖で今日は花婿、われらが宋公明どのはいずこかな。出てきておいらに再拝しておくれ。おいらはいま小金をいくらか持ってるから、兄嫁にご祝儀をお渡ししよう。

宋江　こやつ、何と無礼な。学究どのには挨拶しながら、私にはしないとは。その上たわけたことをぬかしおって。いったい何のことを言っておる。

李逵　【倘秀才《しょうしゅうさい》】
おやこれは、刎頸《ふんけい》の友よ、おめでとう。

宋江　何がめでたいのだ。

李逵　あんたの件《くだん》の山寨《さんさい》夫人はいずこかな。
（魯智深を指さす）
くそ坊主、とんでもねえことしやがって。知らぬ顔、決め込もうたってそうは問屋が卸さねえ。

宋江　どういうことだ。智深よ、そなたも関わりがあるのか。

李逵　うまくごまかし、切り抜けようとしたってよ、とことん追及してやるぞ。

宋江　山児、おまえ山を下りてから何があったのだ。なぜ私にはっきりと申さんのだ。

李逵　（怒って黙る）

宋江　山児よ、私と話したくないのなら、学究の兄貴に話してみなさい。

李逵　【滾繡球《こんしゅうきゅう》】
われらが兄貴は女房《にょうぼ》をめとり、この禿げ頭が仲人さ。

宋江　智深よ、おぬし仲人をしたのか。

魯智深　こやつめ、山を下りたところで酒をたらふく飲んで、踏んでも死なん鼠《ねずみ》のように、酔うてちゅうちゅうと何かほざいておるのでしょう。

李逵　梁山泊にゃ天はあっても日はねえってか。

（斧を抜いて旗を切る）

ならばこの、杏黄《きょうこう》の旗を切り倒してやる。

（一同、斧を奪う）

宋江　こら鉄牛《てつぎゅう》、何かあったとしても、ろくに調べもせずに板斧《はんぷ》を振り回して杏黄旗を切り倒そうとするとは、どういう料簡《りょうけん》だ。

呉学究　山児、思い込んで口が過ぎるにもほどがあるぞ。

李逵　呉の兄貴、これはおいらの思い込み、口が過ぎると言うけれど、あんたまで、いつまでそうして胡麻《ごま》すってんだ。

（叫ぶ）

おい兄弟たち、みんな出てこい。

宋江　みんな集めてどうするのだ。

李逵　一族郎党みんな集めて祝いの宴を開くのよ。

宋江　何の宴だ。

李逵　逃がしゃしねえぜ、媒酌人の三蔵法師に、花婿面した柳盗跖《りゅうとうせき》(六)、どっちがうまい汁吸った。

宋江　山児よ、おまえは山を下りてからどこで酒を飲み、誰に会ったのだ。きっとその者が私のことを何か言ったのだろう。最初からわかるように話してみなさい。

李逵　【倘秀才《しょうしゅうさい》】

花も恥じらう乙女をきさまがさらったせいで、いまもまだ、独りぼっちにされているんだ、草橋店《そうきょうてん》の白髪頭の老人が。

宋江　それにはきっと何か裏があるのだろう。

李逵　それならはっきりしているぜ、裏などあるか。

無残にも、引き裂きやがって、痛ましい。

おい宋江、

あの親爺、あんたをたいそう恨んでいるぜ。

宋江　そうか、王林《おうりん》じいさんの娘御のことだな。私がさらったと申すのか。私であるはずはないが、仮に私がさらったとして、そのじいさんは喜んでいたのか、それとも悲しんでいたか。聞かせてくれぬか。

李逵　【叨叨令《とうとうれい》】

あの親爺、粗末な店でひとしきり、おいおい泣いて、山寨に向かって「うらめしや、宋江」って叫び、こんな感じでおろおろしながら立ちつくしてたぜ。あの親爺、木戸の外に出てひとしきり、わあわあ吠えて、「わしの満堂嬌《まんどうきょう》や」って泣きわめき、こんな感じでしくしくとむせび泣いてたぜ。

宋江　じいさんはどうやって悲しんでいた。

李逵　あの親爺、酒甕《さかがめ》のそばでひとしきり、悶々と沈み、ひさご片手に酒甕の封をはがし、冷や酒すくってごくごく飲んでよ、こんな感じでぐでんぐでんに酔ってたぜ。あの親爺、むしろを持ってよろよろと、寝床の上に敷いてから、門を出て遠くを見てみても、やっぱり戻ってこねえんで、「わしの満堂嬌や」ってまた泣きわめき、こんな感じでぐうぐうと、眠っちまったぜ。これほどに、これほどまでにつれえのは、

宋江　それでどうなった。

李逵　梁山泊の水はまずく、人は義ならずと言ってたことよ。

宋江　学究どの、これはどこぞの虎の威を借る狐が、私の名を騙《かた》ってしでかしたことに違いない。山児とてその証拠さえつかめば、濡れ衣とわかるだろう。

李逵　ある、証拠ならあるぜ。この赤いしごき帯が証拠じゃねえか。

宋江　山児よ、おまえとここで賭けをしよう。もし私がその娘御をさらっていたなら、このそっ首くれてやる。私でなければ、おまえは何を賭ける。

李逵　兄貴がおいらに首を賭けるって。しかたねえ。ならばわたくし、祝いの席を設けましょう。

宋江　一席設けるだと。それじゃおまえのほうが得ではないか。私の賭けたものと釣り合わんぞ。

李逵　しゃあねえなあ、兄貴、もしもあんたじゃなかったら、おいらのこのでけえ首をくれてやる。

宋江　決まりだ。ただちに誓紙を入れ、学究どのに持っておいてもらおう。

李逵　まさか花《か》和尚《おしょう》だけ見逃すってのか。

魯智深　俺はこの坊主頭を賭けるのはやめておこう。お前に縁起が悪いなどと言われたくないからな。

宋江　（誓紙を入れる）

李逵　【一煞《いっさつ》】あんたはよ、表と裏では別の顔、うまく弄《ろう》する二枚舌。こいつはまさに、やるこた犬で心は狼、頭は虎でも尻尾は蛇。おいらが問題引き起こし、わざと尖《とが》っているんじゃねえ。人の娘をかっさらい、なぐさみものにしやがって。それをおいらに知られただけよ。

宋江　見よ、この黒牛《こくぎゅう》の乱暴なさまを。

李逵　おいら乱暴はたらいて、平地に波瀾を起こすんじゃねえ。

宋江　もしも私でなかったなら、私はおまえを許さんぞ。

李逵　【黄鍾尾《こうしょうび》】言いたい放題出まかせ言って鬼神を欺き、周到に練った言葉で人をだますとは。なんと巧みで利口なことよ。

宋江　おまえとともに山を下りようぞ。

李逵　山を下り、かの地へ行って、この李山児が検《あらた》めよう。真実を、見抜いたならば、その首を切って死んでもらうぞ。

宋江　鉄牛《てつぎゅう》め、無礼にもほどがある。

李逵　鉄牛が、無礼なんじゃねえ。賭けたこと、後悔したか。三十六の英雄ばかりか、一人ひとりがみな兄弟。

宋江　兄弟たち、みんなここへ来て聞いてくれ。何を聞かせるのだ。

李逵　おいらは今から、宋江と魯智深と一緒にあの杏花荘《きょうかそう》へ行く。王林じいさんの証言が取れたら、まずはこの取り持ち野郎の花和尚め、恨むなよ、お前をひさごのように斧で真っ二つにしてくれる。十八の娘の満堂嬌をさらっていきやがって。ただ宋江は残しておいて、おいらみずから一度じっくりお世話をして進ぜよう。

宋江　どうやって私の世話をする。

李逵　お世話だ、お世話。片手で襟をひっつかみ、片手で腰帯ぐっと握って、どうと投げつけ真一文字にのしてやり、でっけえ足で胸を踏んづけ、おいらの板斧を振り上げて、首根っこめがけてがちゃりとやるのさ。七代の、あんたの先祖が出てきても、おいらを止めることはできねえ。

（退場）

宋江　山児は行ったか。者ども、馬を二頭用意しろ。それがし自ら智深兄弟と山寨を下り、王林に顔を見せに行く。

　王林は、無様な目に遭い
　李山児は、無を有という
　これよりゆかん、杏花荘
　いずれの首が飛ぶのやら

（一同退場）

［第三折］

王《おう》林《りん》　（泣きながら登場）

わしの満堂嬌《まんどうきょう》や、かわいそうにのう。

わしは王林、二人の山賊に娘をさらわれて、今日でもう三日になる。昨日はあの李逵《りき》のだんなが梁山泊《りょうざんぱく》へ行って、かの宋江《そうこう》と魯智深《ろちしん》を連れてきてこの件について面通しさせると言っておったな。

わしは今から食事の用意でもしながら待つしかあるまい。

（泣く）

わしの満堂嬌や。三日目の今日にはお前を送り届けると言っておったが、はたして来るのやら、来んのやら。かわいそうにのう。

宋《そう》江《こう》　（魯智深、李逵と共に登場）

智深兄弟、さあゆこう。おい山児《さんじ》を見てみろ、私らの前を行ったり後ろに付いたり。私らが逃げ出さぬか心配なようだ。

李《り》逵《き》　ちょいと待ちなよ。舅《しゅうと》どののところへ行くと聞いて、さぞかし嬉しいことだろうな。

宋江　智深兄弟よ、ほら、やつはわけのわからんことを言い出しおったぞ。

向こうに着いて、違うとわかったなら、山児よ、私はおまえを許さんぞ。

李逵　［商調《しょうちょう》］【集賢賓《しゅうけんひん》】

そびえる山の麓《ふもと》を進み、見えてきたのはくるくる回る酒箒《さかぼうき》。悲しみ喜び昨日と異なり、嘘か真か今日暴かれる。

おい花和尚《かおしょう》、てめえは纏足《てんそく》か。とろとろ歩きやがって。仲立ちした負い目があるから、足が進まねえんだろ。

魯智深《ろちしん》　こいつ。

李　逵　魯智深は、穴から抜けねえ蛇のよう。宋公明《そうこうめい》、あんたも早く行けよ。人さまの娘をさらったもんだから、きまりが悪くて進めねえんだろ。

宋　江　こやつ。

李　逵　宋公明は、毛氈《もうせん》の上を引きずる毛かよ。たとえ向こうが周瓊姫《しゅうけいき》でも、あんたのどこが王子《おうし》喬《きょう》っていうんだい。玉人《ぎょくじん》がどこで簫《しょう》吹いた。悪かったなあ、おいらが燕と鶯《うぐいす》の仲を踏みにじり、鸞鳳《らんぼう》の仲を引き裂いて（七）。おいらはいま、あんたら二人を杏花荘《きょうかそう》へ連れて行き、

魯智深　【逍遥楽《しょうようらく》】山があったら道切り開く。山児、川があれば橋を架《か》けてくれよ。

李　逵　調子に乗るな、あいにくおいらは川を渡れば橋を壊すのよ。

宋　江　（前を行く）

李　逵　もったいぶった、やつの歩きざま耐えられん。

宋　江　山児よ、おまえは梁山泊に上った折、私を兄として義兄弟の契《ちぎ》りを結んだのではなかったのかな。

李　逵　兄貴はよ、何かと言えば義兄弟だと言うけれど、そもそも食えねえ木瓜《ぼけ》の花、見掛け倒しもいいところ。おいらはひそかにあざけり笑う。あんたなんかと競い合ったり、語り合ったり、いたわり合ったりするものか。ここが王林じいさんの店の入り口だ。兄貴、あんたは何もしゃべるなよ、まずおいらが行って呼んでみるから。

宋　江　わかった。

李　逵　（呼ぶ）おい親爺、王林の親爺、ここを開けてくれ。

王　林　（居眠りをする）

李　逵　（再び呼ぶ）王林の親爺、開けてくれ。あんたの娘を連れてきてやったぜ。

王　林　（驚いて起きる）

本当に来たのか。まずはこの扉を開けてみよう。
(李逵に抱きつく)
わしのかわいい満堂嬌や。……げっ、なんだ違うじゃないか。

李逵　【醋葫蘆《さくころ》】
この親爺、酒樽《さかだる》半分と呼ばれちゃいるが、柄《ひ》杓《しゃく》も一本ついてるわい。(八)十八になる満堂嬌を失ったんで、ずいぶん老いぼれちまったようだ。おいらが二度ばかり呼んでも扉を開けず、三度目に「あんたの娘を連れてきてやったぜ」と言うとやっと開けたかと思えば、おいらの黒い腕に抱きついて、「わしのかわいい満堂嬌や」と叫びやがる。おい親爺、そんなにおろおろうろたえて、目やにをこすって涙をぬぐい、おいおい泣いているのかい。
兄貴、店ん中に入って座んなよ。

宋江　(魯智深と共に入って座る)
こちらはお年寄りだから、脅《おど》しちゃなんねえぜ。

李逵　おいらが今から面通しさせるからよ。
親爺、近づいてよく見てみな。

王林　もちろんよく確かめてやりますとも。

宋江　ご老人、もっと近くへ。私が宋江です。さて、誰があなたの娘御をさらって行ったのですかな。あなたが私だと言えば、私は山児にこの首を差し出すつもりですぞ。

李逵　親爺、よおく見てみな。そいつだろ。

王林　(確認する)
違います。この人じゃありません。

宋江　ほら、どうだ。

李逵　兄貴さ、じっくり確認させろよ。なに目見開いて脅しにかかってんだい。そんなに脅しちゃあ、ちゃんと確認できねえだろうが。
おい王林、あんたの娘んために、おいらたちは首を賭けてんだよ。親爺、そいつがあんたの娘婿、満堂嬌をかどわかした宋江じゃねえのか。

王林　(再び確認し、首を振る)
いえいえ、違いますだ。

宋江　ほら、どうだ。

李逵　【幺篇《ようへん》】
あんたは黙って座ってな。誰が自分から目をむいて、眼《がん》つけていいと言ったんだい。宋公明の威勢がどんだけあることか。ひとにらみ、するだけでやつは魂消《たまげ》ちまうぜ。これがあんたの「天に替わって道行う」なら、情け容赦ないおいらの板斧《はんぷ》が、決してあんたを許さねえ。王の親爺、こっちへ来な。あそこにいるくそ坊主が、取り持ち野郎の魯智深だ。もっぺん行って見てみな。

魯智深　とっとと確かめろ。

王　林　（再び確認する）いえいえ、違います。あの二人はですな、一人が青っぽい目をしたのっぽでしたが、このお人は色黒で背が低く、もう一人は頭が禿げておできがあったのですが、このお人は頭を剃ったお坊さまです。違います、違いますとも。

魯智深　山児、まだ俺だというのか。

李　逵　このくそ坊主、好きに確認させりゃいいものを、なんで最初に怒鳴ったりしたんだ。

【幺篇《ようへん》】

あんたはよ、知らぬ者なき鎮関西《ちんかんせい》（九）の魯智深だ。五台山《ごだいさん》より落草《らくそう》（一〇）してから、誰だって、真っ暗闇でもあんたとわかる。ところがだ、雷みてえなその声で、先にきさまが脅したせいで、もうろくじじいめ、ど忘れしたに違いない。さっきじいさんはおめえだと認めようとしたのに、いま見れば、首振りながら必死に悩む。

宋　江　違うとわかったからには、智深兄弟よ、われらは先に山へ戻り、鉄牛《てつぎゅう》が申し開きをしに来るのを待つとしようか。

李　逵　親爺、てめえ、いい子だからもっぺん確認しねえか。

王　林　だんな、わしが違うと言ったら違うんじゃ。何度確認させられてもどうにもできん。

李　逵　（王林を打つ）

王　林　お願えだ、わしを打たんでくれ。

李　逵　【後庭花《こうていか》】

このじじい、根拠のねえこと言いやがって。こうなりゃよ、瓢箪《ひょうたん》つぶして柄杓《ひしゃく》投げつけ八つ当たり。

宋　江　者ども、馬を引け。私と魯の兄弟は先に帰るぞ。

李　逵　兄貴は兄弟たちに「馬を引け、先に山寨《さんさい》に帰る」って言うけれど、おいらは「兄貴、まあちょっと座ってくれ。もう一度じいさんに確認させてやってくれ」って言ってるじゃないか。

兄貴は馬に鞍《くら》を置き、山に帰ると言うのかい。

ああ兄貴、おいら恥ずかしくってよ、
穴があったら入りてえ。かといって、腹の虫だって収まらねえ。漿《こんず》の入った桶《おけ》踏みつぶし、井戸の釣瓶《つるべ》の縄を切り、よしずに樽酒《たるざけ》ぶちまけて、酒酌むひさごを投げつけて、菜《な》切《き》り包丁たたき割る。

【双雁児《そうがんじ》】

いっそこの、ほったて小屋に火をつけて、めらめらごうごう焼き払いたい。怒って暴れるおいらはまるで、ばたばた跳ねる鮒《ふな》のよう。年寄り敬い、子は守るんじゃねえのかよ。

宋江　智深兄弟、さあ山寨に帰ろうぞ。
　阿呆な山児は笑いもの
むやみに首など賭けおって
さっさと山寨まで戻り
首を差し出し板斧《はんぷ》を受けよ

(魯智深と共に退場)

李逵　(ため息をつく)

はあ……、こりゃおいらが悪かったってこったな。

【浪裏来煞《ろうりらいさつ》】

やっとわかったぜ、人の心は測りがたく、灯台下暗しということを。これよりしかと目を開き、見極めん。むやみに兄貴と首を賭け、三者を集めて面通しなどしたばっかりに、この三寸の舌がおいらの身を切る刀になるとはな。

(退場)

王林　李逵のだんなが行ってしまわれた。あの方は今日、ちゃんと二人を連れてきて、間違いないかと面通しさせてくださった。それがなんと、お一人が本物の宋江さまで、もうお一人が本物の魯智深どの、どちらもわしの娘をかどわかした人物ではなかった。わしの満堂嬌はどこのごろつきにさらわれて行ってしもうたのか。かわいそうに。
(くしゃみをしながら、魯智恩《ろちおん》、満堂嬌と共に登場)

宋《そう》剛《ごう》　くしゃみは出るし耳は熱いし
きっと誰かがおれの噂をしてやがる

早くも杏花荘についたぜ。わが舅《しゅうと》どのはいずこかな。俺たちゃ三日の後に娘を戻してやるという約束どおりに、こうして連れてきてやったぜ。

王林　（満堂嬌に会って抱き、泣く）わしのかわいい満堂嬌や。

宋剛　舅どの、どうだ俺は嘘つかねえだろ。きっちり三日で、あんたの娘っ子を送り届けてやったんだぜ。

王林　親分さま、お心遣いありがとうございます。ただうちは貧しい上に急だったもんで、祝いの酒もまだ準備できておりませぬ。ひとまず娘の部屋で安酒でも召し上がってくだされ。明日には小さな鶏でもつぶして、ご馳走いたしますゆえ。

魯智恩　王林のじいさんよ、俺たちの山寨にゃ羊もいるし酒もある。手下に命じて肥えた羊を二、三十頭、うまい酒を四、五十樽、担いでこさせよう。

王林　かたじけないことで、親分さま。わしはまだ結納のお返しもしておりませんのに、恐れ入ります。

宋剛　じゃあひとまず女房の部屋で酒でも飲むとするか。（魯智恩、満堂嬌と共に退場）

王林　あの二人の山賊は梁山泊の頭目ではなかったのか。娘をかどわかして手籠《てご》めにされたことは、もう仕方あるまい。ふとした親切心から首を賭けてしまわれた。じゃ。ふとした親切心から首を賭けてしまわれた。これは冗談では済まされまい。わしはいまから冷《ひ》やと熱燗《あつかん》を持っていってあの盗人《ぬすっと》二人を酔いつぶし、日が暮れてやつらが眠ったすきに、こっそり抜け出して梁山泊へ行き、宋公明どのにお知らせして李逵のだんなをお救いするのがよかろう。

なにゆえ王林、梁山泊へ夜駆けする
李山児の恩に報いんがため
気がかりは、かの一本気が偽宋江を手にかけて
満堂嬌が、早くも夫の喪に服さねばならんこと

（退場）

［**第四折**］

宋江《そうこう》　（呉学究《ごがくきゅう》、魯智深《ろちしん》と共に手下を連れて登場）それがしは宋江である。学究どの、李山児《りさんじ》の無礼はどうにもならんな。私

李逵《りき》

はあの者と賭けをして、その店に行ってみたが、やはり違っておった。私は魯智深と先に戻ってきたが、山児が戻ったら打ち首にせねばなるまい。者ども、丘に上がって見張っておれ。そろそろ山児が戻ってくるはずだ。

（荊《いばら》を負《お》って登場）

黒旋風《こくせんぷう》よ、おめえはほんとにどうしようもねえな。人のためにてめえの首を差し出すなんてよ。こうなったらもうどうすることもできねえから、刈り取ってきた荊の鞭《むち》の束を背負って、山寨《さんさい》に戻って宋公明《そうこうめい》兄貴に目通りするしかあるめえ。

〔双調《そうちょう》〕【新水令《しんすいれい》】

どっと押し寄せるこの不安、むやみに兄貴と賭けをするとは。罪人のように好漢の赤い着物を脱いで、このぼろ靴を履きつぶせども、考えてみりゃ、

山寨についたら、兄貴はおいらを打たずに、首をよこせって言うだろう。

【駐馬聴《ちゅうばちょう》】

はてこの首を、どうしたものか。

体のことなどどうでもいいと、この青く切り立った崖から、底なしの深い谷川に身を躍らせれば、一人と言わず、黒旋風が十人いたって見つからねえだろうな。

二度三度、切り立つ崖から飛び降りようと試みる。山寨へ向かう一歩一歩は、断頭台へと続く道。おいらが死ねば、墓に墓標は立つだろか。位牌の前で、いるだろか、成仏願ってくれる人。どうにかこうにか始末をつけて、五体満足で死ねたなら、それだけでもう儲《もう》けもの。

【攪箏琶《かくそうは》】

寨《とりで》の門に着いてみりゃ、ずらりと居並ぶ手下ども。

かつてはおいらがやって来りゃ、あいつらこうしておどおどうろうろしてたのに、今日はどうして、惚《ほう》けたふりしておいらを無視か。

（こっそり見る）

おや、なんだ宋公明兄貴は兄弟たちと聚義堂《しゅうぎどう》に上ってるじゃねえか。

兄貴は集めた英傑たちと向かい合い、みんなそれぞれ厳《いか》めしい面《つら》で動きもしねえ。おいらははっきり言ってやろう。死罪も覚悟で荒くれ者の廉頗《れんぱ》(一一)が詫《わ》びにまいったと。

宋江　（会う）

来たか、山児。おまえ何を背負っておる。

李逵　兄貴、おいら兄貴に打ってもらおうと思って、谷に下りて荊を刈ってきたんです。先だってはおいらの料簡《りょうけん》が狭かったために、こんなことになっちまって。

【沈酔東風《ちんすいとうふう》】

呼保義《こほうぎ》の、兄貴がおいらを責めるなら、李山児は、この杖で打ってもらいてえ。一つには、兄弟の情に免じてもらい、二つには、殴られるべき借りを返すため。おいらが罪に服さねえとか言わねえで、思う存分打ってくれ、真っ白な月がのぼるまで。打ってくれなきゃこのがさつさは直らねえ。

宋江　そもそも私はおまえと首を賭けたのだ。打つことを賭けたのではない。

者ども、李山児を聚義堂から蹴落として、首をはねたら報告いたせ。

李逵　学究の兄貴、何とか言ってくれよ。

智深兄貴、あんたからも何とか取りなしておくれよ。

呉学究　（魯智深と共に取りなす）

宋江　ここに誓紙がある。私はこの者を打ちはせぬ。首を所望する。

梁山泊《りょうざんぱく》、李逵《りき》の負荊《わびいれ》

李逵　兄貴、何て言ったんだい。
宋江　私はおまえを打ちはせぬ。首を所望する。
李逵　兄貴、本当に打たねえんで。打てば打つほど痛むのに。殺すのは一太刀じゃねえか。そんなら痛くねえぜ。
宋江　私はおまえを打たぬ。
李逵　打たねえって。そりゃありがてえ、兄貴。
(逃げ出す)
宋江　おい、どこへ行く。
李逵　兄貴が打たねえって言うから。
宋江　おまえは私と賭けをしただろう。私はおまえのその首をもらわねばならん。
李逵　わかった、わかった。しょうがねえ。殺されるくらいなら自分で死んでやらあ。兄貴の剣を貸してくれ。おいら自分で首切って死んでやるよ。
宋江　それもよかろう。おい、こやつに剣を渡してやれ。
(剣を受け取る)
李逵　なんとこいつは、おいらが見つけた剣じゃねえかよ。思えばあの日、兄貴について狩りに出たとき、大通りのそばで、みんなが道をさえぎる大蛇を見てたんだよな。おいらが近づくと、大蛇じゃなくって、一振りの太阿《たいあ》(一二)の宝剣だったんだ。おいらはその剣を拾って、兄貴に佩《は》いてもらおうと差し上げたんだっけな。何日か前に、おいらこの剣がちりりんと鳴るのを聞いたんだ。誰か殺してえんだろうと思っていたが、まさかおいら自身を殺そうとしていたなんてな。
【歩歩嬌《ほほきょう》】
宝剣の、鳴る音を聞けば心が騒ぐ。まこと風切る鋭さよ。これほど優れた武器ならば、一《ひと》咫《あた》ほどの銅銭でさえ、おがら刈るように真っ二つ。
思えばこれまで十年もご一緒させていただきやした。この間の恩義については、言うまでもありやせん。
思い出話はこれまでにして、そろそろいくぜ、おいらのどたまを真っ二つ。
王林《おうりん》　(突然登場、叫ぶ)
その処刑、お待ちくだせえ。

お頭さま、あの盗人《ぬすっと》どもがわしの娘を連れて戻ってきました。わしはやつらを家で酔いつぶし、一目散にご報告に来たしだいです。お頭さま、どうかお力をお貸しくださいませ。

宋江　山児よ、ひとまずおまえを許してやる。そのごろつき二人を捕らえてまいれば、その功によって罪を免じてやろう。もし捕らえられねば両方の罪で罰することになるが、行くか。

李逵　(笑う)
それしき、この山児にとっては朝飯前だ。甕《かめ》の中の亀を捕まえるように、すぐさま捕らえてまいりやしょう。

呉学究　とはいえ、向こうには馬が二頭、おぬし一人でどうやって捕らえるのだ。万一取り逃がすことになったら、この梁山泊《りょうざんぱく》の威厳を失うことになるぞ。魯智深どの、山児とともに行ってもらえぬか。

魯智深　あの山児めは、口を開けば俺のことをくそ坊主だの取り持ち野郎だのと罵《ののし》って、何度も王林に確認させたのですぞ。いったいどういう料簡をしておるのか。やつにはその二人を捕らえてくる力があるでしょうし、この魯智深、やつの手助けをするつもりはありません。

呉学究　聚義の二文字に免じてくれぬか。私憤のために大義を損のうてはならぬぞ。

宋江　その通りだ、智深兄弟。おぬしもこやつに同道し、名を騙《かた》った賊どもを捕らえてまいるのだ。

魯智深　兄貴の言いつけなら、行かぬわけにはまいりませんな。

(一同退場)

宋《そう》剛《ごう》　(魯智恩《ろちおん》と共に満堂嬌《まんどうきょう》を連れて登場)
うめえ酒だった。俺たち夕べは酔っちまったようだ。今朝はもう日もずいぶん高えが、舅どのはまだ出てきてねえのか、きっと酔いつぶれてしまったんだな。

李逵　(魯智深、王林と共に登場)
盗人野郎、てめえの舅ならここにいるぜ。
(会うなり殴る)

宋剛　おいでけえの、名前ぐらい名乗れよ。いきなり手出すってどういうこった。

李逵　そんなに名前が聞きてえのかい。言ったらおめえ、しょんべんちびっちまうぜ。おいらは梁山泊の黒旋風、李逵さまだ。こっちの兄貴は正真正銘の花和尚《おしょう》魯智深だ。

（殴る）

【喬牌児《きょうはいじ》】

畏《おそ》れ多くも名を騙るとは、ちょこざいな、今日こそ年貢の納め時。満堂嬌を、てめえの寨《とりで》の嫁にしやがって。黒旋風の荒くれぶりを恨むなよ。

宋剛　こいつあ本物の山賊だ。俺たちにゃかなわねえ。逃げろ、逃げるんだ。

（逃げる）

李逵　こいつ、どこへ逃げようってんだ。

（追いついて再び殴る）

【殿前歓《でんぜんかん》】

死に損ないのてめえらを、皮は破れて骨砕け、肉裂けるまで殴ってやるぜ。もしもてめえが宙を舞い、空の向こうへ飛び出したって、たちまちこの手で捕らえてやるぜ。おいてめえ、まあご立派な生臭坊主《なまぐさ》の魯智深どんに、あっぱれ色好き呼保義《こほうぎ》どん、これから面通しに行くぜ。四の五の言うな。これは弱い者いじめじゃねえぜ、てめえが自らまいた種。

（二人の賊を捕らえる）

早くもこいつらを捕らえたぜ。

王林　（満堂嬌と共に拝礼）

魯智深　ご老人、ここで拝礼などご無用。明日、娘御と山寨に来て宋頭領にご挨拶いただければ結構。

（李逵と共に二人の賊を護送し退場）

王林　あの方たちは二人の盗人を捕らえて行かれた。これでわしの恨みも晴らせたというもの。娘や、明日になったら羊と酒を持って梁山泊へ、宋江のお頭さまにお礼を申し上げに行くぞ。

満堂嬌　（震える）

王林　娘や、悲しむことはない。あんな盗人のどこがいい。わしがゆっくりといい嫁ぎ先を見つけてやるから。

（満堂嬌と共に退場）

宋江　(呉学究と共に手下を連れて登場)
学究どの、李山児と魯智深が杏花荘《きょうかそう》へ行ってからずいぶんになるが、まだ戻ってこぬとはどうしたことか。わが梁山泊から誰か助太刀にやらせるべきかな。

呉学究　賊どもはどこにも行けぬはず。人を差し向けるには及びませぬ。そろそろ戻ってまいるでしょう。

手下　(知らせる)
ご報告しやす。お二人が手柄を立てて戻ってまいりやした。

李逵　(魯智深と共に二人の賊を護送し登場)
盗人どもをここに捕らえてまいりやした。兄貴、処分を決めてくれ。

宋江　この似非《えせ》宋江に、似非魯智深め。われらが名を騙《かた》り、われらが名を汚すとは。
者ども、こやつらを花標樹《かひょうじゅ》(一三)に縛りつけ、肝と心の臓をえぐり出して酒の肴《さかな》にするのだ。首級《しるし》は往来にさらして見せしめにせよ。

手下　がってんで。
(二人の賊を引っ立て退場)

李逵　【離亭宴煞《りていえんさつ》】
蓼児洼《りょうじわ》(一四)の内で宴《うたげ》を開き、花標樹の下で羊をつぶす。酒が尽きれば惜しまず買い足せ。うるうる潤んだ目をえぐり、ぶるぶる震える手足を切って、あな恐ろしや心肝えぐる。竜のひげ撫《な》で虎の尾を踏む、こいつらにゃ、目にもの見せてくれようぞ。
智深の兄貴、
無理やり着せた、媒酌人の汚名をそそぎ、
公明の兄貴、
むやみに着せた、色好き婿の悪名晴らさん。

宋江　これより聚義堂にて論功行賞の宴席を開き、李山児と魯智深をたたえるのだ。
宋公明が、天に替わりて道を行い
英雄たちは、山に集う
李山児が、助太刀をして
王林父娘《おやこ》は、団円す

題目　杏花荘《きょうかそう》、王林《おうりん》の告状《うったえ》
正名　梁山泊《りょうざんぱく》、李逵《りき》の負荊《わびいれ》

注釈

(一)原文は「圧寨夫人」。梁山泊などの山賊の根城を「山寨《さんさい》」と呼び、その山寨を治める頭領の夫人のことであるから「山寨夫人」と訳した。

(二)元雑劇の中に登場する「王留」は、市井の一般庶民の汎称《はんしょう》として用いられる名。中国でいう「張三・李四」や、日本でいう「熊さん・八つぁん」のようなもの。ほかに「趙忙郎」などがある。

(三)杜甫「絶句漫興九首」その五「腸は断たる 春江尽き頭《はじ》めんと欲し、藜《あかざ》を杖つき徐《おもむろ》に歩して芳洲に立つ。顚狂《てんきょう》の柳絮《りゅうじょ》は風に随いて舞い、軽薄の桃花は水を逐うて流る」の末句。

(四)「謝家楼」とは、南朝の詩人、謝朓《しゃちょう》が宣城太守の際に建てた楼閣。謝朓楼。転じて豪華な酒楼を指す。

(五)「花糕」は重陽の節句に食べる蒸し餅。

(六)「柳盗跖」とは、春秋時代(一説には黄帝の時代)、九千人の手下を率いて各地を荒らし回った盗賊団の頭領。転じて大盗賊のこと。なお、直前の三蔵法師(原文「唐三蔵」)は唐の玄奘《げんじょう》のことだが、ここでは魯智深を指して揶揄《やゆ》している。

(七)「王子喬」は、仙女の周瓊姫と相思相愛になって仙境に遊んだという王子高《おうしこう》のこと。「玉人」は、秦の穆公《ぼくこう》の娘の弄玉《ろうぎょく》のことで、夫の蕭史《しょうし》に教わった簫を吹くと鳳が飛来したため、夫婦でその鳳に乗って飛び去ったという伝承がある。また、「燕と鶯」、「鸞鳳」はいずれも仲の良い夫婦を表す。

(八)酒樽半分は大酒飲みのことだが、柄杓一本というのは男性器を指すか。男同士が抱き合うことを笑う場面と考えられる。

(九)「鎮関西」とは、「関西の総元締」の意。小説『水滸伝』では、魯達《ろたつ》(出家前の魯智深)に殴り殺される鄭屠《ていと》のあだ名だが、元雑劇では魯智深のあだ名として通っている。なお、『水滸伝』でも鎮関西の悪名を聞いた魯達が、「関西《かんせい》五路の廉訪使《れんぽうし》までなった俺さまこそが鎮関西だ」と述べる場面がある。

(一〇)「落草」とは、盗賊に身を落とすこと。魯智深は五台山(山西省にある仏教聖山)で出家したのち、山賊になる。

(一一)「廉頗」は戦国時代の趙の将軍。嫉妬心から藺相如《りんしょうじょ》を陥れたが、藺相如はそれを不問とした。その後、廉頗は肌脱ぎになって荊を背負い、これで打ってくれと藺相如に詫びを入れた。これより二人は刎頸《ふんけい》の交わりを結ぶ。

(一二)「太阿」は、春秋時代の呉の刀匠、干将《かんしょう》が打ったとされる名剣。

(一三)「花標樹」は罪人を縛りつける木。

(一四)「蓼児洼」は梁山泊の別名。水草が茂る沼の意。

解説

本劇は、水滸《すいこ》物語の一部を描いた「水滸劇」（詳しくは次ページのコラム③を参照されたい）の代表格である。作者の康《こう》進之《しんし》は棣《てい》州（現在の山東《さんとう》省恵民《けいみん》）の人で、一説には陳進之《ちんしんし》という名であったとも。元代前期の元曲作家ということまではわかっているが、ほかの多くの元曲作家同様、詳しい生没年はわかっていない。その作品は、本劇のほかに、やはり『水滸《すいこ》伝《でん》』に登場する梁山泊《りょうざんぱく》の好漢、黒旋風《こくせんぷう》李逵《りき》を主人公とした「老収心《ろうしゅうしん》」があったようだが、そのテキストは現存していない。

本劇のストーリーは、小説『水滸伝』第七十三回の後半「梁山泊双献頭《そうけんとう》」とほぼ同じで、梁山泊の総大将宋江《そうこう》が村娘をかどわかしたと早とちりした李逵が、梁山泊の象徴である「替天行道（天に替わって道を行う）」の旗を斧《おの》で斬り倒して宋江を罵《ののし》り、自らの首を賭けて被害女性の父親に面通《めんどお》しさせたところ、娘をかどわかした「宋江」は実は偽者であったということが判明し、荊《いばら》を負《お》って宋江に謝罪するも許されず、結局偽者を捕らえる（殺す）ことによって一件落着する。

ただ、両者には異なる点もある。たとえば登場人物では、被害者や娘をさらった犯人が違うほか、『水滸伝』では、李逵のお守《も》り役として燕青《えんせい》が行動を共にする。

そして何より、元雑劇の本劇では、たとえば第一折で桃の花びらを愛《め》でて、川に流れる花びらを追いかけ、風流っぽいうたをうたったり、第三折の面通しのシーンで、宋江たちが犯人でないとわかると、王林に八つ当たりするという子どもじみた行動に出るなど、人間味あふれる李逵像が描かれている。本劇の李逵も小説『水滸伝』の李逵同様、直情径行な人物として、良く言えば、純粋な心を持つ人物として描かれている。喜怒哀楽の感情がストレートに行動となって表れるからこそ、宋江が娘をかどわかしたと聞けば梁山泊へと飛んで行って宋江を面罵し、一杯機嫌で桃の景色を愛で流れる花びらを追いかけ、同行のシーンで風向きが悪くなってきたことを悟って強がりを言うなど、常に心のままに行動するのである。本劇は、純粋な心を持つがゆえに天真爛漫に動き回る、愛すべき暴れん坊李逵の魅力を見事に描き出している。

『水滸伝』の李逵のキャラクター性に一定のイメージのある人も、ない人も、本劇では是非、李逵の心の動きに着目しながら鑑賞してほしい。

❖ コラム③——元雑劇と『水滸伝』

いまから九百年ほど前、中国では文人文化の花開いた宋《そう》王朝が、内憂外患により一時滅びようとしていた。内憂には奸臣の専横や盗賊の跋扈《ばっこ》、外患には北方の契丹《きったん》族の国遼《りょう》や女真《じょしん》族の国金《きん》との争いがあり、結局一一二七年には金の侵攻により首都開封《かいほう》が占領され、「北宋」という時代が終わるのだが、その少し前の第八代徽宗《きそう》皇帝（在位一一〇〇〜一一二五）の終盤七年にあたる宣和《せんな》年間に起こった出来事が、『大宋宣和遺事《だいそうせんないじ》』という実録文学に記されている。そこに登場する宋江《そうこう》ほか三十六人の盗賊の物語が、時代が下るとともに説話や芝居の題材になっていき、明代に『水滸伝《すいこでん》』という長編小説として完成される。

『水滸伝』は、「好漢《こうかん》」と呼ばれる百八人の英雄豪傑（こそ泥や医者、技術者などもいる）が、様々な事情から盗賊に身を落として梁山泊《りょうざんぱく》に集い、「天に替わって道を行う」という標語のもと奸臣たちと争っていく物語である。梁山泊は、現在の山東省にある梁山の麓《ふもと》の沼沢《しょうたく》で、天然の要害であった。それゆえ、「水の滸《ほとり》のものがたり」ということで『水滸伝』と名付けられている。

『水滸伝』の作者は、施耐庵《したいあん》とも、『三国志演義』を著した羅貫中《らかんちゅう》ともいわれるが、実際のところはよくわかっていない。ただ、すべてが一人の作者の創作による作品でないことは確かなようだ。

さて、『水滸伝』の主人公は、梁山泊百八人の好漢のリーダー宋江である。この宋江、『大宋宣和遺事』だけでなく、『宋史《そうし》』や『東都事略《とうとじりゃく》』といった歴史書にも、朝廷を脅《おびや》かした反乱軍の首領としてその名が記されている。しかし、『水滸伝』は『三国志演義』ほど史実に基づいた小説というわけではない。『宋史』や『東都事略』には「梁山泊」の名すら出てこない（『大宋宣和遺事』には出てくるが）。ただ、「宋江」がのちに朝廷に降ったという記載と、方臘《ほうろう》という人物が率いる別の反乱軍を討伐したという記載はある。

『水滸伝』の大筋は、これら歴史書の記載に基づいているのだが、実際『水滸伝』の物語の大半を占めるのは、梁山泊に集まる好漢たちの銘々伝である。『水滸伝』全体の主人公は宋江といえるが、魯智深《ろちしん》や林冲《りんちゅう》、武松《ぶしょう》といった主要人物の銘々伝が繋がる形で、『水滸伝』の前半は進んでいく。たとえば、魯智深の物語が進んでいくと、魯智深が林冲と出会って義兄弟となり、話は林冲の物語へと移行する。つまり、主人公が魯智深から林冲へと変わるのである。その後、林冲が無実の罪で護送されるところへ魯智深が助けに入るという、前後の主人公同士の絡みがところどころに見られ、梁山泊への集結に向けて物語が壮大になっていく。さらに、梁山泊に集ってからも、一部の好漢が主人公となる物語が時々挿入される。李逵《りき》が母親を迎えに行って虎を退治する話や、燕青《えんせい》が任原《じんげん》と相撲を取る話などは、梁山泊全体の話の展開にはあまり関係のない、個別の銘々伝に分類できる物語である。こういった英雄物語の展開が『水滸伝』の醍醐味であるが、この種の銘々伝の元ネタは、説話や芝居の中にもあったと考えられる。

まず、南宋に流行した説話文学に、『水滸伝』の好漢と思われる人物の物語が存在する。作品自体は現存しないが、南宋の羅燁《らよう》が著した『酔翁談録《すいおうだんろく》』甲集巻一「舌耕叙引《ぜっこうじょいん》」の「小説開闢《しょうせつかいびゃく》」の項には、「石頭孫立《せきとうそんりゅう》」・「青面獣《せいめんじゅう》」・「花和《かお》尚《しょう》」・「武行者《ぶぎょうじゃ》」などの語り物の作品名が記されている。それぞれ、梁山泊の好漢である孫立・楊志《ようし》・魯智深・武松の物語であった可能性が高い。

次に、元雑劇にも、梁山泊の好漢を主人公とした「水滸劇《すいこげき》」が複数存在する。明代に創作された作品を含めると、少なくとも三十六種の元雑劇の水滸劇が存在したことが確認できる。現存する作品は十種であるが、いずれも宋江が最初に登場し、自分は晁蓋《ちょうがい》の跡を継いで梁山泊の頭領となり三十六人の大頭目と七十二人の小頭目を従え威勢を誇っている、と説明する。その後、それぞれの芝居の主人公が登場して物語が展開していくのであるが、いずれもすでに百八人が揃ったあとの銘々伝という設定である。そして、宋江が主人公となる元雑劇は存在しない。

元雑劇の水滸劇で最も多いのが、李逵を主人公とする作品である。現存する十種の作品のうち五種が李逵を正末《せいまつ》としており、他一種にも李逵が主要人物として登場する。また、タイトルだけが残っている二十六種のうち十二種は、李逵の物語であったと考えられる。高文秀《こうぶんしゅう》という作家などは、李逵を主人公とする元雑劇作品を八種も残している。それだけ、李逵は当時から人気者だったのだろう。

本書に収録した「李逵負荊」も、もちろん李逵が主人公である。ただ、「李逵負荊」の解説にも書いたとおり、水滸ものの元雑劇と『水滸伝』との間には、ストーリーや設定に異同が多々見られる。『水滸伝』ファンの人は、その違いを探しながら「水滸劇」を鑑賞するのも一つの楽しみではないだろうか。

最後に、史実と『水滸伝』についてより深く知りたい方には、『水滸伝――虚構のなかの史実』（宮崎市定著、中公文庫、二〇一七）を、「水滸劇」と『水滸伝』についてもっと知りたいという方には、『水滸伝の世界』（高島俊男著、ちくま文庫、二〇〇一）、『図解雑学 水滸伝』（松村昂・小松謙著、ナツメ社、二〇〇五）をお薦めしておきたい。

【歴史劇】

賺蒯通《たんかいつう》

七、随何《ずいか》は賺《さそ》う、風魔《くる》うた蒯通《かいつう》

無名氏

登場人物

脚色	役名	役どころ［登場する折］
正末	張良《ちょうりょう》	漢《かん》の司徒《しと》。字《あざな》は子房《しぼう》。漢王朝の建国に協力し、留侯《りゅうこう》に封ぜられる。［一］
正末	蒯文通《かいぶんつう》	韓信麾下《かんしんきか》の説客《ぜいかく》。姓は蒯、名は徹《てつ》だが、漢の武帝《ぶてい》の諱《いみな》（劉徹《りゅうてつ》）を避け、「通《つう》」ともいう。文通《ぶんつう》は字《あざな》。［二・三・四］
冲末	蕭丞相《しょうじょうしょう》	漢の丞相。姓は蕭《しょう》、名は何《か》。建国に貢献し、酇公《さんこう》に封ぜられる。［一・三・四］
浄	樊噲《はんかい》	漢の武将。劉邦《りゅうほう》と縁戚でもある。［一・四］
外	韓信《かんしん》	漢の元帥。建国の手柄により淮陰侯《わいいんこう》に封ぜられる。［二］
外	随何《ずいか》	漢の大臣。弁舌が立つ。［三・四］
外	曹参《そうしん》	漢の大臣。建国の功臣。［四］
外	王陵《おうりょう》	漢の大臣。建国の功臣。［四］
外	黄門《こうもん》	皇帝の側に仕える宦官《かんがん》。勅令《ちょくれい》を伝える。［四］
	役人	蕭丞相に従う。［一・三・四］
	兵卒	韓信に従う。［二］
	子ども	市井《しせい》の子ども。［三］

［第一折］

蕭丞相《しょうじょうしょう》　（役人を連れて登場）

秦《しん》は書物を世に残さぬが
漢《かん》の書吏《しょり》ではわしが筆頭
ご覧あれ、民と約《やく》せし法三章
第一の、功績挙げたはこの酇公《さんこう》（一）

わしは蕭何《しょうか》。豊沛《ほうはい》の出身である。漢の天子をお助けして手柄があったので、丞相の職を任されておる。ただ朝廷で心配事が一つだけあってな。わが漢朝には三人の大功臣がいて、その筆頭が韓信《かんしん》、次が英布《えいふ》、三番目が彭越《ほうえつ》だ。そしていま、韓信は斉王《せいおう》に、英布は九江王《きゅうこうおう》に、彭越は大梁王《だいりょうおう》に封ぜられておる。だが、困ったことに、韓信は非常に大きな兵権を握っており、勇猛な兵を数十万、武将を百人余りも抱えておる。言うであろう、「将軍が太平の世を作っても、将軍を太平の世に生かしておくな」と。この韓信というのは、もとはと言えば、わしが推薦した者で、拝将壇《はいしょうだん》で元帥《げんすい》に命じられるや、五年で楚《そ》の覇王項羽《はおうこうう》を滅ぼして劉《りゅう》家を興し、大業をお助けした（二）。わしが見るに、こいつはただ者ではない。あの項羽ですら、韓信により滅ぼされたのだ。兵権を握るいま、もしもよからぬ考えを起こせば、漢の天下を奪うなど掌《てのひら》を返すように簡単なことであろう。これは決して、わしが「成るも蕭何、成らぬも蕭何」（三）と、猫の目のように態度を変えるわけではないのだが、わしが推挙したからには、後日、問題が起きれば、わしも罪に問われることは必定《ひつじょう》。それゆえ、わしは昼も夜も頭を悩ませ、いささか策を用いねばと思い、天子さまに奏上した。まずこやつの爪と牙を抜き、その後で亡き者にするのだ。それでこそ、わが身に降りかかる災いを未来永劫《えいごう》なくすことができよう。先日、この件について武陽侯《ぶようこう》の樊噲《はんかい》と相談したのだが、わしはまだ迷って踏ん切りがつかぬ。これ、樊将軍に来てもらえ。

役人　かしこまりました。
樊将軍、蕭丞相がお呼びです。

樊噲《はんかい》　（登場）

鴻門《こうもん》へ、勇猛果敢に乗り込めば

項王《こうおう》も、宴《うたげ》の席で腰ぬかす
酒一斗、肩肉一つを褒美にもらい
がっついて、酔って満腹、まるまる半月ごーろ
ごろ（四）

おれは樊噲。沛《はい》県の者だ。武陽侯の位に封ぜられている。漢の天下となってからっていうもの、天下は太平、世の中は平和だ。今日はこれといってやることがない。そういや、おれはもともと肉屋の出だから、腕が鈍らないようにしないとな……昔の包丁さばきを思い出すために、屋敷で犬を殺して遊んでいたら、丞相の使者がやってきた。何の用か知らねえが、こりゃ、行かねばなるまい。早くも着いたぞ。

おーい、樊噲が来たって伝えてくれ。

役人　丞相さまに申し上げます。樊噲さまがお見えになりました。

蕭丞相　通すように。

役人　どうぞお通りください。

樊噲　（あいさつする）
丞相、この樊噲さまにどんなお役目だい。

蕭丞相　樊将軍、今日おぬしに来てもらったのはほかでもない。あの韓信の件だ。かつてはわしが韓信を推薦したものの、いまのやつの兵権は大きすぎる。後々よからぬ心を起こすやもしれぬ。さて、どうしたものか。あまたいる功臣で、陛下と姻戚関係にあるのは将軍のみ。きっと利害も一致していると踏んで、おぬしを呼んだのだ。

樊噲　丞相、だからあの時おれが言ったじゃねえか。韓信は淮陰《わいいん》の食いっぱぐれに過ぎねえって（五）。鴻門の会でご主君が危ねえ時、おれが鴻門に踏み込んだ。そしたら、項王は気概あふれるおれを見て、酒一斗と生の肩肉一かたまりをくれた。おれがそいつを一気に食っちまったもんだから、驚いた項王は、目はまん丸、口はあんぐり、ブルッちまった。こうしてようやく、ご主君は無事に帰ってこれたんだぜ。その後に、壇を築いて元帥を任命した時は、間違いなくこの樊さまがなると思っていたのに、丞相、あんたときたら……

蕭丞相　（笑う）
それは無理というもの。

樊　噲　みすみすあの食いっぱぐれを任命するんだもんな。もしもおれを任命していたら、楚を滅ぼすのに五年もかからなかったね。項羽なんざ赤ん坊みたいに捕まえてたさ。まっ、天下は平定されたんだし、もういいんだけどよ。だがな、あの韓信ってのは、鶏をふん縛《じば》るほどの力もないんだぜ。淮陰の市場で二人の若造に股の下をくぐれって言われたら、くぐったんだぞ。実力なんてありゃしねえ。今回のことも、樊噲さまが出るまでもねえ。腕の立つのを一人か二人遣《や》ってあいつを呼び出し、ばっさりと一刀両断にすりゃあ、後の憂いも除けて、すっきりするさ。

蕭丞相　わしにはそこまで勝手なことはできん。これ、張良《ちょうりょう》を呼ぶのだ。

樊　噲　あの老いぼれは、なおさら何の考えもねえさ。まあいいや、誰かに呼びに行かせるとしよう。

張　良《ちょうりょう》　（登場）

私は韓《かん》(六)の出身で、名は張良、字《あざな》を子房《しぼう》と申します。父祖五代にわたって韓の臣でしたが、秦《しん》の始皇帝《しこうてい》が無道にも韓を滅ぼしたので、私はその仇を討とうと思い立ち、漢王劉邦に従いました。そして秦朝を滅ぼし、元通りわが韓の国を再興しましたが、今度は項羽が韓を滅ぼしたため、漢王を一心にお助けし、項羽を追って討ったのです。いまはもう天下も平定され、戦《いくさ》もなくなりました。蕭丞相が人をよこして私をお呼びとか。いったい何ごとでしょうか。これは行かねばなりません。それにしても漢朝の天下を打ち立てることは、容易なことではありませんでした。

〔仙呂《せんりょ》〕【点絳唇《てんこうしん》】

焚書坑儒《ふんしょこうじゅ》に酷刑、重税。ゆえに人々みな怒る。
共に逐《お》う、秦の天下という鹿を。(七)いまはこれ、
英明の主《しゅ》を助ける身。

【混江竜《こんこうりゅう》】

思い返せば、この張良は不遇の頃、秦朝の、
時勢を悟り身をやつす。どうにか劉家が天下
を取って、ようやく漢の司徒《しと》となる。いまや
私は侯《こう》となり、陳留《ちんりゅう》の地を賜《たまわ》った。若き日の、
下邳《かひ》の地めぐる逃避行より、はるかに勝る。
その昔、黄石公《こうせきこう》の兵書を学ぶに精を出し、太《たい》

公望《こうぼう》の兵法習得に身を削る。(八) 高祖《こうそ》を補佐して南征北伐、諸将と共に東奔西走。秋風に、楚の歌のせれば心にしみて、早々と、垓下《がいか》の兵を吹き散らす。あの重瞳《ちょうどう》が、千の武勇を誇ろうと、抜け出せはせぬ十面埋伏《まいふく》。故郷《ふるさと》の、東呉《とうご》へ帰る面目なくし、烏江《うこう》のほとりで、自ら首をかっさばくのも、これ天命と、諦《あきら》めるほどに追い詰めた。(九) 天恵《てんけい》受けた、唯一の方におすがりし、おかげで四海に安寧《あんねい》至る。

早くも着いたぞ。

これ、張子房がまいったとお伝えせよ。

役人　かしこまりました。

(知らせる)

丞相さまに申し上げます。張子房さまがお見えになりました。

蕭丞相　お通しいたせ。

役人　お通りください。

張良　(あいさつする)

丞相さま、此度《こたび》のお呼び、何の相談にございますか。

蕭丞相　司徒さま、今日お越しいただいたのはほかでもありません。韓信の件についてです。かつて私があの者を推薦しましたが、あの者はいま強大な兵権を握るようになりました。今後、もしよからぬ心を起こせば、後ろ盾となった私まで連座することになりかねませぬ。どうすればよいものかお尋ねいたしたく、わざわざお越しいただいたのです。なんとかしてあの者を除き、後顧の憂いをなくせないものでしょうか。

樊噲　韓信なんぞ、淮陰の食いっぱぐれに過ぎねえ。あいつに何の手柄、どんな実力があるってんだ。おれの言ったとおり、人を遣って韓信をおびき出し、殺《や》っちまえばいいんだ。どうってことねえさ。

張良　樊将軍、それは違いますぞ。韓信は四海を平定し、手柄を立ててこそすれ、天下の誰もその罪は聞いたことがありません。もしあの者を殺《あや》めれば、民の信望を失います。

丞相さま、どうかご熟慮を。軽率に動いてはなりません。

【油葫蘆《ゆころ》】

思い起こせば、共に立ち、秦を討ち、天下を取ったは、われら文武の臣なれど、
丞相さま、考えてもみてください。
誰が果敢に項羽めと、刃を交え、勝負を決した。
あの淮陰の韓信が、西楚《せいそ》を捨てていなければ、
わが漢朝の皇帝は、巴蜀《はしょく》の地にて悶《もだ》え死んだに違いない。それゆえに、この張良は、手紙を一通したためて、蕭丞相は、三度の推薦、百万人の将兵に、拝将壇を築かせた。言うではないか、君子は初志を貫徹すると。(一〇)

蕭丞相　司徒さま、韓信に何の手柄があるというのでしょうか。項羽を滅ぼせたのも、すべては天子さまの福分のおかげであり、諸将の武威が項羽を烏江のほとりで自害に追い込んだのです。

張良　丞相さま、何をおっしゃいますか。韓信がいたからこその、
【天下楽《てんからく》】
いまのこの、帝都に威を添《そ》う山河襟帯《さんがきんたい》。あの者が栄転望むも、かえって刀で斬らんとす。言うではないか、枉《ま》がれるを挙げ直《なお》きに錯《お》けば、民服せずと。(一一)それがしは、才知を衒《てら》うわけではないが、蕭丞相もご熟慮なさい。本当は、誰が項羽を討ったかを。

蕭丞相　わしは不才の身でありますが、主君の禄を食《は》む以上、主君に忠義を尽くさねばなりません。いま韓信は三斉王《さんせいおう》の印綬《いんじゅ》を握り、勇敢な兵を十数万と武将百人余りを配下に抱えています。もし不測の事態が起きればどうするのですか。

樊噲　丞相の言う通りだぜ。あいつはものすごい兵権を握っている。ここで殺しておかなけりゃ、後々、必ず災いを招くに違いねえ。

張良　【那吒令《なたれい》】
初めあなたは韓信を、必要として礼を尽くして迎え入れ、後《のち》にあなたは韓信を、恐れて足を踏みつけて、慌てて侯の位につける。(一二)そして今では韓信を、忌《い》み嫌《きら》い、殺して族滅《ぞくめつ》せんとする。あの者は、十大功を打ち立てて、万鍾《ばんしょう》の禄を得るべきに。かくもまあ、百もの罪で貶《おとし》める。

樊噲　韓信なんかただの食いっぱぐれに過ぎねえさ。み

張良　すみすあいつを元帥にしたけど、あいつにどんな手柄があるってんだ。韓信の功労を、そなたも知らぬはずはあるまい。九里山《きゅうりさん》でのたった一度の戦いで、項羽を追い詰め、烏江で自害させた。このような大功は言うまでもなかろう。そのほかにも、私がいくつか挙げるゆえ、しかと聞くのだ。

【鵲踏枝《じゃくとうし》】

ああ、あの韓信は、陳余《ちんよ》を討つため権謀《けんぼう》めぐらせ、夏悦《かえつ》の捕縛《ほばく》に策を練る。淮河《わいが》をせき止め夜半に竜且《りゅうしょ》を斬り捨てる。魏豹《ぎひょう》は知をもて生け捕りし、斉王《せいおう》を、力づくでねじ伏せる。その手柄たるや古今無双。

蕭丞相　項羽が烏江で自害したのは、すべて五侯《ごこう》（一三）の力であって、あの者とは関係のないことです。どうしてあなただけが、韓信の手柄だと言い張るのですか。

張良　丞相さま、あの九里山での合戦を、まさか見ていなかったのですか。

【寄生草《きせいそう》】

九里山の地勢に依って、八卦《はっけ》の陣に兵を敷く。元帥みずから先鋒《せんぽう》つとめ、五侯に命じ、必殺の地へと追いつめて、重瞳《ちょうどう》を、陰陵路《いんりょうろ》へと誘い込む。たとえ烏騅《うすい》が幾重《いくえ》もの包囲を切り抜けられようと、いかんせん、あの日烏江《うこう》に舟なきを。

ああ、もうどうしようもないのか。韓信はあれほどの手柄を立てたというのに、それでも殺そうとするとは。ならば、この老いぼれなど……。私は官服と笏《しゃく》を返納し、陛下のもとを辞したほうがよさそうだ。赤松子《せきしょうし》（一四）について道を学び、世を捨てるのもまたよかろう。

蕭丞相　司徒さま、それは違いますぞ。役人となったからには、お上《かみ》が用意した食事を食べて、陛下より賜った酒を飲む、これぞ極楽ではありませんか。それなのに、官職を捨てて道を学ぶとは、どうしてなのです。

張良　【金盞児《きんさんじ》】

これからは、栄枯を見抜き、盛衰を知り、山野に隠れ、富貴を捨てん。そうすれば、栄誉も恥辱も縁なき身。金殿玉楼すみやかに去り、あばら屋暮らし。四皓《しこう》に倣《なら》うがわが望み、思えば三閭《さんりょ》は憐れかな（一五）。

蕭丞相　司徒さま、わしを見てみなされ。門を固める儀仗《ぎじょう》兵と、門扉《もんぴ》には獣の握り輪をつける特権が与えられておるのですぞ。素晴らしいではないですか。

張　良　望みはしない。あなたのように、門を固める二人の儀仗、門扉についた握り輪などを。

樊　噲　丞相、だから言っただろ、この人は呼ばなくてもいいって。張良さんにも考えがないのなら、韓信の一件はどうしたらいいもんかねえ。

蕭丞相　樊将軍、まあ待つのだ。司徒が帰ったら、また相談しよう。

張　良　丞相さま、では失礼いたします。これより道を学ぶため山へ修行に行きます。

【賺煞尾《たんさつび》】

これからは、言い争いに背を向けて、手柄の記録を塗りつぶす。仙道の、修行のために五穀《ごこく》を絶てば、そのほうが、悠々自適（一六）の願いも叶《かな》う。もう二度と、玉の帯、金の魚に触れてくれるな。小事《しょうじ》に惑ってなんとする。前行く車を後の車の戒《いまし》めとせん（一七）。目の前で、三斉王《さんせいおう》が罪を着せられ、それゆえに、子房《しぼう》は官を辞するのみ。太平もたらす陛下のことは、ご加護を願う、八百万《やおよろず》の神々に。

（退場）

樊　噲　丞相、おれの意見を聞いてくれるってんなら、人を遣って、「天子さまが雲夢山《うんぼうさん》に遊ばれるゆえ、韓信どのを特に朝廷へ戻して留守を任せる」って言うんだ。韓信ってのは、欲の皮が突っ張ったやつだから、詔《みことのり》を見たら必ず朝廷へ帰ってくる。その隙《すき》に、三斉王の公印を奪ったうえであいつを捕らえて殺せば、空が飛べたって逃げられるものか。

蕭丞相　それはよい手だ。わしは明日、陛下に謁見《えっけん》し、詔を持たせた使者を派遣して韓信を朝廷へ呼び戻そう。そして、あやつに謀反《むほん》の罪を着せ、十悪大罪（一八）に問うて殺してしまおう。それこそわが望みよ。

拝将壇に推薦し、漢王朝を打ち立てて
握る兵権たいそう重く、除き難きを憂慮する

樊　噲　計を巡らせ始末して、後顧の憂いがなくなりゃあ

その時はじめて信じるさ、蕭何の才知が上だとな

（一同退場）

［第二折］

韓《かん》信《しん》　（兵卒を連れて登場）

登壇し、大軍の将となってより
劉《りゅう》家を興して項《こう》羽《う》を滅ぼし、威名を顕《あらわ》す
もしもあの時、端役《はやく》を辞さずにいたならば
誰が助けた、皇帝陛下の天下取り

拙者は韓信。淮陰《わいいん》は下湘《かしょう》の者。当初、項羽の配下となり、端役の執戟郎《しつげきろう》の職にあったが、その後、蕭何《しょうか》さまの推薦を受け、漢王《かんおう》は高台を築いて拙者を元帥《げんすい》に任命した。そこで拙者は、劉家を興して楚《そ》を滅ぼし、十大功労を打ち立てた。この度、陛下が雲夢山《うんぼうさん》に遊ばれるので、拙者に朝廷へ戻りしばらく留守をするようにとのこと。拙者の配下の蒯文通《かいぶんつう》は策略に長《た》けておるゆえ、あの者に来てもらい、この度の件について相談するとしよう。これ、蒯文通に来るように伝えよ。

兵　卒　蒯文通さま、元帥がお呼びです。

蒯文通《かいぶんつう》　（登場）私は蒯徹《かいてつ》、字《あざな》を文通と申す。いまは韓元帥の説客《ぜいかく》となっておる。元帥がお呼びとか、いったい何ごとだ。これは行かねばなるまいて。これ、蒯文通がまいったと伝えよ。

兵　卒　元帥さま、申し上げます。蒯文通さまがまいられました。

韓　信　通せ。

兵　卒　お通りください。

蒯文通　（あいさつする）元帥さま、この蒯徹めをお呼びとは、何のご用でございますか。

韓　信　蒯徹よ、そなたを呼んだのはほかでもない。蕭何さまが使者を遣わされ、詔《みことのり》をよこして申されるには、陛下が雲夢山へ遊びに行くゆえ、拙者に朝廷へ戻り留守をあずかるようにとのこと。そこで相談なのだが、行ったほうがよいか、それとも、行かぬほうがよいのか。

蒯文通　元帥さま、行ってはなりませぬ。かつて秦を滅ぼ

した後、楚漢《そかん》の争いとなりましたが、雌雄《しゆう》を決するには至りませんでした。ときに元帥さまは無敵として勇名を馳《は》せ、楚を滅ぼして劉家を興し、漢の社稷《しゃしょく》を打ち立てたのです。三斉王《さんせいおう》の位を加えられ、いまも兵権はその手中にあります。いにしえの人が言う、「主君が恐れる武略を持つ者、その身は危うく、天下を覆《おお》う功のある者、褒賞《ほうしょう》を得ず」とは、まさにこのこと。元帥どの、この度は行けば必ず禍《わざわい》に遭いますぞ。どうかお考えくだされ。

〔中呂《ちゅうりょ》〕【粉蝶児《ふんちょうじ》】
元帥が、そのかみ仮に三斉を、治めようとされた時、漢王は、真《まこと》の王に任じるも、それは真意にありませぬ。ようやく天下を平定し、陛下の治世がはじまるも、国に諍《いさか》いなくなって、家に訴訟がなくなるまでに至るのは、容易なことではありませぬ。昨今は、あまたの国が来朝し、兵権を、握るあなたに疑念を生ず。
【酔春風《すいしゅんぷう》】
楚との戦《いくさ》を終わらせて、漢の社稷を助けた労も報《むく》われず。

韓信　どれほど力を尽くしたと思っている。あの西楚《せいそ》の覇王《はおう》を滅ぼし、陛下の天下平定を助けたのだぞ。陛下が拙者を裏切りなどするものか。すぐに出立《しゅったつ》するぞ。何も起きるはずがない。

蒯文通　**諺《ことわざ》にいう、太平の世にかつての将は要らぬとか。はて何ゆえか、この理《ことわり》に、この理に、通じておらぬ。**
元帥さま、考えますに、あなたはこれほどの大功を立てながら、いまは疑われております。ここは朝廷の印綬《いんじゅ》を返納して山々を巡り、気ままに暮らされたほうが良いのではありませんか。
官職を、捨て去ることができぬなら、過去を見て、将来考え、保身の長計《ちょうけい》を探るべし。

韓信　蒯徹よ、拙者が南へ北へと征伐し、西へ東へと戦いに明け暮れ、十大功労を立てたことを考えれば、どうして陛下が拙者を裏切ることなどあろうか。

蒯文通　元帥どの、行ってはなりませぬ。もし行かれれば、必ずや厄災《やくさい》に遭いますぞ。

韓信　蒯徹、それは違うぞ。いつも陛下は、その衣服を拙者に着せ、その食事を拙者に与えてくれる。このようなご厚意の数々を思えば、この度に限って私を裏切ることなどあると思うか。そなたの言うようなことが起きるものか。

蒯文通　元帥さま、私の言うことをお聞き入れくだされば、万に一つの誤りもございませぬぞ。

【上小楼《じょうしょうろう》】

行くならば、吉は少なく凶多し。いたずらに、
忠義を尽くして骨を折る。
昔の人も申しているではありませぬか。
「威にして猛ならず」、驕《おご》らなければ、「高くして危うからず、満《み》つれど溢《あふ》れず」(一九)。我《が》を張るなかれ。諫《いさ》めえず、なおも名利《みょうり》を求めるを。
もし蒯徹の言うことを聞かなければ、
必ずや、まともに埋葬されはせず。

元帥さま、ひたすらにかの范蠡《はんれい》(二〇)と張良《ちょうりょう》に学び、早々に官職を捨てて去りなされ。そうすれば、災難を遠ざけ、身をまっとうすることができましょう。

韓信　蒯徹、それは違う。大官たる者は前後に供を従え、身には軽い衣をはおり、肥えた馬に乗るものだ。なんと栄誉なことか。修行をして道を学び、松や栢《かしわ》を食べ、草履《ぞうり》に麻の帯を身につけるなどという苦しい思いをするいわれはない。

(笑う)

蒯文通　元帥どの、この二人が名前を伏せて隠れ住んだのは何ゆえとお考えか。

【幺篇《ようへん》】

一人は越《えつ》を覇者に導く策略家、一人は漢の国を興した功労者。何ゆえ彼らは紅塵《こうじん》を捨て、青山《せいざん》に住み、黄虀《こうせい》(二一)を食う暮らしをしたか。ただ道徳を養って、争いごとを避けるため。
いま私が忠告するのは、ほかでもない。
気がかりは、その身に禍《わざわい》迫ること。危機に瀕《ひん》せば退《ひ》くのも勇気。

韓信　蒯徹、今度のこと、拙者は何も起こらぬと思うがな。心配するな。

蒯文通　元帥どの、この蒯徹はあなたの邪魔をしているのではありませぬ。絶対に行ってはなりませぬぞ。もし蒯徹の言葉を聞いていただけぬのであれば、私は家に年老いた母が居りますので、今日をもっ

てお暇をいただき、家に戻って母の世話をいたします。

韓　信　蒯徹よ、安心いたせ。拙者は陛下にお目にかかれば、すぐに戻ってまいる。どうして拙者のもとを去るのだ。

蒯文通　なるほど、どうあっても行かれるのですな。そこの者、紙銭《しせん》と酒、飯を私のところへ持ってこい。

兵　卒　かしこまりました。

(紙銭、酒、飯を持って来る)

蒯文通　(目の前で祀《まつ》りをする)

【快活三《かいかつさん》】

一碗の、酒と飯とを地に撒《ま》いて、百さしの、紙銭を焼くのは何ゆえか。我々が、数年ともに行軍し、刎頸《ふんけい》の、交わりを結ぶ仲のため。

韓　信　蒯文通よ、そなたさては気が触れたな。どうして拙者の前で紙銭を焼き、酒と飯を撒くのだ。わけを申せ。

蒯文通　【朝天子《ちょうてんし》】

ただ内実を知らせんがため、蒯徹に、ほかの意図などありませぬ。刑に処されるその前に、弔《とむら》いするのが世の習い。死んでから、魂祀《まつ》るも空しいだけ。

元帥どの、あなたはあの二人と比べていかがですかな。

韓　信　いったいどの二人だ。

蒯文通　誅《ちゅう》を受くべき雍歯《ようし》めと、罪なきはずの丁公《ていこう》と(一一)。漢の蕭何は容赦なし。井戸の底より救っておいて、斬り殺すとは。このことも、先例として学ぶべし。

韓　信　蒯徹よ、ひとまず帰るがよい。拙者は明日にでも兵士数百名を率いて入朝し、陛下のもとへ謁見にまいる。

蒯文通　元帥さま、何かあってから、この蒯文通が何も諫《いさ》めなかったとおっしゃらないでくだされよ。

【耍孩児《さがいじ》】

この度の、蕭何の離間《りかん》のはかりごと、闇の中、確かなことは一つも摑《つか》めぬ。もし将軍が一歩でも、都に足を踏み入れたなら、罠《わな》を踏み、ただお命を落とすだけ。あの者は、餌《えさ》を仕掛けて伝説の亀を釣らんとし、仕掛け弓にて虎や豹をば射んとする。福極まれば禍《わざわい》生ず。

韓信　陛下は雲夢山に遊ばれるから、拙者に留守を命じただけだ。

蒯文通　これ以上、幸運続くと思いなさるな。必ずや、禍はすぐ目の前に。

韓信　蒯徹よ、安心いたせ。陛下にお会いしたら、どうするかも考えてある。

蒯文通　【煞尾《きつび》】
いまはもう、いまはもう、説き伏せ難し、説き伏せ難し。もう二度と、将兵を駆《か》る元帥の身には戻れませぬぞ。必ずや、故郷を離れた無縁仏《むえんぼとけ》になるが落ち。
（退場）

韓信　蒯徹は行ってしまった。拙者は兵を駆って将を率い、雪や霜の上で眠り、この天下を打ち立てたのだ。何もあるはずがない。
供の者どもよ、ついてまいれ。夜も休まず旅路を急ぎ、陛下に会いに行くぞ。
（退場）

［第三折］

蕭丞相《しょうじょうしょう》（役人を連れて登場）
わしは蕭何《しょうか》。例の韓信《かんしん》の件について樊噲《はんかい》と相談してから、なんと使者を一人派遣しただけで、目論《もくろ》みどおりに韓信が朝廷へ戻ってきたので、処刑してやった。ただ、あの者の配下には蒯徹《かいてつ》とか申す者がおり、聞くところでは、楚《そ》を滅ぼしてはならぬ、漢《かん》と天下を三分せよと、幾度となく韓信に説《と》いていたとか。先頃も韓信に朝廷へ行ってはならぬと諫《いさ》めていたらしい。身の程知らずめ。本来ならば、この者を捕らえて韓信ともども亡き者にしたいところだが、残念なことにこやつはもう気が触れてしまったとのこと。しかし、本当かどうかまではわかっておらぬ。早く陛下に奏上し、使者を遣《や》ってこの者をおびき寄せたいところだが、蒯徹は弁が立つゆえ、随何《ずいか》でなければ務まるまい。随何は、はかりごとにかけては朝廷随一。蒯徹のところへ行って、もし本当に気が触れていたのであれば話はそれまでだが、もし気が触れていなければ、必ずやおびき寄せてくれるだろう。そうなれば、わしがこの手で始末してくれる。
これ、随何に来るよう伝えるのだ。

役人　かしこまりました。
随何さま、どちらにいらっしゃいますか。丞相さまがお呼びです。

随何《ずいか》　（登場）

蕭何《しょうか》は害《あや》める、功臣《こうしん》の韓信《かんしん》

主のために、九江《きゅうこう》の地へと使者に発《た》ち
たちどころに、英布《えいふ》を口説き帰順さす
漢朝で、雄弁の士を挙げるなら
ただ一人、随何のほかに誰がいる（一三）

私は随何。蕭丞相がお呼びとか。いったい何事であろうか。これは行かねばなるまい。早くも着いたぞ。
これ、随何が来たと伝えてくれ。

役人　丞相さまに申し上げます。随何さまがお見えになりました。

蕭丞相　通せ。

役人　どうぞお通りください。

随何　（あいさつする）
丞相、この度私をお呼びになられたのは、何のご用でしょうか。

蕭丞相　随何どの、そなたに来てもらったのはほかでもない。目下のところ、韓信はすでにわしが人を遣っておびき寄せ、これを斬り捨てた。ただ、韓信の配下には蒯文通《かいぶんつう》という説客《ぜいかく》がおり、この者は韓信と最も親密であった。是が非でもまとめて亡き者にせねばならぬ。それでこそ、草を刈り根まで除けるというもの。聞くところでは、この者はすでに気が触れたそうだが、本当かどうかはまだ定かでない。ここはおぬしに見に行ってもらうよりほかにない。もしこの者をおびき出せれば、陛下より官職が加えられ、恩賞が下賜《かし》されるであろう。

随　何　丞相の命《めい》とあれば、辞退するわけにはまいりません。直ちに斉《せい》の国へ行ってまいります。

蕭丞相　蕭丞相の知謀に敵《かな》う者はなし
韓信も、騙《だま》されその身は黄泉《よみ》の国
蒯徹に、機略が多いとはいえど
まずは随何のお手並み拝見

（共に退場）

子ども　（登場）
みんな、あの変な奴をからかいに行こうぜ。

蒯文通《かいぶんつう》　（狂人の装いで登場）
私を婿《むこ》にしておくれ、家では宴の準備をして待ってるよ。
〔越調《えっちょう》〕【闘鵪鶉《とうあんじゅん》】
毎日が、火を着けたような縁結び。孟婆《もうば》さまには取り持ちを、蚕姑姑《さんここ》さまには仲人《なこうど》頼み、私は狠媽媽《こんまま》を嫁に取る。（二四）この顔が、汚いだとか、見てくれが、しょぼくれてるとか笑うなよ。木靴《きぐつ》はつぶれてがったがた、鉄のはかまは真っ黒け、瓦《かわら》の脚絆《きゃはん》をしっかり締めて、陶磁の頭巾をとめ直す。
【紫花児序《しかじじょ》】
鮫《さめ》皮の、あわせをはおり、白い象牙《ぞうげ》の帯を締め、おんぼろふろしき手に提《さ》げる。岳父《がくふ》は産土《うぶすな》、叔母《おば》の旦那は閻魔《えんま》さま。姉《ねえ》ちゃんは、月に住んでる嫦娥《じょうが》さま、顕道神《けんどうしん》がおっ父《とう》で、木偶《でく》人形がおっかさん。（二五）

子ども　（蒯文通を押す）

蒯文通　（こける）
この子に尻餅《しりもち》つかされた。

子ども　文句あるか。

蒯文通　元始天尊《げんしてんそん》に訴えてやる。

子ども　だれが証人なのさ。

蒯文通　熾盛光仏《しじょうこうぶつ》さまもいる。（二六）

子ども　見ろよ。こいつ本当におかしいぜ。

蒯文通　【小桃紅《しょうとうこう》】やい、小僧ども。通りでぎゃあぎゃあ騒いでからに、くそがきどもめ、どっか行け。表通りに裏通り、まとわりついてうろちょろと。私とて、お人好しではおらんがの。懐《ふところ》の、煎《せん》餅《べい》まさぐり、知り合いたちと落ち合えた。並んで座る友たちは、犬の兄貴に羊の弟。

随《ずい》何《か》は賺《さそ》う、風魔《くる》うた蒯通《かいつう》

（子どもを追い払う）

子ども　（退場）

蒯文通　暗くなってきたな。羊の囲いの中に戻って休むとするか。

（囲いに入る、悲しむ）

元帥どのは、【金蕉葉《きんしょうよう》】麻をまとって火消しして、自らその身を滅ぼした。蒯徹は、風にあわせて舵《かじ》を切る、日和《ひより》見《み》どもとは違う道。もめ事から、ためらうことなく身を引いて、いまは急いで名利《みょうり》の鎖を断ち切らん。

随　何　（登場）

私は随何。この地に着いて、蒯文通を探し当てた。数日の間、私は跡をつけて様子を観察したが、この者は狂人ではない。おっ、羊の牧場へ行くようだ。もう暗くなってきたな。蒯徹が何を言うのか聞いてみよう。

蒯文通　青い空は水のようだ。ああ、満天の星々、月の光は夜空を照らす。ひとつ歌を詠むとしよう。

身体はともかく、わが心だけはいつわれぬ
真相を、余人《よじん》が察知できようか
忠言が、いまはかえって禍《わざわい》の種
狂人装い、わが身の災禍《さいか》を避けんとす
笑え、韓信が元帥たりしを
ああ、むだに大功を立てたもの
獣が尽きれば、猟犬煮られ
敵が滅べば、謀臣いらぬ
咸陽《かんよう》の空を眺《なが》めれば
天文は、隆盛凋落《ちょうらく》を指し示す
文の星、きらきら輝き空高く
武の星は、はらりと落ちて今いずこ

随何　見破ったぞ。

(二人が会う)

蒯文通よ、そなた気が触れたのではなかったのか。

蒯文通　【鬼三台《きさんだい》】夜更けに独りと思いきや、なんと誰かに見破られるとは。ああ、もうすでに、見透《みす》かされたわ、猿芝居。

随何　蒯文通、そなたには主君を謀《たばか》った罪がある。陛下が朝廷へまいれと仰せだ。猿芝居など弄《ろう》するべきではなかったな。

蒯文通　たとえ死んでもかまいはせぬ。玉殿《ぎょくでん》、朱門《しゅもん》を惜しむとでも。名利はあちらの思うまま。死ぬのなら、望みどおりに鼎《かなえ》の中へと入ろうぞ。そなた、そなた、そなたはもう、わしを苛《さいな》み、籠絡《ろうらく》するには及ばぬわ。

随何　蕭丞相は、あなたを朝廷へお招きするようにと私に命じられた。夜が明ければ、私とご同行願いますぞ。

蒯文通　【調笑令《ちょうしょうれい》】
あやつ、あやつ、あやつはあまりに容赦なく、みな波風を立てられる。さながらそれは、雫《しずく》が一滴一滴と、同じくぼみに落ちるよう。大梁《だいりょう》王《おう》は、楚《そ》を打ち破って手柄は大、さらにまた、九江王《きゅうこうおう》はすこぶる勇猛。(二七)だがそれも、韓元帥の深謀遠慮《しんぼうえんりょ》があってこそ。果たして誰が、戦《いくさ》のない世をもたらした。
【禿廝児《とくしじ》】
ぼんやりと、衣《ころも》をはだけ、ぼさぼさに、髪を

乱して、昼はわあわあ自ら嘲《あざけ》る歌うたい、夜
は牧場《まきば》で生《せい》を偸《ぬす》むは、何のため。
【聖薬王《せいやくおう》】
無理な連行、無闇《むやみ》にしょっ引く。その言い分は、蒯文通が狂人のふりをしたためと。決して私の言い過ぎや、考え過ぎではあるまいて。誰が社稷《しゃしょく》を打ち立てたのか、なぜに南柯《なんか》の夢と消えたか。
【収尾《しゅうび》】
あの方は、叛図《はんと》を広げ、ご主君を、お助けしたのに、この様《ざま》さ。先日は、あの方を、未央《びおう》宮《きゅう》にてみだりに誅《ちゅう》し、そしていま、漢の蕭何は私にまでも目をつける。
（退場）

随何　蒯文通は行ってしまった。あの者は狂人を装っていたが、まさかわが知恵の前に見破られるとは思いもしなかったであろう。私もぐずぐずしてはおれん。明日になれば、すぐに戻って丞相に報告に行かねば。
あの者が、韓信《かんしん》の旧《ふる》き友ゆえに
随何をば、密《ひそ》かに遣《つか》わせ見極めさせる
悪人は、必ず報《むく》いを受けるというが
まさにこれ、上には上がいるものよ
（退場）

［第四折］

蕭丞相《しょうじょうしょう》　（樊噲《はんかい》と共に役人を連れて登場）
わしは蕭何《しょうか》。随何《ずいか》が蒯文通《かいぶんつう》を誘い出しに行ったところ、この者は案の定、狂人の振りをしておった。随何は蒯文通とともに戻って来たとのこと。蒯文通のやつが来たら、釜《かま》に油を入れて煮てしまえ。さすれば、後顧の憂いを永久に絶てよう。樊将軍、われら漢朝の大臣でまだ来ていない者は何人おる。

樊《はん》噲《かい》　丞相、平陽侯《へいようこう》の曹参《そうしん》と安国侯《あんこくこう》の王陵《おうりょう》がまだ来てないぜ。

蕭丞相　あの二人がまだ来ていないとな。これ、曹参と王陵に来てもらえ。

役人　かしこまりました。

曹《そう》参《しん》　（王陵と共に登場）
一心に、劉家の天下をお助けし
太平の、天子の御代《みよ》はとこしえに
多大なる、汗馬《かんば》の働き認められ
平陽の、万戸侯《ばんここう》として封ぜらる
拙者は曹参、沛《はい》県の者である。こちらの将軍は安国侯の王陵といい、拙者の幼なじみである。後にともに漢の天子をお助けし、将軍に任じられ、侯に封ぜられた。蕭丞相は韓信をおびき寄せて処刑したのだが、いまから丞相府でわれら諸官を集め、この件について相談しようとのこと。これ、曹参と王陵がまいったと伝えるのだ。

役　人　丞相さまに申し上げます。曹参さま、王陵さまがお越しです。

蕭丞相　通せ。
（三人があいさつする）

曹　参　丞相、今日はわれら大臣を集めて、何ごとですかな。

蕭丞相　みなの者は知らぬであろう。あの韓信はすでにおびき寄せて斬ったのだが、配下に蒯文通という説客《ぜいかく》がまだ残っておるのだ。この者は韓信と昵懇《じっこん》の仲。この者を捕らえ、まとめて亡き者にしなければ、後々、必ず禍《わざわい》となる。それゆえいま、随何を遣《や》って蒯文通をここへ来るよう誘い出したところだ。これぞ、国のために禍根を除く万全の策というもの。決してわしがみだりに忠臣を殺《あや》めようというのではない。みなの者、いかがお考えかな。

大臣たち　丞相のおっしゃるとおりですな。

蕭丞相　これ、随何を呼んで来るのだ。

役　人　かしこまりました。

随《ずい》何《か》　（登場）
私は随何。蒯文通に会ったところ、あの者は、なんと気が触れた振りをしていたが、私に誘い出されてやってきた。さて、丞相がお呼びとか。これは行かねば。
これ、随何がまいったと取り次ぐのだ。

役　人　丞相さまに申し上げます。随何さまがいらっしゃいました。

蕭丞相　通せ。

役　人　お入りください。

随何　（あいさつする）

丞相さま、蒯徹《かいてつ》を誘い出しました。

蕭丞相　これ、蒯徹を引っ立ててまいれ。

役人　かしこまりました。

蒯文通《かいぶんつう》　（登場）

私は蒯徹。今日はここまで来たからには、もう助かるまい。

〔双調《そうちょう》〕【新水令《しんすいれい》】

思い起こすは、朝廷を去りし漢の張良《ちょうりょう》。おびき出された韓元帥は、時を移さず誅される。憐れむは、天を支えし白玉《はくぎょく》の柱、悼むのは、海に掛かりし紫金《しきん》の梁《はり》。(一八)あれほど版図を広げても、かえってあたら罪となる。

役人　（知らせる）

これ、蒯徹がまいったと伝えるのだ。

蒯徹が来ました。

蕭丞相　通せ。

役人　さあ、行け。

蒯文通　（あいさつをして、油の釜へ飛び込もうとする）

蕭丞相　ま、待て。蒯文通、お前はどうして何も言わずに釜へ飛び込むのだ。こうも死を恐れぬとは。

樊噲　こいつと話しちゃだめだ。訊《き》けば必ず弁舌を弄《ろう》するぜ。

蒯文通　この蒯徹、自分に罪があると知っておる。どうして生きながらえることなど望もうか。

蕭丞相　かつて韓信を唆《そそのか》したのはお前だったな。

蒯文通　そうだ。この蒯徹が唆したのだ。

蕭丞相　いま、漢の天子さまが御位《みくらい》にあらせられるにもかかわらず、そなたはお助けしようとせずに、あの韓信に従った。

蒯文通　丞相さま、ご存じでしょう、桀《けつ》の犬が尭《ぎょう》に吠《ほ》えても尭が不仁とはなりませぬ。(一九)犬は主人でない者に吠えるのです。かつて、この蒯徹は韓信どのしか知らず、漢の天子とやらがおわすことを知りませんでした。私は韓信どのに養っていただきました。恩を受けておきながら、その恩に報《むく》いずにおれましょうか。

蕭丞相　しかし、韓信は三斉《さんせい》を平定するやいなや、仮の王になって三斉を安定させたいと申してきた。謀反《むほん》の心を抱いていたことは明白であり、斬首となるは理の当然。

蒯文通　はぁ、丞相さまは何を言っておられるのです。漢の天子さまが天下を手に入れたのは、誰のおかげでありましょう。はかりごとは張良どのを頼みとし、戦《いくさ》のことはわが韓元帥を頼みとしたではありませんか。いま、閑居《かんきょ》する者は閑居し、斬られる者は斬られましたが、これもまた理の当然ですな。

【駐馬聴《ちゅうばちょう》】

張良は、国を安んじ、楚《そ》の覇王《はおう》をば滅ぼして、
漢の陛下の即位を支える。韓信は、将兵率い、
偽《にせ》の竜をば隠れさせ、真の竜をば出現させる。
総身《そうみ》に鮮血浴びながら、戦《いくさ》の場にて寝起きをし、ようやく摑《つか》んだかの金印。さあ、さあ、
蕭何丞相よ、あなたにとっては理の当然でも、
鳳凰《ほうおう》が、梧桐《ごどう》の上に飛来して、あれこれ取《と》り
沙汰《さた》されるでしょうな。(三〇)

蕭丞相　かつてのことを考えてみるに、ご主君が漢中《かんちゅう》より兵を起こされたのは多くの功臣のおかげであり、韓信一人の力ではない。

蒯文通　楚漢が争い、鴻溝《こうこう》の流れを国境として和平を結んだが、あの時、わが韓元帥が楚につけば楚が勝ち、漢につけば漢が勝つというほどに、天下の命運を一人で握っていました。それゆえ私は韓元帥に、項王を残して天下を三分するよう、口を酸っぱくしてお勧めしたのです。だが、残念ながら韓元帥は忠言を聞かず、冤罪《えんざい》により白刃《はくじん》をその身に浴びて死にました。世を覆う英雄を、なんともったいない。丞相、あなたはかつて韓元帥を推挙なされた。まさに「成るもあなた、成らぬもあなた」ですな。この蒯徹は裏切り者にはなれませぬ。ただ一死《いっし》をもって地下の韓元帥に報います。

蕭丞相　これ、止めよ。

(飛び込む)

樊　噲　蒯文通、韓信が言っていたが、お前があいつを唆《そそのか》したらしいな。だったら、お前こそ謀反人とぐるじゃねえか。罪を認めろ。

蕭丞相　樊将軍、そなたの言うとおりだ。こやつは韓信の配下の説客、まさに韓信の腹心だ。法にも、「一人謀反セバ九族皆殺シトス」とある。ましてや、こやつは謀反人と気脈を通じたのだ、いまこやつ

を釜ゆでの刑にしても濡《ぬ》れ衣《ぎぬ》とは言わせぬ。

蒯文通　丞相さま、私が思うに、漢王《かんおう》が南鄭《なんてい》にいた時、勇敢な将兵は数多くいましたが、項羽に敵《かな》う者はいませんでした。後に漢王は韓信どのを得ると、三丈《さんじょう》の壇《だん》を築いて元帥に任命し、項羽と戦って、烏江《うこう》を渡らせず自害させたのです。だが、今はもう天下太平となり、これ以上は韓信どのは用済み。斬るべき時にすぐ斬れば、邪魔者になりませぬな。しかも、丞相さまもご存じのとおり、韓信には十の罪まであるのですからな。

樊　噲　おまえは韓信が冤罪で殺されたというが、十も罪があるのか。十どころか、一つでも罪があれば、まともに埋葬されないのも当たり前じゃねえか。

蕭丞相　蒯文通、韓信に十の罪があるならば、この百官の目の前で言ってみよ。

蒯文通　一、表向きは桟道《さんどう》を修復し、密かに陳倉《ちんそう》を行軍《こうぐん》するべきではなかった。二、章邯《しょうかん》たち三秦王《さんしんおう》を討ち、関中《かんちゅう》の地を取るべきではなかった。三、西河《せいが》を渡り魏王豹《ぎおうひょう》を捕らえるべきではなかった。四、井陘《せいけい》を渡り陳余《ちんよ》と趙王歇《ちょうおうけつ》を殺すべきではなかった。五、夏悦《かえつ》を捕らえ、張仝《ちょうどう》を斬るべきではなかった。六、歴下《れきか》の斉《せい》軍を襲い、田横《でんおう》を撃破するべきではなかった。七、夜に淮河《わいが》の堤《つつみ》を作り、周蘭《しゅうらん》、竜且《りゅうしょ》の二人の敵将を斬るべきではなかった。八、広武山《こうぶさん》で合戦するべきではなかった。九、九里山《きゅうりさん》で十面埋伏の計をするべきではなかった。十、陰陵道《いんりょうどう》で項王《こうおう》を追い、烏江で自害に追い込むべきではなかった。これぞ韓信の十の罪（三一）。

蕭丞相　（感嘆する）
その十件は韓信の功績ではないか。それをどうして逆に罪というのだ。

蒯文通　丞相、韓信は十の罪だけに留まらず、三つの愚を犯しました。

蕭丞相　三つの愚とは。

蒯文通　韓信は燕《えん》、趙《ちょう》を併合して三斉を破り、精兵四十万を擁《よう》しながら、その時には謀反せず、いまになって謀反人となったことが愚の一。漢王が成皐《せいこう》から出た時、韓信は修武《しゅうぶ》にいて、大将を二百余名、勇敢な兵八十万を率いていたが、その時に謀反をせず、いまになって謀反人となる。これが愚の二。

韓信は、九里山で大合戦をしたが、百万人の兵権を握り、その兵はみな韓信に心服していた。その時に謀反をせずに、いま謀反人となる。これが愚の三。韓信は十の罪と三つの愚とを犯し、自ら災禍を招いたのです。いま、蒯徹を釜で煮るのは、これぞまさに、兎が死して狐は悲しみ、芝《し》が焼かれるのを蕙《けい》が嘆く、明日は我が身というやつですな[三二]。どうか丞相、韓信どののことをお考えあれ。

蕭丞相　(百官と共に悲しむ)

樊　噲　今度ばっかりは、おれまで悲しくなっちまった。

蒯文通　【喬牌児《きょうはいじ》】
居並ぶ諸公はみな嘆き、文武百官はみな悲しむ。漢の丞相蕭何でさえも、絹の官服に涙を落とす。まさにこれ、死後に思いを致すも空し。
【掛玉鈎《かぎょくこう》】
思い返せば韓元帥は、愚かにも、仕置きの場にて処刑され、功労簿をば罪状となす。啞《おし》の女が器を倒して咎《とが》めを受けるようなもの[三三]。五年間、戦場を駆《か》けた甲斐《かい》もなし。ようやく摑《つか》んだ三斉王《さんせいおう》、だがそれも、終生《しゅうせい》楽しむことはなし。ああ、まさか、この宰相府を仕置きの場へと変えるとは。

曹　参　はぁ。丞相、韓信がこれほどの手柄を立てたのであれば、殺すべきではなかったようですな。

蕭丞相　まったくだ。韓信は冤罪で死んだ。だが、死者を生き返らせる術などなく、いまはもう韓信を救うことは叶《かな》わぬ。どうすればいいのだ。

蒯文通　(笑う)
【雁児落《がんじらく》】
これは傑作、わが弁舌の鮮やかさ。出る幕もなし、蕭丞相のはかりごと。殺すなら、迷わず刀を振り下ろせ。服すなら、ひとえに心を傾けよ。
【得勝令《とくしょうれい》】
ああ、まことと、浅はかな漢の賢臣よ、誤って、悪い心を起こすとは。早くから、韓元帥が冤罪で死ぬと知っていたなら、楚の覇王をば殺させぬほうがよかったわ。何の栄華を図ってか、意気軒昂《いきけんこう》に中軍の陣で端座《たんざ》する。それならば、畑仕事を続けつつ、のんびりと、百姓するのがよほどまし。

蕭丞相　韓信は死んだのだ。将軍たちよ、明日、わしとともに朝廷へ行って陛下に見《まみ》え、つぶさにわけを説明し、韓信の墓の上には以前の爵位を封じ、蒯文通には官職を加えて恩賞を賜《たまわ》るとしよう。

蒯文通　【沽美酒《こびしゅ》】
これぞまさしく、狡兎《こうと》が死して走狗《そうく》は煮られ、
飛鳥《ひちょう》が尽きて良弓蔵《りょうきゅうかく》さる。あなたが一度、韓信を、引き立てたことも帳消しに。かの時は、
拝将壇《はいしょうだん》を築いたが、いま改めて、墳墓を築く。
【太平令《たいへいれい》】
春と秋とに祭祀《さいし》をしても、九泉《きゅうせん》のもと、寂しき魂《たま》は救済できず。むしろ急いで、私を茹《ゆ》でて火葬せよ。死んでもお側にいられるように。
じたばたせずに、笑みを浮かべて死に就《つ》かん。
おや、これで、またまたそなたのお手柄ですな。

黄門《こうもん》　(冠、帯、黄金を捧《ささ》げ持つ校尉《こうい》を連れて登場)
私は黄門の職にある者。蕭何が密かにはかりごとを巡らして韓信を斬り、さらに、蒯徹を油の入った鼎《かなえ》で煮ようとしているとのこと。陛下はこのことを知られると、蒯徹の罪に恩赦《おんしゃ》を賜るようにと私を遣わされたのです。早くも着きました。
これ、聖旨《せいし》の到着であると伝えよ。

役人　丞相さまに申し上げます。黄門官がお越しです。

蕭丞相　お通しせよ。

黄門　(入り、あいさつする)
将軍たちよ、一同、朝廷に向かい跪《ひざまず》くのだ。陛下の命《めい》なるぞ。
(詔《みことのり》を伝える)
朕《ちん》は三尺の剣を提《さ》げ、豊《ほう》と沛《はい》の地より身を起こすや、五年とかからず諸侯、諸王を捕らえ、追撃の末、項羽を討ち、天下を有した。これは朕一人の力にあらず。すべては韓信の力によるものである。朕は誤って言を聞き、これを謀反と見なし、未央《びおう》の鐘堂《しょうどう》にて誅殺させた。無実の血は未《いま》だ乾かず、朕はまことに傷《いた》ましく思う。ここに、特にその封爵《ほうしゃく》を旧に戻し、墓所を建てて祭祀《さいし》を行わせることとする。蒯徹は元より弁舌の士、武渉《ぶしょう》(三四)と同じである。主を思うその心、尭《ぎょう》に吠《ほ》えようと何の罪やあらん。甘んじて鼎に入らんとし、喜んで死を受

け入れんとす。これまことの壮士なり。その死を免じ、京兆《けいちょう》の官と黄金千両を授けるものである。嗚呼《ああ》、生きては功あり、死してなおも恩に報いんとす。その言は取るべきところあり、その罪は取り消すべし。わが国の賞罰が公正に行われんことを。朕の命《めい》より重きものなし。ここに勅《ちょく》を下《くだ》す。

蒯文通　（一同と共に聖恩に感謝する）

【鴛鴦煞《えんおうさつ》】

漢の天子が早くに勅書《ちょくしょ》を下していれば、韓元帥は誣告《ぶこく》を受けずにいたものを。「河山帯礪《かざんたいれい》」の宣誓(三五)も、反故《ほご》とされずに済んだはず。蒯徹《かいてつ》が、狂人装い、小細工弄《ろう》することもなし。

（冠と帯を返す）

この冠と帯とでは、私に栄誉を添えられぬ。

（黄金を返す）

こんな金では、あの方の、黄金の像を作れはせぬ。ただご覚悟を、蕭丞相、十大功の功臣を、罪なき罪で殺したわけは、万民が、語るところとなることを。

蕭丞相　蒯文通よ、この冠と帯、黄金は、陛下がそなたに賜ったもの。どうしてわしに返すのだ。勅命に逆らうことになるぞ。

韓元帥、苦労の末に立てた手柄は大にして
西楚を滅ぼし、劉家の王朝打ち立てる
そのはじめ、三斉王の玉印と
征伐統《す》べる黄鉞白旄《こうえつはくぼう》(三六)を賜れり
蕭丞相、忠を尽くして主に報いんと
後の禍《わざわい》防ぐため、抹殺の計を巡らせる
遠くに遊ぶと偽《いつわ》りて、留守をするよう招き寄せ
仕置き場で、無実の罪にて刀の餌食《えじき》
いまになり、つぶさに語る冤罪《えんざい》を
過《あやま》ち悔《く》いる漢の重臣
聖明な、陛下も心を動かされ
憐れむは、鳥尽きし後の弓と矢と
そのかみは、壇《だん》を築いて将となし
死して後、憂《う》き目に遭わすを忍ばれず
その墓に、もとの爵位を返還し
春と秋、城の東で祭祀《さいし》を行い
蒯徹にまで、官を加えて褒美《ほうび》を賜《たま》う
つまりこれ、あわせて手柄の埋め合わせ

英明な、陛下のご恩に間違いはなし
もろともに、天日近きを仰ぎ見ん

題目　蕭何《しょうか》は害《あや》める、功臣《こうしん》の韓信《かんしん》
正名　随何《ずいか》は賺《さそ》う、風魔《くる》うた蒯通《かいつう》

注釈

（一）第一句は、秦《しん》王朝が悪名高い焚書坑儒《ふんしょこうじゅ》を行い、医学・農業・占い以外の書物を焼き払ったことを意味すると考えられるが、劉邦《りゅうほう》が秦を滅ぼして咸陽《かんよう》に入った際に、諸将が宝物の略奪に向かう中、蕭何《しょうか》のみが文献や図書を収集保護し、後の項羽《こうう》による秦の宮殿の破壊から、これらを守ったことを暗に指していよう。これら書籍には、法律のほか地理、人口統計などが記されており、項羽との戦いや漢《かん》王朝建国後の制度設計に役立ったので、書籍の保護は蕭何の功績の一つとされる。「法三章《ほうさんしょう》」とは、劉邦が秦を滅ぼした際、過酷な秦の法律を廃止し、殺人は死刑、傷害と窃盗はその程度により処罰するという、単純な法律にすることを民と約束したことを指す。ここでは、蕭何の事績として扱われている。ちなみに、蕭何は「九章律《きゅうしょうりつ》」という法律を制定している。「酇公《さんこう》」は蕭何の爵位。天下を統一した際の論功行賞で、蕭何は合戦中の後方支援が高く評価されて一番手柄となり、酇公に封ぜられた。

（二）韓信《かんしん》は初め項羽《こうう》に仕えたが、項羽は韓信を評価せず、執戟郎《しつげきろう》という端役を与えただけだった。張良《ちょうりょう》は韓信の才能を見出だし、劉邦《りゅうほう》に仕えるように勧めて推薦状を書く。韓信は項羽を見限って漢《かん》に仕えるが、劉邦も韓信を評価せず、韓信は劉邦のもとを去る。蕭何が韓信を追って思い止まらせ、劉邦に再三推薦した結果、劉邦は拝将壇《はいしょうだん》を築き、韓信を元帥《げんすい》に任命した。「楚《そ》の覇王《はおう》」とは、項羽のこと。項羽は秦を滅ぼした後に「西楚《せいそ》の覇王」と称した。

（三）「成るも蕭何《しょうか》、成らぬも蕭何」の原文は「成也蕭何、敗也蕭何」。韓信《かんしん》は、蕭何の推薦により劉邦《りゅうほう》に仕えて王位に上りつめたが、最後は蕭何の策によって未央宮《びおうきゅう》におびき出され処刑された。このことから、後世、成功も失敗も同じ人物によって左右されることを、このように言う。

（四）この詩は、「鴻門《こうもん》の会」における樊噲《はんかい》の活躍を踏まえる。鴻門の会の経緯は以下の通り。懐王《かいおう》は、項羽《こうう》と劉邦《りゅうほう》を二手に分けて秦《しん》を攻めさせ、先に漢中《かんちゅう》に入ったほうをその地の王にすると約束した。劉邦が先に秦を滅ぼして王になろうとしたが、項羽はこの結果に納得せず、劉邦に謀反《むほん》の嫌疑をかけて滅ぼそうとした。軍事力で劣る劉邦は、謝罪のため鴻門にある項羽の陣を訪れて会談する（鴻門の会）。項羽の参謀である范《はん》増《ぞう》は劉邦を暗殺しようとするが、これを察知した張良が陣の外で待機していた樊噲にこの事を告げる。樊噲は護衛を蹴散らして会に乱入し、項羽をにらみつける。項羽は樊噲の剛胆ぶりに感心し、大量の酒と肉を与えたところ、樊噲は豪快に飲み、食べ尽くした。樊噲の出現で暗殺は中止され、劉邦は危機を脱した。

(五)仕官する前、生活に困窮していた韓信《かんしん》は、他人に食事をもらって暮らし、時には洗濯女にすら食事の施しを受けていた。「食いっぱぐれ」は、このような前歴を持つ韓信を卑《いや》しんだあだ名。

(六)「韓《かん》」は、戦国七雄の一国である韓を指す。韓は始皇帝《しこうてい》に滅ぼされ、張良はその復興を目指して活動していた。

(七)「鹿」は帝位の喩《たと》えで、天下を狙って相争うことを「鹿を逐う」という。

(八)張良《ちょうりょう》は、韓《かん》の仇を討つために始皇帝《しこうてい》暗殺を計画したが失敗に終わり、追われる身となり、身を隠した。逃亡中、黄石老《こうせきろう》人から太公望《たいこうぼう》の兵書を授けられる。

(九)「秋風に」以下は、垓下《がいか》の戦いの様子を描く。楚《そ》軍を追い詰めて包囲した漢《かん》軍は、兵士に楚の歌をうたわせる。これを聞いた楚の兵は戦意を失い、その大半が項羽《こうう》を見捨てて逃走する。その後、項羽は敗走を重ね、陰陵道《いんりょうどう》を経てさらに逃げるも、気がついた時には、供の兵は二十八騎にまで減っていた。このため項羽は、天が自分を滅ぼそうとしていると悟る。長江沿いの烏江《うこう》までたどり着くと、当地の役人が舟を用意し、項羽に故郷の江東《こうとう》(東呉《とうご》の地)へ逃げるよう勧める。だが項羽は、一人で帰っては面目が立たないと拒み、自ら首を刎《は》ねて自害した。曲中に見える「十面埋伏」とは、韓信が項羽を追い詰めるため各地に伏兵を設けた計略といわれ、韓信の手柄の一つに数えられる。また、「重瞳《ちょうどう》」は、瞳の中に瞳孔《どうこう》が複数あることで、項羽の身体的特徴であった。

(一〇)【油葫蘆《ゆころ》】は韓信《かんしん》が劉邦《りゅうほう》に仕えた経緯をうたう。前掲注二参照。

(一一)『論語』為政《いせい》篇に見える言葉、「枉《まが》れるを挙《あ》げて諸《こ》れを直《なお》きに錯《お》けば、則《すなわ》ち民服《たみふく》せず(正しくない人を抜擢して正しい人の上に置くと、人びとは心服しない)」に基づく。

(一二)「恐れて足を踏みつけて、慌てて侯《こう》の位につける」とは、劉邦《りゅうほう》が韓信《かんしん》を三斉王《さんせいおう》に任命した際の経緯を言ったもの。韓信は斉《せい》を平定すると、劉邦に使者を出し、治安維持のため自分に仮の王の権限を与えるよう申し出る。ときに劉邦は項羽《こうう》の包囲を受けて危機にあったため、救援をよこさずに自分の昇進を求めた韓信のことを、その使者の前で激怒して罵《ののし》る。謀臣の張良と陳平《ちんぺい》は慌てて劉邦の足を踏み、韓信に王位を与えなければ変事が起こるかもしれないと諭す。そこで劉邦は、仮の王ではなく真の王に任じた。

(一三)「五侯《ごこう》」とは、項羽《こうう》の遺体を劉邦《りゅうほう》に献上して封侯された五人、すなわち王翳《おうえい》、楊喜《ようき》、呂馬童《りょばどう》、呂勝《りょしょう》、楊武《ようぶ》の五人を指す。

(一四)「赤松子《せきしょうし》」は雨をつかさどる伝説上の仙人の名。やはり伝説上の帝王である神農《しんのう》に、水玉(水晶)を服用することを教えたという。

(一五)「四皓《しこう》」は、秦《しん》末の乱世を避けた隠者である東園公《とうえんこう》、綺里《きり》季《き》、夏黄公《かこうこう》、甪里《ろくり》のこと。「三閭《さんりょ》」は「三閭大夫《さんりょたいふ》」、すなわち戦国時代の楚《そ》の官名で、ここではその職にあった屈原《くつげん》（国を憂えて入水《じゅすい》した）を指す。

（一六）「金の魚」は、官吏が身に帯びる黄金の魚符《ぎょふ》（宮中に出入りするときの証明となる魚の形をした割符）のこと。「玉の帯」とともに高官の位を表す。

（一七）後を行く者は先人の失敗を教訓にせよという意味。本来は「前車《ぜんしゃ》已《すで》に覆《くつがえ》れば、後車《こうしゃ》当《まさ》に鑑《かんが》みるべし（前を行く車がひっくり返れば、後ろの車はそれを戒めとせよ）」という。

（一八）「十悪大罪」とは、刑法の定める十の大罪。謀反、大逆、謀叛、悪逆、不道、大不敬、不孝、不睦、不義、内乱を指す。

（一九）『論語』述而《じゅつじ》篇の、「子は温《おん》にして厲《はげ》し、威《い》にして猛《もう》ならず、恭《きょう》にして安《やす》し（先生は、おだやかでありながら厳しく、威厳がありながらはげしすぎず、謙虚で慎み深い性格だが窮屈な感じではなくゆったりとされている）」、および『孝経《こうきょう》』諸侯《しょこう》章の、「上《うえ》に在《あ》りて驕《おご》らざれば、高《たか》くとも危《あや》うからず。節《せつ》を制《せい》し度《ど》を慎《つつし》めば、満《み》つるとも溢《あふ》れず。高《たか》くして危《あや》うからずは、長《なが》く貴《き》を守《まも》る所以《ゆえん》なり（地位が高くても礼法に則って行動すれば、危険に遭わない。倹約に励み、礼法に則って慎み深く行動すれば、裕福であっても奢侈《しゃし》に陥らない。地位が高くて危険に遭わなければ、その地位を長く保つことができる）」を踏まえる。

（二〇）「范蠡《はんれい》」は春秋時代の越《えつ》の人で、越王勾践《えつおうこうせん》に仕えた謀臣。文種《ぶんしょう》とともに勾践を支えて呉《ご》を滅ぼした。勾践は呉を滅ぼして覇者になると、驕《おご》るようになる。范蠡は、勾践が楽しみをともにできる人物ではないとし、「狡兎《こうと》死して走狗《そうく》烹《に》られ、高鳥《こうちょう》尽きて良弓《りょうきゅう》蔵《ぞう》せらる」の言葉を残して越を去る。越に残った文種は、讒言《ざんげん》を信じた勾践に自害させられる。その後、范蠡は斉に移り住み、鴟夷子皮《しいしひ》と名乗り、巨万の富を築く。斉の相《しょう》に命じられるが、長きにわたり名声を得ることは不幸の元と、官を捨てて財産を分け与え、陶《とう》に移住して陶朱公《とうしゅこう》と名を変え、商売により巨万の富を築いた。

（二一）野菜の和え物、漬け物。これを食べるとは、清貧な暮らしぶりを表す。

（二二）「雍歯《ようし》」は漢《かん》の武将。劉邦《りゅうほう》を一度裏切った後、再び劉邦に仕えたため、劉邦の覚えが悪かった。天下統一後の論功行賞では、諸侯が自らの功績を主張したため、決着を見なかった。劉邦は、ひとまず雍歯を侯に封じたので、諸侯は、裏切ったことのある雍歯ですら封侯されたのだから、自分は必ず封侯されると安心した。「丁公《ていこう》」は楚《そ》の武将。劉邦が項羽《こうう》軍に包囲されて危機に陥った際、劉邦を見逃した。項羽が滅びた後、丁公は劉邦に投降する。劉邦は、項羽を滅ぼしたのは丁公であるとして処刑した。

（二三）項羽《こうう》と劉邦《りゅうほう》が天下を争っていたとき、劉邦の説客《ぜいかく》であった随何《ずいか》は項羽の部下であった英布《えいふ》を説得し、劉邦側へと寝返らせた。

（二四）「孟婆《もうば》」は、風の神のこと。明《みん》の楊慎《ようしん》編『詞品』巻五に次のように載せる。北斉《ほくせい》の李騊駼《りとうよ》が陳を訪れた際、陸士秀《りくししゅう》に「江南の孟婆というのは何の神かね」と問うと、陸士秀は、

『山海経《せんがいきょう》』に「天帝の二人の娘が川で遊ぶとき、その出入りに当たってはいつも風雨が自然に起きたという。その娘のことを孟婆といったのだ」と答えた。「蚕姑姑《さんここ》」は、「蚕女《さんじょ》」のことであろう。宋の『太平広記』巻四七九「蚕女」に次のような話が見える。ある男が戦いで捕虜になったとき、その妻は、夫を助けてくれた者にうちの娘を嫁がせると約束した。すると男の乗っていた馬が手綱を断ち切って走り去り、数日後、男を乗せて帰って来た。その後、馬がしきりに嘶《いなな》き、秣《まぐさ》を食べなくなったので、男がわけを聞くと、妻がいきさつを話した。しかし男は、娘を獣と結婚させるわけにはいかないと言い、馬を殺してその皮を庭にさらした。すると、娘が馬の皮の側を通りかかったとき、いきなり馬の皮が娘に巻き付いて、そのまま飛び去ってしまった。十日後、皮は桑の木に落ち着いたが、なんと娘は蚕に化して桑の葉を食べ、口から糸を吐くようになっており、こうして人々に絹がもたらされた。両親は以後もずっと悔やんでいたが、あるとき、娘が父のその馬に跨がり、雲に乗って天から降りてきて、「わたしは天界で仙女となり、不老不死になりました。もうわたしのことは忘れてください」と告げて去ったという。「狠媽媽《こんまま》」については不明。おそらくは「孟婆」や「蚕姑姑」と同じく民間信仰における何かの神であろう。

（二五）「嫦娥《じょうが》」は月に住む女神。「顕道神《けんどうしん》」は、葬送の際に、葬列の先頭に立って先触れをする神。恐ろしい姿をしている。なお、原文では曲牌が【紫花序児】となっている。

（二六）「元始天尊《げんしてんそん》」は、霊宝天尊《れいほうてんそん》、道徳天尊《どうとくてんそん》と並ぶ道教の最高神。「熾盛光仏《しじょうこうぶつ》」は、仏陀の肉髻《にっけい》が神格化した仏。

（二七）「大梁王《だいりょうおう》」は彭越《ほうえつ》、「九江王《きゅうこうおう》」は英布《えいふ》のこと。この二人と韓信《かんしん》は、項羽《こうう》との戦いで大きな軍功を立てたので、ともに王に封じられた。韓信、彭越、英布の三人は、漢《かん》王朝建国後に殺害された。

（二八）「白玉の柱」は「擎天白玉柱（天を支える白玉の柱）」、「紫金《しきん》の梁《はり》」は「架海紫金梁（海に架かる紫金の梁）」ともいい、いずれも国家を支える大人物のこと。

（二九）「尭《ぎょう》」は伝説上の名君。「桀《けつ》」は夏《か》王朝最後の王で、暴政を行い、女性に溺《おぼ》れたため、殷《いん》の湯王《とうおう》に滅ぼされた。

（三〇）「鳳凰《ほうおう》が梧桐《ごどう》の上に飛来して」は、「世間の噂《うわさ》となる」を導く枕詞であり、実質的な意味はない。

（三一）「十の罪」というが、実際には韓信《かんしん》が漢《かん》建国のために立てた十の大きな手柄（十大功《じゅうだいこう》）を挙げている。十大功とは、一、大々的に軍用路の工事をしながら自軍を敵軍に迫らせ、これを見た敵軍が襲撃時期の目測を立てて応戦の準備に取りかかると、韓信はひそかに陳倉《ちんそう》の間道《かんどう》を通り抜けて奇襲で敵を打ち破った。これを「暗渡陳倉《あんとちんそう》」といい、同名の元雑劇もある。二、項羽《こうう》が劉邦《りゅうほう》の東進を防ぐために配置した秦《しん》の名将三人を、韓信が撃破した。三、項羽の味方をする西魏王《せいぎおう》の魏豹《ぎひょう》を討った際、魏豹が渡河の拠点を守ると、おとりで敵の目を引きつけておき、ひそかに筏《いかだ》で河の上流を渡り敵を打ち破った。四、井陘《せいけい》を渡って背水の陣を敷き、陳余《ちんよ》と趙王歇《ちょうおうけつ》を捕らえて殺した。五、夏悦《かえつ》と張仝《ちょうどう》が自分の兵法を過信して韓信に戦いを挑むが、韓信は二人を簡単に捕らえ、これを斬った。六、韓信が斉《せい》を攻めて斉王の田広《でんこう》と叔父の田横《でんおう》を撃破し、田広を斬った。七、項羽の武将周蘭《しゅうらん》・竜且《りゅうしょ》と戦った際、淮河《わいが》に堤防を作り水攻めにしてこれを撃破し、竜且を斬った。八、広武山《こうぶさん》で項羽と劉邦が和解すると、項羽の油断を突いて劉邦が攻撃をしかける。劉邦が諸将に恩賞を約束すると、韓信も参戦し、項羽を垓下《がいか》に追い詰めた。九、韓信は九里山で十面埋伏の計を用いて項羽軍を破り、項羽を垓下に追い詰めた。十、項羽は垓下の戦いで敗れて逃走すると、陰陵《いんりょう》で農夫に騙《だま》されて漢軍に包囲される。韓信はこの地で再び項羽を破り、項羽を烏《う》江《こう》での自害に追い込んだ。

（三二）「兎が死して狐は悲しみ」と「芝《し》が焼かれるのを蕙《けい》が嘆く」は、いずれも同類相哀れむの喩え。

（三三）「啞《おし》の女が器を倒して咎《とが》めを受ける」とは当時の諺。啞の女が主人に酒を給じる際、酒に毒が入っていると知ったので、故意につまずいてその酒をこぼした。だが、毒があったことを知らない主人は女を罰した。このことから、主に忠義な者がその忠義を認められず、かえって罰せられることをいう。

（三四）「武渉《ぶしょう》」は項羽《こうう》についていた謀士。韓信《かんしん》が項羽配下の大将である竜且《りゅうしょ》を破ったとき、項羽は武渉を韓信のもとに派遣した。武渉は、韓信が劉邦《りゅうほう》から独立して、項羽と劉邦と韓信で天下を三分する案を持ちかけたが、韓信はそれを断った。

（三五）「河山帯礪《かざんたいれい》」とは、封侯の際に、「黄河《こうが》が帯のように細くなるくらい、泰山《たいざん》が砥石《といし》のように平らになるくらい時間が経っても、国がいつまでも安らかであり、この位を子々孫々まで伝えよう」という宣誓の言葉。『史記』「高祖功臣侯者年表」に見える。

（三六）「黄鉞《こうえつ》（黄金で飾ったまさかり）」と「白旄《はくぼう》（軍の指揮用の旗）」は、いずれも兵権の象徴。

本劇の作者は不明。主役にあたる正末《せいまつ》は、第一折では張良《ちょうりょう》、第二折から第四折では蒯文通《かいぶんつう》を演じる。なお蒯文通は、史書では「蒯徹《かいてつ》」と記されるが、後には漢《かん》の武帝《ぶてい》の諱《いみな》を避けて「蒯通《かいつう》」と表記されることもある。本作の正名では「随何賺風魔蒯通」と「蒯通」を用いるが、ト書きは「蒯文通」、自己紹介では「蒯徹」と名乗っており、名前が統一されていない。ここでは便宜上、すべて蒯通と表記する。

さて、張良と蒯通は、いずれも『史記《しき》』や『漢書《かんじょ》』にその名が見える歴史上の人物であり、本劇は両名が関わった歴史的事件に取材している。ここで、史書の記述に従ってその事跡を簡単に紹介しておく。張良は、漢の劉邦《りゅうほう》に仕えた参謀で、蕭何《しょうか》、韓信《かんしん》と並んで建国の三傑に数えられる人物である。漢の建国後は、権力闘争を避けて隠居し、穀物を断《た》って仙人になろうとする。蒯通は、韓信に仕えた説客《ぜいかく》で、劉邦から独立するよう韓信に説《と》き、韓信がこれを断ると、発狂したふりをして韓信のもとを去った。その後、韓信は謀反《むほん》の罪で処刑されることになる。その際、蒯通の言葉を聞いておけばよかったと発言したことから、蒯通は劉邦の訊問を受ける。しかし、蒯通は弁舌を振るってこれを切り抜け、釈放された。

このように、本劇の題材は史書にその源があると思われるが、史書以外の資料にも取材している。たとえば、第四折で蒯通が「十の罪」と「三つの愚」を数え上げる場面がある。この部分は、元《げん》代末期に刊行された通俗歴史小説『前漢書平話続《ぜんかんじょへいわぞく》集《しゅう》』に依拠していることが指摘されている。冒頭、本劇では蒯通の名前に複数の表記があると述べたが、本劇が多くの資料に依拠して作られたことも、このような混乱が生じた一因と思われる。

本劇と先行する資料とを比べると、本劇の張良と蒯通は、権力の場にいる危うさを説き、官を捨てて隠遁《いんとん》することを積極的に主張している。張良は、史書にも仙人になろうとしたことが記され、古典文学の世界では、絶頂期に権力の座を離れて隠遁した代表的人物であり、本劇のような描かれ方も自然な流れであろう。しかし、先行する資料に見える蒯通は、むしろ劉邦と争って権力を奪うよう韓信に説いた人物であり、本作のように隠遁を説くことはない。本作は、韓信の失脚という歴史上の事件を下敷きにしつつも、隠遁の美学を説いた作品と言えるであろう。

【三国劇】

隔江闘智《かっこうとうち》

八、両軍師《りょうぐんし》、江《かわ》を隔《へだ》てて智《ち》を闘《たたか》わす

無名氏

登場人物

脚色	役名	役どころ［登場する折］
正旦	孫安《そんあん》	孫権《そんけん》の妹。劉備《りゅうび》との政略結婚の相手。［全］
末	劉備《りゅうび》	字《あざな》は玄徳《げんとく》。荊《けい》州を治める。［一・三・楔・四］
末	関羽《かんう》	劉備に仕える武将。劉備とは義兄弟の契りを結んでいる。字は雲長《うんちょう》。［一・四］
末	張飛《ちょうひ》	同右。字は翼徳《よくとく》。［一・三・楔・四］
冲末	周瑜《しゅうゆ》	三国時代の呉《ご》の孫権に仕える軍師。字は公瑾《こうきん》。劉備から荊州の地を奪うため、主君の妹である孫安を劉備に嫁がせるよう、孫権に献策する。［一・二・三・楔］
搽旦	梅香《ばいこう》	孫安の侍女。［一・二・三・楔］
旦児	呉国太《ごこくたい》	孫権と孫安の母。国太は帝王の母のこと。［一・三］
浄	甘寧《かんねい》	呉の武将。孫安を荊州まで護送する。［一・二・三・楔］
浄	劉封《りゅうほう》	劉備の養子。［一・三・四］
丑	凌統《りょうとう》	呉の武将。甘寧とともに孫安を荊州まで護送する。［一・二・三・楔］
外	魯粛《ろしゅく》	呉の参謀。字は子敬《しけい》。孫家と劉家のあいだを取り持つ。［一・二・三］
外	孫権《そんけん》	呉の君主。字は仲謀《ちゅうぼう》。孫安の兄。［一・三］
外	諸葛亮《しょかつりょう》	劉備に仕える軍師。字は孔明《こうめい》。劉備と孫安の縁談を周瑜の計と見抜く。［一・三・四］
外	趙雲《ちょううん》	劉備に仕える武将。字は子竜《しりゅう》。［一・四］
	兵卒	周瑜に従う。［一・二・三］
	兵卒	孫権に従う。［一・三］
	宮女	呉国太に従う。［一］
	兵卒	諸葛亮に従う。［一・三・四］
	従者	劉備の付き人。［楔］
	兵卒	劉備と孫安に従う。孫安が乗る輿《こし》の担ぎ手。［楔］
	兵卒	張飛に従う。［楔］

［第一折］

周瑜《しゅうゆ》（兵卒を連れて登場）

幼時より、兵書を習い学問励行
赤壁《せきへき》に、曹《そう》軍を討ち威風堂々
曹操《そうそう》、劉備《りゅうび》に勇将あれど
江東《こうとう》に、その名も轟《とどろ》く美周郎《びしゅうろう》

私は周瑜、字《あざな》を公瑾《こうきん》という。廬江《ろこう》郡舒城《じょじょう》県の出身で、江東の孫仲謀《そんちゅうぼう》さまのもとで将として補佐にあたっている。いまや漢の世も末、曹操が大いに権力を振るい、劉備と関羽《かんう》、それに張飛《ちょうひ》の三兄弟は、樊《はん》城を捨てて江夏《こうか》へと逃げ出した。その後、諸葛《しょかつ》亮《りょう》が長江を渡って兵を借りに来ると、わが殿は彼らを助けるために三万の水軍を出すこととし、私に元帥《げんすい》を、黄蓋《こうがい》に先鋒を命じられた。そこで、三江口《さんこうこう》に陣取り、たった一本の松明《たいまつ》で曹軍八十三万を完膚《かんぷ》なきまでに焼き尽くしてやった。敵は華容道《かようどう》を隠れ抜け、曹操は曹仁《そうじん》を南《なん》郡の守備に残して逃げ帰った。ただ腹立たしいことに、劉備らがどさくさにまぎれて荊州の地を奪ったのだ。かの赤壁での戦いは、すべてわが東呉《とうご》の力によって勝ち得たというのに、荊州九郡をみすみすやつらに奪われて、このまま黙って引き下がることはできぬ。私は何度か荊州を取り返そうと謀《はか》ったが、あのにっくき諸葛亮めに計を見破られてしまった。いま、また新たに荊州を取り戻す計を思いついたゆえ、諸将が来るのを待って商議するとしよう。おい、軍門の外を見てまいれ。諸将が到着したら私に知らせよ。

兵卒　かしこまりました。

甘寧《かんねい》（凌統《りょうとう》を連れて登場）わしは江東の甘寧、字を興覇《こうは》と申す。こちらの将軍は凌統どの、ともに呉王《ごおう》の孫仲謀さまにお仕えしておる。今日は元帥がお呼びとか。何の用かわからぬが行ってみねばなるまい。おい、甘寧と凌統がやって来たと元帥に伝えよ。

兵卒　（知らせる）甘将軍と凌将軍がお見えになりました。

周瑜　通せ。

甘・凌　（まみえる）

甘寧　元帥、われら二人をお呼びとは、いかなる仕事かな。

周瑜　まずはしばらくお待ちくだされ。おい、こんどは魯子敬《ろしけい》どのを呼んでまいれ。

兵卒　魯大夫《ろたいふ》、元帥さまがお呼びです。

魯《ろ》粛《しゅく》　（登場）

　赤壁に、かつて焼きたる敵百万
　砂のなか、いまも埋《う》もれる折れた戟《げき》
　この魯粛めが、周瑜に戦《いくさ》を勧めずば
　深き春、二喬《にきょう》を閉ざす銅雀台《どうじゃくだい》(一)

私は魯粛、字を子敬と申します。先祖代々、臨淮《りんわい》郡に居を構え、いまは中大夫《ちゅうたいふ》の職を拝命し、主君の孫仲謀さまを補佐しております。荊州の劉表《りゅうひょう》が世を去ったので、その弔問のために長江を渡ったところ、私は孔明に会って、兵を貸してほしいと言われました。そこでわが殿は周瑜どのを元帥に任じ、赤壁でみごと曹操軍を打ち破ったのです。ところが、なんと劉備が隙《すき》を突いて荊州九郡をかすめ取ってしまったのです。口ではしばし借りるだけと言いながら、ずっと居座って返そうとしません。元帥はいくたびか荊州を取り戻すと言われました。私はひとまず兵火が収まるのを待って、それから手を打ちましょうと諫めたのですが、いかんせん、元帥は頑《かたく》なになって聞き入れないのです。今日、人をよこして私を呼んでいるのも、またこのことに違いありません。では、ひとつ行くとしましょうか。早くも軍門の前に着きました。おい、魯粛が来たと知らせておくれ。

兵卒　（知らせる）魯大夫がお着きです。

周瑜　通しなさい。

兵卒　お入りください。

魯粛　（まみえる）元帥、魯粛めをお呼びになったのは、いかなるご用でしょう。

周瑜　魯大夫どの、今日ご足労を願ったのはほかでもない。これまで何度か荊州を取り返そうと謀ったが、にっくき諸葛亮めにしてやられた。だが、いままた荊州を奪う計を思いついたのだ。

魯粛　元帥、それはいかなる計でしょう。

周瑜　よいかな、劉備は曹操との戦で甘《かん》夫人と糜《び》夫人を失ってから、ずっと独り身だ。一方で、わが殿には妹君の孫安《そんあん》さまがおられる。この孫安さまを劉備にめあわせようと思う。
(声を落とす)
しかし、だ。この孫家と劉家の婚儀はむろんうわべだけで、真の狙《ねら》いは荊州を奪うことにある。こちらはひそかに兵馬を整えておき、やつらの準備が揃《そろ》わぬうちに、輿《こし》入れの護衛と言って近づき、隙を見て荊州の城を奪う。これが第一の計だ。もしこれが失敗に終わったときは、劉備が夫婦の拝礼を終えたときを狙って、孫安さまに劉備を暗殺させる。そのあとで私が大軍を起こして荊州に向かえば、必ずや勝利を手にできよう。魯大夫、この計はいかがかな。

魯粛　さすがは元帥、妙案ではありますが、ただあの諸葛亮は欺《あざむ》けぬのではないかと……

周瑜　心配せんでよい。やつにわが計が見破れるものか。そなたはまず殿のもとへ行き、わが計は孫劉の婚儀を餌《えさ》に荊州を釣るものだと伝えてくれぬか。私は柴桑《さいそう》の渡し場でそなたの知らせを待つとしよう。すみやかに頼むぞ。

魯粛　では、今日にも本営を離れて、殿に知らせに行ってまいります。
(退場)

周瑜　魯子敬は行ったか。甘寧、凌統、そなたらは兵馬を整えておいてくれ。魯子敬が戻ってきたら、私みずから指揮を取るとしよう。

甘寧　承知いたした。

周瑜　婚儀に借りて矛《ほこ》を収める
われの狙いは劉玄徳《りゅうげんとく》

甘寧　孔明いかに智謀あれども
此度《こたび》の戦で荊州落とす
(一同退場)

孫権《そんけん》　(兵卒を連れて登場)
われは江東の孫権、字は仲謀。父祖の代より漢朝に仕え、父の孫堅《そんけん》は長沙《ちょうさ》の太守であった。呂布《りょふ》が討伐されて以来、各地には群雄が並び立っておる。兄の孫策《そんさく》は不幸にも許貢《きょこう》の手下に射殺されたため、私がその跡を継ぎ、いまや江東の八十一郡を治めるに至った。そのかみを思えば、劉玄徳が曹操に追われて江夏まで逃げ、孔明は長江を渡って助けを求めに来た。わしは周瑜を元帥として三万の水軍を遣わし、黄蓋を先鋒として赤壁での合戦に踏み切った。そして曹軍八十三万を完膚なきまでに焼き尽くしたのだ。かの荊州の地はもとよりわが孫呉のもの。それを劉玄徳はしばし借り受けると偽《いつわ》り、いまも軍を駐屯させて居座っておる。周瑜がしばしば取り返そうと謀ったがそれもかなわずじまい。さて、荊州をどうしたものか。

魯粛　(登場)

長江のほとりを離れたと思えば、はや都に着いたぞ。

兵卒　誰か、魯粛が謁見《えっけん》にまいったと伝えておくれ。

お知らせいたします。殿、魯粛さまがお見えです。

孫権　魯子敬が来たとな。これは喫緊《きっきん》の要件に違いない。通すがよい。

兵卒　どうぞお入りください。

魯粛　(まみえる)

孫権　子敬、いったい何事だ。

魯粛　殿、この魯粛めがまいりましたのは、荊州のことでございます。周公瑾はしばしばかの地を取り返そうとしましたが、諸葛亮を欺きおおせませんでした。しかし、いままた新たな計を思いついたのです。劉玄徳は曹操との戦で甘夫人と糜夫人を失いました。殿の妹君の孫安さまなら劉備とも釣り合いますので、孫安さまを劉備に嫁がせるのです。そして、輿入れにあわせてひそかに諸将を城に入らせ、城を騙《だま》し取る計略でございます。孔明は確かに智略に優れますが、これが計だとは気づかないでしょう。もしこれがうまくいかなければ、孫安さまが向こうへ着いてから、周公瑾にまた一計がございます。

孫権　して、その第二の計とは。

魯粛　(耳打ちする)

ご主君のお考えはいかがでしょう。

孫権　そうは言っても、これはわしの一存ではな。母上にお出《い》で願って相談してから返事をするとしよう。しばし下がっておれ。

魯　粛　では、ひとまず魯粛めはこれにて。
(退場)

孫　権　おい、母上を呼んでまいれ。

兵　卒　国太《こくたい》さま、殿がお呼びでございます。

呉国太《ごこくたい》　(宮女を連れて登場)
　長沙の地、離れて至る石頭城《せきとうじょう》(二)
　いまもなお、長子に捧ぐこの哀悼
　もしかりに、仲謀が敵を破らねば
　数十州、安んじ得たかこの江東
わたくしは孫権の母でございます。先立った夫の孫堅とのあいだには、策《さく》と権《けん》の兄弟、さらに娘の安《あん》をもうけました。策が臨終の際、わたくしは弟に跡を継がせるよう言い含め、いまは権が江東八十一郡を治めております。その権が今日はわたくしを呼んでいるとか。何の用事かしら。顔を出してみましょう。

兵　卒　殿、国太さまがお見えです。

孫　権　なぜ早く言わぬ。わしが出迎えよう。
(出迎える)
母上、お出迎えが遅れました。お許しください。

呉国太　仲謀や、わざわざ何の相談かしら。

孫　権　実は、周瑜が何度か荊州を取り返し損ねましたが、また新たに計を思いついたとのこと。それが、わが妹はもういい歳なのに許嫁《いいなずけ》がおらず、劉玄徳はちょうど甘夫人も糜夫人も失っていることから、妹を玄徳に嫁《とつ》がせるというのです。嫁入りとあらば諸葛亮も油断するでしょうから、こちらはそれにかこつけて将兵を城に送り込み、そして城を奪い返すのです。これで荊州を取り返すことができましょう。ただ、一存では決めかねたものですから、まずは母上にお知らせしたしだいです。

呉国太　そういうことなら本人を呼んで相談しましょう。これ、娘に出てくるよう梅香《ばいこう》に伝えさせなさい。

宮　女　梅香、奥から姫さまを呼んで来て。
(梅香を連れて登場)

孫《そん》安《あん》　わたくしは孫安。部屋でのんびりしていたところ、お母さまが広間でお呼びとのこと。いったい何のご用かしら。

梅《ばい》香《こう》　梅香、お母さまのところへまいりましょうか。

孫安　姫さま、近ごろお食事が進みませんね。少しお痩《や》せになったようですけど、どうされたのですか。梅香、あなたにはわからないでしょうね。
〔仙呂《せんりょ》〕【点絳唇《てんこうしん》】
心を費やすいたずらな日々、口に出せぬは胸の内。羅裙《らくん》のひだで覆い隠すは痩せた腰。

梅香　そんなにお痩せになってたなんて、わたしったらまったく気がつかずに。

孫安　片時も、休むことなき針仕事。

梅香　わたしのお世話が十分じゃなかったのかも。

孫安　【混江竜《こんこうりゅう》】
梅香あなたの働きぶりは、暖をとったり涼んだり、食事を差し出す時機もよし。

梅香　蓮《はす》の花のようなお顔、柳のような腰つき、姫さまの美しさには誰も近づけませんわ。

孫安　蓮の花より艶《あで》な面差し、柳のように細い腰。綾糸《あやいと》を、縫《よ》って織りなす新たな模様。緑窓《りょくそう》に、和して返すは古人の詩。嬪風《ひんぷう》、女誡《じょかい》を守る日々。(三)綺麗に装う気になれず、紅白粉《べにおしろい》と緑の黛《まゆずみ》。刺繍の窓掛け、こっそりと、覗《のぞ》き見る人さえもなし。

梅香　国太さまがお呼びです。姫さま、まいりましょう。

孫安　お呼びの声がかからねば、気軽にまたげぬ広間の敷居。

梅香　さあ着いたわ。梅香、お母さまの前まで一緒に来てちょうだい。

孫安　(あいさつする)
お母さま、お兄さま、ごきげんうるわしゅうございます。

梅香　姫さまは奥で刺繍《ししゅう》の下絵をわたしに描かせてらっしゃいましたが、国太さまがお呼びと聞いて、すぐにいらっしゃいました。

呉国太　娘や、お前を呼んだのは、ひとつ相談したいことがあるからなの。

孫安　お母さま、いったい何のご相談かしら。

孫権　母上、妹を呼び出したのですから、さあ、お話しください。

呉国太　(悲しむ)
ああ、でもこれはとても悩ましいことなの。だか

孫　安　ら切り出しにくくってね。
まあ、お母さまったらずいぶんお悩みね。
【油葫蘆《ゆころ》】
お母さまったら、黙ってうなだれ、どうしたの。
何のご用でお呼びなの。

梅　香　梅香、お母さまは何を悩んでいるのかしら。
さあ、わたしにはさっぱり。

孫　安　さてはどこかの恩知らず、大事な母上悩ませる。

呉国太　実はね、兄上がお前を嫁がせることに決めたの。

梅　香　じゃあ、わたしにもいいご縁を紹介してください
まし。

孫　安　わたしの相手はどこのどなたか。いずれにして
も、かくあるべしと、重んじるのはお家柄。
お兄さま、わたくしをどなたに嫁がせるおつもり。

孫　権　もう決めたこと。相手など関係なかろう。

孫　安　誰が仲人、いつのこと。

孫　権　一両日のうちには嫁いでもらうつもりだ。

孫　安　なぜかしら、そんなに慌てて決めるのは。

孫　権　これはな、荊州九郡のために思いついたことなの
だ。

孫　安　なるほどね、軍を出さずに荊州を奪う兄の企《くわだ》て。

呉国太　兄上はね、お国の大事をお前に託そうとしている
の。

孫　安　【天下楽《てんからく》】
勝手に決めた、春風そよぐ連理《れんり》の枝。考えて
みてもちっとも心が動きませんわ。

孫　権　断ることはできんぞ。すでに向こうには、お前の
生年月日も伝えてある。

孫　安　嘘《うそ》でしょう、お母さま。すでに送った生年月日、
もう断りも入れられない。ああ、あとはせい
ぜい縁起のよい日を選ぶのみ。
それにしてもお兄さま、どうしてわたくしを嫁が
せるの。

孫　権　そうだな、お前はまだ知らぬから教えてやろう。
これからお前には劉玄徳の妻になってもらう。し
かしな、あいつと親戚になどなる気はない。真の
狙いは荊州の奪還にあるのだ。輿入れの日、護送
を装って手練《てだ》れの武将を潜ませる。入城に際して
そのまま城門を取るのだ。わしは大軍を率いて後
に続き、そして一気に攻め落とす。この作戦はす

べてお前にかかっているのだ。二度と断るなどと言うでないぞ。

孫安　【鵲踏枝《じゃくとうし》】
兄さまったら、ほくそ笑みつつ計略明かし、わたくしと、相談する気はまるでなし。夫婦の契《ちぎ》りを利用して、輿入れ届ける将兵により、時を移さず城を騙《だま》し取る腹づもり。
【元和令《げんわれい》】
でもお兄さま、考え直して。きっと騙せぬあの孔明。もし見抜かれたら損をするだけ。徒労に終わる、美人の計。

孫権　（耳打ちする）
もしこれが失敗に終わっても、次の手がある。婚儀が終わって、劉玄徳が洞房《どうぼう》(四)に入ったときを狙うのだ。お前は日頃から侍女たちにも剣を持たせているだろう。隙を見て、劉玄徳を刺し殺せ。そうすれば荊州はもうこちらのもの。すべてはお前の手柄だ。お前には別に立派な家柄のいい男を探してやるから、再嫁すればいい。そうすればこれからも安心だ。

孫安　なんてこと、兄の授ける謀《はかりごと》、ほかにも何か、あると思ってはいたけれど、何かと思えば、隙を見て、この手で劉備を暗殺しろと。
お兄さま、そんなの無理に決まっています。
【後庭花《こうていか》】
わたくしが、諳《そら》んじるのは、雎鳩《しょきゅう》をうたう淑《しゅく》女《じょ》の詩(五)、宝剣を手に、刺客《しかく》の真似などとても無理。兄上が、ただ気を揉《も》むのは三江口の周元帥。棒に振るのも気にかけぬ、孫家の娘の一生涯。

孫権　お前は黙って言うとおりにすればいい。荊州を取り返せねば、わしの顔が立たん。
（怒る）

呉国太　ほら、怒ってしまったじゃないの。お前は兄上の言うとおりになさい。

孫安　お母さま、わかりました。お兄さまの言うとおりにすればいいのですね。
兄はかっかと赤髭《あかひげ》逆立て怒り心頭。こうなれば、四の五の言わずに任せましょう。お母さまには別れの言葉を。輿入れの日は大安吉日、きっと似合いの新郎新婦。

孫権　お前が承知したからには、明日にも子敬を縁談に向かわせよう。劉備の返事が楽しみだ。

孫安　【青哥児《せいかじ》】

兄さまは、明日にも誰か人を遣《や》り、すぐに求めるよい返事。でも向こうから、羊の肉や酒に結納《ゆいのう》、少しもいただかないつもり。こちらは麗《うるわ》し呉国の姫君、あちらは漢の天子の血筋、むしろ願うは、家財一式添えて家までお嫁入り。金獅子《きんじし》香炉に香を焚き、玉の酒杯に酒を注《つ》ぎ、管弦《かんげん》響く絢爛《けんらん》豪華《ごうか》なとんだ式。そしてそれこそ、兄が宿願果《は》たすとき。

呉国太　お前もこの結婚に同意したのですから、細かなところまで兄上とよくよく相談なさい。もう後悔はなりませんよ。先に奥の間へ戻りますからね。

これ良縁と勧めれば
はや縁談を受け入れる
たとえ荊州取り戻しても
娘の不幸は受け入れられぬ

（退場）

孫権　孫安、お前も母上と一緒に部屋に戻れ。わしは吉日を選んで魯粛を遣わし、この縁談を持ちかけさせる。

梅香　それじゃ、わたしも姫さまといっしょに嫁ぎますわ。

孫安　お兄さま、わかりました。

【賺煞《たんさつ》】

ああお兄さま、あなたはたぶん胸の憂いが解けないうちに、また持ち上がる別の心配、今後もきっと絶えぬ争い。もう頼れない、目の前の、男勝りのわたくしに。

梅香　姫さま、「縁《えん》は異《い》なもの味《あじ》なもの」って言うじゃない。この度の結婚もきっと運命だったのよ。

孫安　このご縁、天からのとんだ贈り物。ひとまずは、「嫁いだあとは生家を軽んず」などと陰口たたかれぬよう、渋々ながらも言いつけ通りにいたしましょう。

孫権　用心するのだぞ。決して秘密を漏《も》らさぬようにな。

孫安　兄の計こそ実におざなり、わたくしの知恵は呉でも随一。いささかも、漏らしはしない、この軍機。

孫権　（梅香と共に退場）
孫安も奥の間へ戻ったか。これで話がまとまった。おい、魯子敬に入ってくるよう、すぐに伝えよ。

兵卒　魯大夫、どうぞ。

魯粛　（登場、まみえる）
殿、ご相談はまとまりましたか。魯粛めは直ちに元帥へ報告に戻らねばなりません。首を長くして待っておられるでしょうから。

孫権　子敬、いましがた母上に話を通し、妹も承知したぞ。足労をかけるが、そなたは仲人として劉備のもとへ縁談を持って行ってくれ。周瑜には兵馬を用意させて荊州を奪い返す。それでこそ万全の計となろう。

魯粛　そういうことでしたら、魯粛めは直ちに元帥へ報告に向かいます。
（退場しようとする）

孫権　子敬、ちょっと待て。少し言っておきたいことがある。劉備に会えば、お前はこう言うのだ。わしの妹は志高く、端正な顔立ちで、劉皇叔《りゅうこうしゅく》にふさわしい。いま孫家と劉家が結ばれれば、もう戦となることもない。これは両家にとって嘉《よみ》すべきことだとな。玄徳がこの縁談を受けるなら、わしが吉日を選び、荊州の境まで直々に妹を送り届ける。よいか、十分に注意して、すみやかに戻るのだぞ。

魯粛　荊州のため、日がな一日心労絶えず
取り戻さねば、誓って軍は退却させぬ
　周公瑾のひそかな妙計
　裏に意図あり、故意に両家の縁結ぶ
（一同退場）

［第二折］

周瑜《しゅうゆ》　（甘寧《かんねい》、凌統《りょうとう》と共に兵卒を連れて登場）
私は周瑜。荊《けい》州を取り戻すために一計を案じた。殿の妹君である孫安《そんあん》さまを劉玄徳《りゅうげんとく》の夫人として嫁がせるのだ。表向きは両国が姻戚関係を結ぶように見せかけ、その実、将兵を新婦の護衛として送り込む。そうして敵に防備を整えるいとまを与えず、隙を突いて荊州を奪い返すのだ。諸葛亮《しょかつりょう》ごとき匹夫にこの計は見破れまい。そろそろ日限も迫ってきたな。まずは魯子敬《ろしけい》を荊州に遣《つか》わせて輿《こし》入《い》れの日取りを伝えさせ、そのあいだに私は諸将に指示を出すとしよう。

甘寧《かんねい》　先だって魯子敬が荊州へ婚儀を申し入れに行ったおり、聞けば、劉玄徳は乗り気でなかったのを、諸葛亮のやつが一再ならず勧めたんだとか。どうやら元帥《げんすい》の妙計にひっかかったようだな。これで荊州の地はわれらのものだ。

魯粛《ろしゅく》　（登場）

私は魯子敬でございます。周公瑾《しゅうこうきん》の命令で、孫権《そんけん》さまに孫《そん》・劉《りゅう》両家の婚儀の件をお伝えしたところ、幸い国太《こくたい》さまも孫安《そんあん》さまもご承諾されました。私が戻って元帥どのに知らせると、今度は荊州へ媒酌人として婚儀の申し入れに遣わされました。話をまとめて戻ったら、今度は孫権さまへのご報告に遣わされ、行ったり来たりでひと月以上、いまも頭がくらくらしています。そして今日、元帥どのがまたお呼びとか。まったく、間を取り持つのは苦労が多うございます。

兵卒　誰か、魯子敬が着いたと知らせておくれ。元帥さまにご報告いたします。魯大夫《たいふ》がお着きになりました。

周瑜　通しなさい。

兵卒　どうぞお入りください。

魯粛　（あいさつする）

元帥どの、魯粛めをお呼びになったのは、いかなるご用でしょう。

周瑜　魯大夫どの、そなたをお呼びしたのはほかでもない。先日、魯大夫どのが荊州へ行って劉玄徳に縁談を申し入れ、両家ともすでに承諾しました。いま、殿は輿入れの日を決められましたが、劉家はまだ知りません。そこでまたお手数をおかけしますが、正式の媒酌人として向こうに行き、華燭《かしょく》の宴会の準備をして妹御の輿入れを待つように伝えてきてもらえませんか。こちらには考えがありますから、魯大夫どのはとにかくすぐに長江《ちょうこう》を渡ってください。どうか手抜かりございませぬよう。

魯粛　元帥どののご命令とあらば、いやとは言えませぬな。今日にでも荊州に向かい、劉玄徳に伝えにまいりましょう。

周瑜　（退場）

魯大夫は行ったか。

甘寧、凌統、よく聞け。二人は各々《おのおの》精兵五百を揃《そろ》え、妹君の馬車を護衛して荊州に向かってくれ。もし向こうで止められたなら、国太さまの指示で妹君を護送するために遣わされたのだと答えよ。そして城に入れば一気に南門を奪い取るのだ。私が自ら大軍を率いてすぐ後をついて行くからな。しくじるでないぞ。

甘寧　承知いたした。われら二人はすぐに一千の精兵を集めて河岸に向かい、孫安さまの馬車を護送していくとしよう。

　新婦を送るはこの二将
　元帥の命《めい》をこれ尊奉

凌統《りょうとう》　馬車を送って荊州へ
　敵の城門ひそかに拝領

（甘寧と共に退場）

周瑜　二人は行ったか。孫安さまがこちらの計略通りにしてくれれば、荊州九郡はなんなくわれらが呉《ご》のもとに戻ってこよう。

全軍に命を出す。抜かりなく本営を固く守れ。私は自ら精兵三万を率いて、甘寧・凌統のあとに続く。

（退場）

諸葛亮《しょかつりょう》　（兵卒を連れて登場）

　漢《かん》の運気は雲散霧消
　鼎立《ていりつ》したる三国雄壮
　周瑜が百計弄《ろう》せども
　太刀打《たちう》ちできぬは南陽臥竜《なんようがりょう》

貧道《ひんどう》は諸葛亮、字《あざな》を孔明《こうめい》と申し、臥竜先生と号しています。南陽は隴中《ろうちゅう》に寓居《ぐうきょ》していたおり、劉玄徳どのが兄弟そろって三たび茅廬《ぼうろ》を訪れ、貧道に出廬《しゅつろ》を請われました。以来、その麾下《きか》で軍師を務めております。貧道はかつて、まず荊州を手に入れてそれから蜀《しょく》を取るという、天下三分の計を献策しました。荊州の劉表《りゅうひょう》が在世のとき、幾度《いくど》かわが殿に荊州の地を譲ろうとしましたが、殿は仁徳を重んじる人ゆえ、貧道の言を聞き入れず、これを頑《かたく》なに断りました。劉表の死後、跡《あと》を継いだ次子の劉琮《りゅうそう》が曹操《そうそう》に投降したため、この荊州は曹操に奪われてしまいました。ただ、貧道が自ら長江を渡って江東《こうとう》を動かし、壇《だん》を築いて三日三晩東の風を祈ったおかげで、たった一本の松明《たいまつ》により、曹操軍八十三万を赤壁《せきへき》において焼き払うことができました。追い込まれた曹操はひそかに華容《かよう》の小道を抜けて逃げ落ち、わが殿が晴れて荊州九郡を手に入れたのです。されど周瑜は、先ごろ兵を出してわが軍を助け、曹操軍を退けたのは自分たちであると主張し、柴桑《さいそう》の渡し場に陣営を築いて、しばしば謀略をもって荊州を奪おうとしてきました。しかし、貧道がすべて見破って、思い通りにはさせていません。周瑜ごとき、貧道の相手ではないのですが、いままた劉・孫両家が姻戚を結ぶという計を仕掛けてきました。使者にはすでに承諾を伝えて帰しました。これから殿と諸将においで願い、この件を商議するところです。

これ、殿と諸将が来たら、私に知らせるように。

兵卒　かしこまりました。

劉封《りゅうほう》　（登場）

　いつも前線に立つ軍将
　嘘《うそ》も芝居も一等賞
　劉封という名もあるが
　俺のあだなは口八丁

俺は劉封。父の劉玄徳はここ荊州を手に入れたけど、うちの孔明軍師はほんとただ者じゃないね。一発で曹操軍を焼き払って、曹操なんか許都《きょと》まで尻尾を巻いて逃げ出したよ。まあ、戦陣での逃げ足なら俺にはかなわないけどさ。今日は軍師が相談があるからって、軍議を開くんだと。俺が行かなきゃ始まらねえよな。おい、劉封さまのご到着だ。

兵卒　劉封が来ました。

劉封　（偉ぶる）迎えに出てこないってんなら、こっちから行ってやるよ。

（会う）軍師よ、劉封さまのご到着だぜ。

諸葛亮　しばし端《はし》で待っていなさい。諸将が揃ったら、軍議を開くとしよう。

趙雲《ちょううん》　（登場）

　中華に轟《とどろ》く手柄は無窮《むきゅう》
　当陽《とうよう》で取る異名《いみょう》は英雄
　敵百万より後主《こうしゅ》を守る
　われこそは、常山真定《じょうざんしんてい》の趙子竜《ちょうしりゅう》

それがしは常山郡真定県の出身で、名前を趙雲、字を子竜と申す。もとは公孫瓚《こうそんさん》の部将であったが、青《せい》州で劉玄徳さまと出会ってこのかた、その麾下に従っております。当陽の長坂坡《ちょうはんは》では曹操軍と三日にわたって合戦し、百万の敵軍のなか、若君の劉禅《りゅうぜん》さまをお守りして帰陣いたした。「子竜は全身肝っ玉」と曹操に称えられたが、それも故《ゆえ》無き事ではござらぬ。憎たらしきは江東の周瑜。しばしば荊州を取り返さんと謀っては、われらが軍師孔明どのに見破られてきた。いまも柴桑の渡し場に軍を駐屯し、まだこの荊州があきらめられぬ様子。軍師が軍議を開くとのことだが、おそらくこの件であろう。それがしも軍師のもとへまいるとしよう。

誰か、趙雲が来たと伝えてくれ。

兵卒　趙雲さまが見えました。

趙雲　（まみえる）

軍師、趙雲がまいりました。

諸葛亮　子竜どの、そちらでしばしお待ちを。

劉備《りゅうび》　（関羽《かんう》、張飛《ちょうひ》と共に登場）

わしは劉備、字を玄徳と申す。大樹の植わる楼桑《ろうそう》村《そん》の出身で、漢の景帝《けいてい》の玄孫にあたる中山靖王《ちゅうざんせいおう》の後裔《こうえい》である。二人の弟のうち、こちらは蒲《ほ》州解良《かいりょう》県の関羽、字は雲長《うんちょう》。こちらは涿《たく》州范陽《はんよう》県の張飛、字は翼徳《よくとく》。われらはともに桃園にて義兄弟の誓いを交わし、呂布《りょふ》を破ってのちは許都にて天子の補佐をしてまいった。ただ、曹操との不和により、許都を落ちて樊《はん》城に身を寄せたのだが、そこで三たび孔明に出廬を請い、軍師に迎えたのだ。孔明は博望《はくぼう》にて曹操軍を焼き討ちし、赤壁では完膚なきまでに打ちのめした。そしていま、ここ荊州九郡の地を手に入れて、兵馬を蓄えておるところ。関羽、張飛よ。今日は軍師に呼ばれておるゆえ、何ごとか知らぬがひとつ行くとしようか。

関羽《かんう》　さあ、兄上どうぞ。
張飛《ちょうひ》　なあ兄貴、俺は思うんだけどよ、周瑜の野郎は何度も兵を起こして俺たちの荊州を取ろうとして失敗したくせに、いままた柴桑の渡しに陣を築いているっていうじゃないか。こりゃあ本気だぜ。今日は軍師が軍議を開くらしいが、兄貴、この件に手を打っておくべきじゃねえか。後手《ごて》に回って詰まれてからじゃ遅いぜ。
劉備　張飛、周瑜のことなら軍師も考えておろう。
兵卒　おい、われら三兄弟が来たと伝えてくれ。
軍師どのに申し上げます。ただいま殿と関将軍、張将軍がお見えになりました。
諸葛亮　（出迎える）
これはこれは、孔明めのお出迎えが遅れましたこと、どうぞお許しください。
劉備　孔明、軍務の重責ご苦労である。
諸葛亮　これで殿と諸将が揃いましたな。さて、ここで殿にご相談したい喫緊《きっきん》の要件がございます。
劉備　孔明、何ごとか申してみよ。
諸葛亮　かつて、殿は曹操との戦いで甘《かん》夫人と糜《び》夫人を亡くされ、いまは嫡子《ちゃくし》の劉禅さまを世話する者もおりません。そこへ近ごろ、孫権からの使いが江《こう》を渡ってやって来ました。曰《いわ》く、妹の孫安どのがお年ごろゆえ、劉・孫両家で姻戚の関係を結びたいとのこと。貧道はこの縁談をぜひともまとめるべきと思いますが、殿のお考えはいかがでございましょう。
劉備　孔明、わしからは何とも言えんな。みなにも聞くが、これは周瑜の罠《わな》ではなかろうか。
諸葛亮　ご安心ください。その点はすでに考えてあります。まもなく呉《ご》の使者がまたやって来るころでしょう。
魯粛　（登場）
私は魯子敬。荊州を奇襲するという周公瑾の計略のため、輿入れの日を知らせにまた荊州へやって来ました。早くも着いたようです。
すまぬが、江東の魯粛がまいったとお伝え願えぬか。
兵卒　軍師どのに申し上げます。呉の国より大夫の魯粛さまがお見えになりました。
諸葛亮　お通ししなさい。

兵卒　どうぞお入りください。

魯粛　（入ってあいさつする）

孔明どの、先だってはわが元帥の周公瑾の使いでまいりましたが、その際には孫・劉両家の縁談をご承諾いただき感謝に堪《た》えませぬ。

諸葛亮　魯大夫さま、こちらはすでに準備を万端整え、お輿入れの日取りの知らせをずっと待っておりました。

魯粛　孔明どの、今日は玄徳さまも諸将もお揃いの様子。実は、私はわが殿から媒酌人に命じられましてな、今日が輿入れの吉日であることをお知らせにまいったのです。殿はすでに護衛をつけて、妹君をこちらへ送り出しております。孔明どの、どうかお出迎えくださいますよう。

諸葛亮　それはもちろんですとも。この孔明、準備はすべて整えてあります。

張飛　張将軍、ちとこちらへ。

軍師どの、この張飛に何の用だい。

諸葛亮　（耳打ちする）

かようにするのだぞ。

張飛　任せときな。

孫安《そんあん》　（兵卒の担《かつ》ぐ輿《こし》に乗り、甘寧、凌統、梅香《ばいこう》と共に剣を佩《は》いて登場）

わたくしは孫安でございます。婚儀のため、兄はわたくしを荊州に送り出しました。

甘寧　甘寧、凌統、いまはどの辺りかしら。

孫安　姫さま、荊州まではもうまもなくです。

【中呂《ちゅうりょ》】【粉蝶児《ふんちょうじ》】

見晴《みは》るかす、ものすさまじき江模様《かわ》。逆巻く波が天地をつなぐ、われの行方は煙霧《えんむ》の向こう。目に映るのは、素知らぬ顔で舞う水鳥、岸辺に身を寄せ茂る水草。ふと思い出す、荊州のためこの身を差し出し、奸計を弄《ろう》す兄の顔。

甘寧　姫さま、向こうへ着いたら、くれぐれもご注意なさいますよう。

梅香　甘将軍ったら、そんな心配はご無用よ。この姫さまは本当によく気がつくんだから。

孫安　【酔春風《すいしゅんぷう》】

それほどしつこく言わずとも、道理に明るきこの孫安。ひと目会ったら、繰り広げるは巧《たく》みな手段。新郎どのは喜び破顔。この結婚を仕切る人には思いもよらず、実《まこと》は嘘から出るなどと。この縁談を勧める人は本音をのぞかせ、頭隠して尻隠さず。この婚礼に臨《のぞ》む人こそ、擦《す》った揉《も》んだはお手の物。

凌統　見やれば荊州城外にはたいそう兵馬が出ているぞ。

梅香　どうやら俺たちをお待ちかねのようだな。

孫安　凌将軍ったら、わたしが外に出たことがないもんだから、脅《おど》かすつもりなんでしょう。
まあ、なんて立派なお城だこと。
【迎仙客《げいせんかく》】
日に照《て》り映《は》えて桑麻《そうま》は密、天にも届けと稲穂は育つ。

甘寧　なるほど荊州九郡は土地も広く民も豊かで、道理で殿があきらめ切れぬわけだ。

孫安　ここが荊州、ようやく至るわがこの身、ああわがこの身。見てもみよ、広がる大地、富める民。されどいま、錦《にしき》と麗《うるわ》しこの城地《じょうち》、不幸なことに冥加《みょうが》なし。

甘寧　さあ、南門の前に着きましたぞ。
そこのひよっこ、われら呉の将が孫安さまを送り届けてまいったゆえ、とく門を開けよと伝えてこい。

兵卒　(知らせる)
張将軍にご報告します。呉の将らが輿入れにやって来ました。

張飛　いいかお前、その姫の輿と梅香の馬だけは通すが、呉の将兵らはみな城外で待つように伝えろ。一人も通すなよ。ついでにこの張翼徳さまがここにいると言っておけ。

兵卒　承知しました。
そこの呉の将どもよ、張将軍の命を伝える。姫の輿と梅香の馬のみ入ってよし。そのほかは入ってはならん。

甘寧　将兵は通さんだと。俺が直接張飛に掛け合ってやる。
(張飛に会う)
張将軍、わしらはせっかく姫さまを送ってきたんだ、祝いの酒ぐらいよばれてもよかろうに。それをなぜ入れてくれぬ。

張飛　おい、呉の将とやら、おぬしは輿入れを送ってきたのではなかろう。姫の護送を装い城門を奪いに来たはずだ。きさまら周瑜の謀《はかりごと》などお見通しよ。入ったやつは、この鎗《やり》で片っ端から血祭りにあげてやるぜ。

梅香　いやだ、このどんぐり眼ったらこわ〜い。姫さま、やっぱり帰りましょうよ。

孫安　甘寧、凌統、あなたたちは帰りなさい。わたくしは梅香と城に入りましょう。

甘寧　姫さまがそうおっしゃるなら、ここに残るわけにもいきませんな。まったく、祝い酒は飲めんし、これ以上ばかを見るぐらいなら、帰ったほうがましってもんだ。

凌統　甘将軍の言うとおり、さっさと帰って元帥に報告しましょう。
　周公瑾、知恵を絞った謀《はかりごと》
　諸葛亮、その名の前では絵空事《えそらごと》
　祝い酒にもありつけず
　いたずらに、いざこざ起こす世迷《よま》い言《ごと》
（甘寧らと共に退場）

張飛　担ぎ手はわしについてこい。よし、知らせてくるから待っておれ。
（あいさつする）
兄貴、奥方の輿が城門に着いたぜ。護送してきた呉の将どもは追い返しといたからな。

劉備　張飛、ご苦労だったな。

魯粛　姫さまが着いたなら、私も迎えに出なくては。

諸葛亮　では、みなで出迎えましょう。

魯粛　（劉備らと出迎える）
姫さま、さあお降りください。みながお出迎えです。

梅香　魯大夫さま、姫さまを驚かせないで。わたしが手をお貸ししますから。
（孫安に手を差し出す）
（一同、後に続く）

魯粛　姫さま、いまや姫さまほどの果報者はおられませぬ。さあ、玄徳どのとともに天地に拝礼(六)し、それからみなと顔合わせしましょう。

諸葛亮　趙将軍、そちらで酒と果物の用意を。

趙雲　おい、食台を持って来い。

兵　卒　わかりました。

（梅香が孫安に手を差し出し、孫安と劉備が天地に拝礼する）

諸葛亮　さあ、酒を持て。

まずは一杯お注ぎしましょう。

（劉備に酒を注ぐ）

わが君、祝いの酒でございます。ぐっとおあけください。

劉玄徳　孔明、すまんな。では、ありがたく。

（酒を飲む）

（諸将、祝う）

諸葛亮　（孫安に酒を注ぐ）

奥方、どうぞ一杯。

孫　安　魯大夫、こちらはどなた。

魯　粛　この方こそ軍師の諸葛孔明どので、道号は臥竜先生と申されます。姫さま、礼にのっとりお受けください。

孫　安　（酒をいったん受け取り、返す）

軍師さまからどうぞ。

諸葛亮　畏《おそ》れ多いこと。奥方がお先に。

梅　香　もう、二人とも飲まないんだったら、わたしがもらっちゃおう。

孫　安　【普天楽《ふてんらく》】

ふと見れば、宴《うたげ》の席に居並ぶ諸将、ひとりひとりの気概は軒昂《けんこう》、ひとりひとりの礼儀は鄭重《ていちょう》。君子の徳を備え持つ、天下に冠たる軍師の才能。星を踏み、霞《かすみ》をまとう、非凡な姿は仙者《せんじゃ》の風貌。管仲《かんちゅう》よりも多くの兵法、太公望《たいこうぼう》よりはるかに年少、張良《ちょうりょう》よりも機知は神妙。(七)

諸葛亮　では、貧道がもう一杯お注ぎいたしましょう。

劉　備　孔明、気を遣わんでよいぞ。

雲長、軍師の代わりに酒を。

関　羽　軍師どのはごゆるりと。

おい翼徳、酒壺を持って来い。わしが酒をお注ぎする。

張　飛　あいよ。

（壺を取る）

関　羽　（酒を注ぐ）

兄上、まずは一杯。

劉　備　（酒を飲む）

劉玄徳《りゅうげんとく》、良縁《りょうえん》に巧《めぐ》り合《あ》う

飲み干したぞ。

関羽　さあ、姉上もぐっと一杯お飲みください。

孫安　魯大夫、こちらのお二人はどなた。

魯粛　こちらは関雲長どの、こちらは張翼徳どのでございます。

孫安　なんて強そうな大将かしら。

【十二月《じゅうにげつ》】

その容貌、その挙動、紛《まご》うかたなき真の猛将。

わが呉の魔下の甘寧・凌統、さては鼠《ねずみ》か狸《たぬき》のよう。疑いなきは、劉玄徳の漢室《かんしつ》再興。それもそのはず、背後に控える文武の股肱《ここう》。

関羽　めでたい酒でございます。奥方も一杯お召し上がりください。

孫安　【尭民歌《ぎょうみんか》】

なんとまあ、腰を曲げては深々と、両手で捧げる金の杯。笑みを浮かべてにこにこと、屋敷に広がる和気《わき》藹々《あいあい》。わたしのほうは覚えず知らずがくがくと、言われるがまま受ける指示。思い切りよくふわふわと、飲んで飛び込む酔い心地。ついに知る、いまの時勢を見極めぬ、益体《やくたい》もない周瑜の見識。

(酒を飲む)

たしかにいただきましたわ。

劉封　みんなが酒ばっかり勧めるから、まだ母上に拝礼してなかったぜ。

(拝礼する)

母上、できの悪い息子だからさ、そのうち世話になるぜ。

劉　備　梅香、ひとまず姫といっしょに奥に入りなさい。

梅　香　姫さま、じゃあ先に奥の間に入りましょう。

孫　安　魯大夫、あなたは戻って兄に伝えてください。ひと月後の里帰りで、わたしからお母さまに直接お話しします。

魯　粛　承知しました。

孫　安　（わきぜりふ）この劉玄徳というお方、耳は自分で見えるほど大きく、手は膝《ひざ》に届くほど長く、真《しん》に帝王となる風格を備えておいで。この孫安の夫にふさわしい人だわ。

【耍孩児《さがいじ》】

これまで一歩も出ざる奥の間。はにかんで、まっすぐ見られぬ殿方の姿。三従四徳《さんじゅうしとく》(八)は幼き日より染みた性《さが》、ひとたび嫁《とつ》げばともに入るは同じ墓。その異形《いぎょう》、己の目にも見える耳朶《じだ》、その手を垂《た》らせば届く膝《ひざ》。血筋たどれば漢の高《こう》祖《そ》のお家柄、いまはまだ、時機を待ちつつ潜む竜、必ずや、雷雨とともに翔《かけ》る空。

周瑜ったらばかみたい。荊州を取り戻す知恵がないものだから、わたしをここに送り込んだのね。あなたの手柄のために、どうしてわたしが一生をやもめとして過ごさなきゃならないの。

【三煞《さんさつ》】

とうとう見出《みい》だす、狙《ねら》いは屏風《びょうぶ》、射止《いと》めし孔雀。(九)登るは秦楼《しんろう》、跨《また》ぐは鳳凰《ほうおう》、二人仲良く去るのを願う。(一〇)これぞ女の生涯かけた終《つい》の策。周公瑾、あなたの計は砂上の楼閣、従えば、一生の縁《えにし》ふいにする。悔やまぬ者など到底おらぬ。かように詭計を弄しても、おそらくそれはむだな謀略。

お兄さまも本当にひどいわ。荊州がそんなに大事だっていうの。わたしを婚儀に送り込んで、しかも新郎の命を狙わせるだなんて。新郎を殺《あや》めた女をどこの誰がもらってくれるっていうの。お兄さまのおかげで、とんでもないことになったわ。

【二煞《にさつ》】

血を分けた、兄弟姉妹は何人もなし。策兄《さくにい》さまは、道半ばにして非業の死。そのことは、あわれ癒《い》えることなき心の痛み。母さまは、あわれ枯れゆく萱草《わすれぐさ》、兄さまも、枝葉のもがれた棠棣《にわざくら》(一二)。それなのに、実の妹の幸せ軽んじ、輿入れの名で、ひそかに狙うこの城地。
そういえばお母さまも、ただお兄さまの言うとおりにやるだけで、なにもわたしを見放したのではないとおっしゃったのに。本当はお兄さまのためだけに決めたのね。もう引き下がることはできないわ。わたしにも考えがあるんだから。

【煞尾《さつび》】
ただ憂《うれ》えるは、母や兄との絆を断つこと。ただ恐れるは、夫と妻との仲を割くこと。これからすべきは、かのお手玉の宜僚《ぎりょう》のまねごと(一三)、兄と夫の中に立ち、矛《ほこ》は取らせぬ、もう二度と。

(梅香と共に退場)

諸葛亮　奥方は奥へ入られましたな。
魯大夫どの、さあ、もう一杯どうぞ。呉に帰られたら、ご面倒ですがわが殿に代わって、くれぐれも呉王によろしくお伝えください。

魯粛　軍師どの、酒はもう十分です。これで孫・劉両家は縁戚となり、互いに助け合って干戈《かんか》を交えることもない。まことにめでたいことです。私はいまからでも殿へ報告に帰るとしましょう。ずいぶんお邪魔いたしました。ごめんください。

諸葛亮　魯大夫さま、おもてなしが行き届きませんで、どうかご寛恕《かんじょ》ください。柴桑はさしたる距離でもないのに、周元帥にはご無沙汰しております。お会いになったら、平にお許しくださいますようお伝えください。

魯粛　承知しました。では、私は江東へ戻るとしましょう。
周公瑾、計繰り出すは矢継ぎ早
諸葛亮、その内実をとく看破
両家はこれより蜜月に
荊州を、取り戻せるのはいつの日か

(退場)

諸葛亮　殿、この度の両家の縁談は、周瑜めが荊州を奪い取るために仕掛けた謀《はかりごと》でございます。貧道に見破られたからには、あの周瑜のこと、きっとまた怒って何か計を仕掛けてくるに相違ありません。いまは孫夫人がお着きになったばかり。殿も奥に入り、

劉　備　奥方と慶賀の祝宴をお楽しみくださいい。貧道はまだ差配すべきことがありますので。
孔明、ご苦労だな。
関羽と張飛はここで軍師の命を聞け。わしは祝宴のため奥の間に戻るとしよう。
（退場）
諸葛亮　関将軍。
関　羽　軍師どの、この関雲長はどうすればよいですかな。
諸葛亮　関将軍は漢陽《かんよう》の辺りで兵馬を揃え、私の指図を待つように。では疾《と》くまいられよ。
関　羽　軍師の命にて、これより漢陽へ行って兵馬を揃えるとしよう。
江東に、その名も轟《とどろ》く美髯公《びぜんこう》
兵馬を揃え、いざまいろう
周瑜が心砕けども
軍師の計は、談笑のうちにまず成功
（退場）
諸葛亮　子竜。
趙　雲　軍師どの、この趙子竜はいかがいたしましょう。
諸葛亮　子竜は新野《しんや》の辺りで兵馬を揃え、私の指示を待つように。では直ちに出立を。
趙　雲　ははっ。
これより新野へ行って兵馬を揃えるとしよう。
深謀遠慮、神にも通ずるわが軍師
婚儀に託す、周瑜の無策笑うべし
もし荊州に乗り込めば
わが軍門に突き出されるはその首級《しるし》
（退場）
諸葛亮　劉封、近う寄れ。
劉　封　この日を待っていたぜ。俺も使ってくれるなんてな。
諸葛亮　劉封は五百人を率いて南門を守れ。気を抜くでないぞ。
劉　封　ほいきた、合点承知の助。
五百の兵を連れて南門を死守しに行くぜ。
劉封の、お手並みをとくとご覧《ろう》じろ
戦に出れば、これ全身が肝っ玉
もしも周瑜を見つけたら
ぎちょんぎちょんのこてんぱん
（退場）

諸葛亮　張将軍は貧道とともにいるように。追って沙汰するゆえ。
周瑜のこの計は、またみすみす失敗に終わるでしょう。もし別の計を仕掛けてきても、何も案ずることはありません。
孔明といえば羽扇綸巾《うせんかんきん》
口ずさむのは梁父吟《りょうほぎん》

張　飛　周瑜よ周瑜、さても見事な謀《はかりごと》
姫は奪われ兵は灰燼《かいじん》
（一同退場）

［第三折］

周瑜《しゅうゆ》　（兵卒を連れて登場）
私は周公瑾《こうきん》である。赤壁《せきへき》の合戦で大将の黄蓋《こうがい》を失ったというのに、われらの荊《けい》州九郡は劉備《りゅうび》に取られてしまった。そこで私は孫《そん》・劉《りゅう》両家の縁談の計を思いつき、甘寧《かんねい》と凌統《りょうとう》の二将を輿入《こしい》れの護衛と偽《いつわ》って差し向けたのだ。首尾よく城を奪えば早馬の知らせが届くはずだが、なぜまだ誰も報告に戻らん。ああ、まったく腹が立つ。

甘寧《かんねい》　（凌統と共に登場）
わしは甘寧。こちらは凌統。元帥《げんすい》の命令で孫安《そんあん》さまを送り届け、いましがた戻ってきたところ。やっと軍門についたか。すでに報告しておるゆえ、そのまま入るとしよう。
（あいさつする）
元帥、甘寧と凌統が戻りました。

周　瑜　おお、それで荊州の城は取ったのか。

甘　寧　元帥、われらが城門まで送ったところ、張飛《ちょうひ》に行く手を遮《さえぎ》られましてな。曰く、われらの計はお見通し、輿入れに寄せて城を奪うのだろう。新婦の輿と梅香《ばいこう》だけ入ってよし。もし将兵が入ったら、片っ端から鎗《やり》の餌食にしてくれると。なあ大将、張飛の鎗さばきってのはとんでもねえんだ。すぐに逃げ出したからよかったものの、ちょっとでも逃げ遅れたら、やつに鎗を見舞われるところだったぜ。

周　瑜　はあ、まったく。孔明のやつめ、忌々《いまいま》しい。腸《はらわた》が煮えくりかえるわ。

凌統《りょうとう》　元帥、まあそうかっかなさらずとも。われらが江東《こうとう》にはよく肥えた領土が八十一郡もあります。たとえ荊州の地を版図《はんと》に入れずとも、十分満ち足りているではありませんか。

周瑜　どうして荊州をみすみすくれてやることなどできようか。魯子敬《ろしけい》が来たら次の計を授けるとしよう。おっつけやって来るだろう。

魯粛《ろしゅく》　私は魯子敬。長江を渡って、周元帥の本営があるここ柴桑《さいそう》の渡しまで戻ってまいりました。誰か、魯粛が来たと知らせておくれ。

兵卒　(知らせる)元帥に申し上げます。魯大夫《たいふ》がお越しになりました。

周瑜　通せ。

兵卒　どうぞお入りください。

魯粛　(あいさつする)

周瑜　魯大夫どの、あのにっくき諸葛亮《しょかつりょう》めはなんと申しておった。

魯粛　元帥、諸葛亮はまず張飛に城門を見張らせ、わが呉《ご》の将は通しませんでした。私は姫さまとともに荊州の城府に入り、すぐに婚儀とあいなりました。姫さまは大変に喜ばれ、どうやら劉玄徳《りゅうげんとく》のことがずいぶんお気に召したご様子。元帥の二つの計は、どちらも失敗に終わりました。元帥、もう荊州はあきらめましょう。

周瑜　大夫どの、私は荊州だけは何があっても取り返すぞ。そこでまた殿にご報告願いたい。ひと月後の里帰りでは、呉国太《ごこくたい》さまに拝礼するためと言って、姫さまとともに劉備も呼びつける。もしやって来たなら、諸将を遣わして流れの分かれ目を押さえ、劉備が帰れないようにするのだ。荊州を返すというなら、それまでにするが、そうでなければ劉備を殺し、兵を起こして荊州を攻め取る。この計はいかがかな。

魯粛　それは妙案ですが、はたしてあの孔明《こうめい》が、そうやすやすと劉備をこちらによこしますかな。

周瑜　とにかく魯大夫は私の言ったとおり、主君にお伝えを。あんなやつにわが計が見破れるものか。

魯粛　承知しました。
周公瑾、江東の地に比類なし

周瑜　諸葛亮、神算鬼謀に限りなし
軍師二人が、江を隔てて智を闘わす
魯粛一人が、あくせく奔走する羽目に
（退場）
魯子敬は行ったか。これで今度こそ荊州を取れるはずだ。
甘寧、淩統。
甘寧　元帥、われら二人にはどのようなご指示を。
周瑜　各々五千の兵馬を授ける。劉備が長江を渡って呉に入ったら、劉備が帰れぬように流れの分岐を取り締まれ。くれぐれも頼んだぞ。
甘寧　承知いたしました。
周瑜　よし、これぞ名づけて擒王《きんおう》の計。あの腐れ道士がわが計に対してどう手を打つか楽しみだ。
竜虎争い、国は三分
にっくき諸葛、深慮は十分
劉備が江東に来たならば
きっと手にする荊州九郡
（一同退場）

諸葛亮《しょかつりょう》　（兵卒を連れて登場）
貧道《ひんどう》は孔明。周瑜は身の程もわきまえず何度も計を仕掛けてきましたが、すべて貧道が見破りました。先日はまた魯子敬を遣わし、わが君と孫安さまが揃《そろ》って里帰りして呉の国太に挨拶《あいさつ》に来いとのこと。貧道はそれを承諾し、わが君はすでに呉へと向かわれました。おおかた周瑜は、わが君をこちらへ帰らせたければ荊州をよこせ、とでも言うのでしょう。まったく、周瑜よ、おまえはしょせん貧道の手のなかからは出られぬぞ。
これ、劉封《りゅうほう》を呼んでまいれ。
兵卒　劉封、劉封はどこだ。
劉封《りゅうほう》　（登場）
劉封さまは腰抜けで
戦《いくさ》と聞けば雲隠れ
ひねもす家でぶらぶらと
ああ忙しいと口から出任せ
俺が劉封だ。親父の劉玄徳《りゅうげんとく》は孫《そん》家の姫と結婚して、このあいだ、ひと月後の里帰りってんで長江《ちょうこう》を渡って呉に行っちまった。いま軍師に呼ばれているんだが、いったい何の用だろうな。
おい、劉封さまの御成りだ。

兵卒　(知らせる)
劉封が来ました。

劉封　(あいさつする)
軍師、いったい何のご用で。

諸葛亮　劉封よ、わが君が長江を渡られてから数日になる。暖かい上着を届けに行って、わが君にこの錦嚢《きんのう》を手渡してくれ。一書をしたため入れておいた。誰にも見られてはならぬぞ。そして、ちょっと近う
……
(耳打ちする)
上着をわが君に着せるとき、こっそりとこの錦嚢も渡し、袖《そで》のなかに入れよ。そして耳打ちするのだ。酒宴が散じたら、酔った振りをしてこの錦嚢を落とすようにとな。孫権《そんけん》がこれを拾ったあとは、こちらに考えがある。抜かりのないように。

劉封　任せてくれよ。ちょうど遊びに行こうと思ってたんだ。じゃあさっそく、錦嚢を持って上着を届けに行くとするか。
(退場)

諸葛亮　劉封は行ったか。
これ、張将軍を呼んでまいれ。

兵卒　張将軍、張将軍。

張飛《ちょうひ》　(登場)
わしは張飛。まったく周瑜の野郎め、劉・孫両家の縁談にかこつけてこの荊州に攻め込もうとしたが、うちの軍師に見破られおった。先だっては、兄貴と姉貴《あねき》が里帰りに呼ばれて行った。いま軍師がわしを呼んでいるとのこと。ちょっくら行ってみるか。
おい、張翼徳《ちょうよくとく》さまが着いたと知らせてこい。

兵卒　(知らせる)
張将軍がお着きです。

張飛　(あいさつする)
軍師どの、やっと俺の出番ってわけかい。

諸葛亮　張将軍に一計を与える。将軍は漢江のほとりで、わが君と孫安さまの輿をお出迎えせよ。そして
……
(耳打ちする)

かくかくしかじか……

張飛　任せときな。じゃあさっそく兵馬を率いて、兄貴と姉貴を河辺まで出迎えに行ってくるぜ。
　すでに結ばれ両者は姻戚
　いわれもないのに喧嘩腰
　新婦の輿にちょいと仕掛けりゃ
　怒って周瑜はあの世行き
（退場）

諸葛亮　（笑う）
周瑜よ、しょせんはわが手の上での悪あがき。わが君を欺《あざむ》いて招き寄せ、荊州の引き渡しを迫るつもりだろうが、孫権どののほうからわが君を返すように、貧道が仕向けて差し上げよう。周瑜は切《せっ》歯扼腕《しやくわん》することであろうな。
　周瑜の三計、焼け石に水
　かえって鬱憤《うっぷん》つのらせる
　みずから招いた命取り
　あわれ小喬《しょうきょう》寡婦となる
（兵卒と共に退場）

呉国太《ごこくたい》　（孫権と共に兵卒を連れて登場）
わたくしは孫権の母でございます。娘の孫安は劉玄徳の夫人となりました。そろそろひと月めの里帰り、ここへも挨拶に来るとのこと。わたくしは、婿どのに何日かゆっくりしてもらい、それから荊州へ帰ってもらうよう言っておきました。仲謀《ちゅうぼう》や、なんといっても妹の夫ですからね。しっかり宴《うたげ》の準備はできましたか。

孫権《そんけん》　母上、宴の準備は整っています。しかし、母上への挨拶といって私が玄徳どのを呼び寄せた本当の狙いは、荊州と引き換えにするためなのです。玄徳どのがこちらへ着いて数日になりますが、まだきちんともてなしてはおりません。誰か、玄徳どのをこちらへ。

兵卒　かしこまりました。

劉備《りゅうび》　（登場）
　何も知らずに信ずる奇謀
　言われるがままに来る江東
　いつなれるのか、玉籠《ぎょくろう》破って翔る鳳
　金鎖《きんさ》をちぎって逃げる竜

兵卒　わしは劉玄徳。孫家と姻戚になってから、また魯子敬が来て、わしに長江を渡って呉の国太に挨拶に来て欲しいと言ってきおった。わしは乗り気ではなかったのだが、軍師が「大丈夫です。とにかくお行きください。貧道に妙案があります」などと言うものでな。ここへ来てもう何日か経つが、一向に帰らせてはくれぬ。今日は呉王《ごおう》がお招きだとか。これは顔を出さねばな。
これ、玄徳が挨拶にまいったと伝えてくれぬか。
兵卒　(知らせる)
殿、お知らせいたします。劉皇叔《りゅうこうしゅく》がお見えになりました。
孫権　すぐに入ってもらえ。
兵卒　どうぞお入りください。
劉備　(あいさつする)
国太さま、この劉備めに何の徳があって、かくまでのお気遣いとおもてなしを受けることができましょうや。
孫権　玄徳どの、しばしお待ちを。妹が来たらすぐに酒をお出ししますので。

孫安《そんあん》　(梅香《ばいこう》を連れて登場)
わたくしは孫安。婚儀を執《と》り行ってから、ひと月あまりが経ちました。今日はお母さまとお兄さまが広間で宴を開き、夫の玄徳さまをもてなすとのこと。わたくしもお母さまに顔を見せに行かなくては。
梅香《ばいこう》　姫さま、わたし先に見てきましたの。花をいっぱい飾って、一面に錦《にしき》をかけていて、それはそれはすてきな宴席ですわ。
孫安　梅香、このたびの宴席は、楚《そ》の覇王《はおう》の鴻門《こうもん》の会なんじゃないの。
〔商調《しょうちょう》〕【集賢賓《しゅうけんひん》】
われらの華麗なこの殿堂、選《よ》りすぐり、集めた調度はいずれも見事。見てもみよ、並ぶ食台に列なす佳肴《かこう》。ぴたりと揃《そろ》う、銀の屛風《びょうぶ》に刺繡《ししゅう》の敷物。のびやかに鳴る、彩《いろど》り凝《こ》らした笙《しょう》と簫。
梅香　姫さま、だんなさま一人をお招きするだけで、どうしてこんなにも豪勢なのかしら。
孫安　あなたにはわからないわよね。

錦の上に花を敷くとは物は言いよう、笑顔の裏に刀を隠すがその真相。あくどさ満ちるその心、はなから兄は用意周到。

梅香　今日の宴席では、だんなさまにはあまりお酒を飲ませないでくださいね。酔っ払ったら、またわたしが介抱しなくちゃいけないんですから。

孫安　梅香に、察しはつかぬこの事情。いまだに晴れぬ夫の苦悩、おそらくは、酒を飲んでも消えぬでしょう。

梅香　だんなさまは何を悩んでらっしゃるの。

孫安　【逍遥楽《しょうようらく》】ひたすら待つは荊州のたより。契《ちぎ》りを結んだ義兄弟、この幾日か、ずっと離れて会えずじまい。

梅香　兄弟たちに会いたくてがまんできなくなったら、帰れば済む話でしょ。

孫安　まったくなんておめでたい。百計万策、弄《ろう》する兄のその狙い、覇を唱えるため逃せぬ機会。

梅香　兄君さまが帰さないっていうなら、こっそりと抜け出せばいいじゃない。

孫安　心では、準備をしたい帰りの渡し、されど案ずる追っ手の兵士。一面広がる長江の、どこにあるのか、われらの逃げ道。

梅香　姫さま、じゃあこっちも何か手を打たなくっちゃ。ひとまず、母君さまに挨拶しましょう。

孫安　(あいさつする)
お母さま、お兄さま、ごきげんうるわしゅう。

呉国太　孫安や、待っていたのですよ。さあ、はじめましょう。

孫権　おい、食膳を用意しろ。

兵卒　かしこまりました。お酒はこちらに。

孫権　さあ母上、まずは一杯。

呉国太　では、お先にいただこうかしら。
(酒を飲む)

孫権　もう一つ酒だ。
さあ、玄徳どのも一杯どうぞ。

劉備　これはこれは。では、お言葉に甘えていただくとしましょう。

孫権　孫安よ、お前にも一杯勧めよう。

孫安　では、お兄さまもどうぞ。

孫権　おまえも飲みなさい。

孫安　【梧葉兒《ごようじ》】
兄は尊し、わざわざそんな、もったいない。目の前に、金の杯、美酒はなみなみ。

孫権　(ささやく)
孫安や、この酒でうまくやれよ。

孫安　宴なら、それに見合った話をすべき。それをなに、おかげでわたしの胸は傷つき、膨らむ悩み。

孫権　何をそんなに悩んでおる。さあ、この酒でも飲め。

孫安　(傍唱《ぼうしょう》)(一三)
この酒を、心のなかで天と地に撒《ま》き、ただ願う、ともに白髪で夫婦長生き。
(酒を飲む)

孫権　もっと酒を持ってこい。ゆるゆると飲もうではないか。

劉封　(登場)
俺は劉封。軍師の命令で冬衣を親父に届けるため、長江を渡ってやって来た。ちゃんと風呂敷も持って来たから、この宴席がお開きになったら、食台の上の残り物はみんなもらって帰るつもりだ。お、ここだな。

兵卒　おい、劉封さまが到着したと伝えてくれ。
お知らせいたします。ただいま劉封とかいう者が謁見を求めております。

孫権　(わきぜりふ)
劉封が来ただと。いったいどういうわけだ。
玄徳どの、そちらの劉封どのがお見えのようです。

劉備　(酔ったふりをする)
国太さま、わしはもう飲めませぬ。

孫権　玄徳どのは酔ってしまわれたか。
おい孫安、劉封は何をしに来たのだ。

孫安　お兄さま、わたしにもわかりませんわ。

孫権　嘘をつけ。なぜ知らぬふりをする。劉封がなぜ来たのか、本当のことを言え。

孫安　【金菊香《きんきくこう》】
わたしを劉家の者だと見なし、何かにつけて訝《いぶか》しむ兄。そもそも二人の思惑《おもわく》にある食い違い。

孫権　孫安よ、輿入れに際して、お前に言い含めたことがあったな。なぜそのとおりにしなかったのだ。

孫安　そんな悪心起こしたら、お天道《てんと》さまもお見通し。お願いだから、玄徳さまを帰してあげて、いますぐに。そうすれば、互いに矛《ほこ》を執《と》ることもなし。

孫権　おい、劉封をここに通せ。

兵卒　劉封よ、わが殿がお呼びだ。

劉封　（あいさつする）この劉封、父がこちらに来てからずいぶん経ち、冬も近づいてまいりましたので、暖かい衣を届けに上がりました。おや、この食台の残り物、これが俺に取っておいてくれた分だな。

孫権　なんだ、上着を届けに来たのか。しかし、そなたの父は酔ってしまったぞ。

劉封　やや、これは挨拶が遅れました。国太さま、母上、ごきげんよう。親父ったら酔いつぶれちゃって。親父、上着を持って来たぜ。

劉備　（酔ったふりをする）国太さま、もうこれ以上は飲めませぬ。

劉封　母上、うちの親父ったら、なんでこんなに酔うまで飲んだのさ。ちょっと起こしておくれよ。

孫安　少しこのままにしておきましょう。それより聞きたいことがあるんだけど。

劉封　何だい、俺に聞きたいことって。

孫安　【醋葫蘆《さくころ》】向こうでは、みな健やかか。軍師たちもみんな元気で、心配事はなさそうだよ。

劉封

孫安　変わったことは起きておらぬか。

劉封　いま荊州じゃ、一銭で大盛りのうどんが買えるんだ。変わったことと言えばそれぐらいかな。

孫安　そうはいっても関羽《かんう》と張飛《ちょうひ》は焦《じ》れておらぬか。

劉封　叔父貴《おじき》たちは日がな一日酒飲んで、のんびりしたものさ。

孫安　届かぬたよりにきっといらいら。なぜいつまでも帰らぬと、陰《かげ》で下すは厳しい評価。

劉封　親父ったら、酔って寝ちまったよ。母上、ちょっと起こしてやってよ。

孫安　わかったわ。

劉備　（薄目で劉封を見る）玄徳さま、劉封が冬衣を持って来てくれたわよ。

孫安　孫安や、もうさすがに飲めん。
【幺篇《ようへん》】
寝ぼけ眼であちらをちらり、その人を見て、
また寝るそぶり。何か妙案思いつき、ひそか
に隠す腹の内。

孫権　孫安よ、玄徳どのを支え起こして、冬衣を着せて
差し上げなさい。もう少し飲もうではないか。

孫安　玄徳さまを支えて起こし、服を着せよと兄の
指示。ただ、いまは、夢路をたどり、

劉封　親父ったら、いつまで寝てるのさ。

孫安　目が覚めるのは、梢《こずえ》に明月浮かぶとき。
さあ玄徳さま、お召し物をお着替えになって。

劉備　（目が覚める）
おお、孫安よ、劉封をここへ。

孫安　劉封、父上にご挨拶なさい。

劉封　（あいさつする）
親父、あったかい上着を持ってきたぜ。

劉備　すまんな、では着替えるか。
（着替える）

劉封　（錦嚢を渡す）
親父、さあこの錦の袋を。

孫権　（わきぜりふ）
お、何だあの錦嚢は。

劉備　（袖にしまう）

劉封　（耳打ちする）
親父、うまくやるんだぜ。

劉備　わかっておる。

孫安　何かしら、いかにも怪しいわ。
【幺篇《ようへん》】
こっそり伝える耳元に、黙って察する胸の内。
わたしが味方とつゆ知らず、孫安ひとりをの
けものに。

劉封　母上、じゃあ親父の世話は頼んだよ。

孫安　あの人に、取るはずもなし、逆らう態度。わ
たくしは、忠臣の側に仕える賢女。

劉備　さあ、お前はもう帰れ。

劉封　まだ一杯も飲んでないのに、もう帰らせるのかよ。
国太さま、母上、俺はもう河の向こうに帰るけど、
悪く思わないでくれよな。
軍師の命《めい》で、親父に届ける冬衣

流れに乗って、飛ぶがごとくに至る江東
とんだ無駄足、数千里
目の前にして、お預けくらう宴《うたげ》のご馳走

孫権　（退場）

（わきぜりふ）
劉封は帰ったか。先ほど劉玄徳に渡していた錦嚢は密書に違いない。ちょうど劉玄徳は酔いつぶれているな。

孫安よ、この度お前はまったく言う通りにしなかったな。あの密書だけは、何とかしてわしに見せろ。いまから梅香に介抱させて劉玄徳を休ませる。お前はこっそりと密書を持ってこい。わしが中身を見たら、また元どおりに返すのだ。これぐらいのことは頼まれてくれるな。

呉国太　母上、劉玄徳どのは酔ってしまわれました。梅香に介抱させて休んでいただきましょう。

梅香　梅香、玄徳どのを寝所へお連れして、休んでもらいなさい。

もう、だんなさまったら酔い潰れちゃって。さあ寝所へ戻りましょうね。

孫権　玄徳どの、では、また明日。

劉備　（あいさつする）
どうもご馳走になりました。では、失礼いたします。

（錦嚢を落とし、梅香と共に退場）

孫権　（錦嚢を拾う）
これぞ天の思し召し。うまい具合にやつの錦嚢を拾ったぞ。劉備よ、お前もこれでおしまいだ。さっそく開けて見てみるとしよう。……やはり密書であったか。

（読む）
諸葛亮、書を玄徳公に奉る。公が長江を渡られてのちも、諸将は健やかにして、いささかも懸案なし。しかるに、いま曹操《そうそう》が赤壁《せきへき》の恥を雪《そそ》がんと、百万の大軍を揃えて荊州をうかがう。書簡を落手しだい、ひとまず戻られたし。貧道は諸将を要所に配して守らせ、早晩、呉王のもとを訪ねて再び兵を借り、ともに曹操を防ぐ所存。一つには、江東の諸将はなじみであること、二つには、両家が姻戚となり絆が深まったこと、必ずや呉王も首肯せん。なお、この件は他言無用。諸葛亮記す。
おお、そういうことか。ならばやつをここに留め置く必要もない。さっさと帰らせて、兵は貸さんだけだ。あとは勝手に曹操が殺してくれるのを待てばいい。
孫安よ、今日にも荷物をまとめて、玄徳どのと一緒に荊州へ帰るのだ。

孫安　お兄さま、ありがとう。

呉国太　仲謀、どうしてすぐに二人を荊州へ返すのかえ。

孫権　母上はご存じありますまい。
（耳打ちする）

呉国太　そういうことなら、任せましょう。

孫安　【浪裏来煞《ろうりらいさつ》】
兄にとってはとんだ気苦労、わたしはこっそり
崩《くず》す相好《そうごう》。これで夫は放たれた、仙山《せんざん》背負う
東海の鼇《ごう》。（一四）

孫権　孫安よ、今日にも出立するのだ。

孫安　まだ気にかける、わたくしが、心変わりをしないかと。ただ望むのは、わたくしが、疾《と》く荊州に帰ること。たとえまた、何千回と宴を開くも、そちらこそ、招かないでね、もう二度と。
（呉国太と共に退場）

孫権　結局周瑜の計は空振りに終わったか。それにしても、もし諸葛亮がこちらへ兵を借りに来ていたら、また貸してしまうところだった。二度と同じ轍《てつ》は踏まぬぞ。この前はうまくしてやられたが、今度はそういかん。今日にでも劉玄徳と妹を荊州へ帰らせよう。そうだ、それがいい。
　かねてより、心ひとえに荊州所望
　はからずも、兵を起こすはかの曹操
　疾く玄徳を帰らせて
　避けるべし、兵を貸せとのしち面倒
（退場）

［楔子《せっし》］

劉備《りゅうび》　（従者を連れて登場）
　江東《こうとう》を、慌てて離れ急ぐ帰路
　荊《けい》州は、なお遥《はる》かなるにあかね雲

針をはずして逃げた鼇《ごう》
頭振り、尾振り泳いでいまいずこ

わしは劉備。江東に来てもう十日になる。孫権《そんけん》はわしをここに拘禁《こうきん》して、荊州と引き換えようと企《たくら》んでいた。昨日、劉封《りゅうほう》が孔明《こうめい》に言われて冬衣を届けにきた。孔明は、わしがわざと錦嚢《きんのう》を落とすことで、孫権を騙《だま》してわしを帰すように仕向けたのだ。これがすべてこちらの策だとは、孫権もまだ気づいておらぬ。昨日のうちにわしら夫婦はさっそく出発したが、長江の流れが交わるこの辺りまで来たところで、甘寧《かんねい》と凌統《りょうとう》に道を遮《さえぎ》られた。しかし、わが妻がこれを一喝して退けてくれたおかげで、無事にくぐり抜けることができた。気がつけばすでに漢陽《かんよう》も近く、ここから荊州城まではもう一息。それにしても、周瑜《しゅうゆ》が事情を知り、兵馬を連れて追撃に来たとき、それを切り抜けられるかどうかが心配だ。こちらも迎えの部隊と合流できればよいのだが。

（兵卒の担《かつ》ぐ輿《こし》に乗り、梅香《ばいこう》と共に登場）

孫安《そんあん》　玄徳《げんとく》さま、さあ早く出しましょう。荊州城まで急がなくては。

劉備　先ほどは呉の将に遮られて危なかったな。お前が一喝してくれなければ、ここまで来れなかったぞ。ここはもう漢陽の流れが交わるところ、われらが荊州の領地だ。とはいえ、周瑜の追っ手が来ぬか心配だのう。

孫安　玄徳さま、そんな心配はご無用ですわ。軍師さまならきっと何か手を打ってくれているはず。ほら、あの水草の茂った辺りから馬が来るわ。きっとあなたの兵じゃなくって。

張飛《ちょうひ》　（兵卒を率いて登場）
わしは張飛。軍師の命令で、ここ漢陽まで兄貴を出迎えにやって来た。お、あの向こうに見えるのは、うちの兄貴じゃねえか。
（あいさつする）

劉備　張飛よ、来てくれたか。軍師は何か言っておったか。

張飛　奥方には輿から降りてもらって、兄貴も一緒に馬で先に荊州へ帰ってくれ。それで軍師の命令なんだが……

劉備　(耳打ちする)
とまあ、そういうわけだ。

孫安　なるほどな。ではそうしよう。

劉備　孫安よ、輿から降りてくれんか。張飛をここに残して後ろを守らせ、ここからは騎馬で先に荊州まで帰るとしよう。

孫安　(輿を降りて、馬に乗る)
翼徳《よくとく》どの、どうか頼みます。

張飛　〔仙呂《せんりょ》〕【賞花時《しょうかじ》】
奥方は、駿馬《しゅんめ》に乗せて先に遣《や》り、遠からず、一人周瑜が周章狼狽《しゅうしょうろうばい》。わが面前で、ひけらかすでない、その浅才。この矛《ほこ》一本、馬一頭で、貴様を無事に返しはすまい。

劉備　(孫安、梅香と共に退場)

張飛　おい、こいつの轡《くつわ》を持て。わしはこの輿に乗るから、ちょっとその辺で待ってろ。
よし、いいぞ。担げ。

周瑜《しゅうゆ》　(甘寧、凌統と共に登場)
私は周公瑾《こうきん》。やっと劉備をおびき寄せたと思ったら、なんと、わが殿はなぜ劉備を帰してしまったのか。このまま逃がすものか。
甘寧、凌統。

甘《かん》・凌《りょう》　ここに。

周瑜　お前たちには流れの分かれ目を固めろと言っておいたはずだ。なにゆえ命《めい》を違《たが》えてやつを逃がした。

甘寧　われらがどうして逃がしたりしましょうや。蟻一匹通れぬよう、完全に守りを固めておったのです。ところが姫の言うことには、国太さまと殿の言いつけで帰るとのこと。姫は普段からあの通りのじゃじゃ馬で、国太さままでが向こうについたというのですから、元帥《げんすい》どのでも止められますまい。ましてや、われらにどうしろと言うのです。

周瑜　(怒る)
やかましい。将も外にありては君命を受けずというではないか。元帥の命より孫安の言うことを聞くのか。ひとまずこの罪は預けておいてやる。功を立てて償え。いますぐ兵を率いて追いかけるぞ。
私に続け。
(追う)

甘寧　おお、あの前を行くのは、まさしく姫の輿ではな

両軍師《りょうぐんし》、江《かわ》を隔《へだ》てて智《ち》を闘《たたか》わす

いか。

元帥、姫がどうして帰るのか、そのわけをご自身で尋ねてみてはいかがですかな。

周瑜　（馬を下りてひざまずく）

姫さま、この周瑜が仕掛けた三つの計は、孫・劉両家の縁談にかこつけて荊州を取り返すためのもの。やっと劉備をこちらに招き寄せたのも、やつを拘束するためで、これを擒王《きんおう》の計と申します。

それなのに、どうしてこの河辺で、姫さまはわが軍の将を叱りつけ、劉備を逃したのです。これでは、いつまでたっても荊州を取り戻せません。夫を守るためとはいえ、そこまでなさらずとも。

張飛　（簾《すだれ》を掲げる）

あら周瑜、この顔をご存じかしら。見事なものね、擒王の計ですって。恥ずかしくないのかしら。いま目の前で跪《ひざまず》いたから許してあげるけど、そうじゃなかったら、この矛で胸に風穴を開けてあげるところだったわ。

周瑜　（憤る）

き、貴様は張飛ではないか。貴様が輿に乗っていたのか。やつに跪いてしまうとは。おのれ、ふざけおって。

（憤って倒れる）

甘寧　張将軍、元帥の矢傷がまた開いてしまったぞ。

張飛　命だけは見逃してやる。この匹夫を連れて、さっさと自陣に帰りやがれ。

甘・凌　（周瑜を支えて退場）

張飛　周瑜め、ずいぶん怒り狂っちまって。ありゃ、長くねえな。兄貴と奥方はだいぶ先に行っちまったな。おい、お前らは輿を担いでゆっくり戻ってこい。馬を牽け。わしは軍師に報告せねばならん。先に急いで戻るからな。

（一同退場）

［第四折］

諸葛亮《しょかつりょう》　（兵卒を連れて登場）

貧道《ひんどう》は諸葛孔明《こうめい》。周瑜《しゅうゆ》が荊《けい》州の地を奪おうと、わが殿を江東《こうとう》に招いてそのまま拘禁《こうきん》したため、劉封《りゅうほう》に冬衣を届けさせる名目で、錦嚢《きんのう》を一つ託しました。貧道の見立てでは、孫権《そんけん》はこれでわが君を放すはず、すぐに帰ってこられるでしょう。出迎えにはすでに張《ちょう》将軍を河辺まで遣わせてあります。いま貧道は宴席の用意も終えて、わが君と奥方のために長旅の労をお慰めする所存。もうそろそろ着くころでしょう。

劉《りゅう》封《ほう》　（登場）

俺は劉封。長江を渡って冬衣を届けに行ったら、親父ったら酒飲んで酔っ払ってんだもんな。おかげでこっちは丸一日腹ぺこだ。さて、軍師に会いに行くとするか。

兵卒　（知らせる）

劉封が来ました。

劉封　（諸葛亮にまみえる）

軍師が冬衣と錦嚢を持って行かせてくれたのに、親父ったら先に帰れって言うんだぜ。孫《そん》家じゃ、すごい宴席が開かれていたのによ。俺ってばほんとついてねえ。たったひと目ご馳走を拝んだだけで、腹には何も詰められなかったんだから。

諸葛亮　劉封、とにかくお手柄であった。

劉封　いや、それほどでも。

劉《りゅう》備《び》　（登場）

わしは劉備。江東に渡って十数日。軍師の計のおかげで、孫仲謀《ちゅうぼう》め、その日のうちにわしと妻とを荊州へ帰してくれたわ。河辺までは弟の張飛《ちょうひ》が出迎えに来てくれていた。すでに妻は奥の間へ入らせたから、わしは軍師に会いに行くとしよう。

兵　卒　（知らせる）
軍師にお知らせ申し上げます。ただいま殿がお着きになりました。

諸葛亮　そうか、ではお出迎えするとしよう。

劉　備　（あいさつする）

諸葛亮　孔明、見事な計であった。孫権は錦嚢のなかの手紙を見た途端、わしを帰らせおったぞ。
殿、どうぞお掛けください。諸将が揃《そろ》ったら、みなで祝賀の会を開きましょう。

関《かん》　羽《う》　（趙雲《ちょううん》を連れて登場）
それがしは関雲長《うんちょう》。こちらは趙子竜《しりゅう》。軍師の命令により、それぞれ樊《はん》城と新野《しんや》で兵馬を揃えておった。聞けば、江東へ里帰りの挨拶に行っていた兄上が戻って来たそうだ。
子竜、兄上に会いに行くとしよう。

趙《ちょう》　雲《うん》　関将軍、お先にどうぞ。
おい、関将軍と趙子竜がまいったぞ。

兵　卒　（知らせる）
関将軍と趙将軍がお着きです。

関　羽　（趙雲と共にあいさつする）
軍師どの、この関羽と趙雲、ただいま樊城と新野で兵馬の点検を終えて戻りました。

諸葛亮　お二方、しばしお待ちあれ。張将軍が来たら、わが君と奥方もご一緒に祝賀の会を開きましょう。

張《ちょう》　飛《ひ》　（登場）
わしは張飛。軍師の命令で玄徳兄貴を出迎えて、いま戻ったところ。
おい、翼徳《よくとく》さまが着いたと知らせてこい。

兵　卒　（知らせる）
張将軍がお着きです。

張　飛　（あいさつする）
軍師どの、この張飛、河辺で玄徳《げんとく》兄貴を出迎え、兄嫁には馬に乗り換えてもらい、兄貴と先にここへ戻ってもらったぜ。それから、わしが兄嫁の輿に乗り込んだところ、周瑜が兵を率いてやって来やがった。やつめ、輿の前に跪き、荊州を奪う算段をみな話しおったから、わしは簾をあげて顔を出し、たっぷりと辱めてやったんだ。そうしたら周瑜の野郎、憤ってばったり倒れちまったから、呉《ご》に連れて帰らせた。いまごろはもう、くたばっちまったんじゃねえかな。

諸葛亮 張将軍、見事なお手柄、めでたいことです。殿も今日お戻りになりました。これで劉・孫両家は姻戚となり、荊州の地も守り通せました。貧道は盛大な祝賀の会を催したいと思います。では、孫夫人をお呼びしてはじめるとしましょう。

関　羽 それはよきこと。

誰か、奥の間の姉上に宴会だとお伝えせよ。

兵　卒 奥方さま、お出ましください。

孫《そん》安《あん》 （登場）

わたくしは孫安。今日は玄徳さまと、また荊州へ戻ってまいりました。軍師が諸将を集めて宴を開き、論功行賞の沙汰《さた》を下すとのこと。喜ばしい限りですわ。

〔双調《そうちょう》〕【新水令《しんすいれい》】

聞けば今日、軍師は開く祝賀の宴《えん》。わたくしの、輝く未来は世に空前。思い起こせば兄上は、荊州求めて使者を出し、河の向こうに見捨てる血縁。軍師の妙計なかったならば、結ばれるべき夫婦もいかで持ちこたえん。

（あいさつする）

諸葛亮 奥方、お待ちしておりました。殿も、どうぞご着席ください。

劉　備 みなの者、この度は軍師の妙計がなければ、わしは二度と荊州の地を踏むことはなかったであろう。

諸葛亮 これは貧道の知恵でも、諸将の力でもありません。一つには殿の盛運のため、二つには奥方の賢徳のため、両家は矛《ほこ》を収めるに至ったのです。

さあ、食台を持ってまいれ。

兵　卒 かしこまりました。酒はこちらに。

諸葛亮 貧道から、まずはわが君と奥方にお注《つ》ぎして、その後、諸将にも順に振る舞おう。

（酒を渡す）

孫　安 【沈酔東風《ちんすいとうふう》】

見ればいま、文武の官は笑顔満開。せわしなく、ずらりと次々並べる食台。華やぐ殿堂、流れる音はぴいひゃらり、珍貴な香炉、焚かれる香はゆらゆらり。とこしえの、幸を願って互いに再拝。もしかして、赤壁《せきへき》に、東の風を呼んだ際、やはりかように叫ぶか快哉。

諸葛亮　（再び酒を渡す）
奥方、さあ、ぐっとどうぞ。

孫　安　軍師さまからお先に。

諸葛亮　とんでもありません。奥方がお先に。

孫　安　【沽美酒《こびしゅ》】
軍師が手ずから酌を取るなど、女の身にはもったいない。このたびの、功績はみな軍師の才。わたくしに何の手柄あり。受けられましょうや、かようなもてなし。

諸葛亮　さあ、どうぞ飲み干してください。

孫　安　では、いただくとしましょう。
（酒を飲む）

劉　備　（酒を勧める）
酒を持て。わしからも軍師に一献差し上げたい。

孫　安　【太平令《たいへいれい》】
玄徳さまも軍師に謝意を示すべき。たった一通、あなたをここへと帰す文《ふみ》。成り行きはすべてお見通し、周瑜の毒牙をすべて阻止。一連の手並み、拍手喝采。すべては軍師の仕掛けた計、ああ守り抜く、荊州の無事。

劉　備　みなの者、酒は注いだか。今日はきっと酔いつぶれるまで帰さんぞ。
（一同、酒を飲む）

関　羽　奥方さま、そういえば周公瑾は、どうやって荊州を奪おうとしていたのですか。ひとくさり、われわれにお聞かせ願えませんか。

孫　安　【錦上花《きんじょうか》】
呉ではみな、指をくわえて荊州羨望《せんぼう》。ただ一人、周瑜はむやみにめぐらす策謀。悪知恵しぼって輿入れさせる河向こう。あれやこれやと吹き込むも、すべてわたしが無視した格好。

張　飛　もし奥方みたいに賢くなかったら、兄貴はやつの計略にはまっていたかもしれねえな。

孫　安　【么篇《ようへん》】
わたくしは、ただ賢いというわけでなし。どんなことでもお見通し。この孫安、劉家の敷居を跨《また》ぐ前から、巻き取る孫家の旗印。すでに縁談決まったからには、なぜに利《き》けよう差し出口。わたしはこちらに嫁いだ身、周瑜の計も台無しに。

諸葛亮　奥方のごとき賢婦、世にそうはおりますまい。

孫　安　【碧玉簫《へきぎょくしょう》】

これもまた、動かせぬ天の思し召し、赤い糸によるお導き。夫婦は互いに思いやり、仲睦まじくとこしえに。漢の天下よ万々歳、守るは領地、防ぐは厄災。酒を地に撒《ま》き、花を挿《さ》し、ただ願う、燕楽《えんがく》（一五）よろしく途切れずに。

諸葛亮　諸将よ、跪きたまえ。わが君からの論功行賞を謹んで聞くように。

貧道はもと在野の遺民
明主の迎えは三顧《さんこ》で慇懃
帷幄《いあく》の内に千里を決す
肌身離さぬは羽扇綸巾《うせんかんきん》
荊州を借り、兵馬を駐屯
ただ呉の催促、まことに頻々《ひんぴん》
数々の計を見破れば
此度《こたび》の使者が、求むは縁談
騙《だま》して招き、図る暗殺
錦嚢至り、さっそく出立
がさつな張飛
駕籠《かご》に乗り込み、芝居打つ
周瑜はにわかに覚える恥辱
矢傷が開き、陥《おちい》る危篤
関雲長、その雄略は世を覆い
趙子竜、肝はその身を包み込む
逃げ足自慢のかの劉封
往来の間に得る勲功
玄徳公は漢の宗室
孫夫人は呉のご令嬢
まさに相応、天の差配《さはい》
宴《うたげ》を開き、長寿の祝い
いま将官に恩賜を賜る
一同揃って主君に跪拝《きはい》

（一同拝謝）

孫　安　そしてわたしの玄徳さまは、

【収尾《しゅうび》】

もとより漢の劉家の血筋。魏と呉を平らげ漢室再起。臥竜《がりょう》たる、諸葛軍師は無比の才。愚かなる、周瑜はこれより死出の旅。

題目　両軍師《りょうぐんし》、江《かわ》を隔《へだ》てて智《ち》を闘《たたか》わし
正名　劉玄徳《りゅうげんとく》、良縁《りょうえん》に巧《めぐ》り合《あ》う

注釈

（一）唐の杜牧《とぼく》の詩「赤壁《せきへき》」を踏まえる。内容は以下のとおり。「折戟《せつげき》沙《すな》に沈《しず》みて 鉄《てつ》未《いま》だ銷《き》えず、自《みずか》ら磨洗《ません》を将《もっ》て前朝《ぜんちょう》を認《みと》む。東風《とうふう》 周郎《しゅうろう》の与《ため》に便《べん》せずんば、銅雀《どうじゃく》 春深《はるふか》くして二喬《にきょう》を鎖《とざ》さん（折れた戟が砂に埋もれており、鉄の部分がいまも残っている。それを綺麗にしてみると、三国時代のものだった。東寄りの風が周瑜のために吹かなければ、大喬と小喬の姉妹は、春たけなわの頃、曹操の銅雀台に囚われてしまっていたことだろう）」。なお、大喬は孫権の兄である孫策の、小喬は周瑜の妻である。

（二）呉の孫権が建安《けんあん》十七（西暦二一二）年に築城。現在の南京にある。

（三）「嬪風《ひんぷう》」は未詳。ただ「嬪」は宮女、「風」は態度や品格、あるいは教えの意味であり、直下の『女誡《じょかい》』と対になることから、これも同様の書名か篇名と考えられる。『女誡』は後漢の班昭《はんしょう》の著。儒教理念に基づいた女性のあるべき姿を説く。

（四）「洞房」とは、奥まった部屋で、女性の寝室。特に新婚夫婦の部屋を指すことも多い。

（五）『詩経《しきょう》』「周南《しゅうなん》・関雎《かんしょ》」の詩の冒頭、「関関《かんかん》たる雎鳩《しょきゅう》は河《かわ》の洲《す》に在《あ》り、窈窕《ようちょう》たる淑女《しゅくじょ》は君子《くんし》の好《よ》き逑《つれあい》（カンカンと鳴くミサゴは河の中州で羽休め、たおやかなる淑女は立派な男子のよき相手）」を踏まえる。

（六）中国の伝統的な婚礼では、新郎と新婦がまず天と地に跪いて拝礼し、ついで父母に拝礼、最後に二人が向かい合って拝礼する。

（七）「管仲《かんちゅう》」は春秋時代の斉《せい》の政治家。鮑叔牙《ほうしゅくが》の推挙によって登用され、斉を春秋時代の強国に押し上げた。「太公望《たいこうぼう》」は周《しゅう》の政治家で呂尚《りょしょう》のこと。釣りをしていたところを、周の文王が「太公（父）が望んでいた人物だ」と言って見出だした。「張良《ちょうりょう》」は前漢の政治家。劉邦《りゅうほう》の軍師として、蕭何《しょうか》・韓信《かんしん》とともに前漢の建国に貢献した。

（八）「三従四徳《さんじゅうしとく》」は女性に対する儒教の教えをまとめた言い方。「三従」は、幼時は父に、嫁げば夫に、夫の死後は息子に従うこと。「四徳」は、貞節・言葉・家事・身なりをよく保つことをいう。

（九）隋《ずい》の竇《とう》毅《き》が娘婿を選ぶとき、屏風に描いた孔雀の目を射抜いた者に娘を与えると約束した故事を踏まえる。

（一〇）前漢の劉向《りゅうきょう》撰『列仙伝《れっせんでん》』に載せる以下の故事を踏まえる。春秋時代、秦《しん》の穆公《ぼくこう》は簫の名手であった蕭史《しょうし》に娘の弄玉《ろうぎょく》を嫁がせる。やがて鳳凰の鳴き声そっくりに簫を奏でると、鳳凰が飛来するようになり、数年後、二人は鳳凰に乗って飛び去った。

（一一）「萱草《わすれぐさ》」は、『詩経《しきょう》』「衛風《えいふう》・伯兮《はくけい》」の詩で、母が憂いを忘れるために庭に萱草を植えたことを踏まえる。ここでは母が晩年にあることの比喩。また「棠棣《にわざくら》」は、『詩経』「小雅《しょうが》・常棣《じょうてい》」（棠と常は通用する）の詩が兄弟の友愛を詠むのを踏まえており、ここでは兄の孫策《そんさく》がすでに死んでいることを指す。

（一二）「お手玉の宜僚《ぎりょう》」は、『春秋左氏伝《しゅんじゅうさしでん》』「哀公《あいこう》十六年」に見える、楚《そ》の熊宜僚《ゆうぎりょう》の故事を踏まえる。楚の白公勝《はくこうしょう》は反乱を企み、大臣の子西《しせい》を殺そうと考えた。そして勇士の熊宜僚を引き込むために使いを送ったが、熊宜僚はこれに媚《こ》びず恐れず、お手玉ばかりして従わなかったので、結局白公勝の反乱は実現しなかった。このことから、熊宜僚は争いごとを鎮める人物として引用される。

（一三）「傍唱《ぼうしょう》」とは、わきぜりふ（傍白《ぼうはく》）と同じように、舞台上のほかの役者には聞こえていないという建前でうたうこと。

（一四）「鼇《ごう》」とは中国古代の伝説上の大亀で、東の海に浮かぶ蓬萊《ほうらい》山を背負っているという。

（一五）「燕楽《えんがく》」とは、酒宴で演奏される音楽のこと。

本劇の作者は不明、いわゆる「三国志もの」である。本劇の時代背景を紹介しておこう。赤壁《せきへき》の戦いで曹操《そうそう》を破ったあと、劉備《りゅうび》と孫権《そんけん》の関係は、表向きは協力関係にあったが、実際は荊《けい》州の支配権をめぐって急速に悪化していた。劉備は諸葛孔明《しょかつこうめい》の助力を得てじわじわと荊州を押さえ、かたや孫権側も参謀の周瑜《しゅうゆ》が対抗策を講じるなどして、両者は火花を散らしていたのである。この劇は、呉《ご》の陣営が劉備から荊州を奪い返すという目的のために利用された、ある女の物語である。

女の名は孫安《そんあん》、呉の君主孫権の妹である。深窓の令嬢として育てられたが、荊州奪還をもくろむ周瑜の策により、劉備の結婚相手という名目で刺客として送り込まれる。まだ女性が自由に結婚相手を選べなかった時代のこと、孫安もしぶしぶ了承するが、刺客になるつもりは初めからなく、劉備とその臣下たちの威厳を見て、妻となることを決意する。

陳寿《ちんじゅ》の歴史書『三国志』巻三十七には、「孫権、妹を以《もっ》て先主《せんしゅ》（劉備）に妻《めあわ》す。妹は才捷剛猛《さいしょうごうもう》にして、諸兄《しょけい》の風《ふう》有り。侍《じ》婢《ひ》百余人、皆親《みずか》ら刀を執《と》りて侍立《じりつ》す。先主、入る毎《ごと》に、衷心《ちゅうしん》より常に凛凛《りんりん》たり」とある。羅貫中《らかんちゅう》の歴史小説『三国志演義』では、呉から脱出するときに追っ手に立つ呉の大将を次々に叱り飛ばす見せ場がある。いずれも才気に優れて男勝りという孫夫人のイメージを認めることができる。

しかし、本劇の孫安のイメージは、あくまで深窓の令嬢である。結婚相手でさえ家主《かしゅ》の言いなり、追っ手を一喝して引き下がらせる場面も、わずかに劉備の口から聞かされるだけであり、男勝りな性格は影を潜めている。ただ、結果的には劉備を見初《みそ》め、曲折を経て、大団円に終わる。これは「三国志もの」という歴史劇ではあるが、才子佳人劇の側面をもあわせ持つ。

また、元雑劇は喜劇的な要素を含むが、計を考え出しては孔明に翻弄される周瑜、何度も往復して両家の間を必死で取り持つ魯粛《ろしゅく》、張飛《ちょうひ》を前にしてすごすご引き下がり、我関せずを決め込む甘寧《かんねい》と凌統《りょうとう》など、呉の道化役という立場が印象づけられている。さらには、孫安の侍女である梅香《ばいこう》の合いの手も必見である。そして言うまでもなく、最大の見せ場は張飛のコミカルな仕掛けであろう。ただし、原文からは張飛の話し方の特徴までは判別しがたい。このほかにも、本劇の歌詞や登退場詩などの韻文では、日本語訳でもなるべく押韻するという思い切った訳出を試みたことも、ここでお断りしておく。

❖ コラム④——元雑劇と『三国志演義』

いまから千八百年ほど前、中国は三つの国に分裂していた。その時代を三国時代と呼び、その歴史を記した書物を『三国志《さんごくし》』という。そして、三国時代から千三百年ほど経ったころ、三国時代を舞台とする長編の歴史小説『三国志演義《さんごくしえんぎ》』が編まれた。とはいえ、歴史書からいきなり小説が作り出されたわけではなく、その完成までには様々な要素が徐々に積み上げられ、あるいは削り落とされ、小説に結実した。まずはその過程を簡単に追ってみよう。

陳寿《ちんじゅ》（二三三〜二九七）によって編まれた歴史書『三国志』には、裴松之《はいしょうし》（三七二〜四五一）の手で数多くの注釈が付け加えられた。これはまだ裴松之が生きていた当時、三国時代について書かれた数多くの書物（現存しないものもある）によって施されたもので、陳寿の本文と合わせて『三国志演義』の骨格となった。

その後も徐々に三国時代の人物や故事に関するエピソードが醸成されていった。南北朝の宋《そう》の劉義慶《りゅうぎけい》（四〇三〜四四四）による『世説新語《せせつしんご》』や、唐《とう》の詩人たちの作品にも、曹操《そうそう》や孔明《こうめい》といった三国志ゆかりの人物が数多く取り上げられ、宋代の文献によると、演芸場では三国志ものの講談や芝居が上演されていたことまで知ることができる。

しかし、これらはいずれも断片的な記録である。三国志の物語としてまとまった形で現在確認できる最も古いものは、元代の至治《しち》年間（一三二一〜一三二三）に刊行された『三国志平話《さんごくしへいわ》』である。その内容はいたって簡略で、講釈師の手控えのようなものをある程度整理して出版したと考えられるが、何より「三国志」をひとつの完結した物語として形作った点で、きわめて重要な意義を持つ。

その『三国志平話』と同じころに盛行していたのが、元雑劇をはじめとする芝居である。芝居は唐代や宋代にも上演されていたが、やはり断片的な記録しか残っておらず、元代に至って質量ともに目を見張るような進展を遂げた。元代の脚本がいまも大量に伝わっていること自体がその証しであり、三国志ものも人気を博したようである。

こうして徐々に形成されてきた三国志にまつわるエピソードや物語が、元末明初のひと、羅貫中《らかんちゅう》の手によってついに『三国志演義』に結実する。これは、後漢《ごかん》末期の黄巾《こうきん》の乱から、晋《しん》による中国統一までを時代背景とし、蜀《しょく》を主役、魏《ぎ》を敵役《かたきやく》、呉《ご》を道化役に配してその興亡を描いた、無類の面白さをもつ大河小説である。六百年から七百年も前の中国の古典小説だが、現在の日本でもすっかり定着した感があるのは、ゲームや漫画にまで浸透していることからも理解できる。

ではここで、三国志ものの元雑劇についても紹介しておこう。現存する元雑劇が二百程度とされるなかで、三国志ものは二十一種の多きを数える。また、タイトルもしくは一部のみ伝わるものも加えれば、その数は六十種近くに達するという。内容については、少し時代の後れる小説『三国志演義』よりも、同時代の講談『三国志平話』に近い。とりわけ元雑劇における張飛《ちょうひ》の個性は、小説よりもはるかに際立っている。「張翼徳《ちょうよくとく》、大《おお》いに杏林荘《きょうりんそう》を破《やぶ》る」や「莽《がさつ》な張飛《ちょうひ》、大《おお》いに石榴園《せきりゅうえん》を鬧《さわ》がす」など、張飛が主役の脚本も多く、無鉄砲で常識など物ともしない張飛は、当時の民衆に愛されたキャラクターであった。張飛の名場面の一つに、大声だけで追っ手の曹操軍を追い返す場面がある。張飛と言えば大声、これはすでに芝居のなかでも効果的に用いられており、元雑劇は登場人物のイメージ形成にも大きな影響を及ぼしたと思われる。

また、本書に収めた「両軍師《りょうぐんし》、江《かわ》を隔《へだ》てて智《ち》を闘《たたか》わす」もそうであるように、元雑劇では、呉の道化役という立場がより鮮明である。劉備らが呂布《りょふ》と闘う脚本でも、孫堅《そんけん》が道化役として活躍（?）し、さんざん張飛にコケにされる。これも三国志の物語における主役・敵役・道化役という配役の定着に一役買ったであろう。

最後に、『三国志演義』についてより深く知りたい方には、『三国志演義の世界　増補版』（金文京著、東方書店、二〇一〇）を、三国志ものの元雑劇をもっと読んでみたいという方には、『三国劇翻訳集』（井上泰山編、関西大学出版部、二〇〇二）をお薦めしておきたい。

【仏教劇】來生債《らいせいさい》

九、龐居士《ほうこじ》、誤《はか》らずも来生《らいせい》に債《かし》を放《つく》る

無名氏

登場人物

脚色	役名	役どころ［登場する折］
正末	龐居士《ほうこじ》	名は龐蘊《ほううん》。襄陽《じょうよう》で金貸しを営む資産家。仏教徒。［全］
沖末	李孝先《りこうせん》	龐居士の友人。天界の註禄神《ちゅうろくしん》の化身。［楔・四］
正旦	霊兆《れいちょう》	龐居士の娘。［一・二・三・四］
老旦	蕭氏《しょうし》	龐居士の妻。［一・二・三・四］
俫	鳳毛《ほうもう》	龐居士の息子。［一・二・三・四］
浄	手代《てだい》	龐居士の使用人。［全］
外	曾信実《そうしんじつ》	天界の増福神《ぞうふくしん》の化身。［一・四］
外	天の使者	玉帝《ぎょくてい》の使い。［三］
外	竜神	水をつかさどる神。［三］
外	青衣童子《せいいどうじ》	玉帝の使い。［四］
外	丹霞禅師《たんかぜんじ》	霊兆から竹ざるを買う。［四］
	粉挽《こなひ》き	龐居士に雇われている。［一］
	水兵	竜神に従う兵。［三］

［楔子《せっし》］

李孝先《りこうせん》 （登場）

胸をちくりと刺す痛み
支えがなくては起きられぬ
その上一文無しだというに
借金取りがやって来る

私の名は李孝先。襄陽《じょうよう》の出身である。幼い頃に両親を亡くし、儒学を学ぶも、ものにはならず、商いをすることとなった。ただ元手が足りず、龐居《ほうこ》士《じ》どのに銀子《ぎんす》を二両ばかり借りて商売をしたものの、あいにく元金まで失い、返す金もなくなってしまった。先ごろ、県の役所の前を通ったところ、その奥で十数人が縛り上げられ、拷問されていた。近づいてわけを聞くと、お役人が言うには、金持ちから借金した者がその金を返せなかったので、このように懲らしめているとか。私も同じく龐居士どのに返す金がない。もしも訴えられでもしたら、あんな責め苦に耐えられようか。そう思うと、私は気が気でなく、ふさぎ込んでしまい、床についたまま起きられず、そのまま病を得てしまったのだ。いまやお天道様も遠く、地に埋まるのも時間の問題、遠からず死んでしまうだろう。

（退場）

龐居士《ほうこじ》 （手代《てだい》を連れて登場）

わしはここ襄陽のもので、名は龐蘊《ほううん》、字《あざな》を道玄《どうげん》という。家族は、妻の蕭氏《しょうし》、娘の霊兆《れいちょう》、せがれの鳳《ほう》毛《もう》の四人で、みな仏法僧の三宝《さんぼう》を敬っておる。わしは善知識《ぜんちしき》たる馬祖《ばそ》師、石頭和尚《せきとうおしょう》、百丈禅師《ひゃくじょうぜんじ》に出会い（一）、その都度、娘の霊兆（二）が家族のなかで最も優れていると言われた。確かにこの娘はかしこく、きっと悟りを得るであろう。ところで、わしは祖先からあり余る財産を受け継いでおる。以前、古い友人の李孝先が銀子を二両ばかり借りに来て、商売をしに行った。元手と利息あわせて銀子四両を返してもらうはずだったが、まさか李孝先が不運にも元手まで失ってしまうとは。しかも病まで得たらしい。

手代よ、証文と銀子を二両持って孝先を見舞うとしよう。

手代《てだい》　わかりました。

龐居士　（歩く）
話しているうちに早くも着いたぞ。
孝先よ、おるか。

李孝先　（登場）
どちらさまで。

龐居士　わしだよ。

李孝先　（驚く）
あっ、龐居士どのではありませんか。どうぞ奥へ。
（あいさつする）
居士どの、病の身できちんとご挨拶《あいさつ》もできず……

龐居士　孝先、具合はどうだ。

李孝先　もう先も長くはないようです。

龐居士　孝先よ、よい医者に診《み》てもらっておらんのか。

李孝先　金がなく、名医などとても……

龐居士　孝先、お前はいったいどんな病にかかったのだ。

李孝先　居士どの、私の病を当ててみてください。

龐居士　ほう、病を当ててろときたか。ではひとつ当ててやろう。風邪か暑気あたりでは。

李孝先　違います。

龐居士　飢えや働きすぎではないのか。

李孝先　それも違います。

龐居士　ならば、心配事や悩み事が原因か。

李孝先　（泣く）
さすがはわが心の友。私の病はまさに心配事、悩み事から来たものです。

龐居士　おお、孝先よ。何を悩んでおるのだ。

李孝先　居士どのはご存じないでしょうから、一通りお話ししましょう。以前、居士どのに銀子を二両借りて商売に出たのですが、あろうことか、元手まで失ってしまいました。家に戻ったところで居士どのに返す金もありません。役所の前を通ったところ、奥で縛り上げられ、拷問されている人が見えたのです。役人にそのわけを聞くと、金持ちから借金した者が金を返せず訴えられたので、懲らしめているとか。私は驚きのあまり息を呑みました。居士どのは、そんなお人ではないでしょうが、もし役所に銀子の件を訴えられたら、私のような貧乏書生が、どうしてあのような仕打ちに耐えられましょう。こうして悩みから病気になり、今やどんどんひどくなる一方です。

龐居士　（わきぜりふ）

わしがあの時によかれと思ってしたことが、かえって業《ごう》を深めてしまうとは。うちには貸した金の証文がたくさんある。もしみなこの孝先と同じなら、業の上に業を重ねたことになるまいか。家に戻ったら、これまでの証文をすべて燃やしてしまおう。

おい手代、この件、忘れずわしに言うのだぞ。

さぁ、李孝先の証文を出しなさい。

手　代　（証文を渡す）

龐居士　孝先、これはお前の署名だな。

李孝先　居士どの、これは確かに私が書いたものです。

龐居士　（破る）

この証文は破いたぞ。火をつけて燃やすのだ。元金利息、合わせて銀子四両は帳消しとする。

それから手代よ、銀子二両をここへ。

李孝先よ、この銀子はこうしてお前にやるから、当面の暮らしに役立てなさい。さあ、いまの気分はどうだね。

李孝先　居士どの、元金利息合わせて銀子四両を不問にしていただいたうえ、当面の費用としてさらに銀子を二両いただけるとは。いまはすっかりよくなったようです。

龐居士　善きかな、善きかな。わしはただ、互いの業を断ちたいだけなのだ。

李孝先　借りた銀子を帳消しのうえ、さらに銀子を二両いただけるとは。今生《こんじょう》ではとてもご恩に報いきれません。来世では驢馬《ろば》か馬になって、このご恩をお返しします。居士どのは本当にお金の使い道をわきまえられた立派なお方です。

龐居士　孝先よ、それはもうお前の金だ。そのようなことを申さずともよい。

〔仙呂《せんりょ》〕【賞花時《しょうかじ》】

知らぬ者なし、金銭に、分別あっての一人前。
これからは、憂いを抱えて無駄に苦しむことはない。よくよく養生するがよい。

李孝先　かつてお貸しいただいた銀子を不問としたうえ、さらに銀子二両までくださるとは。このご恩はいつか必ずお返しします。

龐居士　この銀子、自ら望んで出したもの。

李孝先　それでは私の気持ちが収まりません。

龐居士　もうお前にやったからには、
このうえ何の損得勘定をするものか。
（手代と共に退場）

李孝先　居士どのは行ってしまった。それではゆっくり養生し、病が癒えたら今後のことを考えよう。

かつて聞く、黄雀《こうじゃく》さえも
玉環《ぎょくかん》で恩に報《むく》いると
人として、その鳥にさえも及ばねば
世間様にも顔向けできぬ(三)

［第一折］

龐居士《ほうこじ》（蕭氏《しょうし》、霊兆《れいちょう》、鳳毛《ほうもう》、手代《てだい》を連れて登場）

貪瞋痴《とんじんち》の妄想《もうぞう》を断ち
戒定慧《かいじょうえ》を円明《えんみょう》に持《たも》つ
無明《むみょう》の炎が滅したのちは
この身は軽く鶴のよう(四)

お前たち、こちらに来なさい。わしが仏の教えを説くからよく聞くのだ。お釈迦《しゃか》さまはおっしゃった。一切の衆生《しゅじょう》に仏性《ぶっしょう》はあるが、財を貪《むさぼ》り賄《まいない》を好むゆえ、仏に成れぬのだと。お釈迦さまはこうもおっしゃっておられる。財を貪り賄を好む人を何にたとえるか。それは刃先についた甘い蜜を貪り舐《な》める子供と同じで、必ず舌を切ることになると。

〔仙呂《せんりょ》〕【点絳唇《てんこうしん》】
俗世に生きる人のありよう、かねてより、わしも突き詰め、思い巡らす。それはすなわち、富を求めて貧しさ厭《いと》う。その富貴、天が定めたものとも知らず。

【混江竜《こんこうりゅう》】
ある者は、文武を身につけ手柄を立てんと奮い立つ。武で言えば、南山《なんざん》で虎を射た李広《りこう》、文ならば、西狩獲麟《せいしゅかくりん》を嘆いた孔子《こうし》。されど孔子は魯《ろ》の国で、聖人君子と見なされず、李広でさえも覇陵《はりょう》にて、元将軍とは遇されず(五)。武勇の誉《ほま》れも無駄となり、文治《ぶんち》に励むも徒労に終わる。いまは豪華な馬車に乗っても、気づけば荒れた墓の中。これよりは、財産手放しのんびり暮らし、琴《こと》を爪弾《つまび》き酒を楽しみたいものよ。わしがなぜ、気ままに暮らし、金に未練がないかと言えば、この十年の豊かさも、ただの運だと知るがゆえ。運去れば、まさに風前の灯《とも》し火《び》か、空に散りゆく浮き雲よ。

手代よ、昨日わしが燃やすように言いつけた証文の件、もう忘れたのか。棚という棚から証文をすべて取り出して持ってきなさい。それをわらで囲み、火をつけて燃やすのだ。

手代《てだい》　わかりました。

(燃やす)

蕭氏《しょうし》　だんなさま、どうしてこの証文を燃やすのです。

龐居士　女房よ、わしにはわしの考えがある。口出しせずともよい。

曾信実《そうしんじつ》　(登場)

公平無私にて天の役所を取りまとめ
本日は、天帝《てんてい》の命《めい》で使いする
この空に、神などおらぬと言うならば
雷鳴ごろごろどこで鳴る

それがしは天界の増福神《ぞうふくしん》である。いまは天帝にお会いした帰り道。はて、下界の様子を見てみると、炎と煙が天まで上っておるぞ。雲をかきわけ見てみれば、なんだ襄陽《じょうよう》の龐居士じゃないか。これまでの証文をすべて燃やしているようだな。いったいどういうつもりなのか。雲を下ろし、学者に扮《ふん》して探りを入れてみよう。

居士どのはおられますかな。

手代　これは学者先生、主人に何か御用でしょうか。いま奥で念仏を唱えておりますが。

曾信実　すまないが一書生が訪ねてきたと伝えてくれぬか。

手代　(知らせる)

龐居士　客人か。女房よ、お前たちはひとまず奥の部屋へ戻っておれ。

蕭氏　(霊兆、鳳毛と共に退場)

手代　(曾信実を呼びに出る)

曾信実　(あいさつする)

龐居士　しがない老人のもとへ、学者先生がわざわざお訪ねくださるとは。

曾信実　居士どののご高名はかねがね存じておりましたの

龐居士　で、こうしてご挨拶《あいさつ》にまいりました。
これはこれは、どうぞお掛けください。
手代よ、お茶を持って来なさい。
失礼ながらお尋ねしますが、先生の故郷はどちらでしょうか。

曾信実　私は西洛《せいらく》の者で、曾信実と申します。遊学中にたまたま当地に寄りましたところ、先ほど居士どのの家の前で煙が上っているのが見えたのです。あれはいったい何を燃やされていたのでしょう。

龐居士　先生はご存じないことですが、私には李孝先《りこうせん》というとても貧しい友人がおります。かつて私から銀子《す》を二両借りて商いに行きました。ところが、元金利息どちらも失ってしまい、私に返す金もなくなったようなのです。李孝先は家で思い悩むうち、病に臥《ふ》せってしまいました。私が金を貸した人はたくさんおります。もしみなが李孝先と同じようなら、私は業《ごう》の上に業を重ねているのではないかと考えたのです。それゆえ、これまでの証文を燃やし、業を断ち切ろうとしていたのです。

曾信実　なんとまあ。居士どの、金《かね》こそ人の肝、財は富貴の苗《なえ》ですよ。君子の交わりは徳をもって情となすとは申しますが、小人《しょうじん》の交わりは財をもって友となすものです。よく言うではありませんか……
　この世の人は金好きで
　名を揚《あ》げ故郷に錦を飾る
　財布の中に金なくば
　学問だけでは食うてはいけぬ

龐居士　では、私が仏の教えをお伝えしましょう。無常は迅速にして、生死《しょうじ》のことは一大事。にもかかわらず、世の人々は、
【油葫蘆《ゆころ》】
限りある、時とわが身を考えず、金にあくせくするばかり。近ごろの、金持ちときたら、ひたすら富を追いかける。

曾信実　もし貧しい者が訪ねてきたなら、その金持ちたちは施しをするのでしょうか。

龐居士　どうしてしようか、貧乏人の相手など。いつだって、親しくするのは金持ちばかり。
しかもそういう輩《やから》は、
金がなければ恨み節、金ができれば恩知らず。

曾信実　もし友人が来たならば、その友人をもてなすのでしょうか。

龐居士　旧知の友が、一目散に訪ねて来ても、本当は家にいるのに、「いません、いません」と人に言わせ、朝から晩まで、居留守を決め込む。

曾信実　家ではそれでよくても、町で出会ってしまったらどうするのですか。

龐居士　ある日町でばったり出会い、「何度もお訪ねしましたが、お会いできませんで」と言われたら、本当は知り合いなのに、馬上で軽く挨拶し、「どちらさまでしたかな」と言うだけです。

【天下楽《てんからく》】

それはもう、見知らぬ人に会うかのよう。

曾信実　そういうやつは、語るにも足りませんな。

龐居士　人をどうこう言うではないが、誰より深い、わが慈悲心。

曾信実　居士どのは、いったい何をお考えなのですか。

龐居士　残念なのは、有り金すべてを喜捨《きしゃ》できず、銀子《ぎんす》をすっかり施せぬこと。

曾信実　こんなにたくさんの証書を燃やしてしまうとは、もったいないことです。

龐居士　死ぬときは何も持っては行けぬが、業だけはその身を離れないというではありませんか。先生、何百両、何千両の証文だとて、元手はいかほどにもなるまい。

曾信実　居士どの、それは間違いです。今はお金がなければ何もできません。金持ちは金襴緞子《きんらんどんす》を身につけて、珍味佳肴《かこう》を口にしますが、貧乏人はぼろ切れまとい、茶漬けを食うしかありません。

聖人君子も金がなければ辛酸《しんさん》を舐《な》め
田舎者でも金さえあれば幅利かす
金の切れ目が縁の切れ目
親兄弟にも見捨てらる

龐居士　先生は古いことにも通じておられましょう。古《いにしえ》よりこのかた、わずかな金のために身を滅ぼしたのは、一人や二人ではありません。よろしければ、ひとつ私がお聞かせいたしましょう。

【那吒令《なたれい》】

かの金持ちの欧明《おうめい》は、湖において竜神に遇い、(六)

曾信実　かの金持ちの元載《げんさい》は、玄宗《げんそう》ばりに客をもてなし、(七)かの金持ちの梁冀《りょうき》ときたら、民を虐《しいた》げ一族滅ぶ。(八)私はこれより世俗を避けて隠遁《いんとん》せん、そんな悪業《あくごう》身につかぬよう。

龐居士　居士どの、それは違います。あなたの家の財産はご先祖の残したものでなく、あなたが自ら築いてきたものですよ。どうしてそこから逃れようなどとするのですか。それはやりすぎでしょう。

曾信実　先生、ほかにも大晦日の晩に、お香に灯明《とうみょう》、花に果物を供えて、お金《かね》さま、お金さま、どうぞわが家に来てください、などと言う者もいます。そんなものは邪道というべきでしょう。

龐居士　【鵲踏枝《じゃくとうし》】
誰かが財神招くなら、私は魔王をお送りしよう。この身を取り巻く金銀財宝、私にとっては疫病神。いっそ貧しい人に施し、もって陰徳積むがよし。

曾信実　居士どの、聖人の言葉に、富と貴は人の欲するところ、貧と賤《せん》は人の悪《にく》むところとあるでしょう。まさか居士どのは、世俗の人とは異なる考えをお持ちだというのですか。では、魯褒《ろほう》の「銭神論《せんしんろん》」を耳にしたことはおありでしょうか。

龐居士　私は存じませんので、お聞きしたいものです。

曾信実　銭には陰陽がございます。人はまるで兄に親しむかのごとくして、これを孔方兄《こうほうひん》(九)と呼びます。徳はなくとも尊く、権はなくとも時めくもの。宮門に列を成して入り込む。危うき者も身を安んじ、死すべき者も生きながらえる。貴《たっと》き者も身を卑《いや》しくし、生くべき者も命を失う。銭がなければ戦《いくさ》に勝てず、銭がなければ日の目を見られず、銭がなければ恨みも解けず、銭がなければ名も揚《あ》がらず。都の貴族や世の名士はみな孔方兄を愛してやまず。いつでも銭を握りしめ、抱きしめる。昨今は何かというと銭ばかり。
富みたるは、金谷園《きんこくえん》に遊びし石崇《せきすう》(一〇)
貧しきは、雇われ人となる梁鴻《りょうこう》(一一)
古来より、学問は消えてなくなるも
いまもなお、語り継がれる孔方兄

龐居士　【寄生草《きせいそう》】
富《とみ》極まるのは不幸の始まり、財の多きは禍《わざわい》のもと。しかるにいまの人々は、銀に囲まれ居眠りし、銭に囲まれ金貸ししたいと願うのみ。

(合掌する)

南無阿弥陀仏《なむあみだぶつ》。

されど私は、参禅《さんぜん》をして禅機《ぜんき》を悟る。そのときに、かの郭況《かくきょう》の打ち出の小槌《こづち》(一二)は打ち壊し、魯褒とやらの「銭神論」も引き裂いた。

【六幺序《ろくようじょ》】

銭なんぞ、乾坤象《けんこんかたど》り(一三)文字を鋳込《いこ》んだだけのもの。銭なんぞ、云々《うんぬん》するに足るものか。銭なんぞ、仁ある者から仁を取り、慈悲ある者から慈悲奪う。大金費やし、ようやく買えるは隣人の情。銭なんぞ、佳人《かじん》を惑わし、才子《さいし》に気移りさせるもの、貞節《ていせつ》も何もありはせぬ。銭なんぞ、実の兄弟の縁を絶つもの。銭なんぞ、死後の安寧《あんねい》買えもせず、わが世の春さえ保てない。

【幺篇《ようへん》】

人とのつき合い銭しだい、銭さえあれば兄弟のよう、銭がなければ去っていく。銭というのはそもそも無常、銭にそもそも実体はなく、いわば魂のようなもの。その身を保ち、滅ぼしもする。この銭に、溺《おぼ》れた人は数知れず。しかるにかつて宣帝《せんてい》の御代《みよ》、漢の元勲疏広《そこう》と疏《そ》受《じゅ》は、職を辞し、故郷へ帰るはなむけに、莫大な金を賜って、都の東の門の外、見送る帳《とばり》は雲海のよう。

曾信実　それからどうなったのでしょう。

龐居士　帰郷して、一族みなにお裾分け。これこそは、永久《とわ》に名高き賢者の話。

曾信実　私が居士どのから聞いたことは、十年の読書にも勝ります。居士どのはこのように財を疎《うと》まれ、義を重んじ、才は高く、徳も積まれたお方。本日はお暇《いとま》しますが、では、いずれまた。

龐居士　手代よ、金子《きんす》を一つ持ってきなさい。

手代　わかりました。

龐居士　馬に鞍《くら》と手綱《たづな》をつけて牽《ひ》いてきなさい。

手代　馬も用意できました。

龐居士　先生、この金子は路銀に、馬は足代わりとしてお使いください。

曾信実　居士どの、私はもとより徳を慕ってまいったのです。財のために来たのではございません。こんなもてなしをいただくなど、とんでもない。

龐居士　そうおっしゃらず、お受け取りください。

曾信実　それはなりません。それに、受け取ったとしても使うところがございません。いずれにせよ、二十年後にまた居士さまとお会いしますので。

龐居士　先生は二十年後も生きておいででしょうが、私はもうこの世にいないでしょう。

曾信実　居士どのはたいへん功徳《くどく》を積まれております。きっと長生きされるでしょう。

（別れる）

あの者は功徳を積み、行い正しく、思いやり深く、徳もある。神であるそれがしが報いねばなるまい。善因善果《ぜんいんぜんか》、悪因悪果《あくいんあくか》。時が来たれば因果応報。

ずるをして、神をあざむくことなかれ

禍と福は、影のようについてくる

善悪必ず報いあり

遅かれ早かれやってくる

（退場）

龐居士　おお、日も暮れてきたな。手代よ、線香をあげて回ろうか。

手代　わかりました。

龐居士　ここが油絞り小屋。線香をこちらへ持って来なさい。南無阿弥陀仏。

手代　ここは麺打ち小屋。線香をこちらへ。

龐居士　はい、どうぞ。

南無阿弥陀仏。

粉挽《こなひ》き　（登場、粉篩《こなふる》いの歌をうたう）

牛、牛、歩け

歩かにゃお前をほら打つぞ

龐居士　手代よ、誰がこの歌をうたっているのだ。ずいぶん楽しそうだな。その者を呼んでくれ。ちょっと聞きたいことがある。

手代　粉挽きよ、出てきなさい。旦那さまがお呼びです。

粉挽き　へい、ただいま。この粉挽きをどなたがお呼びだって。

龐居士　粉挽きよ、お前を呼んだのは私だ。

粉挽き　いったい何の御用で。仕事が終わらねえんですが。

龐居士　お前は先ほど歌をうたっていたな。さぞかし心中

粉挽き　楽しかろう。何がそんなに楽しいのだ。旦那さま、あっしがうたうこの歌のどこが楽しいかって。あっしは毎日苦しんどります。あっしが一日に受け取るお金はたったの二分《にぶ》。朝早くから麦を選《よ》り、麦を選ったら箕《み》でふるい、箕でふるったらきれいに洗い、きれいになったら日に晒《さら》し、日に晒したら臼《うす》で挽《ひ》き、臼で挽いたら、篩《ふる》いにかけ、篩いにかけたら、麬《ふすま》を落とし、落とした麬を家畜にやる。眠っちまって仕事が遅れちゃ困るんで、歌をうたっているんです。これのどこが楽しいんで。古いお墓で鈴を鳴らして死体を無理に働かせるっていうが、あっしこそがその死体ですぜ。

龐居士　ああ、私は何もわかっていなかった。ほかにも聞きたいことがあるのだ。どうして日に二本のつっかえ棒をしているのか。

粉挽き　旦那さま、あっしがどうしてつっかえ棒をしているのかって。あっしは昼間一日働いて、日が暮れてからも居眠りして仕事を遅らせちゃいけねえから、こうしているんでさ。あっしも大変なんです。

龐居士　粉挽きよ、その棒をはずしてしまおう。どうかな。

粉挽き　こりゃ楽だ、楽だ。

龐居士　今日から麺打ち小屋も、油絞り小屋も、粉挽き小屋もたたみなさい。もう開けるでないぞ。

粉挽き　旦那さま、もしこの粉挽き小屋を閉めたとしても、あっしにゃ別の商売はできねえ。お屋敷を出されたら、凍え死ぬか飢え死にするかだ。旦那さま、どうかあっしを憐れに思ってくだせえ。

龐居士　粉挽きよ、私に考えがある。手代よ、銀子を一つ持ってまいれ。粉挽きよ、これを見たことがあるか。

粉挽き　こりゃ何だ。

龐居士　粉挽きよ、これは銀子というものだ。

粉挽き　これが銀子か。初めて見るぜ。旦那さま、で、これは何に使うもんですかい。

龐居士　これで飯も食えるし、服も着られるのだ。

粉挽き　(銀子を嚙《か》む)服が着られて飯も食えるって。うわ、歯が欠けちまった。

龐居士　粉挽きよ、それで飯も食えて、服も着られるんだぞ。それを細かく砕いて、食べ物と服を買いなさい。

粉挽き　おお、飯も服も買えるってか。旦那さま、どうしてこの銀子をあっしにくれるんだい。

龐居士　粉挽きよ、お前に銀子を与えるのはほかでもない、昼はそれで商売をし、夜はぐっすり眠るためだ。

粉挽き　旦那さま、この銀子さえあれば、ぐっすり眠れるんですね。なるほどな。

龐居士　【酔扶帰《すいふき》】私がどうして憐れんで、お前に銀子を与えるか。

粉挽き　旦那さま、どうしてあっしに銀子をくれるんだい。

龐居士　三年間、粉を篩《ふる》ったお前の恩に報いんがため。

粉挽き　旦那さま、すまねえ。実はあっし、昨日、旦那さまの目を盗んで麦二升を盗んじまった。それから街で占ってもらったんだが、占い師はあっしに、今年の今月今日この時間に出世して、悪銭を得ると言ったのさ。まさか旦那さまがあっしを呼びだして銀子をくれるとは。あの占い師はたいしたやつだぜ。

龐居士　その占いもみごと的中。今日は運勢開《ひら》ける日、お前にめぐった当たりの目。

粉挽き　旦那さま、いただいたこの銀子で、どうやって商いをするんで。

龐居士　この銀子、当座の元手にするがよい。

粉挽き　旦那さま、恩に着ますぜ。もう二度と粉挽きはしねえよ。

龐居士　ああ、粉挽きよ、もう二度と、お前にそんなばかげた仕事はさせまいぞ。

粉挽き　銀子、銀子と言うけれど、これまでお目にかかったことはなかったぜ。なるほど、これが銀子ってやつか。

龐居士　【賺煞《たんさつ》】
あれこれ省《かえり》み、ふっと漏らすは自嘲の笑い、この銭こそが、私に罪を犯させた。浮世の荒波飛び出して、振り向けばそこは別世界。嘆かわしきかな、俗人が、どれだけ大金蓄えようと、春たけなわの桃源郷《とうげんきょう》には行けやせぬ。
この銭よ。初めお前を手にしたころは、
一分《いちぶ》たりとも使おうとせず。
今日はお前を手放そうとして、
千金だろうと惜しまぬぞ。

いかんせん世間の人は財を貪《むさぼ》り、賄賂《わいろ》を好む。苦しみに限りはないが、気づけばそこは彼岸《ひがん》(一四)、早く善縁《ぜんえん》に出会えぬものか。

人の寿命はせいぜい百年、誰しも限りがあるものを。

(手代と共に退場)

粉挽き

みなさん、あっしは粉挽き小屋の商売道具を一切合切引き渡しました。さて、家に帰るとしますか。居士の旦那がこの銀子をくれたし、家に着けばぐっすり眠れるってよ。銀子なんて見たことなかったが、これがその銀子か。話しているうちに早くも家に着いたぞ。ここがあっしの小さなひと間、出るときは戸をしっかり縄で縛っておいたが、いまも解《ほど》けてねえな。この縄を解いて戸を押し開けて、部屋に入ってまた戸を閉めて、と。どれどれ、銀子とやらを眺めてみるか。ほう、これが銀子か。それにしても、炕《かん》(一五)しかないこの家のどこに隠したもんかな。そうだ、懐にしっかりしまっておけば、誰も銀子があるなんて気づかねえだろ。あ、刻《とき》を告げる役所の太鼓だ。もう一更か。龐居士さまの話だと、ぐっすり気持ちよく眠れるようだし、試してみるか。

(鼾《いびき》をかいて眠る、大声を出す)

ここは天下の大通り、誰の道でもねえ。街道はお前も歩けばおれも歩くさ。だけど、なんでお前さんはすり寄って、あっしの懐に手を伸ばし、まさぐっているんだ。あっしの銀子を盗んでどこへ行く気だ。誰の銀子だと思ってるんだ。こいつは龐居士の旦那からいただいたものだ。銀子を持ってずらかるってのか。さっさと銀子を返しやがれ。

(奪ってつまずく)

ちっ、なんだ夢か。銀子があるか確かめよう。ちゃんとあるな。懐にしまったら、誰かに奪われる夢を見ちまった。どこに隠したものかなあ。今度は竈《かまど》のなかに隠してみよう。灰をかき分けてと。この竈はもう長年火を起こしていなかったな。ここに銀子を置き、灰をかぶせて隠そう。誰も竈のなかに銀子があるなんて思わねえだろう。刻を告げる役所の太鼓だ。あ、もう二更になったぞ。龐居士さまは、ぐっすり気持ちよく眠れるって言ってたな。

（眠る、大声を出す）

この風じゃあ、灯りをつけたり、火を起こしたりしないほうがいいな。いま言っただろうに、お前、こよりに火をつけてどこへ持って行くんだ。早く消さねえか。あ、あいつどこに行く気だ。なんで藁山《わらやま》に投げ込むんだ。ああ、もうだめだ。燃えた藁が風にあおられて、あっしの家まで飛び火しちまった。ご近所さん、火消しに保長《ほちょう》さん（一六）、火を消してくれ、火消し棒だ、鳶口《とびぐち》だ、水桶を持って来い。火を消すんだ、鳶口をかけて、みんな力を入れて引っ張ってくれ。

（倒れる）

ちっ、なんだまた夢か。銀子があるか見てみよう。

（銀子を手に取って見る）

銀子はちゃんとあるな。竈に隠したら、火事が起きてあっしの銀子が焼ける夢を見ちまった。いったいどこに隠したものかなあ。そうだ、今度は水《みず》瓶《がめ》に入れてみよう。誰も水瓶に銀子があるなんて思わねえだろう。蓋《ふた》を持ち上げてと。

（銀子を落とす）

ぼちゃん。泥棒がいなけりゃいいが、いたとしても水瓶に銀子があるとは思わんだろう。刻を告げる役所の太鼓だ。おお、もう三更か。龐居士さまはぐっすり気持ちよく眠れるって言ってたな。

（眠る、大声を出す）

お、雲行きが怪しくなってきたぞ。漬け物桶《おけ》に蓋《ふた》をして、外に干してある麦を倉庫の奥に運ぶとしよう。南東の空が雲に覆《おお》われてきたな。やっぱりな、小雨が降りだしてきたぞ。ああ、大雨になってきた。うわ、たいへんだ。水だ、鉄砲水だ。なんて大雨だ。どんどん水に浸《つ》かってきたぞ。ああ、洪水が家を押し流したぞ。なんて雨だ。泳げ泳げ、犬かき、背泳ぎ、立ち泳ぎ、ひっくり返ってかえる泳ぎ。

（倒れる）

ちっ、またまた夢か。銀子があるか確かめよう。銀子に違いないな。こいつを水瓶に入れたら、溺れる夢を見ちまった。どこに隠せばいいってんだ。そうだ敷居の下に埋めてしまおう。泥棒がいなきゃそれまでだし、いても敷居の下にあると知るわけがねえ。刻を告げる太鼓がまた聞こえたぞ。もう四更か。龐居士さまは言ってたよな、この銀子を持ってると、ぐっすり気持ちよく眠れるって。

(眠る、大声を出す)

うわっ、なんだなんだ、たくさんの人が来たぞ。お前さんたち鋤《すき》や鍬《くわ》を持ってどこへ行くんだい。うちは家を建てるわけでもなく、煉瓦《れんが》を焼くわけでもないのに、何しに来たんだ。おい、なんでうちの敷居の下を掘り起こす。おい聞かねえか。いつまで掘ってやがる。おれの銀子を掘り出しやがった。里長《りちょう》さん、保長さん、泥棒だ。あっしの銀子を盗みやがった。おい泥棒、泥棒め。うわっ、刀で切りつけてきやがった。うわっ、今度は槍で刺してきた。おれの銀子を持ってどこへ行く。

(倒れる)

ちっ、また夢か。刻を告げる役所の太鼓が聞こえてきたぞ。

そで　(五更の太鼓の音、鶏が鳴く音)

粉挽き　ああ、夜が明けちまった。まったく、一睡もできなかったじゃねえか。どれ銀子を見てみよう。あっしの銀子はちゃんとあるな。おい、お前、よく考えてみろよ。この銀子を水瓶に入れたら、夢の中で水びたし、懐に入れたら、夢の中で奪われて、竈《かまど》に入れたら、夢の中で燃やされて、敷居の下に埋めたら、夢の中で掘り出され、刀で切られて槍で刺されちまった。この銀子のせいで一睡もできやしない。そういや、龐居士さまの家には数え切れねえほどの大箱小箱があって、うなるほどの銀子があるじゃねえか。思うに龐居士さまは、福をもってるから銀子を楽しめるんだ。あっしはというと、麦を篩《ふる》い、選《よ》ったり洗ったり、粉を打って、製粉するという星の下に生まれたんだ。あっしは銀子でいい思いができないってことか。この銀子を持って出て、戸締りをして、龐居士さまのところに返しに行くとするか。

(退場)

［第二折］

龐居士《ほうこじ》　（蕭氏《しょうし》、霊兆《れいちょう》、鳳毛《ほうもう》、手代《てだい》を連れて登場）

蕭氏《しょうし》　だんなさま、昔の頃を思い起こせば、あなたは善いことをたくさん行い、広く徳を積んでこられました。今後、わたしたち親子にもよいことがあるのでしょうか。

龐居士　よいか、そなたの言うことは間違っているぞ。「夫の功徳《くどく》は夫のため、妻の功徳は妻のため。福も禄も寿も、すべては己の修行しだい。盛世逢《せいせいあ》い難《がた》く、仏法遇《ぶっぽうあ》い難《がた》し」と言うであろう。もしすでにめぐり逢っていたというなら、南無阿弥陀仏、私らも自ら反省し、悟らなきゃならん。

［中呂《ちゅうりょ》］【粉蝶児《ふんちょうじ》】

今の世に、鳴り響くのは太平よろこぶ笛太鼓。見せかけだけのさもしい奴は、口先だけで不誠実、誰も彼もが似非《えせ》文人。

蕭　氏　気取った格好で、雅号で呼び合う方たちは、いったい何を考えているのでしょう。

龐居士　**気取って雅号で呼び合う者に、確かめてみよ、衣冠の礼式。**

蕭　氏　だんなさま、では才子と呼ばれる人はどうでしょう。

龐居士　【酔春風《すいしゅんぷう》】

意味もなく、偉ぶる奴こそ、これ才子。

蕭　氏　あの識者と言われる人たちはどうですか。

龐居士　**老成している振りだけで、どうして識者と呼べようか。**

蕭　氏　だんなさまのように孤児に手を差し伸べ、寡婦《かふ》を気にかけ、老人を敬い、貧しい人を憐れむ方は、世間では珍しいですよ。

龐居士　**もしこの町で数えてみれば、私のように、財を軽んじ義を重んずるは何人おろう。年寄りあれば、力尽くしてお世話をし、病人あれば、心尽くしてお助けし、貧者があれば、有り金叩《はた》いて援助する。**

蕭　氏　だんなさま、いまあの高楼で音楽を奏でて歌ったり舞ったり、酒を飲んだりして楽しそうにしているのは、きっと士大夫《したいふ》の方を接待しているのでしょう。

龐居士　女房よ、やつらが士大夫をもてなすのも、むだなことではないぞ。

【紅繡鞋《こうしゅうかい》】

あいつらは、賢人たちを客間に通してもてなすことを考えず、毎度のごとく楼で酒盛り、芸者を揚《あ》げてお楽しみ。

あいつらはたった一杯の茶を出すときでさえ、もう計算しているのだ。

お茶を出す、人付き合いにも加減あり。たいていは、知らん振りして顔そむけ、口実もうけて背を向ける。

貧しい知り合いが来たならば、土下座してでも、あいつらは、もてなすために五百銭さえ出すものか。

粉挽《こなひ》き　(登場)

あっしは粉挽きだ。早くも龐居士の旦那の家に着いたぞ。取次いでもらうまでもねえ、上がらせてもらおう。

(あいさつする)

龐居士　粉挽きよ、そんなに慌ててどうしたのだ。あれからよく眠れただろう。

粉挽き　よく眠れたかだって。一晩中まぶたを閉じることもできず、ひどいもんでしたよ。

龐居士　どうして一晩中眠れなかったのだ。

粉挽き　ありがたくこの銀子をいただいたものの、家に着いたところで銀子を置く場所がなく、懐《ふところ》に入れたら盗まれる夢を見るわ、竈《かまど》に入れたら火事になる夢を見るわ、水瓶《みずがめ》に入れたら溺れる夢を見るわ、あげくに門の敷居に埋めたら人が鋤《すき》や鍬《くわ》で掘って、あっしは刀で斬られて槍で刺される夢を見たんでさ。この銀子のために一晩中ひどい目に遭って、一睡もできなかったんです。思うに、旦那さまの家には数え切れないほどの箱いっぱいに入った銀子があるから、どうってことないんでしょうし、それを楽しむ福をお持ちだ。でもあっしは麦を篩《ふる》い、選《よ》ったり洗ったり晒《さら》したり、粉を打って製粉するという星の下に生まれたんです。あっしのような粉挽きが、どうやってこの銀子を楽しめばよいというんですか。あばら骨には髄《ずい》がないってご存じですかい。

龐居士　それはどういうことだ。

粉挽き　あっしの骨にはそもそも銀子を楽しむ分《ぶ》がないってことです。ですからこの銀子はお返しします。あっしにはもったいねえ。

龐居士　粉挽きよ、私が銀子を一つ与えたがために、お前は一睡もできなかったというのか。うちには金銀財宝を収めた蔵が二、三ある。みながお前と同じような状況になるのであれば、私はどうすればよいものか。

【迎仙客《げいせんかく》】

ああ、銀子。人が飢《う》えても糧《かて》にはならず、凍《こご》える日でも服にはならぬ。ずっしり重く、ひんやり冷たい、ただの塊《かたまり》。

銀子よ、お前は私のところへ来るまでに、費やしたること幾千年《いくせんねん》、人から人へと幾万年《いくまんねん》、

それなのに、粉挽きのもとになぜ留まらぬ。

私が粉挽きに銀子を与えたところ、そのせいであの粉挽きは一睡もできなかった。お前は受け入れられることなく、私のもとへ返された。

ああ、銀子。お前を使う福分は、前世からのさだめというのか。

粉挽き　旦那さま、あっしに少しずつ使わせてくだせえ。

龐居士　手代《てだい》よ、銀子を一両分だけ持ってきて粉挽きに与えなさい。

なくなったらまた取りに来ればよい。

粉挽き　旦那さま、そんなにたくさんは要りません。まずは一銭分の銀子で結構です。天秤棒を買って、大きな商売をしてみせますぜ。

龐居士　どんな大きな商いだ。

粉挽き　遊郭《ゆうかく》で花魁《おいらん》の機嫌を取る太鼓持ちでもやりましょう。

(退場)

龐居士　もう空も暗くなってきたな。女房よ、お前は先に休みなさい。私は棟《むね》を回って焼香して来よう。

蕭　氏　わかりました。

(霊兆、鳳毛と共に退場)

龐居士　(焼香に回る)

粉挽き小屋に着いたぞ。

(念仏を唱える)

油絞り小屋に着いたぞ。

（念仏を唱える）

そで　厩《うまや》の入り口に着いたぞ。

（驢馬《ろば》と馬と牛が話をする）

龐居士　誰がここでしゃべっているのか。どれ、ちょっと聞いてみよう。

そで（驢）　馬さんや、あんたどうしてここへ来たんだい。

そで（馬）　その昔、おれは龐居士どのから借りた十五両の銀子を返せなくなったんで、死んだ後、馬に生まれ

龐《ほう》居《こ》士《じ》、誤《はか》らずも来生《らいせい》に債《かし》を放《つく》る

変わって返してるってわけさ。驢馬どん、あんたはなんでここへ。

そで（驢）　手前は龐居士どのに十両の銀子を借りたんだが、それが返せなくてね。死んでから驢馬になって、臼《うす》を引いてるんです。牛さんはどうしてやって来たんだい。

そで（牛）　あんたらは知らんだろうが、わしは生きている時、龐居士さんから銀子を十両借りてな。元金と利息、しめて二十両を返せなんだ。それでいまは牛となって埋め合わせているんじゃ。

龐居士　（驚く）

おおっ、なんということだ。善を積んできたつもりが、かえって来世にまで債《かし》を作っておったとは。

【酔高歌《すいこうか》】

一生かけて、身寄りなき人に施し与え、半生捧《ささ》げ、貧困にあえぐ人を救うも、むだなこと。厩のそばでひそひそ話すは誰かと思い、聞き耳立てれば身の毛もよだつ。

【満庭芳《まんていほう》】

おお、なんと。この龐居士が、彼らの債主《かしぬし》だっ

たとは。災い除き、福を作ったつもりだが、かえって木に縁《よ》り魚《うお》を求める、とんちんかん。

龐居士よ、お前は念仏の修行者であろう。

これはいったい、どれほど業《ごう》を重ねれば、こんな牢獄につながれる。私はおろおろ戸惑《とまど》うばかり。

あのときお前たちに銀子を与えたのは、よかれと思ってやったこと。

お金でもってそなたらに、狼や、虎の力を授けてやろうと思ったが、なんといま、馬や驢馬へと生まれ変わっておったとは。

(念仏を唱える)

この者たちの輪廻《りんね》の途《みち》で、いまはまさしく生き地獄。

かつて私から銀子を貸りたが、それを返せなかったばかりに、いまでは驢馬や馬などの畜生となってつけを返しているのだ。

(念仏を唱える)

ああ、いまならば信じよう。因果応報、確かにあると。

(呼ぶ)

女房、霊兆、鳳毛よ、みんな出てきなさい。

蕭　氏　(子供らと共に登場)

だんなさま、そんなに慌ててどうしたのですか。

龐居士　先ほどあちこちの棟を回って焼香していたら、牛や馬の話し声が聞こえたのだ。牛は前世、私から二十両の銀子を借りたが返せず、いま牛になってそれを返済していると言っておった。馬は前世、私から十五両の銀子を借りたが返せず、いま馬になって返済していると言うのだ。驢馬は前世、私から十両の銀子を借りて返せず、いま驢馬になって返済していると。女房よ、私は善を積んだと思っておったが、なんとそれがかえって来世でのつけになっていたのだ。

蕭　氏　ああ、そんな応報があるなんて。

龐居士　女房よ、これからすることに口出しはならぬぞ。手代よ、うちの貸し付け台帳をすべて運んで来なさい。

手　代　かしこまりました。全部運び出して来ました。

龐居士　ろうそくを持ってきて、すべて燃やしなさい。私は二度と人にお金を貸すまい。

蕭　氏　なんてこと。だんなさま、帳簿を燃やしてどういうおつもりですか。

龐居士　女房よ、そなたは何もわかっておらんな。
【石榴花《せきりゅうか》】
女房は、証文焼くわけ尋ねるが、君子は初志を貫徹すると言うではないか。

蕭　氏　だんなさま、やはりわたしたちにとってはお金はあるほうがよいのです。

龐居士　かつて私が金貸したのは善意から。思いもよらず、今生《こんじょう》のつけ、来世で取り立てられるとは。願わくは、祖師が私に西方浄土《さいほうじょうど》を指し示し、迷いの道から早くに抜け出さんことを。
燃えろ燃えろ。

蕭　氏　だんなさま、お待ちください。燃やすのをやめてください。

龐居士　あたふたと、ひたすら私を引き止める。この金は、私の護身符にはあらず。

蕭　氏　だんなさま、とにかく証文を燃やさないでください。

龐居士　【闘鵪鶉《とうあんじゅん》】
出した言葉は取り消せぬ、今日の言葉に二言なし。
女房よ、そうか、そなたと私の心はひとつではなかったのだな。

蕭　氏　わたしの心とだんなさまの心、どこが違っているのですか。

龐居士　私は財産捨てんとし、女房は苦海《くがい》(一七)、苦海にその身を委《ゆだ》ねんとする。
燃えろ燃えろ。

蕭　氏　だんなさま、燃やすのをおやめください。

龐居士　女房よ、何をぶつぶつ、くどくどしい。そなたも念仏しておる身であろう。では聞こう、そなたにとって生きる意味とは何なのか。生涯心穏やかに、暮らすことこそわが願い。

蕭　氏　だんなさま、証文を燃やすのをやめて、わたしの話を聞いてください。わたしたちはこんなに年老いてしまいました。子供たちはまだ幼く、ゆくゆく成長したならば、いくらかの金銭が必要となり

龐居士　ましょう。そのためにも焼くのはおやめください。
蕭　氏　そなたはまだそんな気持ちでおるのか。
龐居士　だんなさま、わたしの考えは間違っておりません。燃やすのだけはおやめください。
女房よ、そなたはどうしてもこの証文を燃やすことに反対なのか。
手　代　手代よ、金子《きんす》と真珠、それに銀子も一箱ずつ運んできなさい。
龐居士　かしこまりました。金子と真珠、それに銀子も一箱ずつ運んで来ました。
蕭　氏　女房、霊兆、鳳毛よ、これが見えるか。
龐居士　だんなさま、見えますとも。でも、どういうおつもりでしょう。
【上小楼《じょうしょうろう》】
倉庫に貯めた食糧に、数限りない財産と、あらん限りの財宝を、一つにまとめて積み上げよ。そなたらは、じっと見守り、一歩たりとも離れるでない。あの世まで、持っていけると思うのか。
蕭　氏　だんなさま、よく考えてください。娘はまだ嫁《とつ》いでおらず、息子も嫁をもらっておりません。あなたが築きあげた財産は、一日で成ったものではございません。たくさんの金品ともなれば、やはり惜しいものです。どうか子孫のために残してやってくださいませんか。
龐居士　女房よ、そなたは私に金持ちであってほしいという。私が金持ちになったら、息子の鳳毛にも金持ちを継がせる。すると鳳毛の子もまた金持ちとなる。それで代々金持ちというが、では、そなたに聞こう。貧乏くじは誰が引く。
【幺篇《ようへん》】
三代続く財はなく、二世に渡る福はなし。見てもみよ、日は昇れば沈みゆき、月は満ちれば欠けてゆく。それはただ、沈めば昇り、欠ければ満ちるだけのこと。いずれにしても、これからは、新たに生きる道がある。
蕭　氏　証文を全部燃やして、どうやって生きていくというのですか。
龐居士　(念仏を唱える)
そなたらも、仏門に入り出家《しゅっけ》せよ。

女房よ、すべて私に従いなさい。召使いたちに、主従を解く旨の文書と二十両の銀子を与え、故郷に帰して親孝行させなさい。家の牛や羊、驢馬、馬などの家畜一頭ずつに首から札をかけ、龐居士が放したゆえ連れて行くなかれと書いておくのだ。そして鹿門山《ろくもんざん》のあたりの水辺や草原で放し、自由にさせなさい。うちには大海原を渡れる十隻の船と、百艘の小舟がある。金銀財宝、玉細工、骨董品、みな小舟に載せて大船に運び入れなさい。明日、一家で東海に沈めに行くのです。

蕭　氏　だんなさま、おっしゃるとおりにいたします。牛や羊などの家畜はすべて放しましょう。使用人にも文書を与えましょう。しかし、これだけはわたしの言うことを聞いてください。船を出して財産を沈めるのはやめてください。商売をするくらい、いいじゃないですか。

龐居士　【耍孩児《さがいじ》】

莫大な、財を元手に商いし、儲けを追って各地をめぐれと申すのか。そうなれば、あるときは、舟に棹《さお》さし大江《たいこう》渡り、またあるときは、馬に跨がり昼夜を問わず駆け回る。家の妻子を顧みず、旅籠《はたご》に泊まる旅がらす。家の財産放り出し、砂塵にまみれる領送使《りょうそうし》（一八）。寂しさに、夢で故郷へ帰ろうと、遠く離れて情は通わず。はるかな道のり耐えられようか、そのうえ身にしむ雨と風。

蕭　氏　だんなさま、わたしはいままで華やかな暮らしを送ってこられました。でも、その財産を海に沈めてしまったら、将来子供たちが大きくなったときに何を頼りとすればいいのです。どうかわたしの言うとおり、このお金を残してください。

龐居士　【二煞《にさつ》】

かねて言う、林に巣作るみそさざい、占めるはわずか枝一本。黄河の水を飲むもぐら、詰めるは小さな腹の分。広大な、田畑を有するわが家《や》でも、費やす粟《あわ》は日に三升。何を必死に血眼で、利益のなかから私の衣食を切り詰めて、働かず、算盤《そろばん》に向かい私の寿命を弾くのか。山ほど財産貯め込んで、家長の私を働かせ、かたや妻子は悠々と。

蕭　氏　だんなさま、すべての財産を捨てたとしても、子供が将来どうやって生きていくかはお考えください。

龐居士　【煞尾《さつび》】このわしは、酒色財気《しゅしょくざいき》の調書を作り、生老病《しょうろうびょう》死《し》の赦免《しゃめん》請《こ》う。子孫には、子孫の福があるという。これより業《ごう》はもう作らぬ、家の主にはもうならぬ、こんな苦しみもう受けぬ。

（一同退場）

［第三折］

竜神《りゅうじん》　（水兵を連れて登場）

かの伏羲《ふっき》、八卦《はっけ》で定めるこの天地
わが玉帝《ぎょくてい》、必要とする補佐の臣（一九）
風雲雷雨も意のままに
水中に、覇《は》を唱《とな》えるは竜神ぞ

いまは亡きわが父には七人の子がおる。銀鱗の広勝竜《こうしょうりゅう》、銅鱗の沙竜《さりゅう》、鉄鱗の陀竜《だりゅう》、九尾の赤竜《せきりゅう》、剣牙《けんが》の火竜《かりゅう》、鎮世《ちんせい》の悪竜《あくりゅう》、そしてわしこそが長男で金鱗の徳勝竜《とくしょうりゅう》である。わしは毘沙門天《びしゃもんてん》として刀《とう》利山《りせん》にて九曜神《きゅうようしん》と戦い、三本の矢で功を立てたゆえ、玉帝から符節《ふせつ》を賜《たまわ》り、勅《ちょく》によって東海の竜王となったのじゃ。（二〇）いま、襄陽《じょうよう》に住む龐居士《ほうこじ》というものが、家の財産をすべて東海に沈めようとしておる。わしは玉帝の命令がないゆえ、まだこの財産を回収できんのじゃ。巡回の夜叉《やしゃ》よ、龐居士が来たら、財産を載せたその船を沈まぬように支えておけ。

龐居士《ほうこじ》　（蕭氏《しょうし》、霊兆《れいちょう》、鳳毛《ほうもう》、手代《てだい》を連れて登場）
手代よ、家中の金銀財宝、七珍万宝《しっちんばんぽう》はすべて船に積み込んであるな。

手代《てだい》　旦那さま、すべて船に積み込みました。

龐居士　女房、霊兆、鳳毛よ、一家そろって東海へ船を沈めに行くとしよう。

世人は重んず金銀財宝
私は愛す刹那《せつな》の寂静《じゃくじょう》
金多ければ、人心惑い
寂静なれば、仏の真理が現れる

（一同行く）

龐居士
〔越調《えつちょう》〕【鬪鵪鶉《とうあんじゅん》】
広く豊かな田畑《でんばた》を棄《す》て、金の足かせ自ら外す。有り余るほどの財産沈め、玉の鎖をにわかに断ち切る。鼈甲《べっこう》、珊瑚《さんご》、硨磲貝《しゃこがい》、琥珀《こはく》、海で育ったお前たち、いまこそ海に帰るとき。
お前たちがいなければ、
もう二度と、河北《かほく》にて、行商をすることはなく、
江南《こうなん》で、旅商いをすることもなし。
【紫花児序《しかじじょ》】
憂《うれ》うるは、時の流れを刻む漏刻《ろうこく》。恐れるは、暮れの太鼓に明けの鐘。嫌気さす、黄塵《こうじん》が舞うこの俗世。月日の移ろい速いもの。心のままに敢行せん、急ぎ準備に取りかかれ。心の迷いを消し去らん。人々に、真意は理解されぬもの。ただ願う、帆《ほ》にいっぱいの西風受けて、蓬莱山《ほうらいさん》に私を送れ。(二二)

蕭氏
女房よ、見なさい、あの海を。海に浮かぶあの船を。船に積まれたあの金銀財宝を。これらをあるものにたとえるなら、
たとえるなら、

龐居士
【天浄沙《てんじょうさ》】
たとえるならば、咲き誇っても、はかなく風にしぼむ花。円《まど》かに上るも、雲に隠れる白い月。汚《けが》れた俗世を抜け出せぬとは、まったくばかげた世の中よ。
あの積み荷のどこが金銀財宝なんだ。
あれこそは、船いっぱいの厄災《やくさい》よ。
女房よ、早くも海岸に着いたぞ。

蕭氏
金銀財宝を本当に船に積むなんて、だんなさまったらずいぶん太っ腹なお方ですこと。

龐居士
【鬼三台《きさんだい》】
太っ腹ゆえ金や宝を積むわけでなく、俗世のしがらみから逃れ、気ままな暮らしを送るため。

蕭氏
だんなさま、あなたが年老いたとしても、子供たちはまだ若いんですよ。

龐居士
そなたはわれらの白髪を嘆くが、私はいまこそ快哉《かいさい》叫ぶ。風は柔らか、天地も狭しと水面《みなも》広がり、膨《ふく》らむ帆影、白波かき分け進みゆく。これまさに、かの王勃《おうぼつ》が神の風受け、洪都《こうと》に至ったかのごとし。(二三)

蕭　氏　だんなさま、ほら、わたしたちが船を沈めるのを見ている人が海岸にたくさんいますわ。

龐居士　みなさまがた、この龐居士の考えはほかの人とは違うのです。

【紫花児序《しかじじょ》】

五湖に小舟を浮かべて遊ぶ、越《えつ》の范蠡《はんれい》にはあらず。（二三）波の彼方に窮船《きゅうせん》送る、晋《しん》の石崇《せきすう》にはあらず。（二四）筏《いかだ》を浮かべて星まで至る、漢《かん》の張騫《ちょうけん》にはあらず。（二五）

ご覧なさい。

水面《みなも》は空と渾然一体《こんぜんいったい》、空は水面と一碧万頃《いっぺきばんけい》。私が微笑むそのわけは、水晶宮《すいしょうきゅう》の竜王が、金銀財宝を蔵《くら》に入れんと、今度こそ、魚や亀や蝦《えび》や蟹《かに》らが押し寄せるのを待っているため。あの万丈《ばんじょう》の高波は、百尺の、高さを誇る楼台のよう。

蕭　氏　だんなさま、波風がますますひどくなって、ほら、船もどんどん波に持ち上げられています。

龐居士　いいことを考えたぞ。手代よ、あの船底にお椀ほどの穴を数十個開けてくれ。そうすれば船は必ず沈むはずだ。

手　代　わかりました。（穴を開ける）旦那さま、船底に穴を開けてきました。

龐居士　なぜ沈まない。風も止んで波も収まってしまった。どうすればよいのだ。

【凭欄人《ひょうらんじん》】

空の果て、細く糸引く陽《ひ》の光。彩《いろど》り鮮やか、水面の夕映え。いましがた、船は岸辺を離れゆく。これぞまさしく、靄《もや》けぶるなか、風は旅人送り出す。

女房よ、この船はどうしても沈まないぞ。はて、おかしなことよ。

【寨児令《さいじれい》】

先ほどは、湧《わ》き立つ白波《しらなみ》連なる山かと思えたが、いまはなぜ、風おだやかに、波平らかに、そのうえ雲霧《うんむ》も消えたのか。ではなにか、羽毛を積めば沈むのか。この金銀が、まさかそんなに軽いというのか。心の靄《もや》は晴れぬまま。

【幺篇《ようへん》】

なぜぶくぶくと、竜神の、宝の蔵へと沈まぬか。女房よ、この船がなぜ沈まんのか、やっとわかったぞ。元々は、ひらひら漂《ただよ》う浮き世の金。二人して、慎み深く天に祈ろう。岸に近づき、苔蒸《こけむ》す地面に跪《ひざまず》かん。女房、霊兆、鳳毛、みなこちらに来て拝みなさい。拝めや拝め、拝むのだ、河口に月の昇るまで。

天の使者　（登場）東海の竜王よ、玉帝のお達しにより、龐居士の財産をすべて竜宮の蔵に収めよ。

竜神　御意。雷公《らいこう》、電母《でんぼ》、風伯《ふうはく》、雨師《うし》よ(二六)、波風を起こし、船に積まれた龐居士の金銀財宝をすべて収めるのじゃ。

水兵　わかりました。すべて収めてまいりました。

竜神　わしは玉帝さまに知らせにいくとしよう。

水兵引き連れ、波をかきわけ
神力《じんりき》振るい、竜へと戻る(二七)
龐居士の持つすべての財を
竜宮の蔵に受け入れん

（水兵と共に退場）

龐居士　【金蕉葉《きんしょうよう》】

ごろごろ響く雷鳴に、四人は魂消《たまげ》て顔も真っ青。もくもく湧き立つ雷雲は、千百と並ぶ陣太鼓。

【調笑令《ちょうしょうれい》】

これまでに、こんなことがあっただろうか。一晩中、西よりの風が吹きすさぶ。愛しい子らは、肝を潰して憂い顔。進み出る、私をどうして止められよう。空に垂れ込む黒雲が、陽光遮《さえぎ》り、辺り一面暗澹《あんたん》と。

【禿廝児《とくしじ》】

ぴかぴか光る稲妻は、空を引き裂く火の柱。ばりばり落ちる雷鳴は、崖《がけ》をも崩《くず》す地の叫び。そんななか、私は危険を顧みず、岸辺へと足を踏み出《い》だす。

蕭氏　（引き戻す）だんなさま、少し下がってください。

龐居士　女房よ、何を恐れているのだ。

この期《ご》に及んで改心せぬとは、哀れなり。
なんと強い風だ。
【聖薬王《せいやくおう》】
この頭、上げられぬほど吹き荒れる。この眼《まなこ》、開けられぬほど吹きつける。
竜王さま、何ゆえこれほどお怒りか。
巓《いただき》に、広がる雲海の比ではない。風はしだいに収まって、かえって雲が乱れ湧く。錦《にしき》を帆《ほ》掛《か》けたわが船を、財産もろとも沈めてしまい、戻してくれるな、もう二度と。

蕭氏　だんなさま、財産はすべて海に沈んでしまいました。これから四人で帰るにしても、何を路銀とするのです。

龐居士　女房よ、私はずっとお前に黙っていたのだが、ひとつ余技があるのだ。

蕭氏　どんな余技があるというのです。

龐居士　私は竹でざるを編めるのだ。鹿門山《ろくもんさん》の外れに竹やぶがあるから、鳳毛に竹を伐《き》って来させよう。そして私が一日十個の竹ざるを編み、霊兆に売りに行かせれば、一家でお粥《かゆ》を食べる分くらいには困らぬ。

蕭氏　これこそ、「大きな甕《かめ》の油をぶちまけ、道沿いで胡麻《ごま》を拾う」ですね。

龐居士　【収尾《しゅうび》】
図らずも、この龐居士は来世に債《かし》を放ったが、それはただ、永久《とわ》に佳名《かめい》を残さんがため。わが妻が、北斗に届かんばかりに高く、その身を滅ぼす銭を積《つ》んでも、
女房、霊兆、鳳毛よ、振り返って見てみなさい。
やはり満たせぬ、東に広がる是非の海。(二八)
(一同退場)

［第四折］

丹霞禅師《たんかぜんじ》(登場、詩)
花ひねり、お釈迦《しゃか》さまは真理を示し
意を解し、摩訶迦葉《まかかしょう》は笑みを浮かべる(二九)
灯明《とうみょう》を、代々受け継ぎ幾年月
明々と、光は伝わる今もなお
拙僧は襄陽《じょうよう》にある雲岩寺《うんがんじ》の長老で、法名《ほうみょう》を丹霞と

申す。幼い頃から学問を積み、科挙《かきょ》の試験を受けようとしたところ、通りで馬祖禅師《ばそぜんじ》にお会いし、「秀才《しゅうさい》どの、どちらへ行かれるのですか」と聞かれた。拙僧が「選官《せんかん》を受けにまいります」と答えたところ、馬祖禅師は、「秀才どの、選官よりも選仏《せんぶつ》を受けるほうがよほどよい」とおっしゃった。(三〇)私はその言葉を聞くなり、心にはっきりと感じるところがあったので、剃髪《ていはつ》して出家《しゅっけ》した。まず馬祖禅師のところにうかがい、それから石頭和尚《せきとうおしょう》に師事して、多くの教えを授かったのだが、残念ながらまだ深く悟るには至っておらぬ。ところで、ここ襄陽には龐居士《ほうこじ》なる者がおり、その娘の霊兆《れいちょう》というのがたいへん美しい。霊兆は毎日寺の門の前で竹ざるを売っているが、売れ残った分は拙僧がすべて買い取っておる。そうして気がつけば、竹ざるは三部屋分にもなってしまった。どれ、今日もそろそろやって来る頃だろう。

霊《れい》兆《ちょう》　(登場)

わたくしは霊兆、お父さまが海に船を沈めてからは、鹿門山《ろくもんさん》に移り住んでおります。お父さまは竹ざるを編むことができますので、一日に十個作ってわたくしに持たせ、わたくしがそれを大通りで売っております。でも今日は竹ざるを買ってくれる人が誰もいません。お父さまの食事をどうすればよいのでしょう。ひとまず雲岩寺の門のところへ売りに行きましょう。あの禅師さまが、また竹ざるを買ってくれるんじゃないかしら。

丹霞禅師　(門から出る)

そろそろあの娘が来る頃だな。

(霊兆に会う)

おや、お嬢さん、ごきげんよう。

霊　兆　(答える)

ごきげんうるわしゅうございます。

丹霞禅師　お嬢さん、またこの竹ざるは売れなかったのですか。

霊　兆　そうなのです、禅師さま。

丹霞禅師　私も竹ざるを買ってあげたいのは山々ですが、いかんせん手元不如意《ふにょい》なもので。よろしければ私の部屋まで来ませんか。

霊　兆　禅師さまは出家されたお方ですから、何も起こりませんよね。行きましょうか。

（部屋についていく）

丹霞禅師　ちょっとこの娘をからかってやろう。さて、どうでるかな。

（念仏を唱える）

老僧が、胸の前にて合掌す。(三一)お嬢さん、その心がおわかりか。

霊　兆　（わきぜりふ）

なんて失礼な禅師かしら、わたくしをからかうなんて。これ以上何も言わなければ放っておくけれど、まだ何か言うのなら、そのときはわたくしも答えてやるわ。

丹霞禅師　この娘は聞こえていないのか。もっと大きい声で言ってみよう。

老僧が、胸の前にて合掌す。お嬢さん、その心がおわかりか。

霊　兆　わたくしの言うことを二つ聞いてくれるなら、そうすれば、あなたとともに楽しみましょう。

丹霞禅師　ほう。では、二つと言わず十《とお》でも聞こう、出家の身でも妨げはなし。

霊　兆　お経を枕に、若い和尚と共寝せよ。仏像を敷き、掛け布団には袈裟《けさ》使え。

丹霞禅師　南無阿弥陀仏。仏門汚《けが》し、後々にまで悪名残せば、阿鼻地獄《あびじごく》(三二)へと落とされる。

霊　兆　おぬしはこれまで何のため、むだに坐禅《ざぜん》を組んできた。真の仏を目の前にして、拝礼せぬとは不遜《ふそん》なり。

丹霞禅師　悟りを得るのは唐突に、仏を拝むに躊躇《ちゅうちょ》なし。

（合掌して拝礼する）

霊　兆　（丹霞禅師の頭を叩《たた》く）

頭を叩けば六根清浄《ろっこんしょうじょう》、この竹ざるは苦海《くがい》の水をすくうもの。(三三)

丹霞禅師　ようやくわかる色即是空《しきそくぜくう》、はたしてこの世は空即《くうそく》是色《ぜしき》。(三四)

霊　兆　（退場）

丹霞禅師　南無阿弥陀仏。もしあの霊兆師が私を導いてくださらなければ、どうなっていたことか。師はずっと竹ざるが売れず、ご両親も首を長くして食事を待っているはずだ。拙僧は長銭百文《ちょうせんひゃくもん》(三五)を、道に置いておこう。師が持って行ってくれればそれでよい。

いましがた、俗念わずかに頭をもたげ
心に黒雲立ちこめる
悟りの真言《しんごん》なかったならば
阿鼻地獄へと真っ逆さまに

（退場）

霊兆　（再び登場）丹霞禅師を悟りに導き、雲岩寺を離れてから、一つも竹ざるを売っていないわ。どうやって両親の食事を用意をすればいいのかしら。あら、道ばたに百文の長銭が落ちているわ。このお金を持って行けば良心に背《そむ》いて利を貪《むさぼ》ることになるし、持って行かなければ、お父さまの食事が用意できません。

（悩む）

道ばたに竹ざるを十個とも置いていきましょう。そうすれば、誰かがこのお金を探しに来たとしても、竹ざるを売ったのと同じこと。みなさん、この竹ざるはなかなかの物なんですよ。

　青竹の、柔らかい枝を選《よ》りすぐり
　手作りで、丹精《たんせい》込めたこの一品
　常日頃、至高の教えを念じていれば
　竹ざるで、苦海の波から救い出さん

（退場）

霊照女《れいしょうじょ》、丹霞師《たんかし》を点化《みちび》く

龐居士《ほうこじ》　（蕭氏《しょうし》、鳳毛《ほうもう》を連れて登場）

　息子は娶《めと》らず
　娘は嫁《とつ》がず
　家族みんなが集まれば
　話題に上るは無生《むしょう》の話（三六）

私はわが家の財産と金銀財宝をすべて海に運んで沈め、この鹿門山に庵《いおり》を結んでおる。修行の道はなんとも気ままなことよ。
〔双調《そうちょう》〕【新水令《しんすいれい》】
私ほど、祖師の禅機《ぜんき》を静かに解する者はなし。雪山《せっせん》で、心を磨き修行せん。（三七）あの日の空は、ゆらゆら揺れる水に似て、あの日の海は、果てなく広がる、どこまでも。財産沈めたあの日から、仏の教えを唱えたること一千遍。

霊　兆　（登場）
わたくしは霊兆。この百文の長銭を持って、お父さまのところへ行きましょう。
（あいさつする）

龐居士　霊兆や、帰ったか。

霊　兆　お父さま、戻りました。

龐居士　どうだった、竹ざるは売れたか。

霊　兆　お父さま、わたくし丹霞長者を解脱《げだつ》させていたので、竹ざるは売れませんでした。寺を出ると、どなたが落としたのかわかりませんが、道ばたに百文の長銭がありました。持って来るのはためらわれましたが、お父さまの食事が用意できないのも困ります。そこでわたくしは、十個の竹ざるを傍《そば》に置いておきました。持ち主が探しに来ても、十個の竹ざるがあればその方に売ったのと同じこと。これでよかったかしら。

龐居士　霊兆、それでよい。

青衣童子《せいいどうじ》　（登場）
居士どの、玉帝《ぎょくてい》がお呼びです。

龐居士　あなたはどちらから来られたのですか。
【沈酔東風《ちんすいとうふう》】
気後《きおく》れし、辞退なんぞするものか。わずかばかりの先延ばしさえ決してせぬ。これまでも、富みて驕《おご》らず、そしてまた、貧《ひん》して恨まず。

青衣童子　私だけではありません。ほら、もう一人おりますよ。

龐居士　（振り向く）

青衣童子　えい。
（退場）

龐居士　ここはどこだ。
騙《だま》されて、振り返る間《ま》に、世の転変はかくも激しく。

そで　（音楽を奏《かな》でる）

龐居士　なんと美しい音色だ。聞こえるは、耳を賑《にぎ》わす歌と管弦。はるかに響く仙界の調べ。

（見る）

女房よ、あの金《きん》の門に玉《ぎょく》の戸、それに碧《あお》い瑠《る》璃瓦《りがわら》をご覧なさい。俗世とはまったく違うぞ。ここが天宮に違いない。

蕭　氏　だんなさま、この扁額《へんがく》に何か字が書いてありますよ。

龐居士　【雁児落《がんじらく》】

扁額にははっきりと、招牌《しょうはい》にはくっきりと。招牌に、青の篆書《てんしょ》で兜《と》率宮《そつぐう》、扁額に、金の字で彫《ほ》るは霊虚殿《れいきょでん》。(三八)

【得勝令《とくしょうれい》】

もしやこれこそ天上界か。空高く上る綾雲《あやくも》に、乗ったわけでもあるまいに。

女房よ、蓮《はす》の花には赤と白しかないはずだが、ここにはどうして青や金の花があると思う。

これぞまさしく、錦《にしき》のように色とりどりと、太液池《たいえきち》に咲く蓮の花。「山青くして、花燃えんと欲す」の上を行く。(三九)

女房よ、洞穴の門が半分開いているのが見えるか。(四〇)

そなたら先に行こうというのか。

蕭　氏　（霊兆、鳳毛と共に洞門へ行く）

だんなさま、わたしたちは先に洞門に行ってきました。

龐居士　女房よ、私を出し抜いたのか。

いつも私によくしてくれたが、いざとなったら先に行くのか。初志貫徹というではないか。

註禄神《ちゅうろくしん》　（登場）

龐居士よ、驚かずともよいぞ。

龐居士　うわっ、びっくりした。

【喬牌児《きょうはいじ》】

驚きのあまり呆気《あっけ》にとられて卒倒し、脚の震えは止められず。後光《ごこう》鮮やか、威厳を備えたその姿。

註禄神　玉帝の勅《ちょく》を受け、ここでずっと待っておった。

龐居士　玉帝の勅を受けたとか。

いずれの神様かは存じませんが、お名前はなんとおっしゃいますか。

註禄神　われは天界に住む註禄神である。

龐居士　生前はどなたでしたか。

註禄神　生前は、そなたから銀子を借りた李孝先《りこうせん》だ。

龐居士　誰が李孝先ですって。

註禄神　われこそが李孝先である。

龐居士　これはおめでたいこと。新たに素晴らしいお勤めを得られましたな。

註禄神　喜んでいただけたかな。

龐居士　もちろんですとも。

註禄神　ではもっと喜ばせてさしあげよう。もう一人そなたの古なじみがいるが、会ってみたいか。

龐居士　それはもう。

註禄神　えい。

増福神《ぞうふくしん》　（登場）居士どの、私が誰だかわかりますか。

龐居士　いずれの神様かは存じませんが、お名前はなんとおっしゃいますか。

増福神　私は増福神です。

龐居士　生前はどなたですか。

増福神　二十年前に証書を焼くのを諫《いさ》めた曾信実《そうしんじつ》ですよ。

龐居士　【殿前歓《でんぜんかん》】俗世の縁を私が忘れぬそのわけは、二十年、塵埃《じんあい》にまみれ踠《もが》いたため。

増福神　居士どの、今日は功徳《くどく》が満ち、悟りの果を得られましたので、老子《ろうし》さまにご挨拶《あいさつ》にうかがうのです。

龐居士　ようやく抜け出す六道輪廻《ろくどうりんね》（四一）、一足飛びに天まで昇らん。

増福神　私は以前、二十年後に居士どのにお会いすると言ったではないですか。

龐居士　忘れておらぬ、その言葉。今日またお会いできるとは。今日こそは、平生《へいぜい》の願い叶《かな》うとき。これぞまさしく、凡夫《ぼんぷ》の身から解脱《げだつ》して、有り難きこと、火のなかに咲く蓮のよう。

増福神　居士どの、あなたは凡人ではございません。天界の賓頭盧尊者《びんずるそんじゃ》でございます。奥様は幟《のぼり》を持つ羅《ら》刹女《せつにょ》、鳳毛さまは善才童子《ぜんざいどうじ》。しかしみなさま、霊兆さまには及びません。霊兆さまこそ、南海は普《ふ》陀落伽山《だらかせん》にある七珍八宝寺《しっちんはっぽうじ》のお方、号は元通《げんつう》、自《じ》在観音菩薩《ざいかんのんぼさつ》さまでございます。（四二）

一心誤り落ちるは俗世
再び修行の六十余年
龐居士は、功徳が満ちて修行終え
家族そろって悟りを開き、老子さまにお目通り

龐居士

【折桂令《せっけいれい》】
居士ら四聖は天へと帰り、俗世を抜け出し、そろって老子にお目通り。貧しい者を救済し、財を軽んじ義を重んじたそのために、福を注ぎ足し、過《あやま》ちを消す。まさにいま、乗るは鳳凰《ほうおう》、十洲《じっしゅう》・閬苑《ろうえん》を舞いめぐり、跨ぐは青鸞《せいらん》、弱水《じゃくすい》三千を飛び越える。(四三) 世の役人の皆々さま、浮わついた、金に執着するなかれ。一心不乱に善行積めば、万人残らず導かれよう、仙界へ。

題目　霊兆女《れいちょうじょ》、丹霞師《たんかし》を点化《みちび》き
正名　龐居士《ほうこじ》、誤《はか》らずも来生《らいせい》に債《かし》を放《つく》る

注釈

（一）「善知識《ぜんちしき》」とは、よき友のこと。仏教では、正しい道、仏道に導くきっかけを与えてくれる人のことを指す。特に禅宗では、悟りへと導く師家《しけ》のことをいう。「馬祖師《ばそし》」は馬祖道一《ばそどういつ》（七〇九～七八八）、南岳懐譲《なんがくえじょう》の弟子で、禅宗の一派洪州宗《こうしゅうしゅう》の祖。大寂禅師《たいじゃくぜんじ》と諡《おくりな》される。「石頭和尚《せきとうおしょう》」は石頭希遷《せきとうきせん》（七〇〇～七九〇）のことで、石頭宗《せきとうしゅう》の祖。南岳衡山《なんがくこうざん》の石上に庵を結んだことから「石頭」と称される。「百丈禅師《ひゃくじょうぜんじ》」（原文は「百杖禅師《ひゃくじょうぜんじ》」に作る）は百丈懐海《ひゃくじょうえかい》（七四九～八一四）のこと。馬祖道一の弟子で、大智禅師《だいちぜんじ》と諡される。いずれも唐代の著名な禅僧。

（二）霊兆は霊照《れいしょう》ともいい（「兆」と「照」は同音）、挿絵では霊照に作る。なお、霊照は「りんしょう」とも読む。

（三）漢代、楊宝《ようほう》という者が、ふくろうに搏《う》たれた黄雀（ヒワ）を助けて世話をしてやった。すると、その黄雀が黄色い服を着た童子となって楊宝の前に現れ、お世話になったお礼に白い玉環を四つ差し出し、四人の子孫が大臣の位に昇ることを約束したという。

（四）この詩は全体で、煩悩《ぼんのう》（心身を苦しめ煩《わずら》わす精神作用）を断てば苦しみの世界から解脱《げだつ》し悟りに至るという仏教の根本思想を表現している。「貪瞋痴《とんじんち》」は、貪欲《とんよく》（むさぼり）・瞋恚《しんに》（いかり）・愚痴《ぐち》（おろかさ）の三つの根元的煩悩のことで、「三《さん》毒《どく》」「三垢《さんく》」ともいう。「妄想《もうぞう》」とは、誤った思い、迷いの心、真理に背いた虚妄の想念のこと。「戒定慧《かいじょうえ》」は、仏道の最も基本的な修行で、戒《かい》学（戒めを守り悪を止め善を修する持戒《じかい》）・

定学《じょう》（精神を統一し雑念を払う禅定《ぜんじょう》）・慧《え》学（真理を見極め悟る智慧《ちえ》）の三学《さんがく》のこと。「円明《えんみょう》」は、みごとで完全なさま。また、完全に実現すること。「無明《むみょう》」は、真理にくらいという根本的な無知、煩悩の根元のことで、すべての苦しみをもたらす原因。無明を滅することによって苦も消滅する。「鶴のよう」という形容は、釈迦《しゃか》が涅槃《ねはん》（真の悟りの境地。実際には釈迦の入滅を指す）に入ったとき、周囲の沙羅双樹《さらそうじゅ》の木肌が鶴の羽毛のように白く変色したという伝説により、「鶴林」が釈迦入滅の沙羅双樹の林、転じて釈迦の入滅自体を指すことから、ここでは涅槃の境地に入ることを表現していると解釈した。ただ、原文は「鶴形」であり、あるいは道教（神仙思想）の昇仙の形容を敷衍し、涅槃に至ることを表現しているのかもしれない。

（五）「李広《りこう》」は前漢の将軍。「虎を射る」は、李広が虎に似た石を本物の虎だと思って射ると矢が突き刺さったが、のちに石と知ってからは射ても刺さらなかったという故事を踏まえる。とくに匈奴《きょうど》（北方の異民族）との戦いで手柄をあげた名将の李広であるが、匈奴に敗れて罪を問われ免職になっていたある日、狩猟をして夜になってしまった。「元将軍」ではあったが、「覇陵《はりょう》」の役人には顔も忘れられ、橋を通してもらえなかったという。「孔子」は春秋時代の魯《ろ》の思想家。政治は道徳や礼儀によることを主張して各地を遊説《ゆうぜい》した。ただ、魯の国では内乱のために亡命したり、暗愚な主君を見離して放浪に出たりと、自身の主張が順調に受け入れられたわけではなかった。孔子は、魯の哀公《あいこう》が西方に狩りをして麒麟《きりん》（瑞獣）を得たのを聞き、本来は太平の世に現れる麒麟が乱世に現れたことを嘆いた。そして魯の歴史を記した『春秋』を著し、麒麟を得た記事で筆を擱《お》いた。

（六）「欧明《おうめい》」については、『荊楚歳時記《けいそさいじき》』（宝顔堂秘笈本《ほうがんどうひきゅうぼん》）に以下の話を載せる。商人の区明《おうめい》（欧明とも）という者が彭沢湖《ほうたくこ》を通ったとき、青湖君《せいこくん》という者が現れ、区明を家に招いて礼をしたいと言う。ある者が、「何がほしいかと聞かれたら、ただ如願《じょがん》を求めなさい」と区明に教えたので、区明はその通りに答えた。すると、青湖君は侍女の如願を区明に与えた。如願はどんな願い事でも叶え、区明は大金持ちになったが、正月の朝、如願が寝坊をしたので、区明が打ち据えようとすると、如願は掃《は》き溜《だ》めのなかに逃げ込んで二度と戻らなかった。その後、区明はしだいに貧しくなっていった。なお、「欧明」が「青洪君《せいこうくん》」から如願を得て金持ちになるという話は、『捜《そう》神記《じんき》』（二十巻本）の巻四にも見える。

（七）「元載《げんさい》」は唐の政治家。聡明で学問を好んだが、政権を握ってからは、塩の専売や賄賂によって豪邸を建て、贅沢な暮らしをした。その暮らしぶりは、楊貴妃《ようきひ》を娶《めと》って豪奢な生活を極めた玄宗《げんそう》皇帝になぞらえられた。のち、代宗《だいそう》によって刑に処され、一族も抹殺された。

（八）「梁冀《りょうき》」は後漢の政治家で、帝室の外戚《がいせき》にあたる。父の跡を継いで大将軍（武官の最高位）につき、皇帝の擁立や廃立も自分の意見に沿って動かすほど権勢を振るった。絶大な権力と莫大な財を得て、競うように豪邸を建築したが、のちに桓《かん》帝《てい》が宦官《かんがん》と共謀し梁冀の邸宅を包囲すると、梁冀は自殺、一族も処刑された。梁冀が貯め込んだ財産は、国の税収の半分ほどにもなったという。

（九）「孔」は穴、「方」は四角、人々が「兄」として親しむ、つまり「四角い穴の兄貴」ということで銭を指す。

（一〇）「石崇《せきすう》」は晋代の政治家。金谷澗《きんこくかん》沿いの景勝地に金谷園という壮大な庭園を造り、六朝期を代表する野外の詩会「金谷の集い」を催した。

（一一）「梁鴻《りょうこう》」は後漢の文人。貧しい家に生まれたが、才に恵まれていた。ある日、失火により隣家に大きな損害を与えてしまった。梁鴻はお詫びに飼っていた家畜をその家の主人に差し出したが、主人はそれでも足りないと言った。そのため梁鴻は、その家で雇われの身となり、朝から晩まで休むことなく働いた。それを見て感心した近隣の老人が、その家の主人に家畜をすべて梁鴻に返すよう諭し、主人もそうしようとしたが、梁鴻はそれを断って実家へ帰った。

（一二）「郭況《かくきょう》」は後漢の政治家で、帝室の外戚にあたる。原文は「郭況鋳銭炉」。郭況の銭を鋳《い》る炉とは、郭況が皇帝の覚えめでたく、たびたび金銀財宝を下賜されたので、人々が郭況の家を「金穴」と呼んだことにちなむ。

（一三）「乾坤《けんこん》」は易《えき》の卦《け》で天と地のこと。銭の円形が天を、四角の穴が地を表していることをいう。

（一四）「彼岸《ひがん》」とは、向こう岸のこと。仏教では、迷いの世界である此岸《しがん》に対し、悟りの境地である涅槃《ねはん》のことを指す。

（一五）「炕《かん》」とは、中国北方の暖房装置で、床下に溝を設けて焚き口で火をたき、煙を通して床を暖める。朝鮮半島で用いられる「オンドル（温突）」に同じ。

（一六）「保長《ほちょう》」とは、保甲《ほこう》制度（民間における相互監視と自衛を目的とした戸籍制度で、本邦の隣組にあたる）の長。後出する「里長《りちょう》」は、時代によって異なるが百戸程度の長で、納税や戸籍を管理した。

（一七）「苦海《くがい》」とは、衆生《しゅじょう》が住むこの現実世界を、苦しみの世界として海に喩《たと》えたもの。

（一八）「領送使」とは、罪人を流刑地まで護送する役人のこと。

（一九）「伏羲《ふっき》」は中国古代の神話に登場する伝説上の帝王。女《じょ》媧《か》・神農《しんのう》とともに三皇《さんこう》と称される場合もある。女媧とは兄妹または夫婦とされ、ともに人首竜身の姿で描かれる。「宓羲《ふっき》」「庖犧《ほうぎ》」などとも表記される。天地の理《ことわり》を理解して八卦《はっけ》を描き、文字や鉄製の武器を造り、狩猟や漁労の方法などを人々に教えたとされる。「玉帝《ぎょくてい》」は玉皇大帝《ぎょっこうたいてい》のことで、宋代以降の道教の事実上の最高神。「天帝」や「上帝」とも称される。

（二〇）「毘沙門天《びしゃもんてん》」は四天王の一人、北方を守護する多聞天《たもんてん》。「刀利山《とうりせん》」は帝釈天《たいしゃくてん》が治める忉利天《とうりてん》のことか。「九曜神《きゅうようしん》」とは、日・月・火・水・木・金・土・羅睺《らこう》・計都《けいと》のこと。

（二一）「漏刻」とは水時計のこと。「黄塵」とは浮き世のちり、わずらわしい世間の俗事のこと。「蓬萊山《ほうらいさん》」とは、東海の彼方にあると考えられていた仙山。

（二二）「王勃《おうぼつ》」は唐の詩人。以下の故事を踏まえる。王勃は船で難所の馬当山の下を通ったとき、転覆しそうになった。しかし、王勃が詩を書きつけて水に投げると、風も波もすっかり落ち着いた。それを見た水神が、王勃を不思議な力ではるか遠くの洪都《こうと》（江西省南昌《なんしょう》）まで一夜で送り、王勃はそこですばらしい詩を作って褒美をもらった。

（二三）「范蠡《はんれい》」は春秋時代の人で、越王勾践《えつおうこうせん》に仕えた謀臣。呉《ご》を破った後は、名を変えて商売で巨万の富を築き、洞庭湖《どうていこ》に舟を浮かべて隠遁したという。「賺蒯通」注二〇参照。

（二四）「窮船《きゅうせん》」を送るというのは中国の習慣の一つで、貧乏神を追い出す行事のこと。金持ちの石崇《せきすう》もその行事を行っていたことが、宋《そう》の釈心道《しゃくしんどう》の詩「木仏を焼く」に見え、「彭祖《ほうそ》は八百にして延寿を乞い、秦皇《しんこう》は位に登るも更に仙を求む。昨天津《むかしてんしん》に向《お》いて橋上を過《よ》ぎる、石崇すら猶自《なお》窮船を送る」とある。

（二五）「張騫《ちょうけん》」は前漢の政治家。筏《いかだ》を浮かべて黄河を水源まで遡り、天の川にたどり着いたという説話を踏まえる。

（二六）それぞれ道教における自然界の神。「雷公」と「電母」は雷の神、「風伯」は風の神、「雨師」は雨の神。

（二七）本劇の「竜神」は、冒頭で自分のことを「東海の竜王」という。これは道教の影響を受けた竜のイメージで、普段は人の姿をしており、深淵にある竜宮で蝦や蟹に守られ、いざ神通力を使うときには真の姿を現すと考えられている。

（二八）「是非の海」の「是非」は「人我是非《にんがぜひ》」、すなわち人々の間で起こる問題のこと。いくら金をつぎ込んでも、それで「是非の海」を埋められはしない、つまり、人間同士の問題には尽きることがないという意味であろう。

（二九）「摩訶迦葉《まかかしょう》」は、釈迦の十大弟子の一人。「摩訶」は「大」の意で、大迦葉《だいかしょう》ともいう。釈迦入滅後、教団を指導し第一回の仏典結集《けつじゅう》を行った。あるとき、釈迦が霊鷲山《りょうじゅせん》での説法中に黙って花をつまんで見せたところ、弟子の中でこの迦葉だけがその意を悟って微笑《ほほえ》んだという「拈華微笑《ねんげみしょう》」の伝説がある。

（三〇）「秀才《しゅうさい》」は、科挙（官吏登用試験）の科目の一つで、転じてその受験生も指す。「選官《せんかん》」は官吏の選考のこと。「選仏《せんぶつ》」は仏弟子の選考のこと。

（三一）丹霞禅師が霊兆に向かって胸の前で合掌するのは、前後の文脈から、霊兆に性的な行為を頼み込んでいるしぐさと考えた。

（三二）「阿鼻地獄《あびじごく》」は、八大地獄の最下層にある最も苦しい地獄。「阿鼻」とは「無間《むけん》」の意で、「無間地獄《むけんじごく》」ともいい、間断なく責め苦を受けることからこの名がある。

（三三）「六根清浄《ろっこんしょうじょう》」とは、煩悩の根源となる眼《げん》・耳《に》・鼻《び》・舌《ぜつ》・身《しん》・意《い》の六根（六つの感覚器官）のけがれを払って清らかになること。転じて、心身が種々の功徳《くどく》に満ちて清浄になることをいう。「苦海《くがい》」は本劇注一七参照。

（三四）「色即是空《しきそくぜくう》・空即是色《くうそくぜしき》」とは、物質的なものそのままに空《くう》であり、空《くう》そのままに物質的なものとなっているという、『般若心経』にもある言葉。有形の万物はすべて因縁によって生じたもので実体がなく、仮の表れであるとも解釈される。

（三五）目方が十分《じゅうぶ》の銅銭。八、九十枚で百銭（百文）としたものを「短銭」ないし「短陌《たんぱく》」といい、百枚ちょうどで百銭（百文）とするものを「長銭」という。

（三六）「無生《むしょう》」とは、生ずることがないこと。生滅変化《しょうめつへんげ》することのない空《くう》と同義であることから、迷いの世界を超えた絶対の真理、涅槃《ねはん》の境地をも指す。

（三七）「雪山《せっせん》」は、常に雪のある山の意で、ヒマラヤ山脈のこと。釈迦《しゃか》が苦行をした場所であり、また釈迦が過去世において雪山童子《せっせんどうじ》として修行していた場所でもある。よって、「雪山」は苦行、ないし悟りを得るための修行を想起させる。

（三八）「兜率宮《とそつぐう》」は兜率天《とそつてん》の内院にある宮殿で、弥勒菩薩《みろくぼさつ》が説法しているところ。「兜率天宮《とそつてんぐう》」ともいう。「霊虚殿《れいきょでん》」は、道教の神仙世界の宮殿か。一説に、洞庭湖《どうていこ》に住む竜神洞庭君《どうていくん》の宮殿とも（『太平広記《たいへいこうき》』巻四一九・竜二「柳毅」の項）。ここではいずれも天上界を代表する宮殿として例示されている。

（三九）「太液池《たいえきち》」は、前漢の武帝《ぶてい》が長安郊外の未央宮《びおうきゅう》内に造らせた池（庭園）の名。唐代には長安城内の大明宮《だいめいきゅう》に造られ、その後、歴代王朝の宮殿の池を指すようになる。「山青く……」は、杜甫「絶句二首」の二を引く。

（四〇）道教では、不老長寿を得た神仙らの多くは洞窟に住んでおり、その中には俗世と隔絶した別天地があると信じられていた。そのような洞窟を洞天《どうてん》といい、福地《ふくち》（仙人が修行をした場所）とあわせて「洞天福地」と呼ぶ。いわば道教的聖地。

（四一）「六道輪廻《ろくどうりんね》」とは、天道《てんどう》・人道《にんどう》・修羅道《しゅらどう》・畜生道《ちくしょうどう》・餓鬼《がき》道《どう》・地獄道《じごくどう》という六つの迷いの世界（六道）、すなわち苦しみの存在する世界を生まれ変わり続けること。車輪がめぐるように止まることなく生死を繰り返すことから「輪廻」という。

（四二）「賓頭盧尊者《びんずるそんじゃ》」は、釈迦の弟子で十六羅漢の第一、賓頭盧《びんずる》頗羅堕《はらだ》。しばしば神通力をもてあそんだため釈迦に叱責され、仏滅後の衆生の救済を命ぜられた。「羅刹女《らせつにょ》」は女の羅刹《らせつ》（悪鬼の一種）。空中を飛行し、人を魅了して食らうという。仏教ではのちに、夜叉《やしゃ》とともに毘沙門天《びしゃもんてん》の眷属《けんぞく》として仏法守護の役割を担う護法善神《ごほうぜんじん》となる。「善才童子《ぜんざいどうじ》」は、『華厳経《けごんきょう》』などに登場する仏教の童子、善財童子《ぜんざいどうじ》のこと。文殊菩薩《もんじゅぼさつ》の導きで五十三人の善知識《ぜんちしき》を訪ね、最後は普賢菩薩《ふげんぼさつ》の下で悟り、往生浄土を願ったという。文殊菩薩や観音菩薩《かんのんぼさつ》の脇侍として祀られることが多い。「南海」はインド洋のこと。「普陀落伽《ふだらか》山《せん》」は補陀落《ふだらく》、すなわち観世音菩薩《かんぜおんぼさつ》が住むと伝えられる山。「自在観音菩薩」は、観音菩薩のこと。この菩薩の名は、サンスクリット（梵語）の「アヴァローキテーシュヴァラ」を、鳩《く》摩羅什《まらじゅう》が「観世音《かんぜおん》」や「観音《かんのん》」と訳し、玄奘《げんじょう》が「観自在《かんじざい》」と訳したことから、複数の呼び名がある。ここではその両方を合わせた呼び名で表記されている。なお、観音菩薩は慈悲の象徴として救世菩薩《ぐぜぼさつ》などとも呼ばれ、中国で最も信仰される菩薩となり、のちに道教の神仙にも含まれるようになる。

（四三）「鳳凰《ほうおう》」と「青鸞《せいらん》」はいずれも伝説上の瑞鳥で、よく神仙がその背に乗って飛ぶ。「十洲《じっしゅう》」は仙人が住むという十の島。

「閬苑《ろうえん》」は仙境の名前。「弱水《じゃくすい》」は中国の西方にあり、神々が住むと考えられていた崑崙山《こんろんさん》をとりまく川。羽毛も浮かばない軽い水で、中国で唯一西に流れる川とされる。「三千」はその深さが三千丈あることを表すのであろう。これらの語句は、いずれも仙人として仙境に遊ぶことをいう。

解説

本劇の作者は不明（『録鬼簿《ろっきぼ》続編』では劉君錫《りゅうくんしゃく》の作とする）。主人公である龐居士《ほうこじ》は、唐《とう》代に実在した人物で、本名を龐蘊《ほううん》という。「居士」とは、仏道に従い徳を積む在家《ざいけ》の信者のことである。龐居士については、『祖堂集《そどうしゅう》』に、馬祖大師《ばそだいし》により悟りへと導かれ、襄陽《じょうよう》郊外の小さな家に住み、竹ざるを作り、娘に売らせて暮らしたとある。また、『景徳伝灯録《けいとくでんとうろく》』には、代々学者の家系であったが、若い頃に俗世の煩悩《ぼんのう》を理解して真理を求めるようになり、その後、石頭禅師《せきとうぜんじ》、馬祖大師に導かれて悟りを得て、丹霞禅師《たんかぜんじ》を友とし、襄陽に移って山や街、村里に住み、竹ざるを作って娘の霊照《れいしょう》に売らせたとある。その言行および偈《げ》（仏徳の賛嘆や教理を詠んだ詩）は、唐の宰相于頔《うゆう》が編んだとされる『龐居士語録』にまとめられている。

このように、先行する資料には、すでに石頭禅師や馬祖大師、霊照（劇中ではそれぞれ石頭和尚、馬祖師、霊兆と記される）、丹霞禅師などの名が見えるばかりか、竹ざるを霊照に売らせる話までもが記されており、本劇はそういった文献や故事を踏まえて作られている。このほかにも、第三折の家財を船に乗せて海に沈める場面は、『釈氏稽古録《しゃくしけいころく》』、『唐詩紀事《とうしきじ》』などに見える。この話は時代が下るにつれ、しだいに沈める金額が増えていく。元代に書かれた『南村輟耕録《なんそんてっこうろく》』では、龐居士は巨万の富を持っており、それを海に沈めることになっている。本劇の内容もこれに近く、おそらく元代に広まっていた龐居士の伝承を参考に書かれたものと思われる。しかし、竜王らが登場する場面などは、先行文献には見えず、本劇オリジナルの内容である可能性もあろう。このように、本劇は各種の文献に見える様々な龐居士にまつわるエピソードをつなぎ合わせて作られたと思われる。

本劇は、全体では金貸しの龐居士とその家族が解脱《げだつ》するまでのいきさつを描くが、その過程で多くのお金にまつわるエピソードがちりばめられている。商売に失敗し借金に苦しむ李孝先《りこうせん》、お金に対する考え方を問うことによって龐居士を試す曽《そう》信実《しんじつ》、お金の価値や使い方がわからない粉挽《こなひ》き、借金が返せず家畜に生まれ変わった人々、金に執着する妻の蕭氏《しょうし》などである。これら、個性溢《あふ》れる登場人物を通して見ることのできる、お金に対する考え方や、お金を取り巻く社会の状況は、現代の私たちにも共感できる部分があるのではないだろうか。

【仏教劇】

冤家債主《えんかさいしゅ》

十、崔府君《さいふくん》、冤家《こども》を債主《かしぬし》と断《だん》ず

無名氏

登場人物

脚色	役名	役どころ［登場する折］
正末	張善友《ちょうぜんゆう》	晋《しん》州古城《こじょう》県の住人。在家ながら仏道修行に励む。崔子玉《さいしぎょく》と義兄弟の契《ちぎ》りを結んでいる。［全］
沖末	崔子玉《さいしぎょく》	学者。のち科挙《かきょ》に及第し、磁《じ》州福陽《ふくよう》県の県令《けんれい》となる。ときに冥界の事案を裁く。崔府君《さいふくん》の生前の名。［楔・二・三・四］
旦	乞僧《きっそう》の妻	［一・二・三］
旦	福僧《ふくそう》の妻	［一・三］
老旦	李氏《りし》	張善友の妻。張善友が和尚から預かった銀子《ぎんす》をくすねる。［楔・一・二・四］
浄	趙廷玉《ちょうていぎょく》	こそ泥。張善友の家に忍び込む。［楔］
浄	乞僧《きっそう》	張善友の長男。働き者で倹約家。［一・二・四］
浄	男①	福僧《ふくそう》につけた酒代を取り立てに来る。［一］
浄	柳隆卿《りゅうりゅうけい》	福僧にまとわりついて金をせびる悪友。［二］
丑	福僧《ふくそう》	張善友の次男。家の金を使い込む放蕩《ほうとう》息子。［一・二・三・四］
丑	男②	福僧に貸した金を取り立てに来る。［一］
丑	胡子転《こしてん》	柳隆卿とともに福僧にまとわりつく悪友。［二］
外	和尚	五台山《ごだいさん》の僧侶。張善友に銀子を預ける。［楔］
	張千《ちょうせん》	県令となった崔子玉の従者。［二・三・四］
	下男	張善友の家の下男。［二・三］
	獄卒《ごくそつ》	閻魔《えんま》の部下。［四］
	閻魔《えんま》	地獄の裁判官。［四］

［楔子《せっし》］

崔子玉《さいしぎょく》　（登場）
　仙者《せんじゃ》には、天・地・神・人・鬼の五仙
　ことごとく、規矩《きく》にのっとり諸々さだむ
　逆らえば、道々乱れを生ずるも
　順《したが》えば、一々のことに幽玄《ゆうげん》を知る
私は晋《しん》州に住む者で、名は崔子玉。人は私のことを学問に打ち込んだ当代随一の学者だと思っているが、実は天帝の勅旨《ちょくし》によってしばしば冥界の裁きをも任されている。それもこれも、私が真摯《しんし》で公平、一切の手心を加えぬゆえ。果たして、善には善の報《むく》いあり、悪には悪の報いあり。それは影と形、声とこだまのように些《いささ》かも違《たが》うことはなく、まことに厳然たるもの。ところで、私には張善友《ちょうぜんゆう》という義兄弟がいる。日頃から熱心に読経して仏道に励んでおるゆえ、さっさと出家して俗世の煩悩を払うように勧めたが、いかんせん、にわかには妻子と財産を断ち切れぬ様子。さて、どうしたものか……
（嘆く）
はあ……。とはいえ、あいつばかり責めるわけにもいかぬか。私とて功名の二字をいまだ忘れられずにいるのだからな。これから上京して試験を受けに行くところ、ひとつ善友の家に寄って、挨拶《あいさつ》していくとしよう。まさに、他人に出家を説《と》くのは容易、自ら出家をするのは至難というやつか。
（退場）

張善友《ちょうぜんゆう》　（李氏《りし》と共に登場）
私は張善友。代々、晋州は古城《こじょう》県に住んでいます。妻は李氏。私には崔子玉という契りを結んだ兄がいます。聞けば、子玉どのが上京して科挙に応じるので、近々わが家へ挨拶に来てくれるとのこと。日も暮れて来たし、今日はもう来ないだろうな。おい、そろそろ片づけて休むとしよう。

李　氏《りし》　あら、もう真っ暗ねえ。戸締りをして休みましょうか。
（共に寝る）

趙廷玉《ちょうていぎょく》　（登場）

釜にゃ蜘蛛《くも》の巣、蒸籠《せいろ》にゃ埃《ほこり》
晋州一の貧乏人
人の世の道理お見通し
俺の不幸は天下一

俺の名は趙廷玉。お袋はとうに死んじまったが、墓を建ててやる金もねえ。ちくしょう、俺だって男だ。こうなったら、ちょっくら盗人《ぬすっと》の真似事でもすっか。昼間目をつけたこの家から、夜のうちにちょっとばかし金を頂戴して、お袋をちゃんと葬《ほうむ》ってやりゃ、ちっとは孝行できるってもんだ。お天道《てんと》さんよ、俺は決して盗み慣れてるわけじゃねえぜ、しかたねえんだよ。今日は石灰売《せっかい》りのところから、石灰をひとつかみ手に入れてきた。こいつを何に使うかだって。暗闇で壁に穴を開けるだろ、そのとき下に石灰を撒《ま》いておくのさ。家のやつが目を覚まさなけりゃ、それでよし。もし目を覚まして、「泥棒」って叫ばれりゃ、目印の石灰のところまで戻って一目散に逃げるんだ。お天道さんよ、俺は決して盗み慣れてるわけじゃねえぜ。今日はまんじゅう屋の前を通ったとき、まんじゅうをひとつ失敬してきた。こいつを何に使うかだって。ばらばらに折れた針をこのまんじゅうに挟んでだな、もし犬がいたら投げてやって食わせるんだ。そうすりゃ、口のなかに針が刺さって吠えられねえだろ。お天道さんよ、俺は決して盗み慣れてるわけじゃねえんだぜ。さあ、この壁に身を寄せてと。ここで出てくるのがこの小刀。こいつで壁に大きな穴を開けて……

よし、壁を抜けたぞ。

(石灰を撒《ま》く)

ここに石灰を撒いておいてと。

(見回す)

戸が閉まってるな。ここで出てくるのがこの油の缶。こいつをちょちょいと枢《とぼそ》に垂らしてと。こうすりゃ、戸を開けても静かなもんさ。お天道さんよ、俺は決していつもやってるわけじゃねえからな。

そで　あなたは十分立派な泥棒の親分ですよ。

趙廷玉　(耳をそばだてる)

張善友　おい、おまえ、ちょっと聞くが、これまで必死で

李　氏　貯《た》めたあの銀子五両はどこにしまってるんだい。寝台の太い脚のなかよ。静かにして。誰かに聞かれたらどうするの。

張善友　それもそうだな。さあ、もう寝よう。

趙廷玉　(銀子を盗み、門を出る)
やつらの銀子五両を盗んでやったぜ。おたくらの名前も知らねえが、現世じゃ返せねえからよ、来世でおたくらの手足となって返してやるぜ。
(叫ぶ)
泥棒だ。保長《ほちょう》(一)さん、早く起きて泥棒を捕まえてくれえ。
(退場)

張善友　(目覚める)
おい、泥棒に入られたんじゃないのか。なくなったものはないか。

李　氏　みんなあるわ。

張善友　あの銀子は。

李　氏　(見る)
いやだ、銀子がなくなってるわ。どうしましょう。

張善友　ほら見ろ、だから言わんこっちゃない。もう日も出てきたし、むやみに騒ぐのはよそう。人様に気づかれんように泥棒を探すまでのことだ。

和　尚　(登場)
　水を貯め、魚を飼うも釣りはせず
　山奥に、鹿を逃がして長生《ちょうせい》願う
　地を掃《は》けば、蟻《あり》をつぶさぬかと恐れ
　灯火《ともしび》に、蛾が飛び込まぬよう薄絹かける
拙僧《せっそう》は五台山《ごだいさん》の僧。仏殿の修繕のため下山して寄《き》進《しん》を募《つの》り、いま銀子が十両集まったが、どこか預かってくれるところはないものか。……そういえば、この辺りには正直者の張善友とやらがおるそうな。そこで銀子を預かってもらうとしよう。ここがそうだな。
善友どのはおるかの。

張善友　誰か来たようだな。出てみるとしよう。
(あいさつする)
和尚さまはどちらの方でしょう。

和　尚　拙僧は五台山の僧。托鉢《たくはつ》して銀子が十両集まったところなのだが、かねてより、そなたは善行を好むと聞いておる。よそでまた寄進を募ってから取りに戻るゆえ、それまで預かってはもらえぬか。

(小道具を渡す)

張善友　もちろんですとも。和尚さま、お斎《とき》を召し上がっていってください。

和尚　お気遣い無用、さっそく托鉢に出かけるのでな。

(退場)

張善友　おい、和尚さまから銀子を預かったからな。

李氏　ええ、わかりましたよ。

(わきぜりふ)

銀子五両を盗られてなくしたところに、坊さんが十両持って来た……そうだわ。

張善友　おい、さっき和尚さまから預かった銀子だが、しっかり見といておくれよ。俺はこれから東岳大帝《とうがくたいてい》の(二)お廟《びょう》へ御参《おまい》りに行くからな。もし先に和尚さまが戻ったら、お前から返しておくれ。それから、お斎を所望されたら、ちょっと野菜で何か作って差し上げなさい。そうすれば、お前の功徳《くどく》にもなる。

李氏　わかったわ。

張善友　じゃあ、行ってくる。

(退場)

李氏　なんてついてるの。銀子を五両なくしたら、坊さんが十両持って来るなんて。あの人は出かけたし、坊さんが取りに来なければ儲《もう》けもの。もし来ても、しらを切り通してやるわ。訴えられたってかまうもんですか。

和尚　(登場)

托鉢も済んだことだし、張善友の家に寄って銀子を返してもらったら、五台山へ帰るとしよう。善友どのはご在宅かの。

李氏　あの坊さんが戻ったんだわ。出てみましょう。あら和尚さん、どちらまで。

和尚　善友どのは家におるかの。

李氏　うちには善友なんて人いませんけど……何のご用かしら。

和尚　拙僧は先ほど十両の銀子を預けたので、取りに来たのだが。

李氏　和尚さんったら、とんだ勘違いだわ。うちでいつあなたの銀子とやらを見たっていうの。

和尚　拙僧は今朝ここに預けたのだ。奥さん、どうして嘘《うそ》をつきなさる。

李　氏　もしほんとに見たのなら、この目から血が出るでしょうね。もしほんとに嘘をついたのなら、わたしはきっと地獄へ落ちるでしょうよ。

和　尚　奥さん、よく聞きなされよ。拙僧が方々《ほうぼう》を回って托鉢したあの銀子は、仏殿を修繕するためのもの。それをここへ預けたのに、あんたはなぜそんな嘘をつく。あんたが現世で拙僧からくすねた銀子は、必ずや来世で返すことになりましょう。よいですかな、もとは拙僧が托鉢して集めた銀子十両、観《かん》音《のん》さまのお力で、いずれ拙僧に返してもらいますぞ。

ううっ、こんなときに胸が痛むとは。ここはひとまず医者に診《み》せに行くとしよう。

（退場）

李　氏　坊主は行ったわね。あの人が帰ってきたら、銀子は返したと言えばいいわ。そろそろ帰って来るころかしら。

張善友　（登場）

ただいま、帰ったよ。和尚さまは銀子を取りに来たかね。

李　氏　あら、入れ違いだったわね。ちゃんと持って帰ってもらったわよ。

張善友　返してくれたのなら、それでいい。じゃあ、飯の支度《したく》を頼む。崔子玉の兄さんが来るかもしれないからな。

崔子玉　（登場）

こっちへ曲がって、またここを曲がってと。さあ、張善友の家に着いたぞ。

善友はいるかね。

張善友　（出迎える）

やあ、兄さん。いらっしゃい。

崔子玉　（あいさつする）

おお善友、その顔から察するに、さては散財したな。

張善友　実はそうなんですが、でも大したことはありませんよ。

崔子玉　奥さんの顔には、思わぬ儲けがあったと出ているな。

李　氏　そ、そんなものあるもんですか。

崔子玉　善友、私はこれから上京して、官職を得るため試験を受けに行く。だから、こうして挨拶に寄ったのだ。

張善友 兄さん、安い酒しかないけど、町の外まで見送って餞別《せんべつ》させてもらうよ。

（道行《みちゆ》き）

おい妻よ、酒を注《つ》いでくれ。

さあ兄さん、餞別の酒だ。

（杯を勧める）

崔子玉 （返杯する）

なあ善友、ここで別れたら、次に会えるのは何年後かわからん。そこで、ちょっと忠告しておきたいんだが、聞いてくれるか。

栄枯盛衰《えいこせいすい》、さだめはすべて天にあり
浅知恵《あさぢえ》を、絞《しぼ》ったところで徒《あだ》となる
人の心は飽くこと知らず、蛇《へび》が象《ぞう》を呑《の》むように
仮初《かりそめ》の世の一切は、蟷螂《かまきり》が蟬《せみ》を捕らうがごとし
与えられたるその寿命、延ばす薬がどこにある
賢くめでたきその子孫、決して金で買えはせぬ
貧に甘んじ分《ぶ》を守り、機縁に従い生きるべし
気分のままに悠々と、これぞ自適の仙の道

張善友 ありがたいお言葉です。ですが、私にはどうも縁がないようで、出家はできそうもありません。お返しと言っては何ですが、私の言うことも聞いて下さい。

北の村、南の里も恋しくはなく
大きな屋敷、立派な家も恋しくはなし
狭くとも、屋根さえあればこの身は安らか
いまはまだ、豚児《とんじ》を養う務めあり
寒ければ、一枚薄手の衣《ころも》を羽織り
腹すけば、二杯うるちの粥《かゆ》すする
そのほかに、望むことなど何もなし
この善友、平素の願いはそれで足る

〔仙呂《せんりょ》〕【憶王孫《おくおうそん》】

ぼろと粗食で日々暮らし、修行に励み、この身を保つ。貧富はもとより縁のもの、白髪《しらが》も抜けるに任すのみ。豚児《とんじ》と愚妻《ぐさい》がいればこそ、この人生は、あな楽し。

（李氏と共に退場）

崔子玉 善友も妻とともに帰ったことだ。わしも出立《しゅったつ》するとしよう。

この旅は、もとより名を成すためにはあらず
ただ一《いっ》に、わが煩悩を断てぬゆえ
山中で、道を修める僧らに伝えん
その心、気高く白き雲に寄せよと

（退場）

［第一折］

張善友《ちょうぜんゆう》　（李氏《りし》、乞僧《きっそう》と福僧《ふくそう》、それぞれの妻と共に登場）わしは張善友。晋《しん》州の古城《こじょう》県を離れ、ここ福陽《ふくよう》県に移り住んでから、かれこれ三十年ばかりになる。あのときは盗人に銀子五両を盗まれたものの、それ以来、うちの家計は右肩上がりでな。妻もあの年にこの長男を産んだ。名は乞僧で、今年三十になる。それから、こっちは次男坊で名は福僧、年は二十五だ。そして、こっちが長男の嫁で、こっちは次男の嫁。この長男がまた働き者でな。朝早くから夜遅くまで汗水垂らして、一家を支えてくれておる。それに引き換え、何の罰が当たったんだか、この次男坊ときたら毎日酒と博打《ばくち》に明け暮れて、とんだ穀潰《ごくつぶ》しだ。おい、ちょっと聞くが、お前のその放蕩《ほうとう》はいつになったらなおる。

福《ふく》僧《そう》　親父は俺がガキの頃からずいぶん儲《もう》けただろ。金なら腐るほどあるんだ。ちょっとぐらい使ったって、どうってことないだろうに。

乞《きっ》僧《そう》　おい福僧、お前はどうしてそんなに金を大切にしないんだ。まったく頭が痛いよ。

張善友　（嘆く）これもすべてはさだめのためか……
乞僧、お前は知らんだろうから、ちょっと聞きなさい。

［仙呂《せんりょ》］【点絳唇《てんこうしん》】
凡俗《ぼんぞく》の身に生まれ落ち、世を渡ること三十年。
それもまた、親たるわしの宿世《すくせ》の縁《えん》。
まさにこの穀潰しのせいで、
かつてはわしも一汁一菜《いちじゅういっさい》、忍ぶ日々。

【混江竜《こんこうりゅう》】
上の子は、一家のために日夜あくせく働いて、
あまたの仕事で財産築く。上の子が、人生を

賭して稼ぐのも、前世でわしが陰徳積んだその報い。上の子は、世俗に染まらずまっとうで、服は錦で仕立てずに、食も善し悪し選《よ》り好みせず。父母にとっては孝行息子、親戚つどえばまとめ役。ところが下の馬鹿息子、いったいどういう料簡《りょうけん》か。日ごと繰り出す花柳《かりゅう》の巷《ちまた》、歌舞の宴《えん》。あでやかな美女を侍《はべ》らせて、酒に酔いしれ肉を頬張る。どこに行っても罵《ののし》られ、嫌われて、家の財産使い込み、すり減らす。これまさに、身代《しんだい》つぶす疫病神《やくびょうがみ》、とんだ災難ではきかぬ。

乞　僧　父上、この家のお金は私が大変な苦労をして貯めたものです。それを福僧に好き放題使い込まれては、たまったものではありません。

張善友　そうだな、家の金はお前が稼いでくれたもの。おい福僧、ちょっと聞くが、近ごろはどんな商いをしているんだ。

福　僧　俺が何もしてないとでも思ってるのかい。日がな一日すごろく打って、腰なんかひどい張りようさ。俺がどれだけ苦労してるか、わかってくれるかい。

張善友　【油葫蘆《ゆころ》】ろくでなしめが。胸に手を当て考えよ。家の金、いったい誰が稼いだか。この二十年、びた一文すら持って帰ったこともなし。お、お、お前というやつは、手にした物は質に入れ、触れたそばから売り払う。少し余裕ができたと思えば、切羽《せっぱ》詰まって借金まみれ。お、お、お前というやつは、女がおらねば目も開けず、酒がなければ顔さえ上げず、つるむやつらは与太者《よたもの》ばかり。お、お、お前というやつは、三日にあげず茶屋遊び。

福　僧　親父、俺は若いうちに目一杯楽しむんだ。そうしなきゃ手遅れになるだろ。

乞　僧　お前が楽しむその裏で、いったい誰が苦労していると思っているんだ。

張善友　【天下楽《てんからく》】ろくでなしめが。安逸貪《あんいつむさぼ》る悦楽の場に、面倒御免《ごめん》と身を隠す。かねてより、悪さにかけては一丁前《いっちょまえ》。張善友、この名に誓って、お前を白洲《しらす》へ引き出さん。

とは、前々から思っているのだが、なにせ家内が言うには、「あんた、あれはあれでいい子じゃないか」ときたもんだ。
とんまと父が罵れば、いい子と母が甘やかす。
その挙げ句、こいつはわがままやりたい放題。
おい福僧、人から金を借りたことはないだろうな。

福　僧　ふん、俺だって大人だぜ。人様から金を借りたりしねえよ。

男　①　(登場)
張の坊ちゃんはいるかい。酒五百本分のつけ、早く返してくれよ。

乞　僧　父上、福僧は酒代をつけていたみたいです。家まで取り立てに来ていますよ。

張善友　お前は借金などないと言ったが、酒代を取り立てに来ておるぞ。

福　僧　返せばいいんだろ。大したことじゃねえよ。

乞　僧　踏み倒すなんて道理はなかろう。まったくお前のおかげで……

李《り》氏《し》　乞僧、あんたが返しておやりよ。

乞　僧　わかった、わかったよ。返します、返しますとも。
なんで私がこんな目に遭うんだ。
(手渡す)

男　①　(退場)

男　②　(登場)
張の坊ちゃんはいるかい。「親知らず」はどうなった。ずっと催促してるのに、いつになったら持って来てくれるんだい。

乞　僧　父上、門のところで誰か叫んでいます。なんでも「親知らず」を持って来いとか。

張善友　何だ、その「親知らず」というのは。

福　僧　まったく、親父ったら、そんなこともわかんねえかな。やつの親父が生きてるうちに、あいつから一千貫借りるんだよ。それで、やつの親父が死んだら二千貫にして返すんだ。広間に哀悼の声が響くとき、表じゃ元手と利息に相まみえる。な、これが「親知らず」さ。

張善友　(嘆く)
はあ、そんな金まで返さねばならんのか。
【那吒令《なたれい》】
お前は口から出放題、四方八方にほらを吹く。

福　僧　この業《ごう》深き老いぼれは、怒りのあまり、三途《さんず》の川も見えるほど。見てみよこやつの色を失う借金面《づら》。

張善友　自分の金を使っただけなのに、何がいけねえんだよ。

福　僧　馬鹿ものめ、使ったのはおのれの金だと思っておるのか。

張善友　自分の金ゆえ問題ないだと、ふざけるな。はらわたが、煮えくり返ってはち切れる。

【鵲踏枝《じゃくとうし》】

何ゆえに、こんな愚鈍が生まれたか、時として、そんな思いが心に浮かぶ。怒りのあまり、手足はしびれ、のたうち回る。ろくでなしめが。どうしても、うちの身代つぶす気ならば、もういっそ、いますぐ分家するがよい。

福　僧　そいつはいいや。こっちだってせいせいするぜ。好きに連れを呼んで騒げるしな。

張善友　【寄生草《きせいそう》】

羊をつぶし、酒を振る舞い、太鼓持ちやらごろつきやらを招くのか。金をばらまき他人の情けを買ったとて、底をついたら他人の恨みを買う羽目に。この業深き老いぼれは、怒りのあまり、三途の川に片足突っ込む。

わしが死んだら、

そのときは、この世でお前に使われた金、耳を揃《そろ》えて返してもらうぞ。

乞　僧　乞僧よ、しかたない、返してやってくれ。

父上、私は日がな一日商売に勤《いそ》しんで、一文どころか、半文さえも無駄遣いしたことはありません。どうして苦労して貯めたお金を、福僧に使い込まれなければならないのです。

李　氏　乞僧、あんたが返しておやり。

乞　僧　はいはい、わかりました。私が返せばいいんでしょ。

(手渡す)

さあ、もう行った、行った。

男　②　金も返してもらったし、家に帰るとするか。

(退場)

張善友　なあ、わしらが二人とも元気なうちに、財産を分けてしまおう。そうしないと、いずれこやつに食い潰されてしまう。

李　氏　あなた、財産を分けてどうするの。やっぱり乞僧に任せたほうがいいんじゃない。

張善友　いや、ともかく分けるとしよう。乞僧、いまある財産を全部ここへ持ってきなさい。それから、借用証もだ。

乞　僧　わかりました。

張善友　なあおまえ、これでうちの財産は全部だ。これを三つに分けるとしよう。

福　僧　財産を分けちまうほうがいいよな。そうすりゃ、ぐだぐだ言われなくてすむしよ。

李　氏　それであなた、どうやって三つに分けるの。

張善友　乞僧、福僧と、わしら二人、これで三つに分けるとしよう。

李　氏　それもいいわね。じゃあ、あなたに任せるわ。

張善友　【賺煞《たんさつ》】福僧よ、お前が望むは、ぽかぽか汀《みぎわ》に眠る鴛《おし》鴦《どり》。わしの教えはただ一つ、厳寒に、緑絶やさぬ松の節操。しかしお前は、耳に逆らうこの忠言を聞き入れず。この財産はわれら夫婦の苦労のたまもの、仏のわしも、堪忍袋の緒が切れた。どうせこやつは出来損ない、親子の縁も今日はこれまで。商いだろうと、何でも勝手にするがいい。けれども俗に言うだろう、三つ子の魂百までと。いつの日か、お前もつきに見放され、禍《わざわい》その身に降りかかる。

（一同退場）

［第二折］

崔子玉《さいしぎょく》（冠帯をつけ、張千《ちょうせん》を連れて登場）

あふれる文才、七歩の詩(三)
香り払う袖、錦織り
今生《こんじょう》、お上《かみ》の禄《ろく》を享《う》けるは
何にか拠《よ》らん、苦学あるのみ

わしは崔子玉。義弟の張善友に別れを告げ、上洛して科挙に応じたところ、みごと状元《じょうげん》にて及第、このたび磁《じ》州は福陽《ふくよう》の県令《けんれい》に任命された。すると、思いも寄らぬことに、善友もここに越して来ていたのだ。聞けば、いま善友の上の子が病に臥《ふ》せっているらしいが、はたして癒《い》えたのだろうか。今日は取り立てて用事はないな。
おい張千、馬を牽《ひ》いてまいれ。わし自ら義弟の家まで見舞いに行くとしよう。
駿馬《しゅんめ》に跨《また》がりゆるゆると
二列に並び従う役人
露払《つゆはら》いなど一切無用
見舞いの供さえすればよい
（一同退場）

柳隆卿《りゅうりゅうけい》 （胡子転《こしてん》と共に登場）
蚕育《かいこ》てず田植えせず
口八丁で世を渡る
閻魔《えんま》のお呼びがかからぬわけは
世の坊ちゃんが、まだ俺につけがあるからさ
俺は柳隆卿で、こっちは弟分の胡子転。町に住む張家の次男坊ってのが、とんでもない馬鹿でさ。俺たち二人はあいつが金を使うのを手伝ってやっているんだ。ここ何日か懐が寂しいから、ちょっくら茶屋であの次男坊が来るのを待つとするか。

胡子転《こしてん》 あんたが茶屋で待ってるんなら、俺はあの馬鹿を探しに行ってくるぜ。まあ、もうじきやって来るだろうがな。

福僧《ふくそう》 （登場）
俺は張家の次男坊。身代《しんだい》を分けて家を出てからというもの、湯がめでたい雪を溶かすように、風がちぎれ雲を飛ばすように、金は全部使ってすっからかんになっちまった。いまじゃ兄貴の乞僧《きっそう》に食べさせてもらっている始末。面目ないったらありゃしない。その兄貴も病気になっちまった。ところで、もう何日もあの二人の弟分の顔を見てねえな。ちょっくら茶屋にでも行って尋ねてみるか。
（胡子転に会う）
よお、久しぶりだな。会いたかったぜ。

胡子転 兄貴、俺もちょうどあんたを探してたんだよ。柳隆卿も茶屋であんたを待ってるぜ。一緒に行こうや。
（会う）

福僧 よお、元気か。

柳隆卿 兄貴、近ごろ町にやって来た娘がめちゃくちゃべっぴんでよ、真っ先に兄貴に教えてやろうと

思ってさ。兄貴がもらっちまいなよ。ほかのやつらに先を越されるなんて野暮はなしだぜ。

福僧　その話は誰か別のやつに持っていってくれ。そんな金はねえよ。

胡子転　あんたの兄さんのところにはたんまりあるんだろ。俺が代わりにもらって来てやろうか。

福僧　だったら一緒に行ってみるか。

（一同退場）

張善友《ちょうぜんゆう》　（下男を連れて登場）

わが家の身代を三等分してからというもの、次男の福僧は自分の分を早々に使い果たしおった。長男の乞僧は、実の弟だからといって、また福僧を一緒に住まわせたようだが、なんと福僧のやつ、今度は乞僧の金まで使い込んだのだ。乞僧は怒りのあまり病を得て、床に臥せっておる。医者を呼んでも手立てなく、薬を飲んでもまったく効かず、いまにも死んでしまいそうだ。わしももう打つ手がない。

おい、一緒に仏間で香を焚いて祈るとしよう。

下男　はい、では焼香いたしましょう。

張善友　〔商調《しょうちょう》〕【集賢賓《しゅうけんひん》】

分家をしても面倒ばかり、息子のために悩みは尽きぬ。業《ごう》深き、この老いぼれは日々の暮らしも安らかならず、家を支える頼みの乞僧、明日をも知れぬ。天網恢恢《てんもうかいかい》、疎《そ》にして漏らさずとは言うが、

これでもし乞僧に万一のことがあったら、

何にもできぬこの老いぼれの張善友をいかんせん。手塩にかけた三十年も夢と散る。そうしてわしは、兪陽《ゆよう》のごとく薬酒を呷《あお》り、荘子《そうし》のごとく髑髏《どくろ》を嘆く。(四)

【逍遥楽《しょうようらく》】

もはやただ、天のご加護を仰ぐのみ。息子のためなら、どんなことでも心を尽くす。なおざりになど、できようか。ああ乞僧、お前のほかに寄る辺なく、両の目に、溢《あふ》れる涙はとめどなし。よもや足りぬか、前世の功徳《くどく》。もはやただ、天に祈りを捧ぐのみ。願わくは、滅罪生善《めつざいしょうぜん》、抜苦与楽《ばっくよらく》。

さあ仏間に着いたぞ。扉を開けてと。
（ひざまずく）
お香を持って来なさい。
わが家の仏さま、長男の乞僧は、早寝早起きして朝から晩まで働き、懸命に金を稼いでくれたのに、この度は病気になってしまいました。次男のほうは飲むわ打つわで使い物にならんのに、ぴんぴんしております。ご先祖さま、どうかわしを憐れんで、乞僧の病を治してやってくださいませ。
（拝礼する）
【梧葉児《ごようじ》】
下の子などは、何の苦労も知らずに育ち、ひたすら友と連れ立って、毎夜毎夜の月見酒。上の子は、いまも変わらず金を工面《くめん》し、放蕩《ほうとう》者が改心するのを待ちわびる。
ああ天よ、
あなたはなぜに、張善友の大事な長子をわざわざ選び、手を下すのか。

下男　（知らせる）旦那さま、若さまがご危篤です。

張善友　乞僧が危篤だと。ついてこい、すぐに行くぞ。
（共に退場）

乞僧《きっそう》　（妻に支えられ、李氏《りし》と共に登場）お母さん、僕はもうだめだ。

李氏《りし》　乞僧、しっかりなさい。

乞僧　もう治る見込みはなさそうだ。じきにあの世に旅立つよ。

李氏　ああ、どうしてこんなにひどくなったのかしら。

乞僧　お母さん、なぜ病気になったか教えてあげようか。あの日、質屋の前にいたとき、ちょうど焼いた羊を売っているやつが通ったんだ。ぷうんといい匂いがしたものだから、どうしても食べたくなって、一斤いくらか聞いたんだよ。すると一斤二貫だって言うのさ。肉が食べたいからって、二貫も払うのはもったいなすぎるだろう。だから両手でちょっとその肉をつかんでみて、脂身《あぶらみ》が少ないからやめとくよ、と言って買わなかったんだ。そうやって脂のついた手を袖にしまい、家に帰ってご飯をてんこ盛りにして、片方の手についた脂を舐《な》めては、それをおかずにご飯をいっぱい食べたんだ。それで五杯はおかわりしたかな。腹が膨れたから眠くなってきちゃって、もう片方の手の脂は昼飯のおかずに置いとくことにしたんだ。でも手を隠さずにいたもんだから、寝ついたあとで犬がやって来て、残していた手の脂をきれいさっぱり舐め取っちまったんだ。それで完全に頭にきて、その怒りから病気になったってわけさ。昨日、医者を呼んで脈を取ってもらったら、医者もそう言ってたよ。これは食い物の恨み病だって。

李氏　だったら、いまはとにかく怒るのをやめて、ゆっくり養生なさい。

乞僧　父さんに話があるから呼んでほしいな。

張善友　(下男と共に登場)
おい、乞僧の容体はどうだ。

乞僧　お父さん、僕はもうだめだ。
(悲しむ)

張善友　おい乞僧よ、そんな悲しいこと言わんでくれ。

【醋葫蘆《さくころ》】

胸の上にはお灸《きゅう》据え、腹のあたりを揉《も》みほぐせ。一家総出で紙銭《しせん》を燃やし、神に祈ろう。いますぐに、法師を招き、医者を呼べ。われら張家の屋台骨を助けねば。焦眉《しょうび》の急に、慌てふためく。

乞僧　お父さん、先立つ不孝をお許しください……
(死ぬ)

張善友　(李氏と共に泣く)

おお乞僧よ、わしを残して逝《ゆ》くというのか。ああ、こんなにつらいことはない。

【幺篇《ようへん》】

まさにいま、ぴんと手足はかたまって、ひんやり唇引き結ぶ。家族の者は、喉《のど》も裂《さ》けよと泣き叫び、孝行息子が、人生半ばで若死にする。

ああ天よ、
孝子薄命とも聞くが、このつらさ、いつになったら癒えるのか。

妻や、乞僧が死んでしもうた。何かお供えする物を持ってきてくれ。

おい、お前は崔《さい》県令のところに人を遣《や》って、このことを知らせるんだ。

下男　わかりました。

崔子玉　（登場）

わしは崔子玉。張善友の長男の様子を見にいくところ。早くも着いたぞ。

張千よ、馬を繋いでおけ。

（会う）

なんと、善友の息子はもう亡くなっておったのか。

善友、気をしっかり持つのだぞ。

張善友　崔の兄上、上の子が死んでしまいました。この老いぼれも、もう長くはありません。

崔子玉　生死と富貴にさだめあり。これもまた天命、そう気を落とすでない。

福僧　（柳隆卿・胡子転と共に登場）

柳隆卿　兄貴、あんたの兄さんが死んだみたいだぜ。家に入って目ぼしい物があったら教えてくれよ。俺たちはそれを持って先に帰るから。

福僧　そうだな。じゃあ一緒に入って、壺《つぼ》と瓶《びん》、大杯《おおさかずき》を持って行ってくれ。それにしても涙も出ないんだが、どうやって泣けばいいんだ。

柳隆卿　俺の手ぬぐいは角のところを生姜汁で濡らしてあるからさ、これで目を拭けばいい。そしたら、小便みたいに涙が出るぜ。

（小道具を渡す）

福僧　（泣く）

ああ、乞僧兄さん、兄さんは一文どころか、半文も惜しんで使わず、何も楽しまずに死んじまったんだな。

おい親父、あんたは兄貴ばっかりひいきしてくれたな。

おふくろ、これであんたの子供は俺一人ってわけだ。

なあ、義姉《ねえ》さん。

なあ、女房よ。

張善友　（怒る）

なんだよ、みんなで俺を無視しようってのか。これじゃあ、俺がまるで馬鹿みたいじゃねえか。

【幺篇《ようへん》】

ふと見れば、向こうの二人は花かんざしの太鼓持ち、こちらの一人はほろ酔い加減の穀潰《ごくつぶ》し。

お前もちょっとはわきまえろ。家族そろってどうしてこんなにしめやかか。霊前で、ことさら喧嘩《けんか》を売るとはな。兄の死を見て心痛めず、お前はまさか、赤の他人とでも言うつもりか。

福僧　おい、そこの。兄が死んだんだ。酒を供えるぐらいできんのか。

李氏　じじいにごちゃごちゃ言われなくても、そうするさ。

（酒を供え、大杯を柳隆卿に渡す）

福僧　（取り返そうとする）

どこへ持っていくつもりなの。

柳隆卿　（李氏を押し返す）

さあ、先に行ってくれ。

物さえいただいちまえば、あとはとんずらこくのみよ。

（胡子転と共に退場）

李氏　ああ、なんてこと。腹が立って死んでしまいそう……

（死ぬ）

乞僧　（むっくり起き上がって叫ぶ）

おい、それは私の大杯だぞ。

張善友　うわっ。乞僧、お前、死んだんじゃなかったのか。

乞僧　あんなごろつき二人に大杯を盗られたんじゃ、もったいなくって。恨めしや〜

（ばたりと倒れる）

張善友　おい妻よ、大杯はもう放っておけ。なっ、妻も死んでいるじゃないか。なんてことだ。この老いぼれがいったい何をしたというのだ。上の子だけじゃなく、妻にも先立たれるなんて。ああ、こんなにつらいことはない。

崔子玉　善友、気を落とすな。これもすべては前世からのさだめなのだ。

張善友　（悲しむ）

【窮河西《きゅうかせい》】

子玉《しぎょく》どの、生死はすべて前世のさだめとおっしゃるが、何ゆえに、わが子と妻だけはずれを引くのか。いまとなっては二人を棺《ひつぎ》に入れるのみ。これでもう、わが屍《しかばね》は誰に頼めばよいのやら。

お前たち、妻と乞僧の遺体をあちらに移し、棺桶を二つ買って葬ってやってくれ。

下　男　わかりました。

（乞僧と李氏を抱えて退場）

張善友　（悲しむ）

【鳳鸞吟《ほうらんぎん》】

胸痛まずにおれようか。いつの日にか止む、この苦悩。ああ天は、よりにもよって鴛鴦《おしどり》夫婦を添い遂げさせず。胸痛まずにおれようか。いつの日にか止む、この苦悩。ああ天は、よりにもよって孝行息子に福を与えず。

崔子玉　なあ善友、お前の人生はまだ長い。ここでいささか財産を費やしたところで、まだまだこれからではないか。とにかく気に病むでない。

張善友　人も中年を越えたれば、残る時間はもうわずか。家財に成功、いまさら何を求めよう。黄金を、北斗の星まで積んだところで、この人生、どうせ苦しみ喘《あえ》ぐだけ。ああ天よ、わしはただ、早くこの身の帰《き》すべき場所を求むのみ。長男は死に、妻まで死んだ。いったいわしがどんな罪を犯したというのだ。

崔子玉　善友、あまり思い込むなよ。

張善友　【浪来里煞《ろうらいりさつ》】

この苦悩、鬼神にさえも窺《うかが》い知れぬ、天ほど高く、地ほども厚い。もとはただ、一家の無事と、共白髪《ともしらが》なるを望むのみ。それがいま、夫婦の情も親子の恩も、すべては泡と消え失せる。そうしてわが身を苛《さいな》むばかり。

（悲しむ）

天よ、

こうなれば、来世で一から修行せん。

（退場）

崔子玉　（嘆く）

はあ、なんと長男だけでなく、妻まで失ってしまうとはな。善友のやつ、まだ気づいておらんか。

　善友の、本年の運はすこぶる不調

　妻子とも、先立つ悲しみ二重奏

　前世にて、すでにさだまる現世の報《むく》い

　変えられぬ、天の授けしその寿命

（退場）

［第三折］

福僧《ふくそう》　（妻に支えられて登場）
ああ、俺はもうだめだ。親父は来てくれねえのか。

福僧の妻　お義姉《ねえ》さん、お義父《とう》さまを呼んでくださいな。

乞僧《きっそう》の妻　（応じて呼ぶ）

張善友《ちょうぜんゆう》　（下男を連れて登場）
長男が死んですぐ妻にも先立たれ、家財も使い果たしてしもうた。そしていま、次男までが重い病にかかっている。いったいわしをどれだけ苦しめるつもりだ。

［中呂《ちゅうりょ》］【粉蝶児《ふんちょうじ》】
さてもわびしき暮らしぶり、時はあたかも太平の世で、あいにくと、わが晩年はいまだ至らず。屋敷は抵当《ていとう》、田畑はすべて売り払い、金目のものは何も残らず。片時も、心安まることはなく、天をも覆う悲しみに、眉をひそめて憂《うれ》い顔。

【酔春風《すいしゅんぷう》】
恨みは重なる山のよう、涙は連夜の雨のよう。妻と長男みすみす失い、いままた一人、病に臥《ふ》せる。老いぼれが、背負うは苦悩、また苦悩。もしもこの、次男の身にまで何かあったら、わしはいったいどうしたものか。
（会う）
福僧よ、具合はどうだ。

福僧　親父、俺ももうだめだ。

張善友　わしにはもうこの次男しかおらぬのに、重い病に臥せるとは。ああ天よ、どうかこの老いぼれを憐れみたまえ。この子の代わりに、わしを冥土へと連れて行ってくだされ。

【紅繡鞋《こうしゅうかい》】
ああ天よ、祈りの言葉、幾千万と捧げよう。願わくは、愚息の病を消したまえ。ああ福僧、瓦一枚、垂木《たるき》一本、銭一文さえ残らずとも、お前が生きておりさえすれば、それが老いぼれの守り札。いくら黄金《こがね》があふれていようと、幸せだとは言えやせん。
福僧、ずいぶん顔色が悪くなってきたぞ。何か言い残したことがあるなら、わしに言ってくれ。

福　僧　親父、親父は俺が何の病気か知らねえだろ。普通は腹に屁がたまったり水がたまったりするもんだが、俺は米膨《こめぶく》れになっちまったんだ。

張善友　何だ、その米膨れというのは。

福　僧　米膨れでなけりゃ、なんでこんな俵《たわら》みたいにぱんぱんに膨れるもんか。もう親父の世話は見れそうにないよ……

（死んで伏せる）

張善友　（泣く）

おお、息子よ。こんな悲しいことがあるというのか。

【迎仙客《げいせんかく》】

いまもまだ、寝床でぐっすり眠っているかと思いきや、なんともう、すでに旅立つ遥《はる》かな黄泉路《よみじ》。幾千万たび、息子を呼ぶ声むなしく響く。冥府《めいふ》の神よ、あまりにむごいその心。土地の神、あまりにひどいその仕打ち。このわしは、男やもめと成り果てて、そのうえ息子に先立たれるなど耐えられぬ。

次男も死んでしまった。

お前たち、棺桶を買って来て福僧を葬ってやってくれ。

下　男　わかりました。

（福僧を抱えて退場）

張善友　おい嫁たち、こっちへ来てくれ。わしの二人の息子はともに死んでしもうた。妻ももうおらん。息子が死んだのに、お前たちを使うわけにもいくまい。お前たちも実家には両親がおるであろう。部屋を片づけて、それぞれ実家に戻るがよい。亡夫の喪に服してもよいし、また誰かに嫁いでもかまわんからな。

乞僧の妻・福僧の妻　（悲しむ）

ああ、なんとつらいことでしょう。では、わたくしたちは部屋を片づけて、ひとまず実家に戻り、喪に服したいと思います。ああ、あなた、胸が張り裂けそうだわ。

わたしたち、さだめ儚《はかな》きこの姉妹

夫とは、人生半ばで死に別れ

後家として、生涯操《みさお》を立て通し

この眉を、ほかの誰かに描かせはせず(五)

（退場）

張善友　（悲しむ）二人の息子は死に、嫁らも実家へ帰った。妻にも先立たれて、とうとう残ったのは、この罪深き老いぼれ一人というわけか。よくよく考えてみれば、こんなことになったのもここの土地の神と冥府の神が、わしの妻と息子らを連れて行ったせい。こうなったら崔《さい》の兄上に頼んで冥府の神と土地の神を呼び出してもらい、面と向かって訴えてやる。さあ、この戸を引いてと。いざ訴えに行くとしよう。

（退場）

張善友《ちょうぜんゆう》、土地《とちのかみ》と閻神《えんま》を告《うった》う

崔子玉《さいしぎょく》　（張千《ちょうせん》を連れて登場）

どんどんと、役所の太鼓が響くとき
両側に、役人並んで勢揃い
閻魔大王《えんまだいおう》、冥府に生死を司《つかさど》り
東岳大帝《とうがくたいてい》、断頭台に威《い》を示す

わしは崔子玉。登庁して朝のお勤めをするところ。張千、投書箱をこれへ。

張千《ちょうせん》　役所にありては人馬平安。これより開廷。

張善友　（登場、ひざまずく）

崔子玉　階下に跪《ひざまず》いておるのは、もしや善友ではないか。何の訴えでまいったのだ。

張善友　兄上、どうかわしを助けてくだされ。

崔子玉　誰に虐《しいた》げられたのだ。わけを話せば、わしが力になってやろう。

張善友　ほかでもありません。わしが訴えたいのは、土地の神と冥府の神です。兄上、どうか人を遣《や》って引っ立てて来てください。わしの妻と二人の息子がどんな罪であの世へ召されたのか確かめたいのです。

崔子玉　善友よ、それは無茶というものだ。相手は冥府の神、それを訴えて何とする。

張善友　（立ち上がる）

【白鶴子《はくかくし》】

冥府の神はもとより聡明、かつ公平、人の寿命の長短を、閻魔帳にて司る。ならばなぜ、共白髪までわしら夫婦を添い遂げさせてくれぬのか。

しかも二人の息子まで、

あの世に召すは何ゆえか。

崔子玉　善友、この世の者ならわしも処罰できるが、向こうは冥府の神。引き立てて来ることなどできようか。たとえできたとしても、それを裁くなど無理というもの。

張善友　兄上はそうおっしゃいますが、古来より幾人もの人が裁いてきたではありませんか。どうして兄上にはできぬとおっしゃるのです。

崔子玉　いったい誰ができたというのだ。ひとつ教えてくれぬか。

張善友　【幺篇《ようへん》】

ああ、思い起こせばまず一人、虎を裁いた狄梁《てきりょう》公《こう》。もう一人、巫女《みこ》投げ入れた西門豹《せいもんひょう》。さらなる一人、昼はこの世のお白洲《しらす》で、夜は冥府で事件を裁く包待制《ほうたいせい》。(六)

崔子玉　善友、このわしが、昼はこの世で、夜はあの世で裁きに当たった包待制にどうしてなぞらえられよう。ほかを当たってくれ。

張善友　妻はまあ、いい歳でしたからやむを得ないかもしれません。しかし、まさか息子を二人とも奪われるとは、あんまりです。

【上小楼《じょうしょうろう》】

息子らは、嘘もつかずに乱暴もせず、息子らは、己《おのれ》に見合った仕事に励み、分《ぶ》をわきまえて流れに従い、教えを守り静かに暮らす。冥府の神よ、どうしてなさる、えこひいき。土地の神、耄碌《もうろく》したか、あなたまで。何ゆえわが子を一《いっ》時《とき》に召し、善友に、断腸の思いさせるのか。

崔子玉　二人の息子とお前の妻には、当然何か罪があったから天寿をまっとうできなかったのだ。それを訴えるとは、気でも触れたか。

張善友　わしの妻も二人の息子も、

【幺篇《ようへん》】

いにしえの、聖人賢者に逆らわず、みたまやを荒らすこともなし。神仏謗《そし》らず天にも背《そむ》かず、堕地獄《だじごく》の罪も犯しておらぬ。母と子も、妻と夫も、円満を享受できたはず。

（悲しむ）

妻には先立たれ、二人の息子を失い、それぞれの嫁も実家に帰りました。

張家の断絶、憐れみたまえ。

（ひざまずく）

どうか兄上、冥府の神と土地の神をしょっぴいて、わしに物申させてくだされ。

崔子玉　さっきも言ったではないか。この世の者ならまだしも、冥府の神など裁けはせぬ。お前もまだ悟らんのか。さあ、もう家に帰るがよい。

張善友　（立ち上がる）

【耍孩児《さがいじ》】

城隍廟《じょうこうびょう》（七）の神なんぞ、せいぜいその地の忠臣、宰《さい》相《しょう》、烈士が務め、下心《したごころ》やら情実により、此度《こたび》の報《むく》いに誤りなしと、さっさと判決下すだけ。

だから兄上、わしの件は兄上が裁いてくれねば、ほかには誰もおらんのです。

この世の役所でまかり通るは金と方便、よもや冥府の神々までも、汚濁にまみれ、地獄の沙汰も金次第、金さえあれば、六道輪廻《ろくどうりんね》に迷うことなく、金がなければ、三途《さんず》の地獄に落とされるのか。（八）

【二煞《にさつ》】

いまやもう、財産あっても誰も相手にしてくれず、金があっても誰も味方をしてくれぬ。わしの死後、誰が奠茶《てんちゃ》に奠酒《てんしゅ》を供え、誰が涙を流してくれる。誰が位牌の守《も》りをして、四十九日の法事を営む。誰が柩車《きゅうしゃ》を走らせて、誰が喪服を着てくれる。わずかばかりの検死の官吏が、町の外まで送るのみ。立派なお棺《かん》も柩車もなく、おおかたは、筵《むしろ》に包まれ担がれるのみ。
【煞尾《さつび》】
ああ天よ、最もつらきは清明《せいめい》のころ、寒食《かんしょく》のとき(九)。よそさまは、孫や子を連れ墓参り。憐れむべきは、白楊《はくよう》わびしく枯れ草おおう、人《ひと》気《け》なき、山道の先に忘れられたるわが墓標、わずかな土を盛る人もなし。
(退場)

崔子玉 (笑う)
善友は行ったか。あれも修行はしていたようだが、今生《こんじょう》での応報というものがわかっておらぬゆえ、かくも執着して悟れぬようだな。今度また訴えに来たときは、閻魔さまに善友の二人の息子と妻を呼び出してもらい、じかに会わせてやることとしよう。そうすれば、どういうことかすべてわかるだろう。

　人目を逃れ、こっそり悪事を働くも
　神々の目は、欺《あざむ》けぬことをこれで知る
　公正にして、私《わたくし》の無き此度《こたび》の応報
　それを却《かえ》って、冥府の神を恨むとは

(一同退場)

［第四折］

張善友《ちょうぜんゆう》 (登場)
わしは張善友。昨日は兄と慕う崔子玉《さいしぎょく》どののもとへ行き、土地の神と冥府の神に物申したいからしょっぴいてくれと訴え出たが、冥府の神など勾引《こういん》できぬと頑《かたく》なに断られてしまった。そこで今日は城隍廟《じょうこうびょう》にじかに訴えに行ってみた。ところがある人に、「城隍神もしょせんはただの泥土と木、そんなところに霊験《れいげん》なんかあるもんか。それよりおたくの兄上はただ者じゃない。昼はこの世で、夜はあの世で事件を裁き、あの包待制《ほうたいせい》よりすごいんだぜ。どうして訴えないんだい」と言われたのだ。だからこうして、もう一度、福陽《ふくよう》県の役所に足を向けておるというわけだ。
(退場)

崔子玉《さいしぎょく》 (張千《ちょうせん》を連れて登場)

法が公正なればこそ、天はいつでも穏やかに
官が清廉なればこそ、民はおのずと安らかに
妻が賢良なればこそ、夫に禍《わざわい》降りかからずに
子が孝行なればこそ、父の心も楽になる

わしは崔子玉。かような詩をなぜ詠んだかというと、それは契《ちぎ》りを結んだ弟の張善友のため。善友は、土地の神と冥府の神が自分の妻と息子二人を無実の罪であの世に召したので、じかに会って物申したいから、わしに呼び出してほしいと訴えてきたのだ。わしはひたすら断って家に帰らせたが、今日もきっとやってくるに違いない。そのときにはこちらも考えがある。張千よ、今日の朝のお勤めだ。放告牌《ほうこくはい》(一〇)を出してまいれ。

張　千　承知しました。

張善友　(登場)兄上、わしを憐れんで、どうか力になってくだされ。

崔子玉　善友よ、今日は何の訴えでまいった。

張善友　このわし張善友は、ずっと善行に励んできました。わしのあの息子二人と妻も罪を犯したことなどありません。それなのに、土地の神と冥府の神に無念にも連れて行かれてしまいました。兄上、どうか勾引状を出して土地の神と冥府の神を呼び出し、そのわけがわかるように、わしに掛け合わせてくだされ。もしもその報《むく》いが正しく受けるべきであったのなら、わしも安心してあの世に行けるというもの。

崔子玉　善友、お前はなんというわからずやだ。昨日言わなかったか。この世の者なら裁けるが、冥府の神など裁けるわけもなかろう。

張善友　ふわあ、なんだか急に眠くなってきたぞ。ひと眠りするとするか。(眠る)

崔子玉　善友は眠りに入ったか。ひとつ夢うつつのうちに閻魔殿《えんまでん》へと連れて行き、事の顚末《てんまつ》を見せてやるとしよう。(わきにはずれる)

獄《ご》　卒《そつ》　(登場)張善友、閻魔さまがお呼びだ。

張善友　（驚いて起きる）
どうしてわしが閻魔に呼ばれておるのだ。ちょうどいい、閻魔に掛け合ってやる。
（獄卒と共に退場）

閻《えん》魔《ま》　（獄卒を連れて登場）
霊威《れいい》果てなき勅《ちょく》が下れば
あれこれ悩んで何になる
天空に神の存在なければ
ごろごろ雷どこで鳴る
われこそは十地《じゅうじ》の閻魔大王（一一）なるぞ。いま、人の世の張善友なるものが妻子の死んだ件でわが輩を訴えておるという。
おい、その張善友とかいうのをしょっ引いて来い。

獄卒　へえ、ただいま。
（張善友を護送して登場）
おら、さっさと歩け。

張善友　〔双調《そうちょう》〕【新水令《しんすいれい》】
魂ひとつ、閻魔の元まで連れ行かれ、寄る辺もないまま、ふわふわと。この世を離れたのは確か。わが身の業《ごう》など恐れぬぞ。冥府の神のお力で、現世での、二人の息子に会えたなら、たとえ死んでも悔いはなし。
【駐馬聴《ちゅうばちょう》】
人生を、金に溺《おぼ》れて過ごすは阿呆《あほう》。聞くであろう、時も命も限りあり。死後はただ、草葉《くさば》の陰《かげ》の骨となる。百年後、百歳迎える者などおらぬ。財産などに、日がな一日振り回されて、最後に骸《むくろ》となったとき、金はあっても弔《とむら》う人なし。この世にて、わずかな金を惜しんだところで、あの世には、びた一文とて持っては行けぬ。

獄卒　おら、そこで跪《ひざまず》け。

張善友　（閻魔の前でひざまずく）

閻魔　張善友、何の罪かわかっておるな。

張善友　神さま、わたくし張善友は何の罪で召されたのでしょうか。

閻魔　とぼけおって。お前は人の世で誰を訴えた。

張善友　冥府の神と土地の神を訴えました。やつらはわたくしの妻と二人の息子を、何の罪を犯したのか、みな連れて行きました。それでやつらを訴えたのです。

閻魔　そこの張善友とやら、その二人の息子に会いたいか。

張善友　もちろんでございます。

閻魔　おい、こやつの二人の息子を引っ立てて来い。

獄卒　へえ、ただいま。（乞僧《きっそう》と福僧《ふくそう》を呼んで登場させる）

張善友　（見て驚く）

崔府君《さいふくん》、冤家《こども》を債主《かしぬし》と断《だん》ず

あ、ありゃわしの息子たちじゃないか。

乞《きっ》僧《そう》　乞僧、さあ、行こう。

俺はお前の子供なんかじゃねえぞ。もとは趙廷玉《ちょうていぎょく》といってな、お宅から銀子を五両盗んじまったんだ。それを何百倍にもして返してやったってわけさ。あんたとは親子でも何でもねえ。

張善友　乞僧や、お前が死んで、わしは目が腫《は》れるまで泣き叫んだというのに、それをいまはわしの子でないと言うのか。それはあんまりではないか。

【沽美酒《こびしゅ》】

乞僧よ、どうしてそんなつれないことを。親子の情は、毛ほどもないのか。ああまさか、家族も路傍の人となる。お前のために、精根尽きるまで泣いたのに。

（福僧を見る）

福僧、さあ、行こう。

福《ふく》僧《そう》　誰があなたの息子だというのです。

張善友　お前はわしの次男ではないか。

福僧　私があなたの息子ですと。ご老人、あなたは何もわかってらっしゃらない。私は前世、五台山《ごだいさん》の和尚でした。私はあなたに貸しがあったので、何倍にも増して返してもらったのですよ。

張善友　（嘆く）
二人とも、まるで取りつく島もない。
ええい、お前のような盗人《ぬすっと》同然の親不孝者など、もうどうでもよいわ。
乞僧、お前ならわしが父だとわかってくれるな。
【太平令《たいへいれい》】
福僧め、あいつはいつも、口を開けばわしと諍《いさか》い喧嘩腰《けんかごし》。乞僧、何をお前まで、あの恩知らずを真似るのか。福僧の、親不孝ぶりはかねてから。しかし乞僧お前なら、子としての道を知っておろう。
さあ乞僧、わしと帰ろう。

乞　僧　俺はもう十分に埋め合わせたはずだ。あんたとは何の関係もなくなった。

張善友　親でもないのに親父面《おやじづら》かとお前は言うが、わしこそお前の父ではないか。ああ筆舌に、尽くし難きは親の情。

閻　魔　もうよかろう。二人をさっさと連れて行け。

獄　卒　（乞僧と福僧を連れて退場）

閻　魔　お前の妻にも会いたいか。

張善友　もちろんでございます。

閻　魔　おい、地獄の門を開けて、張善友の妻を引っ立ててこい。

李　氏《りし》　（獄卒に連れられて登場、張善友に気づく）

張善友　おお、お前は何をしたというんだ。

李　氏　（泣く）
あなた、わたしはあの五台山の和尚さんから預かった銀子十両をくすねてしまったの。だから、死んで冥土へ旅立ったとき、地獄をすべて回らされたわ。あなた、どうかわたしを助けて。

張善友　（嘆く）
あの五台山の和尚の銀子か。わしはてっきり返してくれたものだとばかり思っておったわ。まさかそれをくすねていたなんて。
【水仙子《すいせんし》】
かねて言う、天地と人を欺《あざむ》くな、悪心起こして禍《わざわい》招くな。ああ、おまえ、苦しかろう。落ちるは地獄の剣《つるぎ》の山に針の山。何ゆえ閻魔は

李氏　ことさら虐《しいた》げ、鬼神を並べて見張らせる。もうつらくて耐えられません。あなた、どうかわたしを成仏させて。

閻魔　おい、こいつをまた地獄へ放り込んでおけ。

張善友　閻魔の庁から出たその足で、地獄の門へと逆戻り。ああ、なんと、むごい仕打ちの閻魔さま。

獄卒　（泣く李氏を護送して退場）

閻魔　張善友、お前の古なじみもおるが、会いたいか。

張善友　もちろんでございます。

閻魔　では、その神にお出まし願い、お前に会っていただくとしよう。

（退場）

崔子玉　（場に戻る）

張善友　（会う）

崔子玉　おお、神さま仏さま、どうかお名前をお聞かせくだされ。

張善友　張善友、夢から目を覚ませ。

崔子玉　（目覚める）

張善友　ふわあ、よく寝た。

崔子玉　善友よ、いましがた、そなたは何を見ていた。

張善友　兄上、弟めはしかと見てきましたぞ。

【雁児落《がんじらく》】

このわしも、親の情なら注《そそ》いできたに、二人とも、父とわからぬは何ゆえか。そのわけは、上の息子は前世にて、わしから金を借りたため。下の息子は現世にて、わしから金を取り返すため。

【得勝令《とくしょうれい》】

これもすべては妻が自らまいた種、子々孫々まで累《るい》を及ぼす。この世界、因果応報まことなり。信ずべし、神は天上で見ておると。

崔子玉　善友、悟ったか。

張善友　兄上、この張善友、いまようやっと悟りました。身は清貧に甘んじて、心の豊かさ目指すべし。これぞ因果を修める極意、金より人を重んずべし。

崔子玉　弟よ、いまごろになってようやく悟るとは、ずいぶん時間がかかったな。では張善友、心して聞くがよい。

本官が、いきさつ教えて進ぜよう

天の法、犯せば責め苦は免《まぬが》れぬ
善友は、修行に励んだそのために
このわしと、契《ちぎ》りを結び兄弟となる
貯《た》め込んだ、銀子は五両
いかんせん、福運はなし
上の子は、そもそも姓を趙《ちょう》といい
こそ泥として、お前の銀子を盗み去る
下の子は、五台山より来た和尚
集めた銀を、お前の家に預け置く
その銀を、返してもらいに寄ったとき
妻の李氏、それを返さずうやむやに
瞬く間、時は過ぎたり三十年
恩と仇《あだ》、二人の息子がきっちり返す
兄の乞僧、家計のために汗水垂らし
弟福僧、出来損ない
あの手この手で散財するも
すべてこれ、兄が稼いで埋め合わせ
二人の息子、命が尽きて黄泉《よみ》へ旅立ち
愛妻の李氏、身は地獄へと落とされる
張善友、家族はしょせん赤の他人
財産も、いかで妻子と分けあえよう
そして今日、地獄の閻魔に相まみえ
ついに知る、息子が金の貸し主と
（一同退場）

題目　張善友《ちょうぜんゆう》、土地《とちのかみ》と閻神《えんま》を告《うった》え
正名　崔府君《さいふくん》、冤家《こども》を債主《かしぬし》と断《だん》ず

注釈
（一）保甲《ほこう》制度（民間における相互監視と自衛を目的とした戸籍制度で、本邦の隣組《となりぐみ》にあたる）の長。
（二）「東岳大帝《とうがくたいてい》」とは、東岳すなわち泰山の神で、泰山府君《たいざんふくん》とも呼ばれる。人の生死を司る神として崇《あが》められ、仏教の地獄観が流入するとともに、閻魔王と並んで死者の管理をする神となった。
（三）「七歩の詩」は、優れた詩文の才を表す。三国時代・魏《ぎ》の曹《そう》植《しょく》が、七歩行く間に詩を作らねば処刑すると兄の曹丕《そうひ》に迫られ、即座に兄の無慈悲を嘆く詩を詠んだことから。
（四）「兪陽《ゆよう》」が薬酒を飲む故事は未詳。「荘子《そうし》のごとく髑髏《どくろ》を嘆く」は、『荘子《そうじ》』至楽《しらく》篇の一節を踏まえる。荘子は旅先で髑髏を見つけたとき、なぜそのような姿になったのかと嘆き、これを枕にして眠った。すると夢に髑髏が現れ、死後の無の世界の楽しさを説《と》いた。

（五）前漢《ぜんかん》の京兆《けいちょう》（長安一帯の行政区画の名称）の尹《いん》（長官）であった劉敞《りゅうしょう》が、愛妻のために眉を描いた故事を踏まえる。

（六）「狄梁公《てきりょうこう》」は、唐《とう》の政治家である狄仁傑《てきじんけつ》のこと。神に上奏し、人の子を殺した虎を召し出して処罰したため、人々から感謝されたという。「西門豹《せいもんひょう》」は、戦国時代の魏《ぎ》の政治家。河の神に娶《めと》らせると称し、婦女を人身御供《ひとみごくう》として河に投じていた巫女《みこ》を、河に投げ込んで迷信を断ったという。「包待制《ほうたいせい》」は、北宋《ほくそう》の政治家で、名裁判官として名高い包拯《ほうじょう》のこと。本書に収める「陳州耀米《ちんしゅうちょうべい》」は、その包拯を主人公とする代表的な芝居の一つである。

（七）「城隍廟《じょうこうびょう》」とは、城隍神（当地の英雄や名士がなると考えられていた）を祀《まつ》る廟のこと。大まかに言うと、死生を司り生前の行いを裁く神として、土地神（各村落の守り神）・城隍神（各城市の守り神）・閻魔王または東岳大帝（ともに冥府の神）の三段階がある。城隍神は土地神も兼任するので、本編では同じものとして扱われている。

（八）「六道《ろくどう》」とは、仏教において衆生《しゅじょう》が業《ごう》によって生死を繰り返す、天《てん》道・人《にん》道・修羅《しゅら》道・畜生《ちくしょう》道・餓鬼《がき》道・地獄《じごく》道の六つの世界のこと。「輪廻《りんね》」は迷いの世界を生まれ変わることで、インド古来の考え方。車輪の廻るように止まることがないことから。「三塗《さんず》」とは、六道のうち地獄・餓鬼・畜生の三悪道のこと。「三途」とも書く（「三途の川」の語源とは別）。

（九）冬至から一〇五日目を「寒食節《かんしょくせつ》」といい、春秋時代の忠臣介子推《かいしすい》とその母が焼死した日とされる。そのため、この前後二、三日は火の使用を禁じて冷や飯を食べる風習がある。また、この二日後の清明節《せいめいせつ》には墓参りに行く習慣があり、兼ねて人々は春の野山などへ行楽に出かけた。

（一〇）「放告牌《ほうこくはい》」とは、訴訟を受理する際に出す札。

（一一）原文は「十地閻君」。「十地《じゅうじ》」は、菩薩《ぼさつ》の修行段階五十二位のうち第四十一位から第五十二位まで（歓喜《かんぎ》地・離垢《りく》地・発光《ほっこう》地・焔慧《えんね》地・難勝《なんしょう》地・現前《げんぜん》地・遠行《おんぎょう》地・不動《ふどう》地・善慧《ぜんね》地・法雲《ほううん》地）の段階で、菩薩としては最高の境地（十地の上は仏に等しい等覚《とうがく》と妙覚《みょうかく》の位）に到達したレベルを指す。ただ、閻魔は菩薩ではないため、ここでは『長阿含経《じょうあごんきょう》』に記された十地獄（厚雲《こううん》地獄・無雲《むうん》地獄・呵呵《かか》地獄・奈何《なか》地獄・羊鳴《ようめい》地獄・須乾提《しゅけんだい》地獄・優鉢羅《うはつら》地獄・拘物頭《くもつず》地獄・分陀利《ぶんだり》地獄・鉢頭摩《はどま》地獄。八大地獄とは別に存在する）を統《す》べる閻魔という意か、あるいは「土地閻君」（土地神と閻魔王）の誤植の可能性もあるが、ひとまず「十地の閻魔大王」と訳しておく。

解説

本劇の作者は不明。当時の民間における信仰（仏教と道教の融和）と、お金に対する考え方を反映した作品である。この劇の重要なテーマである「崔府君《さいふくん》」と「討債鬼《とうさいき》」について、以下、順に紹介しよう。

崔府君、本名は崔珏《さいかく》、字《あざな》を子玉《しぎょく》といい、隋《ずい》から唐《とう》の時代の人物である。役人として有能で民をよく憐れんだので、没後は神として祭られた。道教の神仙の一人として各地に廟《びょう》が建てられ、しだいに昼はこの世で、夜はあの世で裁判を行う裁判官として、後世とくに民間信仰のなかで広まった。土地神、あるいは閻羅《えんら》王（いわゆる閻魔《えんま》大王）として崇《あが》められている。本劇における崔府君は、まさにそういった信仰が典型的に投影されたものと言える。

討債鬼とは「債《つけ》を討《もと》める鬼《おばけ》」という意味で、ズバリ「わが子」を指す。仏教の考え方の一つに、親と生まれてくる子供のあいだには三種類の因縁があるという。まず、前世で金を借りた相手が自分の子として生まれ変わってくる場合。この場合は、子が親の金を浪費することで、前世でのつけを回収する。次に、金を貸した相手が自分の子として生まれ変わる場合。この場合は、子が仕事に励んで蓄財し、親がそれを使うことで、前世でのつけを返す。最後に、宿怨をもった相手が自分の子として生まれ変わってくる場合。この場合、子は数年で若死にし、親に苦痛を与えることで、前世での恨みを晴らす。

要するに、子というものは、前世でのつけを清算するためにその家に生まれてくるという考え方である。子が若死にした場合に、この子は「討債鬼」だったのだと言ったり、家の金を浪費する子を「討債鬼」と叱りつけたりするらしい。

本劇では、福僧《ふくそう》が一つめ、乞僧《きっそう》が二つめに当たる。劇中、第一折で、父の張善友《ちょうぜんゆう》が福僧の浪費癖を、「わしが死んだら、そのときは、この世でお前に使われた金、耳を揃《そろ》えて返してもらうぞ」と嘆くのは、死後、福僧の子に生まれ変わってつけを返してもらうぞ、という意味である。

これらを理解した上で読んでもらえれば、物語の全体像がよりくっきりと浮かび上がってくるだろう。お金の問題とわが子の出来不出来は、宝くじや合格祈願などを持ち出すまでもなく、できることなら神様にでもすがりたい、きわめて現代的な問題でもある。本劇は、一市民としての慎ましい生き方のススメを説くものとでも言えようか。

あとがき

『中国古典名劇選Ⅱ』をお届けいたしました。前の巻にあたる『中国古典名劇選』の発刊から三年以上の月日が経っていますが、その間、ご感想と続刊を待ち望む温かい激励のお言葉を届けてくださったみなさまに、厚く御礼を申し上げます。また、本書で初めて元雑劇に触れた方にもお楽しみいただけるよう、『中国古典名劇選Ⅱ』では三国劇《さんごくげき》や水滸劇《すいこげき》、中国四大美人の一人として名高い王昭君《おうしょうくん》を題材とした作品などを選んで翻訳し、解説を付しました。『中国古典名劇選』と同様、「うた」の部分は七五調で訳しています。中国の伝統劇の味わいと面白さを少しでも伝えられるよう、訳者一同頭をひねり、心を尽くして翻訳にあたりましたが、わかりにくい点や疑問等がありましたら、ぜひ忌憚のないご意見をお聞かせください。

さて、元雑劇は、まさに上一人より下万民にいたるまで、あらゆる身分の老若男女が登場し、それぞれのしたたかな生き様を語ってみせてくれるところが何よりの魅力です。言語も価値観もまったく異なる人々によって編まれた言葉を読み解くことは、数々の辞書を紐解き研鑽を重ねたとしても、やはり非常な困難を伴うものでしょう。ですが、生き生きと描かれる登場人物の心情は、時代と民族を超え、まるで鏡を覗き込むように読む者の心を映し出します。体に鞭打って過酷な労働に耐える「来生債《らいせいさい》」の粉引き。女心をもてあそぶ「玉鏡台《ぎょくきょうだい》」の温嶠《おんきょう》。民草から不当に搾取して私腹を肥やす「陳州糶米《ちんしゅうちょうべい》」の劉《りゅう》衙内《がない》親子。欲望に翻弄される人間の醜さ、そんな世に疲れて厭世的になってしまう心の弱さなどを晒しながらも、生を全うしようとする健気な人々を活写する元雑劇は、未来にわたって読み継がれていくべき優れた古典の一つと言えるのではないでしょうか。本書を通して、心惹かれる人物や物語に出会えたならば、編訳者としてこれ以上の喜びはありません。

二〇一一年に「芳藤林読曲会」を立ち上げ、二〇一三年に『中国古典名劇選』の草稿が完成してから、二年の歳月を経て一般財団法人橋本循記念会の出版助成を受けられることになり、東方書店から『中国古典名劇選』を出版することができました。橋本循記念会は、東アジアの留学生に対する支援や、中国伝統文化に関する研究活動の助成を行うことを旨として設立された会です。『中国古典名劇選Ⅱ』の出版にあたり、再び藁にもすがる思いで応募をしたところ、ありがたいことに、元雑劇の普及に一助をなさんとする本書の出版意義が認められ、助成をしていただけることが決定しました。このご支援がなければ、やはり本書を世に出すことは難しかったでしょう。ここに記して、橋本循記念会ならびに芳村弘道代表理事に深く感謝申し上げます。

　複数名による翻訳作業は、さながら一つの舞台作品を作り上げる過程に似ています。各作品の作者が脚本、登場人物が俳優なら、翻訳の中核メンバーである「芳藤林」は、いうなれば後藤が演出、林がプロデューサー、西川が舞台監督です。本書では照明の東條、音響の多田が加わり、「元曲選翻訳研討会」として生まれ変わりました。

　本書も、各作品の担当者が下訳を作成し、合宿による検討を中心に、ときには翻訳者の自宅に毎週集いながら、できる限り議論を重ねて訳文を整えていきました。「漢宮秋《かんきゅうしゅう》」「陳摶高臥《ちんたんこうが》」「賺蒯通《たんかいつう》」は西川、「玉鏡台《ぎょくきょうだい》」「隔江闘智《かっこうとうち》」「冤家債主《えんかさいしゅ》」は後藤、「鴛鴦被《えんおうひ》」「李逵負荊《りきふけい》」は林、「陳州糶米《ちんしゅうちょうべい》」は東條、「来生債《らいせいさい》」は多田が、それぞれ下訳と解説を執筆しました。なお、いずれも文責は五人に帰するものです。

　翻訳者一同が元雑劇の魅力を知り得たのは、ひとえにわれわれの恩師である関西大学教授の井上泰山先生、そして元雑劇の研究を連綿と続けてこられた先学たちのご学恩のお陰です。聖火バトンのように大切に伝えられてきたこの灯火を、微力ながらわたしたちは日本中の読者にお届けしたいと考えています。この遠大な事業はまだ道半ばです。『元曲選』全百篇の翻訳の完成を目指し、読者のみなさまのご批正とご支援を賜りますよう、お願い申し上げます。

　最後に、前巻同様に出版をお引き受けいただいた東方書店の山田真史社長、同じく前巻に引き続き本書の編集および出版に向けてご尽力くださったコンテンツ事業部の家本奈都氏、そして、飽くなき情熱と根気をもって特殊な内容である本書の校正をご担当くださった佐々木海士氏に深謝申し上げます。

二〇一九年　晩夏　編訳者　記す

編訳者略歴

後藤　裕也（ごとう　ゆうや）

1974年生まれ。関西大学大学院文学研究科中国文学専攻博士課程後期課程修了。博士（文学）。現在、関西大学非常勤講師。専門は中国近世白話文学。著書に『語り物「三国志」の研究』（汲古書院、2013年）、『武将で読む 三国志演義読本』（共著、勉誠出版、2014年）、『中国古典名劇選』（共編訳、東方書店、2016年）、論文に「元雑劇「両軍師隔江闘智」と孫夫人」（『狩野直禎先生追悼 三国志論集』汲古書院、2019年）などがある。

多田　光子（ただ　みつこ）

1977年生まれ。関西大学大学院文学研究科総合人文学専攻中国文学専修博士課程後期課程在学。専門は中国近世通俗文学。著書に『新日本語能力測試N1・模擬試題』（共編著、上海交通大学出版社、2010年）がある。

東條　智恵（とうじょう　ちえ）

1986年生まれ。関西大学大学院文学研究科総合人文学専攻中国文学専修博士課程後期課程単位取得後退学。現在、近畿大学非常勤講師。専門は中国近世白話文学。論文に「元雑劇「魔合羅」演変考」（『関西大学中国文学会紀要』第37号、2016年）などがある。

西川　芳樹（にしかわ　よしき）

1980年生まれ。関西大学大学院文学研究科総合人文学専攻中国文学専修博士課程後期課程単位取得後退学。現在、関西大学非常勤講師。専門は中国近世白話文学。著書に『中国古典名劇選』（共編訳、東方書店、2016年）、『声に出して読む中国語の名句』（白水社、2018年）、論文に「「王粲登楼」劇演変考—何煌氏校記を手掛かりとして」（『関西大学中国文学会紀要』第31号、2010年）などがある。

林　雅清（はやし　まさきよ）

1979年生まれ。関西大学大学院文学研究科中国文学専攻博士課程後期課程修了。博士（文学）。現在、京都文教大学臨床心理学部准教授。専門は中国近世通俗文学および仏教学。著書に『中国近世通俗文学研究』（汲古書院、2011年）、『中国古典名劇選』（共編訳、東方書店、2016年）、論文に「元雑劇作品に描かれた宋代社会のイメージ」（『宋代史料への回帰と展開』汲古書院、2019年）などがある。

中国古典名劇選 II

二〇一九年一二月二〇日　初版第一刷発行

編訳者●後藤裕也・多田光子・東條智恵・
西川芳樹・林雅清
発行者●山田真史
発売所●株式会社東方書店
東京都千代田区神田神保町一―三 〒一〇一―〇〇五一
電話〇三―三二九四―一〇〇一
営業電話〇三―三九三七―〇三〇〇

装　幀●加藤浩志（木曜舍）
印刷・製本●株式会社平河工業社

定価はカバーに表示してあります

Printed in Japan　　ISBN978-4-497-21920-6　C1098

小社ホームページ〈中国・本の情報館〉で小社出版物のご案内をしております。
https://www.toho-shoten.co.jp/